DIE MÄRCHEN DER WELTLITERATUR

Begründet von Friedrich von der Leyen

Südamerikanische Indianermärchen

Herausgegeben und übersetzt
von Felix Karlinger
und Elisabeth Zacherl

EUGEN DIEDERICHS VERLAG

CIP-Kurztitelaufnahme der Deutschen Bibliothek
Südamerikanische Indianermärchen
hrsg. u. übers. von Felix Karlinger u. Elisabeth Zacherl.
8.–9. Tsd. – Köln : Diederichs, 1983.
(Die Märchen der Weltliteratur)
ISBN 3-424-00559-2 Hgewebe
ISBN 3-424-00560-6 Ldr.
NE: Karlinger, Felix [Hrsg.]

8.–9. Tausend 1983

Einbandgestaltung: Tilman Michalski
Gesamtherstellung: Passavia Passau
ISBN 3-424-00559-2 Hln
ISBN 3-424-00560-6 Leder

1. Die Frau, die sich in einen Teufel verwandelte

(Chocó)

Es war einmal ein Chocó, der die Tochter eines Zauberers geheiratet hatte. Er lebte mit ihr zusammen in der Hütte seines Schwiegervaters. Eines Tages ging er mit ihr, um am Fluß zu jagen. Dort schlug er für beide ein Lager auf. Damals hatten die Indianer noch keine Flinten, sondern nur Blasrohre. Am nächsten Morgen ging der Mann zu einem Berg, und dort schoß er fünf Affen. Mit ihnen kehrte er zum Lager zurück, und gegen Abend machte sich die Frau daran, sie über der Glut zu rösten.

Der Mann schlief ein, und als er nach einer Weile aufwachte, sah er, daß die Lagerstatt seiner Frau leer und das Feuer am Erlöschen war. Er machte sich auf, um sie zu suchen, und er erblickte sie, wie sie am Ufer mit einem andern Teufel auf allen vier Pfoten herumlief. Es war Vollmond.

Als die Frau zum Lager zurückkam, stellte sich der Mann, als würde er schlafen, und schnarchte vor sich hin, damit sie nicht merken solle, daß er wach gewesen sei. Die Frau schüttelte ihn, und er tat, als ob er aufwache, und fragte sie, ob die Affen schon gebraten seien.

Am nächsten Morgen sagte er zu seiner Frau: »Richte mir etwas zum Essen her, das ich mitnehmen kann, denn ich werde erst spät von der Jagd auf dem Berge zurückkommen.«

Er ging auf die Jagd und kehrte erst gegen Abend mit den

Affen, die er geschossen hatte, zurück. Sein Blasrohr hatte er auf dem Berg gelassen, denn er war sehr mit der Jagdbeute beladen. Und da er sehr müde war, legte er sich hin.

Er schlief ein, und als er erwachte, war seine Frau wieder verschwunden. Da sagte er: »Wenn ich bei dieser Frau bleibe, wird sie mich sicherlich auffressen.«

Und er ging, um sein Blasrohr zu suchen, das er dort gelassen hatte, wo der Weg zur Hütte seines Schwiegervaters führte. Als er den Ort erreicht hatte, wo sein Blasrohr lag, begann er zu laufen. Die Frau, die ihn hatte entfliehen sehen, verfolgte ihn. Er war schon nahe bei der Hütte des Schwiegervaters, als er hinter sich den Schrei seiner Frau hörte, da lief er, so schnell er konnte. Kaum hatte er die Hütte seines Schwiegervaters erreicht, da sagte er zu dem Alten: »Deine Tochter hat sich in einen Dämon verwandelt und verfolgt mich!« Der Alte nahm seinen Stock und ging ihr entgegen.

Seine Tochter kam schreiend auf ihn zugelaufen, da fing sie der Alte auf, band sie und schnitt sich zwanzig Zweige von einem Baum, um sie auszupeitschen. Und nachdem er die Rute an ihr zerschlagen hatte, schnitt er sich eine andere zurecht, bis seine Tochter bat: »Vater, hör auf und töte mich nicht!«

Da sagte der Mann: »Schwiegervater, ich mag sie so gern, aber ich habe mit diesen meinen eigenen Augen gesehen, wie sie sich mit einem andern Teufel herumgetrieben hat.«

Da antwortete der Alte ihm: »Sei unbesorgt! Sie wird sich nicht mehr in einen Teufel verwandeln. Ich war es selbst, der ihr diesen Teufel zubrachte, aber jetzt hat er sie verlassen.«

2. *Versuchung durch böse Frauen*

(Cagabá)

Am Anfang der Welt gab es nur einen Mann, der Kimaku hieß. Er bebaute als erster die Felder, wie es ihm der gute Geist Terana zeigte.

Einer der bösen Geister aber erschuf eine Frau und stellte sie an den Pfad, auf dem Kimaku immer vorbeikam. Die Frau war nackt, und sie war sehr schön, weil sie den Kimaku verführen sollte. Kimaku sah sie zwar an und fand sie sehr schön, aber er tat gar nichts, ja er sprach sie nicht einmal an. Er ging weiter, aber die Frau ging ihm nach.

Und nun geschah es, daß nach einer Biegung des Weges aus der Frau auf einmal zwei Frauen wurden und daß bei jeder weiteren Biegung eine neue Frau hinzukam.

Da begann Kimaku zu laufen, wenn er sich eigentlich auch ganz gern zu ihnen gesellt hätte.

Kimaku begegnete dem guten Geist Terana und erzählte ihm, was ihm begegnet war. Da nahm Terana sofort seinen Umhang ab und kleidete Kimaku darein, er selbst aber legte Kimakus Mantel an, so als ob er Kimaku wäre.

Kimaku aber setzte sich an den Wegrand, und gleich darauf kamen zehn Frauen gegangen. »Hast du hier einen Mann vorbeigehen sehen?« fragten sie ihn.

Er antwortete: »Ja, soeben ist einer vorbeigegangen.« Die Frauen waren alle nackt, und Kimaku dachte: ›Wie schön sie sind!‹

Die Frauen kehrten um und fragten ihn: »Bist du Kimaku?« Aber er sagte: »Nein.«

Da gingen sie weiter den Weg entlang. Sie kamen zu Terana, der sich auf einen Stein gesetzt hatte. Da er den Umhang von Kimaku trug, dachten sie: ›Jetzt haben wir ihn erwischt.‹ Und sie umgaben ihn.

Aber Terana zog eine goldene Rute hervor, die er unter der

Schulter versteckt hatte, rieb sie mit den Händen, und sogleich entstand ein großes Feuer, das alle Frauen verbrannte.
Wenn aber Kimaku den Wünschen der Frauen nachgegeben hätte, wäre er kastriert worden, denn jene wilden Frauen hatten Zähne in ihrer Vagina.

3. Die Himmelsschlange Mami

(Guajiro)

Als der große Geist die Tiere erschuf, machte er auch eine Schlange. Die Schlange wuchs und wurde immer größer. Sie wurde so lang, daß sie mit dem Kopf am Ufer eines Flusses war und mit dem Schwanz auf dem andern. Sie war dick und stark wie ein Baum, aber sie war gutmütig und tat Menschen und Tieren nichts zuleide. Sie fraß nur Früchte und Vogeleier.
Als die Schlange zu wachsen aufgehört hatte, legte sie ein Ei und bebrütete es. Und nach drei Jahren kroch aus dem Ei eine kleine Schlange heraus. Auch diese Schlange fraß zuerst nur Früchte und Eier. Aber dann begann sie Insekten zu fressen, und als sie größer geworden war, auch Tiere. Schließlich fraß sie auch die alte Schlange, aus deren Ei sie stammte.
Die Tiere hatten Angst vor der großen Schlange. Sie war noch länger, dicker und stärker als die alte Schlange. Und die Tiere fragten die Schlange: »Was willst du, damit du uns nicht auffrißt?« Die Schlange sagte: »Baut mir ein Haus!«
Da machten sich alle Tiere vom Frosch bis zum Jaguar daran, der Schlange ein großes Haus zu bauen. Aber als das Haus fertig war, da hatten sie vergessen, eine Öffnung, eine Tür, zu lassen. Da schlug die Schlange mit dem Schwanz das Haus zusammen und begann die Tiere zu fressen. Sie fraß einen

Frosch, eine Kröte, einen Tapir; da bat der Jaguar: »Warte, wir bauen dir ein neues Haus mit einer Tür.«

Und sie bauten ein neues Haus, und in dem Haus ließen sie eine dreieckige Öffnung.

Da war die Schlange zufrieden, sie legte sich ins Haus und brütete ein Ei aus. Nach langer Zeit kam aus dem Ei eine Schlange, die hieß Mami. Und diese Schlange war sehr hungrig. Ihre Mutter mußte ihr den ganzen Tag zu fressen bringen, und sie selbst kroch überhaupt nicht aus dem Haus heraus. Sie legte den Kopf in die Öffnung und schaute alle Tiere an.

Als aber ihre Mutter gestorben war, brachte niemand mehr Mami zu fressen. Da mußte sie ihr Haus verlassen. Aber weil sie dick und die Öffnung klein war, blieb beim Herauskriechen ein Teil ihrer Haut an der Öffnung hängen. Da wurde Mami wütend, weil die Tiere die Öffnung so klein und so eckig gebaut hatten, und sie rief alle Tiere zusammen, die das Haus gemacht hatten.

Und als alle Tiere beisammen waren, da sagte Mami: »Ihr habt die Öffnung zu klein gemacht. Wenn mir nicht jeder von euch ein Auge gibt, fresse ich euch alle auf.«

Bis dahin hatten alle Tiere drei Augen gehabt. Nun mußten sie alle ein Auge abgeben. Seitdem haben alle Tiere nur mehr zwei Augen.

Die Tiere gaben also der Schlange Mami die Augen, und da sie nicht alle am Kopf anbringen konnte, verteilte sie die Augen auf den ganzen Körper bis zum Schwanz. Nun konnte sie alles sehen, und nichts konnte ihr entkommen.

Mami begann Tiere und Menschen zu fressen. Die ganze Welt hätte sie aufgefressen. Aber der große Geist sandte den Mond zu Hilfe, und der Mond zog die Schlange Mami in den Himmel hinauf. Aber Mami wuchs weiter und wurde so groß, daß oft sogar der Mond vor ihr davonlaufen muß. Er versteckt sich dann hinter der Sonne. An die Sonne wagt sich Mami nicht heran.

Die vielen Augen von Mami aber schauen in der Nacht herunter auf die Erde. Manchmal verliert sie ein Auge, und dann fällt es vom Himmel.

4. Häuptling Kairé und der Totenkopf

(Chibcha)

Der junge Häuptling Kairé wohnt nahe am Fluß. In einem kleinen Dorf wohnt er zusammen mit seiner Frau. Eines Tages geht er auf die Jagd. Einen Hirsch will er jagen, denn Häuptling Kairé und seine Frau essen gern Fleisch.

Er geht in den Wald und jagt. Und als er da so lauert, sieht er, daß sich im Gebüsch etwas rührt. Er zielt und schießt seinen Pfeil ab. Er trifft: das Tier stürzt zu Boden. Häuptling Kairé geht hin. Was zieht er heraus? Einen Menschen. Einen Toten.

Kairé ist entsetzt. Da sagt der Tote: »Kairé, fürchte dich nicht. Gut, du hast mich umgebracht, aber ich weiß, du hast es nicht absichtlich getan. Wenn du tust, was ich dir sage, dann werde ich dir nicht böse sein.« – »Und was willst du, das ich tun soll?« – »Schneide mir den Kopf ab und nimm ihn mit heim. Den Leib aber wirf in den Fluß!«

Kairé tut alles, was der Kopf sagt. Er schneidet ihn ab, wirft den Leichnam in den Fluß, den Kopf aber legt er in einen Sack und nimmt ihn mit. Er geht und geht, da sagt der Kopf: »Laß mich herausschauen!« Kairé nimmt den Kopf heraus. »So, nun nimm einen Pfeil und schieß in jene Richtung!« Kairé tut alles genauso. Der Pfeil trifft einen Hirsch. Kairé hat ihn gar nicht gesehen. Der Hirsch ist tot. Kairé will sich den Hirsch auf die Schulter laden. Aber wie soll er dann den Kopf tragen? »Laß nur!« sagt der Kopf. »Ich rolle hinter dir her. Geh du nur voraus!«

Wie Kairé heimkommt, erschrickt die Frau, weil hinter dem Häuptling ein Totenkopf gerollt kommt. »Du brauchst dich nicht zu fürchten!« sagt Kairé. »Der Kopf tut dir nichts. Er ist wie ein Bruder.«

Die Frau brät das Fleisch und kocht den Brei. Als alles gargekocht ist, bringt sie es. »Willst du auch essen?« fragt Kairé den Totenkopf. »Ja«, sagt der Kopf, »wenn deine Frau mir das Fleisch vorkaut, denn meine Zähne sind nicht mehr gut. Aber den Brei kann ich so essen.«

So lebten sie zu dritt in der Hütte. Kairé geht mit dem Kopf auf die Jagd. Aber nach vierzehn Tagen sagt der Kopf: »Nun, liebe Freunde, muß ich für einige Tage fortgehen. Ich habe zu tun. Trag mich in den Wald! Lege mich dorthin, wo du mich erschossen hast! In einer Woche kannst du wiederkommen, um mich zu holen.«

Kairé nimmt den Kopf, geht mit ihm in den Wald, und er legt ihn wieder dorthin, wo er ihn gefunden hatte.

Dann kehrt er nach Hause zurück. Eine Woche lang geht er auf die Jagd, eine Woche lang geht er zum Fischen, aber er trifft kein Wild und fängt keinen Fisch. Als dann der Kopf wieder bei ihm ist, hat er wieder Glück wie der beste Jäger.

So vergehen viele Monate. Kairé und seine Frau bekommen einen Sohn. Ein schönes Kind. Wenn der Kopf nicht mit Kairé auf die Jagd oder beim Fischen ist, sitzt er beim Kind.

Das Kind wächst. Kairé und seine Frau bekommen auch noch eine Tochter. Von Zeit zu Zeit muß Kairé den Totenkopf in den Wald tragen, dann muß er ihn nach einer Woche wieder holen.

Eines Tages geht Kairé baden, die Frau aber ist in der Hütte. Die Kinder spielen im Gras. Da kommt eine giftige Schlange, die will die Kinder fressen. Aber der Kopf rollt auf sie zu und kämpft mit ihr.

Als Kairé heimkommt, findet er neben den Kindern eine Giftschlange mit zermalmtem Kopf.

Aber der Totenkopf ist krank. Er sagt: »Die Schlange hat

mich gebissen. Ich bin voll Gift. Hör zu und tu genau alles so, wie ich es dir sage!« – »Ich höre.« – »Gut. Nimm mich und verbrenne mich! Verbrenne mich so lange, bis alles zu Asche geworden ist! Dann fülle die Asche in einen Beutel. Du wirst dabei einen blauen Stein finden. Den nimm heraus und hänge ihn deiner Tochter als Amulett um! Die Asche aber vergrabe im Walde, wo du mich gefunden hast!«

Kairé macht alles genauso, wie es der Kopf befohlen hat. Er vergräbt die Asche im Wald, dort wächst eine Palme. Bei der Palme findet Kairé jede Woche Wild. Nur eine Woche im Monat findet er dort nichts.

Die Kinder werden groß, sie werden heiratsfähig. Es finden sich viele Burschen, welche die Tochter von Kairé heiraten wollen. Einer bekommt sie, ein Sohn eines Häuptlings.

Als er sich zu ihr in die Matte legen will, sieht er den blauen Stein, der leuchtet im Finstern.

»Was hast du da am Hals?« fragt er. »Das ist ein Stein«, sagt die junge Frau. »Nein, das ist kein Stein. Das ist ein Zauberauge.« Und er läuft davon.

Einige Zeit später kommt wieder ein junger Bursche und heiratet das Mädchen. Und wieder, wie er sich zu ihr in die Matte legen will, sieht er den blauen Stein. »Was hast du da am Hals?« – »Einen Stein.« – »Nein, das ist ein Zauberauge. Es schaut mich ganz bös an.« Und auch der zweite Bursche läuft davon.

Jetzt haben alle Burschen Angst. Keiner mehr will das Mädchen heiraten. So vergehen viele Monate.

Eines Tages kommt ein junger, einäugiger Bursche. Es ist die Woche ohne Fleisch. Aber der Einäugige bringt Wild und Fische. Er setzt sich zu Kairé und sagt: »Deine Tochter gefällt mir.« – »Ja«, sagt Kairé, »aber sie hat einen bösen Zauber, und deshalb will sie niemand haben.« – »Ich will sie schon haben«, sagt der Einäugige.

Einige Zeit später ist die Hochzeit. Am Abend steigt der Einäugige zum Mädchen in die Matte. »Laß mich einmal deinen

Stein sehen!« – »Hier!« Sie zeigt ihm den blauen Stein. Der Einäugige nimmt den Stein und steckt ihn sich in die Augenhöhle, wo das Auge fehlt.
Am andern Tag sagt Kairé zu seiner Frau: »Der Einäugige ist besser als die anderen Burschen. Er ist nicht davongelaufen.« Da kommt ein Mann aus der Hütte der Tochter. Es ist kein Einäugiger, er hat zwei Augen. Eines davon ist blau. »Schwiegervater«, sagt der Zweiäugige, »ich werde jetzt immer auf die Jagd gehen. Du brauchst nicht mehr zu arbeiten. Nur einmal im Monat, da werde ich fortgehen zu den Meinen. Dann kannst du hier im Fluß fischen. Du wirst immer viele Fische fangen.«
Und so war es.

5. *Von der Frau, die einen Froschmann heiratete*

(Kariben)

Es war einmal eine Frau, die keinen Mann hatte. Eines Tages hörte sie Konowaru, den Frosch, der im Gesträuch saß und »quack, quack« machte. »Wenn du doch ein Mann wärst«, sagte die Frau, »dann könntest du auf die Jagd gehen und mir etwas Fleisch bringen.«
Einige Tage darauf erschien bei der Hütte jener Frau ein Mann, der hatte einen Korb voll Fleisch dabei. Es war der Froschmann Konowaru, aber die Frau erkannte ihn nicht. Konowaru leerte seinen Korb aus. Wenn die Frau aus dem Korb Fleisch nehmen wollte, so war kein Wild darin; aber wenn der Mann ihn umdrehte, fiel Fleisch heraus.
Eine Zeit hindurch kam so immer der Mann und brachte der Frau Fleisch; endlich nahm sie ihn zum Mann.
Eines Tages kam dort ein anderer Mann aus jenem Stamm vorbei, der kein Glück auf der Jagd gehabt und kein Fleisch mitgebracht hatte. Konowaru wusch seine Haut mit Urin und gab ihm damit Macht für die Jagd.

Einmal gingen Konowaru und seine Frau zu einer Bucht, um dort zu baden. Aber als sie dort angekommen waren, sagte Konowaru: »Nein, hier will ich nicht baden. Ich gehe lieber zu meinem eigenen Teich auf der anderen Seite des Gestrüpps.«

Aber seine Frau lachte ihn aus und bespritzte ihn mit Wasser aus jener Bucht.

Das gefiel Konowaru nicht. Er verwandelte sich auf der Stelle wieder in einen Frosch und kehrte dorthin zurück, wo er schon vorher gewesen war.

6. Schließ die Augen und wünsch dir was!

(Kariben)

Es waren einmal zwei Brüder, die gemeinsam eine Falle für Tapire gebaut hatten. Eines Tages sagte der Jüngere: »Ich will einmal nachsehen, ob Wild in der Falle ist.« Und er ging hin, schaute nach, kehrte zurück und sagte: »Ein großer Tapir steckt in der Falle.« – »Wenn du mich zum Narren halten willst«, sagte der Ältere, »dann bringe ich dich um.«

Und er stand auf, ging mit zu der Falle, und als er dort einen großen Tapir erblickte, tötete er das Tier. Dann nahm er alles Fleisch für sich und ließ dem Jüngeren nur die Eingeweide.

Der Jüngere ging heim, erzählte der Mutter von dem Geiz des Älteren und veranlaßte sie, mit ihm zusammen das Land zu verlassen.

Sie gingen und gingen, und nachdem sie eine Hügelkette überschritten hatten, sagte der Jüngere: »Mutter, schließ die Augen und sag: ›Ich wünsche mir hier ein Land voller Bananen und Kartoffeln und mitten darin eine schöne Hütte!‹«

Die Alte tat, wie der Sohn sie geheißen, und – denk einmal an! – auf einmal war dort ein Land mit Kartoffeln und Bananen und einer schönen Hütte mitten darin.

Die beiden lebten nun dort zufrieden und vergnügt lange Zeit. Aber die Mutter wurde immer älter und etwas gebrechlich. Da sagte eines Tages der Sohn: »Mutter, schließ die Augen und sag: ›Ich will wieder jung sein!‹« Und wieder machte es die Mutter so, und sogleich hatte sie das Aussehen eines hübschen, jungen Mädchens.

Der Bursche war stolz und glücklich über das schöne Aussehen seiner Mutter, und er wollte sie so auch seinem Bruder zeigen. Und so sagte er zu seiner Mutter: »Mutter, schließ die Augen und sag: ›Ich wünsche, daß mein ältester Sohn hier sei!‹«

Kaum hatte die Mutter diesen Wunsch ausgesprochen, da stand der Ältere schon da. Und da sie nun Besuch hatten, wollten sie auch etwas zum Trinken. Und der Jüngere sagte zur Mutter: »Mutter, schließ die Augen und sag: ›Ich wünsche mir einen großen Krug mit Paiwarri!‹«

Und sogleich stand dort ein großer Krug mit Paiwarri. Die drei tranken fest daraus, und nach einiger Zeit war der Älteste stark betrunken. Er nahm sich Freizügigkeiten gegenüber dem jungen Mädchen heraus und belästigte es, so daß der Jüngere sagte: »Wie führst du dich auf? Denk daran, daß dieses Mädchen deine Mutter ist!« – »Ach was«, sagte der Ältere, »erstens weiß ich es nicht, und zweitens glaube ich es nicht.«

Kurz und gut, da der Ältere weiter zudringlich war, kamen sich die beiden Brüder in die Haare.

Als endlich der Ältere aus seinem schweren Rausch aufwachte, lag er ganz allein in einer halbverfallenen alten Hütte mitten in einer wüsten Gegend. Da kehrte er beschämt und enttäuscht zu seiner eigenen Hütte zurück.

7. Wie die Warrau auf die Erde kamen

(Warrau)

Im Anfang wohnten die Warrau in einer schönen Gegend über dem Himmel. Außer ihnen gab es dort nur Vögel, die die Beute ihrer jungen Jäger waren.

Einer von ihnen mit dem Namen Okonorote verfolgte eines Tages einen Vogel. Er schoß nach ihm, aber der Pfeil verfehlte sein Ziel und verschwand. Als er den Pfeil suchte, kam er an ein Loch, durch das er gefallen war. Er sah hinab und erblickte dort unten ausgebreitet unsere Welt mit Herden von Wildschweinen, zahlreichen Rehen und anderen Tieren, die ungestört weideten und durch die grünen Wälder und Savannen zogen. Da die Öffnung groß genug war, um hindurchzuschlüpfen, beschloß er, ein Tau oder eine Leiter aus Baumwolle anzufertigen und hinabzusteigen. Mit Hilfe seiner Freunde wurde die Leiter fertiggestellt. Es dauerte viele Monate. Sie machten sie oben länger, wenn sie sahen, daß sie noch zu kurz war, bis sie hier unten in die Bäume einhakte. Dann wurde sie oben mit starken Streben festgebunden. Der mutige Okonorote kletterte an der Leiter hinab. Es war ein gefährliches Unternehmen, von oben auf einer so gebrechlichen Leiter zu kommen, die jeder Wind bewegen konnte.

Als er unten war, sah er sich verwundert um und betrachtete erstaunt das reiche Leben, die sonderbaren Vierfüßler und ihre Größe. Alles erschien seinen Augen wunderbar.

Er sah, wie die wilden Tiere ihre Beute verschlangen, und dachte, er könnte es auch wagen, eins der großen Tiere zu erlegen und zu verspeisen. So schoß er ein junges Reh. Er machte Feuer an mit zwei Stücken Holz und fand das Wildbret als eine ausgezeichnete Nahrung. Dann stieg er wieder hinauf, und das war eine furchtbare Anstrengung. Es war schwer, hinabzusteigen, aber hinaufzusteigen war noch schlimmer. Er brachte Wildbret mit von unten, nicht viel, aber genug, um es seinen Stammesgenossen zu zeigen. Seine Worte und der Geschmack des Wildbrets versetzten alle in Begeisterung.

»Wir wollen nicht hierbleiben. Die kleinen Vögel um uns her sind wenig nütze. Dort unten in dem Land, das Okonorote für die Warrau gefunden hat, werden wir Tiere zur Nahrung im Überfluß haben! Laßt uns gehen!«

So stiegen sie die Leiter hinab auf diese Welt hier unten. Alle waren damals jung – alte Leute gab es noch nicht. Die kleinen Kinder trugen sie, und alle kamen sicher hinunter, bis auf die letzte, eine dicke Frau, die eingekeilt in dem Loch steckenblieb, durch das die andern hinabgestiegen waren. Ihr Mann unter ihr sah ihre Not und kletterte zurück, um ihr zu helfen. Aber er konnte sie nicht durchbekommen. Da wurde er schwindlig und stieg wieder hinunter, wo seine Stammesgenossen aufgeregt das Mißgeschick besprachen. Sie fragten alle, wie es sich zugetragen habe. Er konnte es auch nicht sagen. So blieb die Sache den Warrau rätselhaft.

Darauf fragten die Frauen tadelnd: »Ist es recht von dem Mann, herunterzukommen und nicht die ganze Nacht oben zu bleiben? Und der tapfere Okonorote, der schon einmal hinaufgeklettert ist, warum steigt er jetzt nicht herauf mit ein oder zwei Männern, wenn der eigene Mann es ganz aufgegeben hat?«

Sie schraken alle zurück vor der Aufgabe, denn ein weiser Mann sagte:

»Gesetzt den Fall, ihr erreicht sie und könnt sie hindurchziehen, wird sie euch nicht allen den Tod bringen? Sie wird mit solcher Wucht herunterfallen, daß ihr euch nicht halten könnt. Ihr werdet herabgeschleudert werden, und wir hätten unsere besten Männer verloren!«

So blieb die Frau oben, und die Leiter riß. So wird sie immer dort oben bleiben. Sie füllt das Loch aus, daher können wir niemals mehr in den Himmel hineinschauen.

8. Korobona

(Warrau)

Im Lande der Warrau gab es einen klaren, ruhigen See, in dessen Wasser man nicht baden durfte. Eines Tages kamen zwei junge Warraumädchen singend von den Hügeln herunter und wagten sich in die Nähe des verbotenen Wassers, obgleich ihre Brüder ihnen gesagt hatten: »Nehmt euch in acht, der See ist gefährlich, badet dort nicht!«

Die ältere der beiden Schwestern, die schöne Korobona, sagte: »Warum sollen wir uns durch eine leere Drohung von diesem klaren Wasser zurückhalten lassen? Komm, meine Schwester, bade mit mir. Was soll uns geschehen? Wir Mädchen sind allein. Die Männer, alte wie junge, halten sich abergläubisch an das Verbot. Es wird uns keiner stören.«

Schnell sprangen sie hinein und begannen in dem reinen, klaren Wasser fröhlich zu tauchen und zu schwimmen. Die ältere schwamm furchtlos voran, die andere folgte ihr.

Plötzlich sah Korobona einen Holzpfahl aus dem Wasser ragen. Übermütig schüttelte sie ihn. Da erhob sich eine Männergestalt, ergriff Korobona und hielt sie mit starkem Arm.

Es war ein Wassergeist, der dort unten verzaubert gelegen hatte, bis jemand, der in den See hinausschwamm, es wagen würde, an dem Holzpfahl zu rütteln. »Warraumädchen«, sagte er, »deine Schwester mag gehen! Aber dich halte ich, du schönes Weib. Du mußt mit mir hinunter in mein Heim!«

Die arme Korobona weinte zu Hause an ihrer Schwester Brust. Ihr einziger Trost war, daß ihre vier Brüder nicht wußten, warum sie so betrübt war.

Die Zeit verging. Sie wurde Mutter. Und ihre Brüder schwuren, das Kind zu töten.

»Tötet nicht meine Tochter!« schrie Korobona. »Erschlagt mich, weil ich leichtsinnig war! Meine Tochter wird ein sanftes Mädchen werden und wird euch liebreich dienen. Verschont das hilflose Kind!«

Die Brüder wurden durch ihre Bitte gerührt und überließen das Kind ihrer Sorgfalt, denn sie liebten sie, wenn sie ihnen auch Kummer gemacht hatte.

Inzwischen suchte der Wassergeist seinen Zeitvertreib am Ufer des Sees. Als riesige Schlange sah man ihn von Baum zu Baum gleiten. Oder er stand in menschlicher Gestalt unter den grünen Zweigen, dort, wo sanftes Wellengeriesel den Sand kräuselte. Manchmal war er oben ein Mann und unten eine Schlange. Und die Leute sagten: »Wessen Hand kann dieses schrecklichen Unholds Macht widerstehen? Wer kann seine wahre Natur erkennen?«

Korobona hörte die Erzählungen von ihm, der ihren Sinn erfüllte. Sie hörte nicht auf die Bitten ihrer Schwester. Sie stahl sich hinaus zum See, entschlossen, die Wahrheit herauszufinden.

Lange wartete sie unter den Bäumen voll Furcht und seltsamer Hoffnung, während er, der ihre Gegenwart erspähte, sich ihren Blicken in Schlangengestalt entzog und sich ihr dennoch nahte. Sein Kopf sah aus wie ein schwimmender Samen, den der Wind auf das Wasser geblasen hat. Der Schwanz glich häutigem Schaum. Nichts anderes war von ihm zu sehen.

Korobona beugte sich herab, um diesen schwimmenden Samen zu betrachten. Da schrie er triumphierend: »Du gehörst mir! Ergib dich in dein Schicksal!« und ergriff sie aufs neue.

Die unglückliche Korobona lebte nun einsam im Walde und verbarg dort ihr zweites Kind. Sie wußte, es mußte Blut fließen, wenn ihre Brüder ihre Schuld erfahren würden. Sie weinte viel, denn sie sah Unheil voraus, und ihr größter Kummer war der schöne Knabe, der zum Teil seines Vaters Gestalt hatte. Am Tage seiner Geburt versuchte sie zuerst zu fliehen. Aber sie kehrte bald wieder zurück zu der versteckten

Lichtung, wo das hilflose Kind lag, das sie durch sein schwaches Schreien zurückrief. Ihre Schwester, die treu mit ihr weinte, bewahrte ihr Geheimnis.

Eines Tages hörte jemand, der vorüberging, das Kind schreien und entdeckte sie. Er sagte es ihren Brüdern, die in der Nähe jagten. Bald sah sie die vier erscheinen, wild vor Scham und Rachedurst.

Zwei von ihnen zerrten ihre Schwester nach Hause, zwei kehrten zurück, um das Kind zu erschlagen, das hilflos vor ihnen lag. Sie durchschossen es mit einem Pfeil und ließen es liegen, wo es lag.

»Das Kind ist tot«, sagten sie, »kümmert euch nicht um die wahnsinnige Mutter!« Sie ließen sie gehen, sein Grab zu bereiten. Sie ahnten nicht, daß die Sorgfalt, die sie aufbrachte, den unglücklichen Jungen wieder zum Leben erweckte.

Er wuchs geistig und körperlich viel schneller als andere Kinder. In einem hohlen Baum verbarg er sich vor allen Blicken, bis er die Gestalt seiner Mutter kommen sah. Sie ging täglich in den Wald und brachte ihm Nahrung und plauderte mit ihrem Kind und vergaß darüber ihre Sorgen.

Aber sie bedachte nicht, daß ihre Fußspuren ihren Weg verraten könnten. So erfuhren die Brüder ihr Geheimnis und machten Pfeile und Bogen bereit.

»Wozu macht ihr diese Pfeile?« fragte sie. »Was wollt ihr mit diesen Waffen?« Die Brüder gaben ihr kurze Antwort. Da floh sie in den Wald, und die Brüder eilten ihr nach.

»Verbirg mich, Mutter, vor ihren Augen!« schrie das unglückliche Opfer. »Warum gabst du mir das Leben? Ich habe keinen Platz auf Erden und soll nun bald sterben!«

Die Mutter klammerte sich an ihren Sohn und schirmte ihn mit ihrem Leib vor seinen Feinden. Sie hatten nur wenig Platz zum Zielen, aber von den unfehlbaren Bogen traf jeder Pfeil. Sie schnitten ihn in kleine Stücke. Korobona verfluchte ihre Grausamkeit. »Ihr gemeinen Mörder dieses unschuldigen Kindes! Das Unglück, das ihr fürchtet, wird jetzt über euch kommen, aber durch euch, nicht durch mich! Seht hier Korobona liegen! Dieser Fleck soll ihr Grab werden, dieser Fleck, der bedeckt ist von dem armen Blut! Denkt daran, wenn Unglück über euch kommt und die Warrau ihrem Schicksal verfallen!«

Korobona blieb im Walde zurück und bewachte ihren Toten. Sie häufte breite grüne Blätter und rote Blüten über den zerstückelten Leichnam. Und lieblich und duftend blieb der blutgetränkte Erdenfleck. Aasgeier und wilde Tiere blieben ihm fern. Das Schlangenkind verweste nicht.

Nach einiger Zeit begann der mit Blumen bedeckte Hügel sich zu heben. Sie vernahm die Worte: »Dein Sohn wird jetzt den Mord rächen, der an ihm geschehen ist. Meine Mutter, höre auf zu klagen!«

Erst erhoben sich ein Haupt und Schultern, langsam aus dem Hügel hervorwachsend, dann sah sie die ganze mächtige Gestalt erscheinen mit vollständigen und gesunden Gliedern, wohl bewaffnet, um alle Feinde mit Schrecken zu erfüllen. Mit schwerer Keule stand der Krieger da, mit Bogen und Pfeilen. Weiße Daunenfedern schmückten sein kurzes, schwarzes Haar. Seine Haut leuchtete wie Kupfer, heller als die der Warrau. Seine Wangen und Brauen waren rot bemalt wie mit Blut. So erhob sich finster der erste Karaibe, ein starker Krieger, seine Feinde zu schlagen, ein Schrecken für jeden Warrau. Die vier Brüder erbleichten, als sie ihn sahen, und riefen ihre Krieger zusammen. Aber wenige wagten, es mit seiner Keule aufzunehmen, und die es wagten, erschlug er. Die übrigen flohen. Kein Warrau konnte ihm widerstehen; ihre Pfeile trafen ihn nicht. Die Krieger flohen, um ihr Leben zu retten. Ihre Weiber nahm er zu Frauen, und all ihr Gut wurde seine Beute.

Seine Kinder vermehrten sich und nahmen den Platz der Warrau ein. – Sie sind unbesiegbar, da sie übernatürlichen Ursprungs sind, obgleich sie durch ihre Mutter zu dem von ihnen verachteten Stamm der Warrau gehören.

9. *Warum der schwarze Jaguar die Leute tötet*

(Warrau)

Eines Tages fing Tobe-horoanna, der schwarze Jaguar, draußen im Walde einen jungen Mann. Er schleppte ihn in sein Heim, steckte ihn in einen Topf und sagte: »Du brauchst dich nicht zu fürchten. Ich habe nicht vor, dich zu töten, zu kochen und zu essen. Du wirst am Leben bleiben.«

Als des schwarzen Jaguars Bruder und Schwester heimkamen, sagten sie: »Wir haben gehört, daß du einen jungen Mann gefangen hast. Wo ist er?« »Im Topf«, antwortete Tobe-horoanna. »Hast du ihn gefüttert?« war ihre nächste Frage, und als er dies verneinte, sagten sie: »Nun, so gib ihm ein Wildschwein, und wenn er es nicht ganz vertilgt, so werden wir ihn vertilgen.«

Der Mann war recht erschrocken, als er sie so sprechen hörte, und als sie ihm das Wildschwein gaben, tat er sein Bestes, es zu verzehren. Nachdem er aber die beiden Hinterbeine bewältigt hatte, konnte sein Bauch nicht mehr aufnehmen. Darauf reichte Tobe-horoanna ihm eine Kalabasse mit Kaschiri und gebot ihm, sie auszutrinken. Der arme Bursche sagte, daß sein Bauch voll sei und daß er es unmöglich trinken könne. Da sie jedoch alle drei darauf bestanden, schluckte er das Kaschiri hinunter, aber fast augenblicklich blieb ihm nichts, als alles wieder herauszubrechen.

»Ach, was machst du da?« sagte der schwarze Jaguar. Er dachte, es müßte irgend etwas nicht richtig sein im Munde des Mannes. Da ließ er durch seinen Bruder dem Mann den Mund aufreißen, während er ihm noch mehr Kaschiri eingoß. Aber die Schwester hatte an ihm Gefallen gefunden und wollte gern mit ihm leben. Daher sagte sie, die Brüder möchten den Mann in Ruhe lassen. Da ließen sie ihn los und schickten ihn in den Wald zum Jagen, damit er zeige, ob er imstande sei, eine Frau zu ernähren. Als er aus dem Walde zurückkehrte, brachte er zehn geräucherte Wildschweine mit. Da sagte Tobe-horoanna: »Das ist recht! Ich bin zufrieden. Du kannst meine Schwester haben.«

Also lebte der Mann lange Zeit dort bei seiner Jaguarfrau, die ihm schließlich Zwillingssöhne gebar. Als die Kinder älter wurden und schon kriechen und krabbeln konnten, hütete der Vater sie, während seine Frau auf das Feld ging. Plötzlich knurrten sie und machten ein Geräusch wie Naharani, der Donner. Dies erschreckte den Mann, aber als die Mutter zurückkam, sagte sie ihm, daß solch ein Geräusch nichts zu bedeuten habe; es sei nur derselbe Ton, den die Leute vom Stamme der schwarzen Jaguare immer hören ließen, wenn sie durch den Wald reisten.

Bald danach bekam der Mann Heimweh. Er sagte zu seiner Frau, daß er beabsichtige, seine Mutter und Schwester zu besuchen, und er machte sich auf. Wie freudig wurde er zu Hause begrüßt! Sie hatten ihn schon längst verlorengegeben. Seine Mutter fragte ihn, ob er eine Frau habe, und als sie erfuhr, daß er nicht nur eine Frau, sondern auch zwei Söhne habe, die merkwürdig knurren könnten, bat sie ihn, doch bei seinem nächsten Besuch seine Familie mitzubringen.

Das tat er sehr bald, aber als sie zum Hause seiner Mutter kamen, war dort ein Trinkfest, und die alte Frau hatte ihre Zunge nicht mehr in der Gewalt. Sie machte ihm Vorwürfe, daß er ihr eine solche Schwiegertochter ins Haus bringe; ob er nicht sehen könne, daß sie nicht ein richtiger Mensch, sondern eine Jaguarin sei, die eines Tages über ihn herfallen und ihn umbringen würde? Schäme er sich denn nicht, so eine zu ihr zu bringen, und so weiter. Und in ihrer betrunkenen Wut töteten sie und ihre Tochter ihn. Seine Frau tat ihr Bestes, ihn zu verteidigen, aber sie erschlugen auch sie. Seine beiden Söhne würde das gleiche Schicksal ereilt haben, wenn sie dort geblieben wären, aber es gelang ihnen, zu fliehen, und sie kamen unbeschädigt nach Hause.

Der Onkel Tobe-horoanna fragte: »Wo ist euer Vater?« –

»Tot!« antworteten sie. »Wo ist eure Mutter?« – »Auch tot!« erwiderten sie. Als er alles von ihnen erfahren hatte, wurde er sehr böse, verwandelte sich wieder in einen schwarzen Jaguar, trabte davon zu dem Ort, wo sie tranken, und tötete alle, die Mutter, die Tochter und alle Gäste.

10. Der schwarze Jaguar, Wau-uta und der zerbrochene Pfeil

(Warrau)

Es war einmal ein Mann, der hatte zwei Schwäger. Während er ein rechter Pechvogel war, kehrten sie regelmäßig des Nachmittags mit reicher Jagdbeute heim. Da sagten sie: »Er hat doch kein Glück. Wir wollen ihn unterwegs verlieren!« Sie wollten ihn loswerden.

Eines Tages nahmen sie ihn mit in den Wald. Sie gingen alle drei zusammen, aber bald sagten sie ihm, er solle nach der einen Richtung gehen, während sie nach der anderen gingen. Sie verabredeten, sich an einem bestimmten Platz zu treffen.

Der Weg, den ihm die zwei schlechten Brüder gewiesen hatten, führte zum Lager von Tobe-horoanna, einem riesigen schwarzen Jaguar, aber das wußte der Mann nicht. Er ging fort und fort und kam zu einem breiten Pfad. Da rief er aus: »Wohin gehe ich jetzt?« Während er so mit sich selbst sprach, hörte er etwas heranstürmen und wunderte sich, was das wohl sei. Er sollte sich nicht lange wundern, denn er sah Tobe-horoanna kommen. Da lief er, so schnell er konnte, auf einen riesigen Baum zu, der schwarze Jaguar hinter ihm her. So liefen sie immer rund um den Stamm herum, einer hinter dem andern her, bis es dem Mann gelang, die Hinterbeine des Tieres zu fassen und ihm beide Fersen abzuschneiden. Da setzte sich der Jaguar nieder, denn er konnte nun gar nicht mehr laufen. Darauf schoß ihm der Mann seinen Pfeil durch

den Nacken, brachte mit dem Messer die Arbeit zu Ende und ging nach Hause.
Die zwei Schwäger zweifelten inzwischen keinen Augenblick daran, daß sie ihn nie wiedersehen würden. Sie wußten ja, was für ein armseliger Jäger er war und wohin sie ihn geschickt hatten. Daher waren sie bei seiner Heimkehr sehr überrascht, und um ihre schlechten Absichten zu verbergen, entschuldigten sie sich. »Wir gingen an den verabredeten Platz, aber du warst nicht da. Wir riefen nach dir, aber wir erhielten keine Antwort. Da dachten wir, du wärest tot, und gingen fort. Aber wir wollten gerade noch einmal nach dir sehen.« Natürlich war dies alles gelogen.
Als der Mann erzählte, daß er tatsächlich den Tobe-horoanna getötet habe, wollten es ihm die beiden Schwäger wie auch ihr alter Vater kaum glauben. Sie bestanden darauf, daß er sie zu dem Platz führte. Sie gingen alle zusammen hin, und als sie aus einiger Entfernung den schwarzen Jaguar auf dem Boden liegen sahen, fürchteten sich alle, näher zu gehen, außer dem einen, der ihn getötet hatte. Er sagte ihnen wieder, daß er »ganz, ganz tot« sei, aber sie fürchteten sich noch immer. Da ging er dreist heran und trat auf den Kadaver, um ihnen zu zeigen, daß er die Wahrheit gesagt habe. Nun erst wagte der alte Mann sich zu nähern, seine beiden Söhne aber blieben ängstlich, und dann kehrten sie alle nach Hause zurück.
Nach ihrer Ankunft gab ihm der alte Schwiegervater noch eine Tochter zur Frau, so daß er nun zwei Weiber hatte. Die Schwäger bauten ihm ein größeres Haus, und er wurde fortan als Ai-jamo, als Häuptling der Niederlassung, anerkannt.
Nun genügte aber unserem Freunde der Ruhm nicht, den er sich erworben hatte, indem er das Land von Tobe-horoanna befreite; er wollte auch gern einen guten Ruf haben als geschickter Jäger auf alle anderen Tiere. Wen konnte er da besser um Rat fragen als Wau-uta, den Laubfrosch? Also wanderte er umher, bis er den Baum fand, in dem Wau-uta wohnte. Er stellte sich unter den Baum und rief ihr zu, ihm zu

helfen. Er rief und rief, bis der Abend heraufdämmerte, aber er bekam keine Antwort. Dennoch rief er immer weiter und bat sie, ihn alle Dinge zu lehren, die er so gern lernen wollte; und als die Nacht hereinbrach, begann er zu weinen. Er wußte ganz gut, daß sie herunterkommen würde, wenn er lange genug weinte, gerade wie eine Frau, die einen Mann einmal abgewiesen hat, doch endlich Mitleid bekommt, wenn sie ihn weinen hört.

Als er so wehklagend unter dem Baum stand, was kam da herangezogen? Ein ganzer Zug Vögel, wohlgeordnet nach der Größe vom kleinsten bis zum größten. Der kleine Doroquara kam zuerst. Er pickte mit dem Schnabel auf die Füße des Mannes, um ihn erfolgreich zu machen, ihn zu jagen. Und so kamen der Reihe nach alle anderen Vögel bis zu den allergrößten. Wau-uta begann nämlich Mitleid mit ihm zu haben, aber das wußte er natürlich nicht. Als alle Vögel fertig waren, kamen alle Ratten der Reihe nach, je nach ihrer Größe. Ihnen folgten die Aguti, Paka, Rehe, Wildschweine bis zum Tapir. Im Vorbeigehen streckte jedes Tier die Zunge heraus, leckte seine Füße und ging weiter. Dadurch brachten sie ihm Glück auf der Jagd nach ihresgleichen. In gleicher Weise kamen dann die Tiger, vom kleinsten bis zum größten. Alle nahmen die gleiche Handlung vor und gingen weiter. Zuletzt erschienen die Schlangen, taten wie die anderen und krochen weiter.

Natürlich beanspruchte dieser Vorbeimarsch Zeit. Erst bei Tagesanbruch war er beendet. Da hörte der Mann endlich auf zu weinen. Im Tageslicht sah er jemanden auf sich zukommen. Es war Wau-uta, die einen sonderbar aussehenden Pfeil trug. »Du warst es also, der die ganze Nacht lärmte und mich nicht schlafen ließ?« – »Ja«, erwiderte der Mann, »ich war es.« – »Nun«, sagte Wau-uta, »sieh einmal an deinem Arm herunter von der Schulter bis zur Hand!« Er blickte daran herunter und sah, daß sein ganzer Arm mit Schwamm bedeckt war. Er blickte auf seinen anderen Arm. Dort war es ebenso. Dieser

Schwamm war es, der ihm immer Unglück gebracht hatte. Nun kratzte er ihn schleunigst ab.
Wau-utas Pfeil sah sehr merkwürdig aus. Er war in drei oder vier Stücke gebrochen, die nachträglich wieder zusammengefügt waren. Wau-uta gab ihn dem Mann und nahm seinen Pfeil dafür zum Tausch. Sie hieß ihn, den Pfeil auf den Bogen zu legen und nach einer dünnen Liane zu schießen, die weit entfernt hing. Der Pfeil traf sein Ziel.
Wau-uta legte den Pfeil wieder auf den Bogen und gebot ihm, in die Luft zu schießen. In welcher Richtung er immer seinen Pfeil abschoß, sobald er zur Erde kam, traf er irgend etwas, zuerst einen Doroquara und dann weiter, in derselben Reihenfolge, wie die Vögel seine Füße gepickt hatten, alle Vögel bis zum Hokko, jedesmal einen anderen Vogel. Dabei konnte er selbst nichts sehen, wenn er den Pfeil abschoß. Als er fortfuhr, nach allen Richtungen in die Luft zu schießen, fand er, daß er eine Ratte, ein Aguti, getroffen hatte, und so ging es weiter, bis ein prächtiger Tapir seinem Pfeil erlag. Danach schoß er Tiger und Schlangen. Als all dies beendet war, sagte Wau-uta zu ihm, er dürfe den zerbrochenen Pfeil behalten, aber unter der Bedingung, daß er niemals zu irgend jemandem ausplauderte, daß sie es gewesen sei, die ihn gelehrt hätte, ein so guter Schütze zu sein. Darauf trennten sie sich.
Unser Freund kehrte nach Hause zurück zu seinen beiden Frauen. Sein Bratrost war immer gefüllt, und bald war sein Ruf als glücklicher Jäger ebenso groß wie sein Ruhm als Töter des Tobe-horoanna. Alle taten ihr möglichstes, um das Geheimnis seines Erfolges herauszubekommen. Sie fragten ihn wiederholt, aber er weigerte sich, es zu sagen. So warteten sie ihre Zeit ab und überredeten ihn, ein großes Paiwari-Fest mitzumachen. Das alte Lied: Der Trunk brachte das Unheil: er löste seine Zunge. Da plauderte er aus, was geschehen war.
Am nächsten Morgen, nachdem er wieder bei Bewußtsein

war, wollte er seinen Pfeil holen, den Pfeil, den Wau-uta ihm geschenkt hatte, aber er fand ihn ersetzt durch seinen eigenen Pfeil, den er Wau-uta zum Tausch gegeben hatte. Von der Zeit an hatte er alles Glück verloren.

11. Die Geschichte von Haburi

(Warrau)

Vor langer Zeit lebten einmal zwei Schwestern allein zusammen. Sie hatten keinen Mann, der für sie sorgte. Eines Tages fällten sie eine Mauritiapalme, um aus ihrem Mark Mehl herzustellen. Es war über dem Fällen spät geworden, deshalb ließen sie die weitere Arbeit und gingen nach Hause. Als sie am anderen Morgen an den Platz kamen, fanden sie das Mehl schon fertig zubereitet. Sie konnten sich nicht erklären, wie das zugegangen war. Am nächsten Tag war es ebenso – wieder fanden sie das Palmmark fertig bereitet. Und so geschah es ihnen wieder und wieder. Da beschlossen sie, eines Nachts zu wachen.

Neben der Mauritiapalme stand eine Assaïpalme, und um Mitternacht sahen sie, wie sich einer der langen Palmwedel allmählich weiter und weiter herabneigte, bis er die Schnittfläche der abgehauenen Mauritiapalme erreichte. Da liefen beide Schwestern herzu, hielten den Palmwedel fest und baten ihn inständig, sich doch in einen Mann zu verwandeln. Er weigerte sich zuerst, aber als sie gar so sehr baten, tat er ihnen den Willen. Sein Name war Mayara-koto. Die ältere der Schwestern war nun glücklich, und im Laufe der Zeit bekam sie einen schönen kleinen Sohn, den sie Haburi nannten.

Die beiden Frauen wohnten in der Nähe von zwei Teichen. Der eine Teich gehörte einem Jaguar, der andere gehörte ihnen, und aus ihm holten sie sich ihre Fische. Sie warnten Mayara-koto, niemals an den Teich des Jaguars zu gehen. Der

Mann sagte jedoch: »In unserem Teich sind wenig Fische, in dem des Jaguars dagegen viele. Ich werde fischen gehen in seinem Teich!« Er tat, wie er gesagt hatte, aber der Jaguar kam des Weges, packte ihn und tötete ihn, weil er ihm seine Fische gestohlen hatte.

Danach nahm der Jaguar Mayara-kotos Gestalt an und kehrte zu den beiden Frauen zurück. Es war sehr spät, als er kam, und sehr dunkel. Er brachte Mayara-kotos Tragkorb mit und auch die Fische, die jener ihm gestohlen hatte, bevor er ihn tötete. Der Jaguar stellte den Tragkorb vor dem Hause nieder, wie es Sitte ist, ging hinein und sagte den Frauen, er habe Fische mitgebracht. Beide Frauen waren erstaunt über seine rauhe, heisere Stimme. Er sagte dann, daß er sehr müde sei und sich in seine Hängematte legen wolle, sie sollten ihm Haburi bringen, er wolle auf ihn achtgeben. Daraufhin brachten sie ihm das Kind. Er sagte ihnen auch, daß er schlafen wolle, sie sollten die Fische hereinbringen und kochen, aber sich nicht weiter um ihn kümmern.

Die Frauen kochten die Fische. Als sie gekocht waren und die Frauen sie aßen, war der Mann eingeschlafen. Da fing er an, sehr sonderbar und laut zu schnarchen, so laut, daß man ihn auf der anderen Seite des Flusses hätte hören können. Während er schnarchte, rief er den Namen des Mannes: »Mayarakoto!« Die beiden Frauen sahen einander an und lauschten. Sie sagten: »Unser Gatte hat niemals so geschnarcht, er hat nie zuvor seinen eigenen Namen gerufen!« Sie hörten sofort auf zu essen und sagten eine zur anderen, daß dieser Schnarcher unmöglich ihr Gatte sein könne. Da überlegten sie, wie sie den kleinen Haburi aus den Armen des Mannes bekommen könnten, in denen er ruhte.

Sie machten ein Bündel aus Baumbast, schoben es vorsichtig unter das Kind und zogen es heraus. Dann machten sie sich eiligst mit ihm davon, während der Mann noch schnarchte mit dem Bastbündel im Arm. Sie nahmen auch ein Wachslicht mit und ein Bündel Feuerholz.

Auf ihrer Flucht hörten sie Wau-uta singen. Wau-uta war in jener Zeit eine Frau. Sie war eine Zauberin, und sie sang gerade zu ihrer Zauberrassel. Die beiden Frauen eilten vorwärts, denn sie wußten, daß sie bei Wau-uta in Sicherheit sein würden.

Inzwischen war der Jaguar-Mann aufgewacht, hatte das Bastbündel in seinem Arm gefunden anstatt des kleinen Haburi und sah, daß beide Schwestern fort waren. Da wurde er zornig. Er verwandelte sich zurück in Tiergestalt und sprang ihnen nach. Die Frauen hörten ihn kommen und eilten noch mehr. Sie schrien: »Wau-uta! Öffne die Tür!« – »Wer ist da?« fragte Wau-uta. »Wir sind es, die zwei Schwestern.« Aber Wau-uta machte die Tür nicht auf. Da kniff die Mutter den kleinen Haburi ins Ohr, damit er schrie. Sowie Wau-uta das hörte, rief sie hinaus: »Was ist das für ein Kind? Ist es ein Mädchen oder ein Junge?« – »Es ist mein Haburi, ein Junge«, antwortete die Mutter. Darauf öffnete Wau-uta sofort die Tür und sagte: »Kommt herein, kommt herein!«

Kaum waren alle im Hause, da kam der Jaguar. Er rief nach Wau-uta und fragte sie, wohin die zwei Frauen und das Kind gegangen seien. Aber Wau-uta log und sagte, sie hätte sie nicht gesehen, sie hätte niemanden gesehen. Der Jaguar wußte aber durch seinen Geruchssinn, daß sie dort waren, und darum wartete er draußen und weigerte sich fortzugehen. Dies ärgerte Wau-uta. Sie wurde so zornig, daß sie ihm sagte, er möge nur seinen Kopf hereinstecken und sich umschauen; wenn er die Frauen und das Kind sähe, könne er sie gleich fressen, wenn er wolle. Aber die Tür war mit großen Dornen bedeckt, und sowie der dumme Jaguar seinen Kopf hineinsteckte, schloß die alte Frau die Tür und tötete ihn so.

Die beiden Schwestern blieben dort und weinten viel. Sie trauerten um ihren Gatten. Sie weinten so viel, daß Wau-uta ihnen gebot, auf das Feld hinauszugehen, um Kassawa zu holen und Getränk zu bereiten. Da machten sie sich fertig und

wollten Haburi mitnehmen, aber Wau-uta sagte: »Nein, ich kann gut nach dem Kinde sehen, während ihr fort seid.« So taten sie, wie ihnen gesagt war, und gingen fort auf das Feld.
Inzwischen ließ Wau-uta das Kind sich sogleich in einen Jüngling verwandeln und gab ihm die Flöte zum Blasen und die Pfeile zum Schießen.
Als die Mutter und die Tante zurückkehrten mit der Kassawa, hörten sie die Musik und sagten: »Es war kein Mann oder Knabe da, als wir das Haus verließen. Wer kann es sein? Es muß ein Mann die Flöte blasen.« Obgleich sie sich schämten, gingen sie hinein und sahen den Jüngling auf der Flöte blasen.
Sobald sie die Körbe vom Rücken abgestellt hatten, fragten sie nach Haburi. Wau-uta sagte, das Kind sei hinter ihnen hergelaufen, sobald sie zur Pflanzung gegangen seien, und sie hätte gedacht, es sei noch bei ihnen. Natürlich war dies alles gelogen. Die alte Wau-uta wollte Haburi gern schnell groß haben, weil sie ihn später zu ihrem Liebsten machen wollte. Sie betrog die beiden Schwestern weiter, indem sie so tat, als ob sie in der Umgebung des Hauses eifrig nach dem Kinde suche, aber sie richtete es so ein, daß sie zuerst zurückkam, und sagte zu Haburi, sie, Wau-uta, sei seine Mutter, und gab ihm genaue Weisungen, wie er sie behandeln müsse.
Haburi war ein ausgezeichneter Schütze; kein Vogel entkam seinem Pfeil. Wau-uta ließ sich von ihm alle großen Vögel bringen, die er tötete, und seiner Mutter und Tante mußte er die kleinen geben, und zwar erst dann, wenn sie verdorben waren. Sie wollte dadurch die beiden Schwestern so ärgern, daß sie den Ort verließen. Aber das taten sie nicht. Sie suchten unaufhörlich die Umgegend ab nach ihrem kleinen Bübchen. So ging es lange Zeit.
Eines Tages jedoch verfehlte Haburi zum erstenmal einen Vogel. Der Pfeil blieb in einem Zweig stecken, der über eine Bucht hing, in der seine Onkel, die Fischottern, ihre Mahlzei-

ten einzunehmen pflegten. Es war ein hübscher, sauberer Platz. Hier erleichterte sich Haburi und bedeckte den Kot mit Blättern. Danach kletterte er auf den Baum, um den Pfeil herabzuholen. Da kamen gerade die Fischottern an, schnupperten in die Luft und riefen: »Wonach riecht es hier? Unser nichtswürdiger Neffe Haburi muß in der Nähe sein!« Sie blickten um sich, herunter und herauf, und entdeckten ihn endlich in den Zweigen des Baumes. Da befahlen sie ihm, herunterzukommen. Dann setzten sie ihn auf eine Bank und sagten ihm, daß er ein sehr schlechtes Leben führe, daß die alte Frau gar nicht seine Mutter sei, sondern daß die beiden jungen seine Mutter und seine Tante seien. Sie sagten ihm, daß es sehr unrecht von ihm sei, daß er die Vögel so ungerecht verteile, und daß er es in Zukunft gerade umgekehrt machen und seiner rechten Mutter, der größeren der beiden Schwestern, die größten Vögel geben müsse. Sie rieten ihm auch, seiner rechten Mutter zu sagen, daß er sie nur aus Unkenntnis der Dinge schlecht behandelt hätte und daß es ihm leid täte.

Als Haburi an jenem Tage nach Hause kam, führte er aus, was ihm die Fischottern geraten hatten. Die schlechten kleinen Vögel gab er Wau-uta, und seiner Mutter schüttete er sein Herz aus. Dem armen Ding war es sonderbar zumute. Sie konnte sich nicht entschließen, plötzlich »mein Sohn« zu ihm zu sagen. Aber als er ihr erklärte, daß nur Wau-uta ihn so schnell zum Manne gemacht hätte, glaubte sie ihm und war getröstet.

Als die alte Wau-uta dies alles hörte, geriet sie in große Wut. Sie packte Haburi im Nacken, blies ihm ins Gesicht und schrie, er müsse wahnsinnig geworden sein. So wütend und aufgeregt war sie, daß sie nichts essen konnte. Haburi ging am nächsten Morgen fort, wie gewöhnlich, und kehrte am Nachmittag zurück. Da gab er wieder seiner rechten Mutter die großen Vögel, die er geschossen hatte, und Wau-uta die beschmutzten und kleinen. Nun ließ ihm Wau-uta keine Ruhe mehr, wie man sich denken kann.

Daher beschloß Haburi fortzugehen. Er sagte seiner Mutter, daß sie alle drei fortgehen wollten. Er verfertigte ein kleines Kanu aus Bienenwachs, und als es fertig war, ließ er es am Ufer. Aber am anderen Morgen hatte es eine schwarze Ente fortgenommen. Da machte er ein neues kleines Kanu aus Lehm, dieses wurde von einer anderen Ente gestohlen. Inzwischen schlug er eine Pflanzung und rodete so schnell, daß die Frauen mit ihren Stecklingen nicht nachkommen konnten. Sie brauchten viel Kassawa für ihre Reise. Während die Frauen pflanzten, ging Haburi oft davon und machte ein Boot, immer wieder aus anderem Holz und von anderer Form, und immer wieder kam eine andere Art Ente und stahl es ihm. Endlich machte er ein Boot aus dem Holz des Samaumabaumes, und dieses wurde ihm nicht gestohlen. So war Haburi der erste, der ein Boot machte und der die Enten lehrte, auf der Oberfläche des Wassers zu schwimmen, denn mit seinen Booten gelang es ihnen. Die Warrau sagen, daß jede Ente ihr besonderes Boot habe.
Das Boot aber, das Haburi gemacht hatte, war über Nacht ganz groß geworden. Er wies seine Mutter und seine Tante an, Lebensmittel ins Boot zu tragen für ihre bevorstehende Reise. Er selbst kehrte zur Pflanzung zurück und half der alten Wau-uta. Nach einiger Zeit schlüpfte er davon, ging zum Hause zurück, nahm seine Pfeile und seine Axt und eilte zum Ufer. Bevor er das Haus verließ, gebot er den Pfosten, ihn nicht zu verraten, denn in jenen Tagen konnten die Hauspfosten sprechen, und wenn der Eigentümer abwesend war, konnte ein Besucher von ihnen erfahren, wo er sich aufhielt. Es war aber auch ein Papagei in dem Hause, und Haburi vergaß völlig, ihm Schweigen aufzuerlegen.
Als nun die alte Frau nach einiger Zeit Haburi vermißte, ging sie ins Haus, um ihn zu suchen. Sie fragte die Pfosten, sie blieben stumm. Der Papagei aber verriet ihn.
Da eilte Wau-uta zum Landungsplatz und kam gerade zur Zeit, um zu sehen, wie Haburi zu seiner Mutter ins Boot stieg.

Sie klammerte sich an das Fahrzeug und schrie: »Mein Sohn, mein Sohn, du darfst mich nicht verlassen. Ich bin deine Mutter!« Und obgleich sie alle mit den Rudern nach ihr schlugen und ihr fast die Finger zerbrachen, ließ sie nicht los.
So sah sich Haburi gezwungen, wieder an Land zu gehen. Er ging mit Wau-uta zu einem hohlen Baum, in dem sich ein Bienennest befand. Er schlug den Baum um, schnitt ein Loch in den Stamm und gebot der Alten, hineinzukriechen und den Honig zu schlürfen. Sie liebte den Honig sehr. Obgleich sie die ganze Zeit bitterlich weinte bei dem Gedanken, Haburi zu verlieren, kroch sie doch durch die kleine Öffnung, die er sofort fest verschloß.
Dort findet man sie noch heute als den Wau-utafrosch, der nur in hohlen Bäumen vorkommt. Wenn man genau achtgibt, kann man noch sehen, wie geschwollen die Finger sind von den Ruderschlägen, als sie versuchte, das Boot festzuhalten. Auch hört man sie noch immer klagen über den verlorenen Liebhaber. Noch heute schallt ihr Ruf: Wang, Wang, Wang!

12. Die Zauberrasseln

(Warrau)

Eines Tages ging ein Mann mit seiner Frau und seinen zwei Söhnen in das benachbarte Dorf, um an einem Trinkfest teilzunehmen. Ihre beiden Töchter blieben zu Hause und bereiteten Kaschiri. Als sie nun zum Bach hinunterschlenderten, um Wasser zu holen, hörten sie einen eigenartigen Schrei. Es war Siwara, der Waldgeist, der sie absichtlich irreführte, indem er den Schrei eines großen Habichts nachahmte. Sie forderten den Habicht in der üblichen Weise heraus, indem sie riefen: »Schreie nicht, sondern zeige dich oder töte etwas für uns!« Sie sahen nichts und hörten nichts weiter.

Als sie wieder zu Hause waren und sich eine Weile ausgeruht hatten, näherte sich ein junger Mann dem Hause. Er begrüßte sie mit »Guten Tag, Basen!« und trat ein. »Wo sind eure Eltern?« fragte darauf der Fremde. Es war niemand anderes als Siwara, welcher der Aufforderung, sich zu zeigen, gefolgt war. Die Mädchen erzählten ihm, daß die anderen alle fort seien zu einem Trinkfest, und boten ihm Kassawa und Getränk an. Nachdem er davon genommen hatte, sagte ihnen Siwara, sie sollten gehen und das Hokkohuhn hereinholen, das er ihnen mitgebracht hätte. Danach bat er sie, seine Hängematte hereinzubringen, da er die Nacht über dableiben wolle. Sie holten die Hängematte und hingen sie in dem Ende des Hauses auf, das am weitesten von ihrer Schlafstelle entfernt war. Da sagte er: »Fürchtet euch nicht! Ich werde euch nicht stören.« Und er sprach wahr. Die Mädchen schliefen die ganze Nacht hindurch, ohne von ihm gestört zu werden. Früh am nächsten Morgen kehrte Siwara in den Wald zurück, aber bevor er Abschied nahm, verbot er ihnen, ihren Eltern von seinem Besuch zu erzählen.
Nicht lange danach kamen die Eltern zurück. Als sie das geröstete Hokkohuhn sahen, riefen sie aus: »Wie seid ihr denn dazu gekommen?« Die Mädchen logen und sagten: »Wir sahen einen großen Habicht, der es erbeutet hatte, und nahmen es ihm weg.« Nach und nach wurde das Hokkohuhn gekocht und gegessen, und als der alte Vater einen Bissen davon kaute, den er gerade aus dem Topf geholt hatte, biß er auf das Stück eines Blasrohrpfeils. Da wandte er sich an seine Töchter und fragte: »Wenn ein Habicht den Vogel tötete, wie kommt der Pfeil hinein?« Nun mußten sie gestehen, daß ihr Onkel ihnen das Hokkohuhn gebracht hätte. »Warum habt ihr das nicht gleich gesagt?« rief der Alte. »Warum ließt ihr mich nicht wissen, daß er euch besuchte, während wir fort waren? Geht gleich und ruft ihn herein!« Die Mädchen gingen hinaus und riefen: »Daku! Daku!«, »Onkel! Onkel!«, und Siwara hörte sofort auf ihren Ruf. Als er eintrat, hieß ihn

der Hausherr willkommen, und er setzte sich nieder auf den Schemel, der ihm angeboten wurde. »Danke, danke!« rief er aus. »Ich war gestern hier und leistete den Mädchen Gesellschaft.«

Nun war der alte Vater, der von dem Trinkfest kam, noch reichlich benebelt und wußte kaum, was er tat. Obgleich er nicht die leiseste Ahnung hatte, wer Siwara eigentlich war, bot er ihm seine älteste Tocher an, vorausgesetzt, daß sie ihm gefiele. Es traf sich, daß sie Siwara sehr gut gefiel, und er wandte sich daher an die Mutter und fragte sie, ob sie ihn als Schwiegersohn haben möchte. Sie sagte: »Ja, sehr gern.« Und so geschah es, daß der Waldgeist eine Frau bekam und mit ihr im Hause seines Schwiegervaters seinen Wohnsitz nahm.

Siwara erwies sich als ein sehr guter Gatte und Schwiegersohn. Von jedem Jagdzug kehrte er beladen mit Wildbret heim. Er machte sich auch die Mühe, den Brüdern seiner Frau zu zeigen, wie man Wildschweine schießt. Früher brachten diese zwei Burschen oft einen Vogel heim und sagten, sie hätten ein Wildschwein gebracht. Sie wußten eben nicht, was ein Wildschwein war. Da nahm er sie eines Tages mit, und als sie einen geeigneten Platz erreicht hatten, schüttelte er seine Rassel, und herbei eilten die Wildschweine, gehorsam seinem Rufe. »Dies sind Schweine! Schießt!« sagte Siwara, aber die beiden Brüder, die nie zuvor ein Wildschwein gesehen hatten, fürchteten sich und kletterten auf einen Baum. Da mußte er selbst drei oder vier töten, und diese nahmen sie dann später mit nach Hause.

Die Zeit verging. Nachdem seine Frau ihm ein Kind geschenkt hatte, wurde Siwara anerkannter Erbe des Besitzes ihrer Familie und brachte auch sein Eigentum, das er bis jetzt im Walde gelassen hatte, in das Haus seines Schwiegervaters. Dieses galt fortan als sein eigenes Heim.

Unter den Sachen, die er in sein neues Heim mitbrachte, befanden sich vier Rasseln, die nur zur Wildschweinjagd gebraucht wurden. Es gibt zwei Arten Schweine, eine harm-

losere und eine sehr gefährliche. Für jede Art hatte er ein Paar Rasseln, eine Rassel, um die Tiere herbeizurufen, die andere, um sie fortzutreiben. Nachdem er die Rasseln aufgehängt hatte, warnte er die Verwandten seiner Frau dringend, diese Rasseln während seiner Abwesenheit zu berühren, weil daraus großes Unglück entstehen würde.
Bald darauf ging Siwara fort, um ein Feld zu roden. Während er fort war, kamen seine Schwäger zurück. Sie sahen die schönen, mit Federn verzierten Rasseln alle in einer Reihe hängen und konnten der Versuchung nicht widerstehen, eine herunterzunehmen, um sie genau zu betrachten. In ihre Betrachtung vertieft, vergaß der Schwager ganz das Verbot und begann sie zu schütteln. Aber ach! Es war die falsche Rassel, die für die bösen Wildschweine! Und nun kamen diese wilden Bestien in Scharen von nah und fern herbei und ließen der jungen Mutter, den zwei Brüdern und den alten Leuten kaum Zeit, sich auf die nächsten Bäume zu flüchten. In der Eile und Aufregung hatte die Mutter jedoch ihr Kind vergessen, das die Schweine in Stücke rissen und verschlangen. Als sie sahen, was sich unten ereignete, schrien die Flüchtlinge und riefen nach Siwara, er solle schnell kommen und all die Tiere vertreiben, damit sie in Sicherheit heruntersteigen könnten. Siwara kam, schüttelte die richtige Rassel und trieb die Tiere fort. Als alle herabgestiegen waren und mit ihm zusammentrafen, suchte er nach seinem Kindchen. Aber er fand es nicht. Da tadelte er sie, daß sie seinem Gebot nicht gefolgt wären, und war so ärgerlich, daß er sie verließ. – Es ist jetzt schwer für sie, Nahrung zu bekommen.

13. Die Affenfrau

(Warrau)

Es waren einmal ein Mann und eine Frau, die hatten eine Äffin gefangen und aufgezogen. Sie war so zahm und anhänglich geworden, daß die alten Leute sie ruhig allein zu Hause ließen, wenn sie fortgingen. Eines Tages, als sie ausgegangen waren, um Freunde zu besuchen, streifte die Äffin ihre Haut ab, warf sie über einen der Hausbalken und band sich eine Perlenschürze um und anderen Schmuck, der im Hause zurückgeblieben war. Darauf machte sie sich an die Kassawa, die sie kochte und aß. Endlich zog sie ihr Fell wieder an.

Als die Hausbewohner zurückkamen, suchten sie die Kassawa und konnten sie nirgends finden. Aber obgleich sie sich sehr darüber wunderten, fiel kein Argwohn auf die Äffin. Bei der nächsten Gelegenheit, als wieder einmal alle fortgingen, verbarg sich ein junger Mann und blieb zurück, um aufzupassen, damit nicht zum zweitenmal jemand die Kassawa stehle.

Nach einiger Zeit zog die Äffin ihr Fell aus, kleidete sich wie zuvor und fing an, Kassawa zu backen. Da sprang der junge Mann hervor und ergriff sie. Es gab einen harten Kampf. »Nein!« sagte sie. »Ich kann nicht deine Frau werden.« – »Aber ich habe ein solches Verlangen nach dir«, war die Erwiderung. »Das ist alles recht schön«, sagte sie, »aber du wirst mich doch schlecht behandeln und prügeln.« Als er ihr versicherte, daß er sie niemals schlecht behandeln würde, willigte sie endlich ein, sich seinen Wünschen zu fügen. Da riß er das Affenfell vom Balken herunter und warf es ins Feuer.

Sie lebten lange Zeit zusammen, und sie gebar ihm einen Sohn. Danach begannen aber ihre Leiden, denn er war ihrer überdrüssig geworden. Er fing an, sie zu schlagen, »Affe« zu ihr zu sagen und sie in jeder Weise zu quälen. Schließlich wurde es ihr zuviel, und sie sagte zu sich selbst: ›Ich kann diese Behandlung nicht länger ertragen. Ich will zurückkehren zu meinen Leuten.‹ Sie sagte ihrem Mann, sie wolle zum Baden gehen. Statt dessen ging sie aber weit fort in den Wald hinein. Ihr Mann wartete lange, lange auf sie, und endlich machte er sich auf, sie zu suchen. Sie hinkte unterdessen mit einem Stock umher und versuchte, ihre frühere Gangart auf vier Füßen wieder herauszubekommen. Gerade war es ihr geglückt, nach alter Gewohnheit sich von einem Baum zum anderen zu schwingen. Ihr kleiner Knabe fing schon an, die Bewegungen der Mutter nachzuahmen.

Als ihr Mann kam, da sah er sie mit dem Kleinen vom Wipfel eines Baumes zum anderen springen. »Komm nach Hause zurück!« rief er, aber sie hörte nicht auf ihn. Nur das Kind, dem der Vater leid tat, warf ihm Spinnen und Insekten zum Essen herunter. – Affen können solche Dinge wohl essen, aber sie sind keine Kost für Menschen, und so blieb er hungrig. – »Komm nach Hause zurück!« schrie der Mann von neuem, während er versuchte, ihr unten durch die Büsche zu folgen. Sie sah auf ihn herab und rief ihm zu: »Nein, ich bin genug gestraft gewesen durch dich!«

So setzten sie ihren Lauf fort, der Vater unten auf dem Boden, Mutter und Kind sich in den höchsten Zweigen von Baum zu Baum schwingend. Endlich kamen sie an einen breiten Fluß. Da rief die Äffin ihren Verwandten zu: »Kommt und holt uns!« Und es kam ein so starker Wind, der wehte gegen die gegenüberliegende Uferseite hin, daß sich die Bäume weit über den Fluß neigten und die Bäume der anderen Seite berührten. Da konnte die Mutter mit ihrem Kind hinüberspringen, und als sie drüben waren, schlugen die Bäume und Büsche zurück, wie sie vorher gestanden hatten. Die Äffin rief dem Manne zu: »Du mußt uns nachschwimmen, wenn du uns haben willst!« Und der kleine Sohn, der seinen Vater wirklich gern hatte, rief: »Lebe wohl, ich gehe fort!« Aber die Mutter rief nichts mehr.

Der Mann verließ das Ufer und ging wütend nach Hause. Dort zerstörte er alles, was der Frau gehört hatte. Er zerschnitt ihre Hängematte, zerbrach ihre Kalabassen und zerschlug ihre Töpfe. Was für eine schlechte Laune muß er gehabt haben!

14. *Die Frau, die vom Gespenst ihres Mannes getötet wurde*

(Warrau)

Einst machte sich eine Gesellschaft von Arowaken auf zum Berbice, und unterwegs wurden sie alle ermordet. Es waren lauter verheiratete Männer. Ihre Frauen hatten sie zurückgelassen am Pomeroon. Die Frauen nahmen alle andere Männer, außer einer. Diese war so traurig über den Verlust ihres Mannes, daß sie keinen anderen haben wollte. Sie fand Trost in ihren zwei kleinen Kindern.

Nach einiger Zeit begab es sich, daß das ganze Dorf zu einem Trinkfest zog, nur die Witwe blieb allein zurück. Als die Nacht hereinbrach, hörte sie vom Fluß her Flöte blasen. Der Ton kam näher und näher. Sie erkannte die Weise ihres Mannes und sagte zu ihrem Kinde: »Diese Melodie pflegte dein Vater zu spielen. Vielleicht wurde er allein gerettet, als alle anderen getötet wurden.«

Tatsächlich war es das Gespenst des Mannes, das versuchte, nach Hause zu kommen. Nachdem der Geist die Landungsstelle erreicht hatte, band er sein Boot an und kam herauf zum Hause, wo die Frau ihn erkannte.

Er sagte: »Guten Tag!« und fragte, ob es ihr gut gehe, und erkundigte sich nach den beiden Kindern. Darauf bat er sie, seine Hängematte aufzuspannen, denn er sei krank zurückgekommen. Als er in seiner Hängematte lag, begann er ihr genau alles zu berichten, was geschehen war, wie er mit all den anderen getötet wurde. Nach einiger Zeit sagte er: »Geh

und hol Licht! Es müssen viele Flöhe hier sein. Sie beißen mich schrecklich in den Rücken.« Aber anstatt Flöhe waren es Würmer, die in ihm nagten, und als die Frau mit einem Feuerbrand kam, konnte sie sie heraus- und hereinkriechen sehen. Sie sagte: »Nein, nein, es sind keine Flöhe da!«
Da sie nun all die Würmer gesehen hatte, wußte sie, daß es ihres Mannes Gespenst sein müsse und nicht sein Körper, der zurückgekommen war. Es war ein Zeichen für sie, daß etwas geschehen würde.
Wieder und noch ein drittes Mal bat er sie, ihm die Flöhe abzusuchen, aber sie bestand auf ihrem: »Nein, nein, es sind keine Flöhe da.«
Unterdessen überlegte sie, wie sie sich retten könne. Sie fing an zu spucken und spuckte immer auf dieselbe Stelle, bis dort eine kleine Lache von Speichel war. Dann schlüpfte sie leise zum Hause hinaus und lief der nächsten Ansiedlung zu.
Als das Gespenst sie nun wieder bat, die Flöhe zu fangen, antwortete der Speichel: »Nein, nein, es sind keine Flöhe da!« Und so wiederholten sich Frage und Antwort. Aber als der Speichel endlich eingetrocknet war, konnte er nicht mehr sprechen, und sobald das Gespenst keine Antwort bekam, stieg es aus der Hängematte und folgte den Spuren der Frau.
Der Feuerbrand, den sie trug, war erloschen. Sie lief weiter im Dunkeln, der Geist laut rufend hinter ihr her. Als er immer näher kam, erinnerte sie sich an ein altes Gürteltierloch. Darin verbarg sie sich, während der Geist vorbeieilte. Er bemerkte jedoch bald, daß sie ihn überlistet hatte, und kehrte zu der Stelle zurück, wo sie so plötzlich verschwunden war. Dort blieb er stehen und sann nach, und sie hörte ihn vor sich hinsagen: »Ich bin tot. Aber obgleich ich tot bin, suche ich sie, und ich werde sie auch bald töten.« Damit verlor sie ihn in der Dunkelheit aus den Augen.
Sie kroch hervor aus ihrem Versteck, erreichte die nächste Ansiedlung und erzählte ihren Freunden alles, was geschehen

war. Und was der Geist gesagt hatte, wurde wahr. Sie wurde bald krank und starb.

15. Die Amazonen

(Akawoyo)

Von den wilden Worisiana kann ich die alte Geschichte erzählen, wie ihr kriegerischer Ruhm und ihre Stärke in Schmach begann.

Einstmals war eine Häuptlingsfrau, To-eyza, ihrem Mann untreu geworden. Sie war aber keineswegs bedrückt durch ihre Schuld. Wenn ihr Mann hochmütig war, so war sie noch hochmütiger.

Am Badeplatz der Frauen sagte To-eyza: »Manche sagen, die Ehe sei ein Schutz; ich halte sie für gemeine Unterwerfung. Lieber wäre ich tot! Was können wir, die von den Eltern weggegeben werden, von Liebe wissen? Alle unsere Tage verleben wir in Plage. Arbeit heute und Arbeit morgen, immer Arbeit und Leid. Widersetzt euch mit mir dieser schmachvollen Knechtschaft! Seht dort drüben den schwarzen Jaguar! Das ist mein Liebster in seiner Verkleidung. Männer wie er können leicht herüberschwimmen und uns befreien! Ruft seinen Namen! ›Walyarima‹ soll unsere Losung sein! Behaltet ihn gut, ihr, die ihr Befreiung sucht aus der Knechtschaft eurer Männer!«

Drei Männer hatten von dem nahen Wald aus Walyarima gesehen und alles gehört, und sie kamen und erzählten es ihrem Häuptling »To-eyborori«.

Am Morgen sagte der Häuptling ruhig zu den Frauen: »Wir haben einen beschwerlichen Jagdzug vor. Bereitet Kassawabrot, damit wir keinen Hunger leiden!«

Als sie alle fortgegangen waren, um Wurzeln zu holen, ging er zum Fluß. Dort ließ er einige junge Burschen zum Baden

zurück, während er sich mit den übrigen Männern verbarg und ihnen seinen finsteren Plan mitteilte.
Die badenden Burschen riefen: »Walyarima!«, riefen den verhaßten Namen und breiteten ihr langes Haar auf dem Wasser aus. Da kam Walyarima, während auf jedem Bogen ein Pfeil für ihn bereitlag.
Als er ihn kommen sah, stürzte sich der Häuptling ihm entgegen in die Flut und durchbohrte ihn mit seinem mächtigen Pfeil. Die übrigen schwammen herzu und erschlugen den Sterbenden. Voll Grimm trugen sie seine Überreste zur Hütte der Frauen. Dort hängten sie ihn zum Hohn über ein Gerüst mit dem Kopf nach unten.
Im Gänsemarsch kamen die Frauen, jede mit ihrer Last. Finster blickten ihre Männer sie an. Entsetzt fuhren die Frauen zurück vor dem Anblick, der sich ihnen bot. Als letzte kam To-eyza herein. Blut tropfte auf ihre Hand. Hochaufgerichtet stand sie da, groß und schön. Selbst der Häuptling bewunderte ihre Fassung.
Dann sagte er: »Wir gehen jagen. Eilt euch und bereitet Brot! Backt noch heute nacht! Wir können nicht warten. Brot für fünf Tage müssen wir mitnehmen.« – »So sei es!« sagte sie. »Bringt das Fleisch! Wir werden euch dann starkes Paiwari bereiten, mehr als je zuvor, und in der Nacht wollen wir an eurer Seite tanzen!«
Im Herzen der stolzen To-eyza brannte ein flammender Zorn. Der Tropfen Blut hatte in ihr Rachegedanken geweckt, und ihre dämonische Macht kam über die andern.
»Nach Rache schreien unsere Herzen, unser aller Herzen«, sagte sie. »Grausame Kränkung haben euch die Männer angetan. Fragt nicht! Ich werde euch führen. Ihr sollt alle frei werden!«
Der Häuptling kam von der Jagd zurück; schwerbeladen waren die Männer. Wild und Vögel brachten sie heim, teils geräuchert, teils frisch. Alles war im Überfluß. Da gab es ein Fest! Die Frauen hatten reichlich Paiwari bereitet. Alle

Männer hatten getrunken. Dann ruhten sie, bis die Durstigen mehr verlangten. Da reichte jede Frau ihrem Mann demütig-freundlich eine Kalabasse, bis zum Rande gefüllt mit verhängnisvollem Trank. So hatte To-eyza es befohlen. Sie hatte Kassawabrühe in den Trank gemischt, deren furchtbares Gift allen den Tod brachte. Bald erblichen die Männer im Todeskampf. Vergeblich schrien sie nach Rettung. Zu Boden fielen die Krieger.

»Nun freut euch!« rief To-eyza aus. »Frauen, nun seid ihr frei! Nimmermehr beherrscht euch ein Gatte; niemand schlägt euch, bedrückt euch und narrt euch mehr, wenn ihr mir folgt.« Einige waren mit ihren Söhnen geflohen. Die anderen tanzten in gezwungener Fröhlichkeit durch die mitternächtige Stunde, jede mit Wahnsinn im Herzen.

Durch die Wälder schritt in Ordnung ein Zug von Weibern. Sie trugen Hängematten, Lebensmittel und Waffen. Sie waren gerüstet für einen schweren Marsch in ein fernes Land. Ihrer Anführerin, der schlanken To-eyza, zollten alle Gehorsam. Manchmal kämpfend, manchmal fliehend, nur auf ihre Bogen angewiesen, zogen sie ihres Weges.

Manch eine unzufriedene Frau schloß sich ihnen an. Sie verkündeten Befreiung, nannten sich »das Volk der Weiber« und behandelten alle Ehemänner als Feinde. Sie vertrieben die Männer oder erschlugen sie und sagten zu den Frauen: »Mit euren Töchtern seid ihr uns willkommen. Wenn ihr eure Söhne behalten wollt, lassen wir euch hier mit ihnen zurück.« So zogen sie weiter, und andere folgten ihnen und vergrößerten ihre Schar. Wie eine Epidemie ergriff der Wahnsinn die Weiber.

Inzwischen hatten Freunde die vergifteten Opfer gefunden. Sie schauderten, als sie die Gebeine sahen, vertrieben die Geier, die auf den Überresten saßen, und bestatteten sie.

Dann folgten sie den Frauen. Vorsichtig pirschten sie sich heran, um sie zu überholen, aber wenn es ihnen gelang, Gefangene zu machen, so zogen die Frauen es vor, zu sterben.

Bald kamen sie in dichte, dunkle Wälder. Dort fanden die Frauen Schutz hinter der Blätterwand. Die Männer sahen ihre besten Leute fallen. Sie wälzten sich in ihrem Blut, getroffen von den weiblichen Bogenschützen. Da hielten sie inne, und ein weiser Mann sagte: »Was haben wir zu gewinnen? Was nützt dem Mann eine Frau, die ihn als Feind ansieht? Laßt sie weiterziehen!«

So zogen die Frauen weiter, der untergehenden Sonne nach. Sie kamen glücklich durch alle Gefahren und siedelten sich als Fremdlinge an, als ihre Reise zu Ende war.

To-eyza wurde dort ihre Königin. Sie gab ihnen klare Anweisungen: »Männer sollen uns als Liebhaber willkommen sein, wenn sie als Wanderer zu uns kommen, aber keiner darf sich bei uns niederlassen. Ihre Söhne, die von uns geboren werden, schicken wir fort. Aber wenn wir Mädchen gebären, so wollen wir sie freudig aufziehen als unsere Nachfolgerinnen!«

Jahre sind seitdem vergangen. Ihre Töchter gehorchen noch immer diesem Gesetz. Sie erzählen noch immer in den Parimabergen die Geschichte von Walyarima.

16. Der Wunderbaum

(Karaiben-Kalinya)

Es gab eine Zeit, da hatten die Indianer noch keine Kassawa zu essen. Sie litten alle Hunger. Die Tiere und die Vögel hatten auch nichts zu essen. Sie hatten auch Hunger. Nur der Tapir ging regelmäßig jeden Morgen aus und kehrte des Abends zurück und war immer rund und fett. Die anderen sahen, was er fallen ließ: Bananenschalen, Zuckerrohrstreifen und anderes, und sie sagten zueinander: »Der Tapir muß einen guten Futterplatz gefunden haben. Laßt uns ihn belauern!«

Am nächsten Morgen schickten sie die Beutelratte aus, um ihm zu folgen und herauszubringen, wie er es anstellte, in solch gutem Zustand zu sein. Die Ratte tat, was ihr aufgetragen war, und folgte dem Tapir einen langen, langen Weg in den Wald hinein. Dort machte er halt unter einem riesigen Baum und sammelte die Früchte, die herabgefallen waren. Dieser Baum war der Allepantepo. Es war ein wunderbarer Baum, denn alle Früchte, die man sich nur wünschen konnte, wuchsen auf seinen Zweigen: Bananen, Kassawa, Yams, Pflaumen, Ananas und alle die anderen Früchte, die die Karaiben lieben. Sobald der Tapir sich vollgefressen hatte, erkletterte die Ratte den Baum und knabberte am Mais, um ihren Hunger zu stillen. Als sie nichts mehr essen konnte, kam sie herunter und brachte ein Korn mit, um den anderen zu zeigen, daß sie Erfolg gehabt hatte.

Daraufhin folgten die Indianer der Ratte, die sie zu dem Baum zurückführte. Als sie ihn erreichten, waren viele Früchte zu Boden gefallen. Nachdem sie alle aufgelesen hatten, versuchten sie den Baum zu erklettern, aber er war zu dick und glatt. Daher beschlossen sie, ihn umzuhauen. Sie machten ein Gerüst rund um den Stamm und fingen an, mit ihren Steinäxten zu hacken. Sie arbeiteten zehn Tage, aber der Baum wollte nicht fallen – so dick war Allepantepo! So schlugen sie weiter noch einmal zehn Tage, und noch immer wollte der Baum nicht fallen.

In dieser Zeit hatte ihre Arbeit sie durstig gemacht. Da gaben die Indianer allen Tieren Kalabassen zum Wasserschöpfen, nur dem Tapir gaben sie ein Sieb. Als sie an das Ufer kamen, tranken alle aus ihren Gefäßen. Nur der Tapir blieb durstig, denn aus seinem Sieb floß das Wasser so schnell heraus, wie er es hineinschöpfte. Das war ein Teil seiner Strafe dafür, daß er so habgierig gewesen war und das Geheimnis des Wunderbaumes für sich behalten hatte.

Nach Ablauf von abermals zehn Tagen, in denen sie ununterbrochen hackten, fiel endlich der Baum. Die Indianer nahmen

als ihren Anteil alle Kassawa, Zuckerrohr, Yams, Bananen, Bataten, Kürbisse und Wassermelonen. Das Aguti und die Paka und andere Tiere schlüpften in die Zweige, um sich alles zu holen, was sie gern hatten. Als der Tapir endlich vom Flußufer zurückkam, hatte man nur noch die Pflaumen für ihn übriggelassen, und mit diesen muß er zufrieden sein bis auf den heutigen Tag.
Was die Indianer nahmen, brachten sie nach Hause und pflanzten es auf ihre Felder. Aber der Bunia-Vogel erklärte ihnen, wie jede Frucht fortzupflanzen und zu kochen ist, und daß einige, wie beispielsweise die bittere Kassawabrühe, gekocht werden müßten, bevor sie genießbar sind, während andere Früchte roh gegessen werden können.

17. Akalapischeima und die Sonne

(Arekuná)

In alter Zeit war ein sehr hoher Baum. Waloma, die Kröte, kletterte ganz hinauf. Ein Mann namens Akalapischeima lauerte jeden Nachmittag am Fuß des Baumes, um Waloma zu fangen. Waloma sagte: »Wenn mich Akalapischeima fängt, werfe ich ihn ins Meer!« Der Mann faßte ihn. Da packte ihn Waloma bei den Händen und stieß ihn mit dem Fuß ins Meer. Sie lud ihn auf den Rücken, tauchte unter und schwamm mit ihm nach einer Insel. Dort ließ sie ihn und schwamm zurück. Sie ließ ihn unter einem Baum, auf dem Aasgeier saßen, die ihn, als er schlief, ganz beschmutzten.
Es war sehr kalt auf der Insel, und der Mann fror sehr. Da begegnete ihm Kaiuanog, der Morgenstern, als er voll Kot der Aasgeier war und sehr stank. Er bat den Stern, ihn zum Himmel zu nehmen. Dieser antwortete: »Ich kann dich nicht mit hinaufnehmen. Du hast mir noch nichts gegeben. Du hast nur immer der Sonne Maniokfladen gegeben.« Der Mann bat

den Stern um Feuer, weil er sehr fror. Kaiuanog sagte: »Ich will dir nicht helfen! Die Sonne kann dir helfen. Sie erhält mehr Maniokfladen.« Kaiuanog ging weg.
Da kam Kapei, der Mond. Akalapischeima bat Kapei, ihn nach seiner Heimat zu bringen. Der Mond wollte ihn nicht hinbringen, weil er der Sonne so viel Maniokfladen gegeben habe und ihm gar nichts. Er bat auch den Mond um Feuer, aber auch dies gab ihm der Mond nicht. Der Mann fror sehr, und die Aasgeier beschmutzten ihn immer mehr, denn die Insel war sehr klein.
Da kam Wei, die Sonne. Die Sonne nahm ihn in ihr Boot. Sie ließ ihn durch ihre Töchter waschen und ihm die Haare schneiden. Sie machte ihn wieder schön. Wei wollte ihn zum Schwiegersohn haben. Akalapischeima wußte nicht, daß es die Sonne war, und bat Wei, die Sonne zu rufen, um sich zu wärmen, denn er fror sehr, als er gewaschen und in das Vorderteil des Bootes gesetzt war.
Da setzte sich Wei einen Kopfputz aus Papageifedern auf. Akalapischeima hatte mit dem Rücken nach dem Boot zu gesessen. Jetzt sagte Wei zu ihm: »Dreh dich um!« Als er sich umwandte, setzte Wei über den Federkopfputz einen Hut aus Silber auf und legte Ohrschmuck aus glänzenden Käferflügeldecken an. Da wurde es warm. Wei erwärmte den Mann. Es wurde sehr warm, und er litt unter der Hitze. Wei führte ihn immer weiter mit sich in die Höhe. Als Akalapischeima sehr unter der Hitze litt, gab ihm Wei Kleider. Da fühlte er die Hitze nicht mehr.
Wei wollte ihn zum Schwiegersohn haben. Er sagte zu ihm: »Du sollst eine meiner Töchter heiraten, aber lasse dich nicht mit einer anderen Frau ein!« Wei machte halt an einem Haus und ging mit seinen Töchtern an Land und in das Haus hinein. Er befahl Akalapischeima, das Boot nicht zu verlassen und sich nicht in eine andere Frau zu verlieben. Wei ging ins Haus. Akalapischeima ging trotzdem an Land. Da begegneten ihm einige junge Mädchen, die Töchter des Aasgeiers.

Der Mann fand sie sehr hübsch und verliebte sich in sie. Wei und seine Töchter wußten nichts davon, denn sie waren ins Haus gegangen. Als sie zum Boot zurückkamen, trafen sie ihn schäkernd inmitten der Töchter des Aasgeiers.
Die Töchter der Sonne schalten ihn aus und sagten: »Hat dir unser Vater nicht gesagt, du sollst im Boot bleiben und nicht an Land gehen? Hat dir unser Vater nicht geholfen, von der Insel wegzukommen? Wenn er dir nicht geholfen hätte, wärst du nicht in diesem guten Zustand, und jetzt verliebst du dich schon in die Töchter des Aasgeiers!« Da zürnte ihm Wei und sagte zu ihm: »Wenn du meinem Rat gefolgt wärst und eine meiner Töchter geheiratet hättest, so wärst du immer jung und schön geblieben wie ich. Jetzt bleibst du nur kurze Zeit jung und schön. Dann wirst du alt und häßlich!« Dann gingen sie schlafen, jeder in einem besonderen Raum, Wei und seine Töchter allein, und Akalapischeima allein.
Am anderen Tag frühmorgens fuhr Wei mit seinen Töchtern weg und ließ Akalapischeima schlafend zurück. Als er erwachte, fand er sich inmitten der Aasgeier, alt und häßlich, wie Wei gesagt hatte. Die Töchter der Sonne zerstreuten sich und beleuchteten nun den Weg der Toten. Akalapischeima heiratete eine Tochter des Aasgeiers und gewöhnte sich an das Leben. Er war unser Vorfahr, der Vater aller Indianer.
Deshalb leben wir heute noch in diesem Zustand. Wir bleiben nur kurze Zeit jung und hübsch und werden dann alt und häßlich.

18. Wadhamaímöng, der Vater der Fische

(Arekuná)

Es war einmal ein Zauberarzt namens Wadhamaímöng. Seine Schwiegermutter befahl ihm, auf dem Wege eines Tapirs ein Loch zu graben, um den Tapir zu fangen. Er grub das Loch bis zur Hälfte seines Leibes und ging nach Hause. Die Schwiegermutter hieß Wadhanadhápöng.

Am anderen Morgen ging Wadhanadhápöng hin, um das Loch anzusehen. Als sie an das Loch kam und keinen Tapir darin fand, riß sie sich einige Schamhaare aus und legte sie am Rande des Loches hin. Dann ging sie wieder nach Hause und sagte zu ihrem Schwiegersohn, er solle das Loch tiefer graben; es sei zwar ein Tapir hineingefallen, aber er sei wieder entwischt und habe lediglich ein paar Haare am Rande des Loches zurückgelassen.

Wadhamaímöng ging auch hin und machte das Loch tiefer.

Die Schwiegermutter eilte am anderen Tag wieder hinaus, riß sich noch mehr Schamhaare aus und legte sie am Rande des Loches nieder. Zu Hause meinte sie wieder, daß ihr Schwiegersohn das Loch noch tiefer graben müsse. Dabei hatte sie nichts anderes im Sinn, als ihren Schwiegersohn zu töten.

Dieser grub auch das Loch sehr tief, und zwar so tief, daß er den Himmel durchstieß, der unter der Erde ist. Plötzlich brauste ein starker Wind durch das Loch und trug ihn hinauf zum Himmel, der über uns ist, und wirbelte ihn darauf wieder zurück durch das Loch in den unteren Himmel.

Während der Wind den Zauberarzt in den unteren Himmel zog, hatte dieser sich in den kleinen Vogel Säkií verwandelt. Dann flog er unter der Erde in Kreisen umher wie ein Aasgeier. Er fand eine Tucumápalme am Rande der Pflanzung des Riesengürteltiers Mauraímöng. Als er in der Pflanzung dessen Tochter erblickte, setzte er sich auf die Palme und fing an zu singen: »ts-kiss ts-kiss ts-kiss!«

Die Tochter des Mauraímöng ließ sich von seinem Gesang anlocken, betrachtete ihn und bat ihn schließlich: »Steig herab und setz dich auf meinen Arm! Du sollst mein Hausvogel sein!« Der Vogel näherte sich vorsichtig und setzte sich zunächst auf einen Maniokzweig. Das Mädchen wiederholte die Bitte: »Setz dich doch auf meinen Arm! Setz dich doch auf meinen Arm!« Als er sah, daß das Mädchen hübsch war, setzte er sich auf den dargebotenen Arm. Das Mädchen betrachtete ihn liebevoll, machte einen Käfig für ihn und nahm ihn mit nach Hause. Sie gab ihm zu essen, und er aß alles, was sie ihm gab. Der Käfig hing am Ende ihrer Hängematte. Dann träumte das Mädchen jede Nacht, der Vogel sei ein schöner junger Mann. Schließlich erzählte sie es ihrer Mutter. An demselben Tag sagte sie zu dem Vogel: »Verwandle dich in einen Mann und heirate mich!« Des Nachts verwandelte sich dann der Vogel in einen Mann und schlief bei ihr. Danach blieb er noch drei Tage im Hause des Mauraímöng. Auf Geheiß des Vaters buk das Mädchen Maniokfladen und suchte eßbare Ameisen, und sie ließen sich alles gut munden.

In der Nähe des Hauses erhob sich ein schroffes Gebirge. Wadhamaímöng wollte wissen: »Wie kann ich da hinaufkommen?«

Das Mädchen wußte Rat und sagte: »Halte dich an meinen Haaren fest! Ich nehme dich mit mir!« Wadhamaímöng hielt sich an ihren langen Haaren fest, und das Mädchen trug ihn durch das Loch hinauf auf den Gipfel des Piluoígebirges, in dessen Nähe sich die Maloka der Familie des Zauberarztes befand. Sie lag am Záluöxbache, einem Zufluß des Apaungwau.

Schon als sie aus dem Hause fortgegangen waren, hatte der Schwiegervater Mauraímöng zu Wadhamaímöng gesagt: »Deine Verwandten trinken heute Kaschirí! Willst du nicht zu ihnen gehen?«

Er hatte geantwortet: »Gut! Ich gehe hin und bleibe drei Tage dort.«

Der Schwiegervater hatte ihn gewarnt: »Erzähl deinen Verwandten nichts von mir, sonst werden sie mich töten!«

Das Mädchen hatte ihm noch gesagt: »Bleib nicht lange! Komm bald zurück!«

Und er hatte geantwortet: »Ich werde drei Tage im Hause meiner Verwandten bleiben.«
Während dieser Zeit wartete das Mädchen mit ihrem Vater auf dem Gipfel des Berges.
Wadhamaímöng trank mit seinen Verwandten sehr viel Kaschirí und sang, als er betrunken war:

»Als Vöglein Säkií hat mich der Wind getragen.
Auf ein Tucumáblatt setzte ich mich.
Am Haar hat sie mich getragen.
Auf den Maniokzweig setzte ich mich mit grünen Federn.
Großvater Mauraímöngs Tochter hat mich getragen.«

Als er dies sang, erfuhren seine vier Schwäger, daß ihn die Tochter des Mauraímöng an ihren Haaren hergebracht hatte, und sie beschlossen, Mauraímöng zu töten. Nun machten sie sich auf, Mauraímöng zu suchen; sie fanden ihn, wie er Nälupá aß, und töteten ihn. Die Tochter aber konnte ihnen durch das Loch entschlüpfen. Die Schwäger schleppten Mauraímöng in ihr Haus und fraßen ihn dort.
Als all dies geschehen war, sagte der Zauberarzt zu seiner Mutter: »Ich will schlafen, Mutter! Wecke mich nicht! Laß die Asche des Feuers nicht auf meinen Körper fallen!«
Am anderen Morgen ging der eine Schwager, der nicht geholfen hatte, Mauraímöng zu töten, sondern zu Hause geblieben war, zum Apaungwau, um zu fischen. Dort waren viele Fische, die flußaufwärts zum Hause ihres Häuptlings zogen. Sie bissen nicht an, denn sie waren ärgerlich auf ihn, weil der Schatten des Zauberarztes die Fische und andere Tiere, die alle Mauari waren, eingeladen hatte, die Häuser der Schwäger fortzutragen. Der Schwager sah viele Fische an seinem Boot vorüber flußaufwärts ziehen. Der Körper des Zauberarztes schlief, aber sein Schatten hatte Rató, den Wasserdämon, den Herrn aller Fische und Wassertiere, gebeten, ihre Söhne und Enkel zu schicken, um ihm den Tod seines Schwiegervaters Mauraímöng rächen zu helfen.

Während der Schwager alle Arten von Fischen flußaufwärts ziehen sah, hörte er flußabwärts pfeifen und sah einen Mann im Boot aufwärts fahren. Ganz erstaunt sagte er: »Wer fischt denn da unten? Ich dachte, es sei niemand da!«
Jener Mann, der hinter den Fischen herfuhr, war der Schatten des Zauberarztes, aber der Schwager erkannte ihn nicht. Der Mann sang:

»In des Wassers Tiefe ziehe ich aufwärts.
Mit Genipápo bemalt, ziehe ich aufwärts,
In der Fische Bemalung.
Unter der Erde gehe ich.
Die Fische zusammenzurufen,
Als Kriegshäuptling gehe ich.
Ein großer Fisch, als der Fische
Kriegshäuptling verwandelt,
Ziehe ich aufwärts in des Wassers Tiefe.
Ich bin aus dem Leib herausgegangen.
Wadhamaímöng, ich ging dahin.
Tief auf dem Grunde des Flusses ging ich dahin.
Wadhamaímöng, ich ging dahin,
Zusammenzurufen als Kriegshäuptling.«

Der Schwager fragte den Mann: »Warum ziehen die vielen Fische hier vorüber, und warum beißen sie nicht an?«
Der Schatten lachte verschmitzt, denn er wußte es; er hatte ja die Fische selbst eingeladen. Er sagte: »Vielleicht sind die Fische ärgerlich. Wer ärgerlich ist, beißt nicht an.« Der Schatten des Zauberarztes ging mit dem Schwager zum Hause zurück. Bevor sie ankamen, blieb der Schatten stehen und sagte: »Geh jetzt weiter, Schwager!«
Der Schatten des Wadhamaímöng ließ seinen Schwager in das Haus vorangehen, damit er selbst unbemerkt in seinen Leib zurückkehren könnte.
Als der Schwager in das Haus eintrat, war Wadhamaímöng schon erwacht. Sein Schwager, der nicht wußte, daß er den

Schatten des Zauberarztes getroffen hatte, sagte: »Ich weiß nicht, was für Leute ich am Fluß getroffen habe.«
Wadhamaímöng lich sich alles nochmals erzählen und gab dann seinem Schwager den guten Rat, nach dem Piluoígebirge zu fliehen. Es kämen Leute ins Land, die böse seien, und es kämen viele Tiere und Dämonen! Er ließ den Schwager alles wissen, weil dieser keine Schuld an dem Tode des Mauraímöng hatte. Die übrigen Hausbewohner erfuhren nichts von alledem.
Bald darauf ging der Zauberarzt in das Haus der Fische und forderte sie auf, mit ihm in sein Haus zu kommen. Die großen Fische tranken unterwegs viel Kaschirí, um sich tapfer zu machen. Für den kleinen Panzerfisch Aliwaí und den Krebs Mawaí blieb nur ein kleiner Rest übrig. Diesen beiden befahl Wadhamaímöng, unter dem Hause in die Erde einzudringen, die Hauspfosten auszugraben und das Haus fortzutragen.
Die großen Fische, die viel zuviel Kaschirí getrunken hatten, waren zu nichts mehr fähig und kehrten unverrichteterdinge in ihr Haus zurück. Aliwaí und Mawaí wurden darüber sehr ärgerlich und meinten beide: »Wer hat das meiste Kaschirí getrunken? War ich es?« Wütend drangen sie gemeinsam in die Erde ein. Mawaí grub langsam und blieb hinter Aliwaí zurück, der bald unter dem Herd unter der Erde herauskam.
Die Frau des Zauberarztes, die am Herd beschäftigt war, bemerkte ihn sogleich und rief entsetzt: »Das ist es, was mir Wadhamaímöng gesagt hat, daß viele Tiere kommen würden!« Hastig ergriff sie den Fisch und warf ihn ins Feuer. Auch den Krebs entdeckte sie und warf ihn ebenfalls ins Feuer, das sogleich erlosch, weil viel Wasser aus dem Krebs herausfloß. Dieses Wasser lief zum Eingang hinaus und überflutete alle Häuser.
Viele Fische kamen nun herbei und schleppten die Häuser mit den Leuten und allem Hausrat fort zum Fluß. Dort suchten

sie eine Stelle, wo der Fluß recht tief war, um die Häuser hineinzuwerfen. Nach einigem Suchen fanden sie das tiefe und weite Becken unter dem Absturz des Kataraktes Jutiwálime. Dort warfen sie die Häuser hinein. Daher hat der Fall seinen Namen.
Die Leute in den Häusern wurden alle in Dämonen verwandelt, und Wadhamaímöng wurde Moró-pódoli, der »Vater der Fische«. Wenn der Fluß Kukenáng Hochwasser hat, geht er mit allen Fischen nach dem hohen Moró-melu, dem Fischfall, um dort zu tanzen. Er ist Vortänzer. Sein Haus ist das Juógebirge am Apaungwau.

19. Wie die Plejaden an den Himmel kamen

(Taulipang)

Es war einmal ein Mann namens Schilischoaibu; der hatte eine Frau, Wayulale, die nichts von ihm wissen wollte. Er hatte einen schönen Bruder, den sie liebhatte.
Bei einer Gelgenheit pflückte Schilischoaibu Abacatefrüchte und stieg auf den Baum. Sie hatte eine Axt mitgenommen und hielt sie versteckt. Der Mann stieg auf den Baum, um Früchte zu holen. Er warf die Früchte herab, und sie las sie zusammen und wartete nur auf den Augenblick, wenn er herunterkäme. Er stieg herab. Als er auf der Hälfte der Stammes war, nahm sie die Axt und schlug ihm das rechte Bein ab, wie man noch heute sieht. Sie kehrte in das Haus zurück.
Der Bruder war in der Pflanzung und arbeitete. Da saß ein kleiner Vogel auf einem Baum und sang: »schirischowaid!« Der Bruder fragte: »Was sagt der Vogel?« Dieser kam weiter herunter, schlug mit den Flügeln und sang: »Deines Bruders Bein schlug ab seine Frau mit der Axt!« Der Bruder ließ seine Hacke liegen und lief zornig nach Hause.

Wayulale lag in der Hängematte. Sie stand auf, als er kam, und gab ihm Kaschirí. Er fragte: »Wo ist mein Bruder?« Sie sagte: »Er ist dort geblieben und pflückt Früchte!« Er wurde traurig und legte sich in die Hängematte. Sie kam und legte sich über ihn. Er wollte herausspringen, aber sie wickelte ihn in die Hängematte ein. Es wurde Nacht.

Der Mann lag im Wald und schrie vor Schmerz. – Sie sagte: »Laß deinen Bruder! Er ist vielleicht fischen gegangen. Wenn er kommt, gehe ich heraus aus der Hängematte.« Der Bruder aber wußte alles, da es ihm das Vöglein erzählt hatte.

In der Nacht bat er sie um Speise, damit er Zeit hätte, vor das Haus zu gehen. Sie verließ die Hängematte. Da kam ihr Mann an, kriechend, und schrie: »O mein Bruder, mein Bein ist mit der Axt abgeschlagen! Töte diese Frau!« Der Bruder fragte die Frau: »Was hast du mit deinem Mann gemacht?« Sie antwortete: »Ich habe nichts mit ihm gemacht! Ich ließ ihn zurück, fischend und Früchte pflückend.« So betrog sie immer den Bruder. Er antwortete: »Du hast etwas mit meinem Bruder gemacht! Der kleine Vogel hat mir die Geschichte erzählt!« Sie sagte: »Lüge! Ich habe nichts mit ihm gemacht! Ich habe ihm nichts Böses getan!«

Als der Mann draußen vor Schmerz schrie, ging sie wieder zu dem Bruder in die Hängematte und hielt ihn fest umschlungen, so daß er nicht wegkonnte. Der Bruder sagte: »Du hast etwas mit dem Mann gemacht! Hörst du nicht, wie er schreit?« Die Frau aber ließ den Bruder nicht aus der Hängematte heraus, während der andere vor dem Haus lag und schrie: »Mein Bruder, mein Bruder, hilf mir, mein Bruder!« Er konnte nicht herauskommen.

Der verwundete Bruder hatte eine Rohrflöte. Er blieb liegen und schrie bis Mitternacht. Da antwortete der Bruder: »Ich kann dir nicht helfen! Deine Frau läßt mich nicht aus der Hängematte heraus!« Sie hatte die Tür geschlossen und mit Stricken zugebunden. Da sagte der Bruder: »Ich werde dich eines Tages rächen! Leide da draußen! Deine Frau soll auch eines Tages leiden!« Er schlug das Weib, aber sie ließ ihn nicht los.

Der Verwundete richtete sich draußen am Pfosten der Tür hoch, kletterte auf das Dach und blies auf seiner Rohrflöte: »ting-ting-ting«. Der Bruder im Haus weinte, denn er hatte Mitleid mit ihm. Dieser nahm die Flöte vom Mund und sprach zu dem Bruder: »Bleib im Haus! Zieh gute Söhne und gute Töchter auf! Gute Gesundheit und Glück! Ich gehe weg! Schaffe eine gute Familie, aber nimm dich vor der Frau in acht und mißtraue ihr immer!«

Der Bruder fragte: »Wohin gehst du?« Er antwortete: »Ich gehe zum Himmel! Ich will sein Tamökang, Körper mit einem Bein, das zurückbleibt!« Da antwortete der Bruder: »Ich bleibe hier für einige Zeit, solange ich keinen Ärger habe und mir kein Unglück zustößt. Ich bin traurig, daß du so leiden mußt! Deine Frau wird eines Tages büßen, was sie dir getan hat! Ich habe großes Mitleid mit dir!« Da sagte der andere: »Wenn ich zum Himmel komme, gibt es viel Gewitter und Regen. Dann kommen die Fischzüge, und du wirst viele Fische essen!« – Bis auf den heutigen Tag zeigt Tamökang die Regenzeit an.

Tamökang ging zum Himmel, immer flötend: »ting-ting-ting«. Da ließ die Frau den Bruder los, machte die Tür auf und spähte ihm nach. Der Bruder setzte sich auf die Erde und weinte. Auch Tamökang weinte und sagte: »Ich will sehen, wo ich bleiben kann, wo ich einen Platz finde am Himmel!«

Der jüngere Bruder blieb mit der Frau zusammen, machte Haus und Pflanzung und hatte mit ihr fünf Kinder, zwei Töchter und drei Söhne. Er dachte immer traurig an die Reise seines Bruders.

Eines Tages ging er jagen und fand ein Bienennest. Er sann immer auf ein Mittel, seine Frau zu töten. Als er nach Hause zurückkehrte, sagte er zu seiner Frau: »Dort sind Bienen. Wir wollen den Honig holen!« Die Frau antwortete: »Wir wollen

ihn holen!« Er dachte immer daran, wie sein Bruder gelitten hatte, und sann auf ein Mittel, die Frau zu töten. Sie nahm dieselbe Axt mit, mit der sie seinem Bruder das Bein abgeschlagen hatte. Das Bienennest war nicht hoch. Er machte mit der Axt ein großes, rundes Loch in den Stamm und probierte so lange, bis er den Kopf hineinstecken konnte. Dann sog er den Honig heraus. Dabei sah er immer mißtrauisch nach der Frau zurück, da er sich immer der Worte seines Bruders erinnerte. Aber sie saß da und wollte ihn nicht töten, denn sie war sehr zufrieden mit ihm, nachdem sie den Bruder getötet hatte. Dann sagte er: »Mein Leib ist voll. Jetzt kommst du. Versuch es! Saug den Honig!«
Sie nahm die Kalabasse, um den Honig mit der Hand hineinzuschöpfen. Da sagte er: »Steck den Kopf hinein! Es geht zuviel Honig verloren!« Der Mann hatte den Honig tief hinuntergedrückt, damit sie recht tief eindringen konnte. Da ließ sie die Kalabasse und drang mit Kopf und Oberkörper in das Loch ein. Er faßte sie an den Beinen und stieß sie ganz hinein. Er nahm das Stück Holz, das er aus dem Baum gehauen hatte.
Die Frau fragte: »Wozu ist das?« Er antwortete: »Das ist, um höher zu steigen.« Da nahm er das Stück Holz und stieß es in das Loch hinein. Die Frau rief: »Was machst du da? Du willst mich wohl töten!« Er antwortete: »Was du mit meinem Bruder gemacht hast, das sollst du mir jetzt büßen! Du wirst jetzt das leiden, was mein Bruder gelitten hat! Es tut mir sehr leid um dich, Weib, aber ich kann es nicht mehr ertragen, was du meinem Bruder getan hast!« Er verschloß das Loch.
Dann horchte der Mann am Baum. Er wollte hören, was aus ihr würde. Sie schrie zuerst laut: »Meine armen Kinder! Meine armen Kinder! Wenn ich auch in ein Gürteltier verwandelt werde, so werde ich mich doch immer meiner Kinder erinnern!« Dann schrie sie immer leiser, machte: »kenong-kenong-kenong«, wie das Gürteltier macht, und blieb in ein Gürteltier verwandelt.

Der Mann kehrte nach Hause zurück. Die Kinder fragten ihn: »Wo ist unsere Mutter?« Er aber erzählte ihnen nicht, was er mit ihr gemacht hatte, sondern täuschte die Kinder und sagte: »Ich habe eure Mutter im Walde gelassen und weiß nicht, wo sie ist. Vielleicht hat sie der Jaguar gefressen!«
Einige Tage später ging er mit seinen Kindern in den Wald und fand ein Bienennest. Er führte die Kinder tiefer in den Wald hinein und ließ sie dort. Er kehrte zurück und zündete das Haus an. Er wollte sie nicht sehen lassen, wie er das Haus anzündete. Dann kehrte er zu seinen Kindern zurück, und sie gingen, den Honig zu holen. Er schlug den Baum um, nahm Honig und aß ihn, bis sein Bauch voll war. Dann sagte er zu den Kindern: »Was sollen wir nun werden?« Eine Tochter sagte: »Ich weiß es nicht.« Er sagte: »Kutia, das kann nicht sein! Tapir, das kann nicht sein! Hirsch, das kann nicht sein! Mutum, Inambu, Kujubim, das kann nicht sein! Wenn wir uns in diese Tiere verwandeln, werden sie uns töten und aufessen! Wir wollen sein Araiuag, denn diese töten und essen sie nicht!«
Er sagte: »a–«, und alle Kinder sagten: »a–a–a–«, und sie verschwanden einer hinter dem anderen in den Wald.
Deshalb liebt der Araiuag den Honig bis auf den heutigen Tag und hat keine Angst vor den Bienen.

20. Der Besuch im Himmel

(Taulipang)

In alter Zeit war ein Krieg zwischen zwei Stämmen. Der eine Stamm hieß Kuyalakog, der andere Palawiyang. Der Krieg war in der Gegend des Uraukaimagebirges. Die Palawiyang griffen die Kuyalakog an. Sie töteten einige, als sie zur Pflanzung gegangen waren. Da vereinigten sich die Kuyalakog, um die Palawiyang zu vernichten. Sie kamen und griffen sie an. Sie kamen an das Dorf, das aus fünf Häusern bestand, und zündeten es an zwei Stellen an, bei Nacht, damit es hell wurde und die Feinde nicht im Dunkeln entfliehen konnten. Sie töteten viele mit der Keule, als sie aus den Häusern entweichen wollten.

Ein Mann namens Maitchaule legte sich unversehrt zwischen einen Haufen Toter und bestrich das Gesicht und den Leib mit Blut, um die Feinde zu täuschen. Die Kuyalakog gingen weg. Sie glaubten, alle seien tot. Der Mann blieb allein zurück. Dann ging er weg, badete und ging nach einem anderen Haus, das nicht weit entfernt war. Er dachte, es seien Leute dort, aber er fand niemanden. Alle waren geflohen. Er fand nur Maniokfladen und alten Rostbraten und aß. Dann dachte er nach. Er ging aus dem Haus hinaus und weit weg. Dann setzte er sich hin und dachte nach. Er dachte an seinen Vater und an seine Mutter, die die Kuyalakog getötet hatten, und daß er nun niemand mehr habe. Dann sagte er: »Ich will mich zu meinen Gefährten legen, die tot sind!« Er kehrte voll Furcht nach dem verbrannten Dorf zurück. Dort waren sehr viele Aasgeier.

Maitchaule war ein Zauberarzt und hatte von einem wunderschönen Mädchen geträumt. Er verscheuchte die Aasgeier und legte sich neben seine toten Gefährten. Er hatte sich wieder mit Blut beschmiert. Er hielt die Hände an den Kopf, damit er sofort zugreifen konnte. Dann kamen die Aasgeier wieder und stritten sich um die Leichen. Da kam die Tochter des Königsgeiers. Was tat nun die Tochter des Königsgeiers? Sie setzte sich Maitchaule auf die Brust. Als sie ihm in den Leib hacken wollte, ergriff er sie. Die Aasgeier flogen weg. Er sagte zur Tochter des Königsgeiers: »Verwandle dich in eine Frau! Ich bin so allein hier und habe niemanden, der mir hilft.« Er nahm sie mit nach dem verlassenen Haus. Dort hielt er sie wie einen zahmen Vogel. Er sagte zu ihr: »Ich gehe jetzt fischen. Wenn ich zurückkehre, will ich dich in eine Frau verwandelt wiederfinden!« – Die Leute, die geflohen waren, hatten Pflanzungen, Bananen und anderes.

Er ging fischen, verschloß das Haus und ließ die Tochter des Königsgeiers zurück. Da verwandelte sie sich in eine Frau. Es war viel Mais im Haus. Sie entkörnte den Mais, zerstieß ihn im Mörser, setzte einen Topf an das Feuer und tat alle Arbeit einer Frau. Sie machte Kaschiri und tat es in eine Kürbisflasche. Dann verwandelte sie sich wieder in einen Aasgeier, denn sie schämte sich noch vor dem Mann.

Da kam Maitchaule zurück mit Fischen und Wildbret, einem Hirsch. Er kam in das Haus und hatte großen Durst. Er fand das Haus offen, aber der Aasgeier war drinnen. Er legte den Hirsch und die Fische ab. Dann ging er aus dem Haus und fand Spuren von Menschen. Es waren die Spuren der Frau, die Brennholz geholt hatte. Er ging den Spuren nach und fand, daß jemand im Wald Brennholz gebrochen hatte. Da wurde er mißtrauisch. Dann ging er den Spuren nach, die zurückführten, und kam so nach dem Hause zurück. Er fand auch Spuren, die zum Hafen gingen, wo das Mädchen Wasser geholt hatte. Er ging ihnen nach und kam zum Hafen. Alle Spuren, die er fand, führten zum Hause zurück. Er kam zum Haus und fand die Kürbisflasche mit Kaschiri. Er fand eine Kalabasse und trank Kaschiri. Dann legte er sich nieder und dachte nach. Er dachte über die Menschenspuren nach. Vielleicht seien es Leute, die ihn angreifen wollten. Er fand auch Wasser im Haus und Brennholz. Es fehlte nichts. Dann zerlegte er den Hirsch, machte einen Bratrost, röstete den Hirsch und gab der Tochter des Königsgeiers davon zu essen. Diese aß davon. Er briet auch alle Fische und schlief dann in dieser Nacht.

Vor Tagesanbruch verwandelte sich die Tochter des Königsgeiers wieder in einen Menschen und ging weg, Wasser zu holen. Sie brachte Wasser und ließ das Haus offen. Er hatte das Haus wohl verschlossen. Er schlief. Sie machte Feuer an, stellte den Pfeffertopf ans Feuer und tat ein Stück Hirschbraten hinein. Sie kochte es und ließ es am Feuer stehen. Als Maitchaule am Morgen erwachte, war das Essen fertig. Er hatte Maniokfladen. Er blieb mißtrauisch, als er den Topf am Feuer fand, und sagte: »Hier sind Leute!« Das Mädchen hatte sich wieder in einen Aasgeier verwandelt. Sie wollte sich ihm nicht zeigen. Dann ging er weg mit Bogen und Pfeilen, verschloß das Haus, ging ein Stück weit und kehrte dann zurück. Er wollte sehen, wer dies alles tat. Er verbarg sich in der Nähe des Hauses. Er hatte seine Angelrute absichtlich mitten im Haus liegen lassen. Er blieb versteckt und wartete. Da öffnete das Mädchen das Haus und trat heraus. Es war ein sehr schönes Mädchen mit vielen Perlenschnüren an der Brust, an den Armen und Beinen. Sie hatte eine schöne Perlenschürze an. Das Mädchen ging zum Hafen. Maitchaule ging in das Haus, nahm die Angelrute und verbarg sich hinter dem Eingang.

Da kam das Mädchen zum Hause zurück. Sie wußte von nichts und glaubte, der Mann sei weit. Sie kam in das Haus zurück mit Wasser. Sie stellte das Wasser hin und legte sich in die Hängematte. Da kam Maitchaule hinter dem Eingang hervor mit der Angelrute in der Hand. Er sagte: »Jetzt habe ich eine Frau!« Sie war sehr schön und voll Perlen an Armen und Beinen. Sie wickelte sich voll Scham in die Hängematte. Er sagte: »Schäme dich nicht!« und legte sich zu ihr.

Dann sagte er zu ihr: »Habe ich es dir nicht gesagt, du solltest dich in eine Frau verwandeln, um mit mir zu leben? Jetzt habe ich keine Mutter mehr. Ich habe niemanden mehr. Ich bin ganz allein. Jetzt geh nicht weg! Bleib hier als meine Frau! Wir haben Pflanzungen. Ich habe die Pflanzungen nicht angelegt, aber ich habe sie übernommen. Meine Verwandten sind alle geflohen aus Furcht vor dem Krieg mit den Kuyalakog. Ich bin ganz allein. Jetzt kommen meine Verwandten nicht mehr. Wenn Essen fehlt, ich gehe jagen und fischen. Ich bringe dir Hirsch, Tapir oder Fische. Ich bin da, daß du keinen Hunger leidest. Jetzt bleib hier im Haus und mach Maniokfladen für uns zu essen! Ich gehe jagen! Geh nicht weg!«

Er ging jagen und fischen und ließ sie im Hause zurück. Er tötete einen Hirsch und zwei Schweine und brachte zuerst den Hirsch heim. Sie machte gerade Maniokfladen, als er zurückkehrte. Er ging wieder weg, um die Schweine zu holen. Er brachte das eine heim und ging wieder weg, das andere zu holen. Er brachte auch das andere. Sie hatte Maniokfladen bereitet und war dabei, Kaschirimasse zu machen. Er zerlegte den Hirsch und die beiden Schweine und legte die Stücke auf den Bratrost. Dann sagte er: »Das kannst du essen, wie du willst, roh oder gekocht!« Dann aß er mit ihr, und sie gewöhnte sich schnell an ihn. Sie hatte ihn gern, denn er brachte viel Wildbret heim. Er schlief die Nacht mit ihr.
Danach blieben sie einige Zeit in diesem Haus. Dann sagte sie: »Jetzt will ich meine Familie sehen! Hab Geduld!« Maitchaule wollte sie nicht lassen. Er sagte zu ihr, wenn sie wegginge, würde er einen Strick nehmen und sich erhängen. Da sagte sie: »Nein! Ich gehe nicht weg! Ich gehe rasch, um meine Familie zu besuchen. Bleib hier und erwarte mich hier! Geh nicht weg von hier! Ich kann dich nicht mitnehmen, ohne daß dich mein Vater sieht. Ich gehe, Kumi holen und Kleider, dich zu bekleiden, damit du fliegen kannst, wie wir fliegen. Ich werde meinem Vater sagen, daß ich mit dir verheiratet bin.« Dann sagte sie: »Weine nicht, wenn du mich vor dem Hause zum Himmel fliegen siehst!«
Er ging mit ihr zum Haus hinaus und sagte zu ihr: »Geh nicht weg! Bleib bei mir! Laß deinen Vater!« Sie beruhigte ihn und sagte: »Ich werde dich nicht verlassen. Ich will nur meinem Vater sagen, daß er jetzt einen Schwiegersohn hat.«
Maitchaule wollte sie nicht weglassen. Da sagte sie: »Gut! Schneide mir meine Haare ab!« Der Mann schnitt ihr die Haare ab. Dann sagte sie: »Schneide ein Stück Bambus ab, stopfe die Haare hinein, blase Tabakrauch darauf und verstopfe es mit Bienenwachs! Wenn ich morgen nicht zurückkehre, so verstopfe es mit Pech! Dann muß ich dort sterben!«

Dann verabschiedete sie sich und sagte: »Wenn ich nicht morgen sehr früh zurückkomme, komme ich nachmittags.« Dann ging sie weg, und er schaute ihr nach. Sie hüpfte mehrmals auf, verwandelte sich in einen Aasgeier und flog in Kreisen hoch und immer höher. Er schaute ihr nach, bis sie ganz klein wurde und verschwand. Da trat er ins Haus zurück, legte sich in die Hängematte und dachte viel nach. Er schlief nicht in dieser Nacht, sondern dachte immer nach.

Es wurde Morgen. Als sie wegging, hatte sie zu ihm gesagt: »Geh morgen sehr früh vor das Haus und erwarte mich! Wenn ich nicht zurückkomme, erwarte mich bis zum Abend!« Er machte sich eine Zigarre im Haus. Dann ging er aus dem Haus und setzte sich hin. Als er mit Rauchen fertig war, ging er ins Haus und legte sich schlafen. Er träumte. Im Traum sagte sie zu ihm: »Ich bin schon auf dem Heimweg mit zwei Schwägern.« Er erwachte plötzlich, ging vor das Haus und setzte sich nieder. Er war aufgeregt durch den Traum. Er schaute in die Höhe. Da sah er drei Aasgeier, wie er geträumt hatte, zwei weiße und einen schwarzen. Er wurde froh, als er sie erblickte. Sie kamen, in Kreisen fliegend, herab, bis sie ganz nahe über ihm waren. Sie sagte zu ihm: »Hier sind meine Brüder! Schäme dich meiner nicht! Ich schäme mich deiner auch nicht! Ebenso kannst du mit diesen da verkehren.«

Die Schwäger gewannen ihn lieb. Dann sagte sie: »Wir bleiben hier zwei Tage und gehen dann weg zum Himmel.« Da forderten ihn die Schwäger auf, einen Hirsch für sie zum Essen zu töten. Er schoß einen Hirsch und brachte ihn heim. Die Schwäger zerlegten den Hirsch, kochten ihn und aßen ihn. Es blieb ein Rest übrig, den sie auf dem Bratrost rösteten.

So blieben sie zwei Tage im Hause des Schwagers. Dieser zeigte ihnen seine Pflanzung, seinen Mais. Als sie kamen, hatten sie ihm ein Federkleid der Königsgeier mitgebracht. Die Frau befahl, ihren Mann damit zu bekleiden. Er zog das Kleid an und verwandelte sich in einen Aasgeier. Die Frau

kaute Kumi und blies ihren Mann damit an. Sie sagte: »Jetzt wollen wir weggehen! Hab keine Furcht! Ich komme hinter dir her.«
Die Schwäger flogen schon in Kreisen über ihm und erwarteten ihn. Sie sagte zu ihm: »Jetzt schlage mit den Flügeln! Wenn du mit den Flügeln schlägst, wirst du die Leiter sehen, die dort festgebunden ist.« Als er mit den Flügeln schlug, wurde er leicht. Er sah die Leiter und stieg auf ihr hinter den Schwägern her. Seine Frau flog hinter ihm her, um ihn aufzufangen, wenn er fallen sollte. Er stieg empor, bis er dem Himmel nahe war. Als er dem Himmel nahe war, sah er den Eingang des Königsgeiers. Seine Frau war dicht hinter ihm, um ihn aufzufangen, wenn er fallen sollte. Sie kamen an den Eingang und traten ein. Das Haus des Königsgeiers war nicht weit vom Eingang des Himmels. Die Schwäger und die Frau gingen voraus. Er blieb zurück. Sie sagten: »Wir wollen unsern Vater rufen, damit er dich sieht!«
Sie kamen in das Haus des Königsgeiers, Kasanapodole, des Vaters der Königsgeier, und sagten zu ihm, daß der Mann dort stehe. Der Alte freute sich und ging mit seinen Söhnen hinaus, um den Mann seiner Tochter zu sehen. Er fand Maitchaule und sagte zu ihm: »Wir wollen ins Haus gehen!« Er nahm ihn mit in sein Haus. Er nahm ihn sehr gut auf. Es waren viele Leute da. Wenn sie im Himmel ankommen, ziehen die Königsgeier die Kleider aus und sind dann Leute.
Es vergingen einige Tage. Da sagte seine Frau zu ihm: »Wenn du Hunger hast, so geh in das Haus der Perikitos! Sie haben Maiskaschiri. Du brauchst nicht zu trinken, was wir hier trinken. Geh in das Haus des Papagei! Dort bekommst du Maiskaschiri. Geh in das Haus der gelben Perikitos! Sie haben Maiskaschiri.« Alle Papageien, Perikitos und Araras haben Maiskaschiri. Im Himmel sind sie alle Leute. Er ging in das Haus der Papageien und trank dort Maiskaschiri und führte ein gutes Leben mit Papageien, Araras und Perikitos.

Eines Tages sagte der Königsgeier zu seiner Tochter: »Sag deinem Mann, daß er den See Kapöpiakupö in zwei Tagen austrocknet!« Es war ein sehr großer See. Als Maitchaule aus dem Haus der Perikitos zurückkehrte, sagte seine Frau zu ihm: »Mein Vater hat gesagt, du sollst den See Kapöpiakupö in zwei Tagen austrocknen.« Wenn er dies nicht fertigbrächte, wollte der Königsgeier ihn töten und fressen. Maitchaule sagte zu seiner Frau: »Ich weiß nicht, wie ich diesen See austrocknen soll.«
Dann verstopfte er den Zufluß des Sees und fing an, das Wasser auszuschöpfen, so daß es zum Fluß ablief. Da begegnete ihm die Wasserjungfer. Sie sagte zu ihm: »Was machst du da, Schwager?« Er antwortete: »Kasanapodole hat mir befohlen, diesen See auszutrocknen. Er hat mich auf die Probe gestellt. Er will mich fressen.« Da sagte die Wasserjungfer: »Er wird dich nicht fressen! Wir helfen dir! Wir trocknen den See aus!«
Dann begegnete ihm der Vogel Uoimeg. Er fragte ihn: »Was machst du da, Schwager?« Da antwortete die Wasserjungfer: »Dieser Mann hier ist beauftragt von Kasanapodole.« Uoimeg fragte: »Wozu?« Die Wasserjungfer antwortete: »Er soll diesen See austrocknen.« Uoimeg sagte: »Gut! Ihr könnt ihn abdämmen! Ihr könnt ihm helfen!« Da sagte die Wasserjungfer: »Wir helfen ihm. Wir schöpfen das Wasser aus.« Sie sagte zu Uoimeg: »Du gehst auf den Weg und benachrichtigst mich, wenn Leute kommen!« Uoimeg antwortete: »Gut! Ich gehe auf den Weg und gebe acht. Wenn Leute kommen, rufe ich: ›uoimeg – uoimeg!‹ Dann versteckt ihr euch!« Er ging auf den Weg.
Die Wasserjungfern – es waren viele – fingen an, Wasser auszuschöpfen. Sie befahlen Maitchaule, sich niederzusetzen, und sagten zu ihm: »Wenn Uoimeg singt, nimmst du die Kalabasse und schöpfst Wasser aus.« Die Wasserjungfern schöpften nun in aller Eile Wasser aus. Uoimeg lauerte auf dem Weg, ob Leute kämen. Sie schöpften so viel Wasser aus, daß

der See schon anfing, trocken zu werden. Da sang Uoimeg auf dem Weg. Alle Wasserjungfern versteckten sich, und Maitchaule ergriff die Kalabasse. Da kam seine Frau und sagte: »Mein Vater schickt mich, zu fragen, ob du fertig seist.« Er antwortete: »Ich bin noch nicht fertig.« Da sagte sie: »Wenn du bis morgen nicht fertig bist, kommt mein Vater hierher.« Er antwortete: »Ich weiß nicht, ob ich heute fertig werde.«

Die Wasserjungfern hatten sich alle versteckt. Die Frau ging weg. Da erschienen die Wasserjungfern wieder, und er setzte sich hin. Die Wasserjungfern begannen wieder Wasser auszuschöpfen. Sie schöpften viel Wasser aus, und der See wurde immer trockener. Es fehlte nur noch ein kleines Stück. Da kam die Frau wieder. Die Wasserjungfern versteckten sich wieder alle, und Maitchaule nahm die Kalabasse in die Hand. Die Frau sagte: »Mein Vater schickt mich, zu fragen, ob du fertig seist. Er hat Hunger.« Sie sagte: »Ich will hier warten!« Er aber erwiderte: »Nein! Geh weg! Ich bleibe allein hier. In kurzem bin ich dort!«

Als sie weg war, erschienen die Wasserjungfern wieder. Sie schöpften viel Wasser aus, und der See wurde trocken. Da kamen alle Tiere zum Vorschein, die in dem See waren: viele große Wasserschlangen, Alligatoren, Fische, Schildkröten und andere Tiere. Dann sagte die Wasserjungfer: »Fertig, Schwager! Jetzt kannst du es deinem Schwiegervater sagen! Wir gehen weg! Geh hin, deinen Schwiegervater zu rufen.« Sie gingen weg.

Maitchaule ging weg mit Uoimeg. Er kam in das Haus. Uoimeg blieb draußen nahe beim Haus. Maitchaule sagte zu seinem Schwiegervater: »Der See ist fertig!« Da freute sich der Alte. Maitchaule sagte: »Es sind dort viele Fische, Wasserschlangen, Alligatoren!« Da schickte Kasanapodole einen seiner Söhne aus, nachzusehen, ob es nicht vielleicht eine Lüge seines Schwiegersohnes sei. Der Sohn des Königsgeiers ging hin nachzusehen und fand sehr viele Fische, Alligatoren, Schlangen, denn der See war sehr groß. Er kehrte zurück und sagte: »Es war keine Lüge, mein Vater. Der See ist trocken. Es sind dort sehr viele Fische, Wasserschlangen, Alligatoren, Schildkröten und andere Tiere.« Da sagte der Alte: »Morgen wollen wir alle anderen Leute einladen, um die Fische zu greifen!«

Am anderen Morgen kamen viele Leute, um die Fische zu fangen. Sie gingen hin. Der Alte blieb zu Hause und sagte zu ihnen: »Verliert nichts! Fangt alles, was im See ist!« Die Leute fingen viele Tiere und brachten Tragkörbe voll nach Hause. Der Alte freute sich über die vielen Fische. Er befahl, Blätter abzuschneiden. Die Leute brachten Blätter und breiteten sie auf dem Boden aus. Dann befahl der Alte, alle Fische aufzuschneiden und auf die Blätter zu legen. Sie zerschnitten alle Tiere und legten sie auf die Blätter. Dann befahl er, sie mit Blättern zuzudecken. Sie aßen viele davon.

Was tat dann Kasanapodole? Er befahl seinem Schwiegersohn, auf einem Felsen ein Haus zu bauen. Wenn er es nicht fertigbrächte, wollte er ihn töten und fressen. Er befahl dies alles in der Absicht, ihn zu töten. Maitchaule ging weg. Kasanapodole hatte ihm ein Grabscheit mitgegeben. Maitchaule kam zum Felsen und stieß mit dem Grabscheit dagegen, konnte aber kein Loch machen. Da begegnete ihm der Regenwurm. Er fragte ihn: »Was machst du da, Schwager?« Maitchaule antwortete: »Kasanapodole hat mich beauftragt, hier auf dem Felsen für ihn ein Haus zu bauen.« Der Regenwurm sagte: »Gut! Ich will hier in den Felsen eindringen! Wenn ich eingedrungen bin, setz sofort die Hauspfosten in das Loch!« Sogleich drangen viele Regenwürmer hier und dort in den Felsen ein. Die Hauspfosten lagen fertig da. Der Alte hatte sie schlagen lassen. Maitchaule setzte alle Hauspfosten ein, fügte die Querbalken an und setzte das Dachgerüst darauf.

Als er das Dachgerüst fertig hatte, begegnete ihm der Webervogel. Dieser fragte ihn: »Was machst du da, Schwager?« Er antwortete: »Kasanapodole hat mir befohlen, hier auf diesem Felsen ein Haus für ihn zu bauen. Ich bin dabei, es hier zu bauen.« Da sagte der Webervogel: »Gut, Schwager! Ich will dir helfen! Setz dich hierher! Schaue mir nicht nach! Ich klettere in die Höhe.« Der Webervogel kletterte in die Höhe. Maitchaule blieb unten sitzen und blickte ihm nicht nach. Der Webervogel deckte das Haus in einem Augenblick. Dann stieg er herab. Er sagte zu Maitchaule: »Fertig! Jetzt kannst du hinsehen!« Maitchaule schaute aufwärts. Das ganze Haus war gedeckt. Alles war verschlossen.

Der Webervogel schickte ihn aus dem Haus und sagte zu ihm: »Setz dich hierher und blick nicht nach dem Haus!« Maitchaule ging hinaus und setzte sich hin mit abgewendetem Gesicht. Der Webervogel deckte nun alle Wände und machte einen Zugang vorn und hinten. Dann befahl er ihm, sich umzuwenden, und sagte: »Fertig! Das Haus ist fertig, Schwager!« Maitchaule sah das ganze Haus gedeckt, mit Wänden und Zugängen.

Dann sagte der Webervogel: »Jetzt kannst du zu deinem Schwiegervater gehen und ihm sagen, daß das Haus fertig ist. Ich gehe weg! Erzähle nicht, daß ich das Haus gebaut habe!« Der Webervogel ging weg. Der Regenwurm ging auch weg. Maitchaule ging zum Hause seines Schwiegervaters und sagte ihm, das Haus sei fertig. Der Alte freute sich und ging hin, das Haus zu sehen. Er fand das Haus schön und kehrte nach Hause zurück.

Dann sagte er zu seinem Schwiegersohn: »Jetzt mach mir eine Bank aus Stein mit zwei Köpfen wie mein Kopf!« Maitchaule dachte nach. Dann ging er weg. Der Alte wollte die Bank für sein neues Haus haben. Nahe dem Haus war ein runder Fels. Maitchaule schlug darauf. Es flog auch ein Stück davon ab, aber es reichte zu nichts. Da begegneten ihm die weißen Termiten. Sie fragten ihn: »Was machst du da, Schwager?« Er antwortete: »Ich bin dabei, hier eine Bank zu machen für Kasanapodole. Er befahl, zwei Köpfe daranzumachen wie sein Kopf.« Da befahlen ihm die Termiten, seine Hängematte im Hause anzubinden, und sagten zu ihm: »Schaue nicht auf uns! Wir wollen dir alle helfen! Wir wollen eine Bank machen, aber eine Bank, die geht wie die Leute!« Maitchaule ging ins Haus, band seine Hängematte an und legte sich hinein. Die Termiten blieben draußen und machten die Bank. Es war morgens, als er ihnen begegnet war. Sie machten die Bank in einem Augenblick. Bis zum Mittag waren sie damit fertig. Dann riefen sie: »Fertig, Schwager! Die Bank ist fertig!«

Da ging er hinaus, und die Termiten sagten zu ihm: »Erschrick nicht, Schwager! Wir wollen die Bank in das Haus gehen lassen!« Dann sagten sie zur Bank: »Geh ins Haus!« Die Bank hatte zwei Köpfe wie Kasanapodole. Die Bank ging dahin, wie eine Schildkröte geht. Maitchaule erschrak. Die Termiten sagten zu ihm: »Erschrick nicht! Sie frißt niemanden!« Die Bank ging ins Haus. Dann sagten sie zu Maitchaule: »Fürchte dich nicht! Wenn du zur Bank sagst: ›Geh dahin! Wechsele deinen Platz, meine Bank!‹, dann geht sie. Wenn du zu ihr sagst: ›Bleib stehen, meine Bank‹, dann bleibt sie stehen.« Dann befahlen sie ihm, der Bank zu sagen, sie solle gehen. Da befahl er der Bank zu gehen: »Ich will, daß du hinausgehst, meine Bank! Bleib gegenüber dem Eingang stehen!« Die Bank ging hinaus und blieb gegenüber dem Eingang des Hauses stehen. Dann sagten die Termiten: »Jetzt kannst du zu deinem Schwiegervater sagen, die Bank sei fertig. Erzähl ihm aber nichts von uns! Wir gehen weg!« Die Termiten gingen weg.

Er ging zum Hause seines Schwiegervaters. Kasanapodole gab ihm Kaschiri zu trinken. Es waren alle die verfaulten Tiere aus dem See, Fische, Alligatoren, Schlangen, die voll Würmer waren. Das ist das Payua für die Königsgeier. Er trank nichts davon, sondern gab alles seiner Frau. Diese trank das Payua. Er trank Maiskaschiri im Hause der Perikitos, Papageien und Araras. Er trank auch Maniokkaschiri im

Hause der Enten. Diese hatten Maniokpflanzungen. Maitchaule verbarg heimlich ein Maiskorn in seinem Mund und nahm es mit, als er wieder hinunter auf die Erde ging. In jener Zeit hatten die Leute auf Erden noch keinen Mais.

An diesem Tag, als er seinem Schwiegervater gemeldet hatte, die Bank sei fertig, sagte er zu ihm: »Erschrick nicht vor der Bank!« Kasanapodole sagte zu Maitchaule: »Komm mit mir!« Er lud auch seine Söhne ein, mitzugehen und die Bank zu sehen. Sie gingen zu dem neuen Haus. – Als die Bank fertig war, hatte Maitchaule die Wespen darangesetzt und zu ihnen gesagt: »Wenn Kasapodole sich auf die Bank setzt, stecht ihn!« Maitchaule forderte nun seinen Schwiegervater auf, sich auf die Bank zu setzen, und sagte zu ihm: »Erschrick nicht!« Dann sagte er zur Bank: »Geh ins Haus!« Als sich Kasanapodole auf die Bank setzte, wurde er von den Wespen zerstochen, und die Bank lief mit ihm weg. Da erschrak der Alte so, daß er aufsprang und weglief, ganz zerstochen von den Wespen. Er stieß mit dem Kopf gegen einen Baum und fiel zu Boden. Auch seine Söhne liefen alle weg. Der Alte wälzte sich, ganz wirr im Kopf, auf dem Boden umher und konnte nicht gehen. Da befahl Maitchaule der Bank, sie solle nahe zu dem Alten hingehen. Als die Bank ankam, stieß sie der Alte zurück. Aber die Bank kam immer wieder hinter ihm her. Maitchaule befahl der Bank, immer hinter dem Alten herzulaufen. Er sagte zu ihr: »Wenn der Alte nach seinem Haus geht, kommst du hinter ihm her und bleibst am Eingang stehen!« Der Alte lief wie verrückt nach seinem Haus, die Bank immer hinter ihm her. Der Alte lief in sein Haus und verschloß die Tür hinter sich. Die Bank blieb am Eingang stehen.

Dann dachte Maitchaule nach, wie er wieder auf die Erde hinunterkommen könnte. Da begegnete ihm der Vogel Murumuruta, die Nachtigall. Sie fragte ihn: »Was machst du da, Schwager?« Maitchaule antwortete: »Ich denke nach, wie ich nach unten zurückkehren kann.« Da sagte Murumuruta:

»Warte, ich hole Kumi!« Sie ging weg, um Kumi zu holen. Maitchaule blieb zurück. In kurzem kam Murumuruta wieder mit Kumi. Sie sagte zu Maitchaule: »Bück dich! Ich will dich mit Kumi anblasen!« Sie kaute Kumi und blies ihn damit an. Maitchaule wurde sehr leicht. Dann befahl ihm Murumuruta, ihr Kleid anzuziehen. Maitchaule zog das Kleid an. Dann sagte der Vogel: »Jetzt schlag mit den Flügeln!« Da flog Maitchaule. Sie flogen weg. Sie kamen zum Eingang des Himmels. Da sagte der Vogel: »Jetzt bück dich!« Maitchaule bückte sich und flog durch den Eingang des Himmels. Sie flogen weg, abwärts. Murumuruta wußte, wo Maitchaules Verwandte waren. Sie führte Maitchaule zum Hause seiner Verwandten. Nahe dem Haus war ein Bach, wo der Hafen war. Der Vogel ließ ihn am Hafen und sagte zu ihm: »Jetzt geh hin nach dem Hause deiner Verwandten! Ich gehe weg! Murumuruta ging weg.

Maitchaule kam in das Haus seiner Verwandten. Sie erkannten ihn und fragten ihn: »Wo kommst du her? Wo bist du gewesen?« Er antwortete: »Ich war im Himmel im Hause des Königsgeiers.« Er erzählte, er habe eine Tochter des Königsgeiers gefangen und sei von ihr zum Himmel getragen worden. Kasanapodole habe ihn fressen wollen. Deshalb sei er weggegangen. Murumuruta habe ihn hergebracht.

Er blieb hier bei seinen Verwandten. Sie hatten eine neue Pflanzung. Da pflanzte er das Maiskorn, das er mitgebracht hatte. Daraus entstand Mais mit zwei Kolben. Da wollten die Verwandten den Mais essen. Er aber sagte: »Nein! Laßt ihn als Samen, um viel zu pflanzen!« Der Mais wurde trocken. Dann schlugen sie eine andere Rodung und brannten sie. Dort pflanzten sie Mais. Die anderen Verwandten erfuhren es, daß er Mais hatte. Sie kamen und erbaten von ihm Mais. Er gab ihnen aber nicht gleich einen Kolben, sondern nur ein Korn. Er verkaufte es ihnen für eine Hängematte. Er sagte zu ihnen: »Ich habe nur ein Korn vom Himmel gebracht und es dort bezahlt. Hier unten hättet ihr niemals Mais gefunden. Ich

habe ihn vom Himmel holen müssen.« Dann verbreitete sich der Mais. Die Leute pflanzten viel Mais, und er blieb für uns alle. Es ist der Mais, den wir heute haben.
Maitchaule setzte auch die Wespen neben die Webervögel. Seit dieser Zeit sind die Webervögel immer vereinigt mit den Wespen. Die Webervögel machen Nester am Haus der Wespen. Sie sind Freunde bis auf den heutigen Tag. – Das ist das Ende der Geschichte.

21. Das Augenspiel

(Taulipang)

Die Krabbe schickte ihre Augen nach dem Meeressee. Sie sagte: »Geht an das Ufer des Meeressees, meine Augen, fort-fort-fort-fort!« Die Augen gingen weg. Sie blieb ohne Augen. Dann sagte sie: »Ah, sie sind weg, meine Augen! Jetzt werde ich meine Augen rufen!« Dann sagte sie: »Kommt vom Ufer des Meeressees, meine Augen, kommt-kommt-kommt-kommt!« Da kamen ihre Augen zurück.
Während ihre Augen zurückkamen, lauerte ein Jaguar. Da sagte die Krabbe: »Ah, da kommen meine Augen!« Dann sagte sie: »Jetzt schicke ich meine Augen wieder weg!« Als sie dies sagte, sprang der Jaguar hinter sie und erschreckte sie: »e–!« Er fragte sie: »Was sagst du da, Schwager?« Die Krabbe antwortete: »Ich schicke meine Augen nach dem Meeressee.« Der Jaguar sagte: »Wie ist das, Schwager? Ich will es sehen!« Da sagte die Krabbe: »Aimala-podole, der Vater des Trahirafisches, kommt schon meinen Augen nahe, um sie zu verschlucken!« Da sagte der Jaguar: »Nein, ich will es sehen! Schicke deine Augen!« Die Krabbe sagte: »Gut, ich werde sie schicken!« Dann sagte er: »Geht an das Ufer des Meeressees, meine Augen, fort-fort-fort-fort!«
Da gingen ihre Augen weg, und es blieben nur die Löcher.

Dann sagte die Krabbe: »Hast du es gesehen, Schwager?« Da erwiderte der Jaguar: »Rufe deine Augen, Schwager!« Die Krabbe sagte: »Kommt vom Ufer des Meeressees, meine Augen, kommt-kommt-kommt-kommt!« Da kamen ihre Augen. Da sagte der Jaguar: »Schicke meine Augen, Schwager!« Die Krabbe antwortete: »Nein! Trahiravater ist schon nahe!« Der Jaguar sagte: »Doch! Ich will, daß du sie schickst!« Da antwortete die Krabbe: »Gut! Bleib ruhig!«
Dann sagte sie: »Geht an das Ufer des Meeressees, Augen meines Schwagers, fort-fort-fort-fort!« Da gingen die Augen des Jaguars weg, und er wurde blind. Da sagte der Jaguar: »Rufe meine Augen, Schwager!« Er bekam gleich Angst. Die Krabbe sagte: »Kommt vom Ufer des Meeressees, Augen meines Schwagers, kommt-kommt-kommt-kommt!« Da kamen die Augen des Jaguars zurück. Da sagte der Jaguar: »Das hast du gut gemacht, Schwager! Schick sie noch einmal weg!« Die Krabbe antwortete: »Nein, Trahiravater ist schon ganz nahe!« Der Jaguar sagte: »Doch! Schicke meine Augen noch einmal, nur noch einmal!« Da sagte die Krabbe: »Geht an das Ufer des Meeressees, Augen meines Schwagers, fort-fort-fort-fort!«
Da gingen die Augen des Jaguars weg. Trahiravater faßte die Augen und verschluckte sie. Der Jaguar blieb blind und sagte: »Rufe meine Augen, Schwager!« Die Krabbe rief die Augen des Jaguars: »Kommt vom Ufer des Meeressees, Augen meines Schwagers, kommt-kommt-kommt-kommt!« Aber die Augen kamen nicht. Trahiravater hatte sie verschluckt. Da sagte die Krabbe zum Jaguar: »Hast du es gesehen, Schwager? Trahiravater hat sie schon verschluckt!« Da wurde der Jaguar ärgerlich, weil seine Augen nicht kamen. Er sagte zur Krabbe: »Jetzt fresse ich dich!« Als sich der Jaguar erhob, um die Krabbe zu fassen, sprang diese ins Wasser und verbarg sich unter dem Fuße eines Bacabablattes, das dort lag. Der Jaguar suchte sie. Er faßte Holz, indem er glaubte, es wäre die Krabbe. Der Fuß des Bacabablattes blieb

ihr auf dem Rücken haften bis auf den heutigen Tag. Die Krabbe ging weg und verwandelte sich in die Krabbe, wie sie jetzt ist.
Der Jaguar ging ohne Ziel durch den Wald, ohne Augen, ohne zu wissen, wo er ging. Er setzte sich mitten im Wald nieder. Da begegnete ihm der Königsgeier und fragte ihn: »Was machst du da, Schwager?« Der Jaguar antwortete: »Ich mache nichts! Die Krabbe hat meine Augen weggeschickt nach dem Meeressee. Trahiravater hat sie verschluckt!« Er bat den Königsgeier, ihm andere Augen einzusetzen. Dieser sagte: »Gut! Bleib hier! Ich gehe, Milch des Jatahybaumes holen!« Der Königsgeier ging weg. Er blieb lange aus. Dann kam er. Er befahl dem Jaguar, sich hinzulegen. Dann zündete er die Milch an und sagte: »Sage nicht: ›ai!‹ Bleib ruhig! Halte alle Hitze aus!« Er schüttete die Milch in das rechte Augenloch. Der Jaguar hielt alle Hitze aus und sagte nicht: »ai.« Der Königsgeier füllte das rechte Augenloch aus. Dann füllte er das linke Augenloch aus. Dann suchte er einen kleinen Ast und zog Milch von dem Baum Kaikusäschimpipö, um die Augen des Jaguars zu waschen. Dann wusch er die Augen mit dieser Milch. Da bekam der Jaguar schöne, klare Augen. Dann sagte der Königsgeier: »Jetzt töte mir einen Tapir zur Mahlzeit als Tausch für die Augen!« Der Jaguar tötete einen Tapir als Tausch für die Augen. Er sagte zum Königsgeier, er habe einen Tapir getötet. Da sagte der Königsgeier: »Gib mir jetzt immer zu essen! Wenn du einen Hirsch oder Tapir tötest, gib uns davon zu essen!«
So blieb es bis auf den heutigen Tag. Der Jaguar tötet Wild, damit der Königsgeier zu essen hat.
Der Jaguar ging weg mit klaren Augen.

22. *Jaguar und Regen*

(Taulipang)

Es war einmal ein Haus, in dem es nachts sehr heiß und rauchig war, weil die Leute ein großes Feuer im Haus angezündet hatten. Deshalb gingen die Leute vor das Haus, banden dort ihre Hängematten an und schliefen draußen. Weit vom Hause war ein Jaguar. Der Regen begegnete ihm und sagte: »O Schwager, was machst du da?« Er antwortete: »Ich mache den Leuten Angst, die dort vor dem Hause sind, damit sie wieder ins Haus gehen.« Da sagte der Regen: »Die Leute haben keine Angst vor dir, Schwager!« Da sagte der Jaguar: »Doch, sie haben Angst! Willst du es sehen? Ich werde singen rund um das Haus. Gehe hin und höre zu, was die Leute sagen!«

Der Regen ging hin und setzte sich nahe bei den Leuten nieder und horchte, was sie sagen würden. Da sang der Jaguar: »Hö-hö-hö-hö-hö!« Die Leute sagten: »Ah, das ist ein Fell für meine Jagdtasche!« Da sang der Jaguar wieder: »Hö-hö-hö!« Der Regen horchte. Die Leute sagten: »Wir wollen morgen den Jaguar mit Pfeilen schießen!«

Der Regen ging weg und begegnete dem Jaguar. Der Jaguar fragte ihn: »Was haben sie gesagt, Schwager?« Der Regen antwortete: »Nichts! Sie haben nichts gesagt!« Da sagte der Jaguar: »Sie hatten wohl Angst, Schwager?« Der Regen antwortete: »Nein! Sie hatten keine Angst! Weißt du, was sie sagten? Sie sagten: ›Ah, das ist ein Fell für meine Jagdtasche!‹ Sie sagten, sie würden kommen und dich mit Pfeilen schießen. Sie haben keine Angst vor dir!«

Da sagte der Regen: »Vor *mir*, ja! Vor *mir* haben sie Angst!« Der Jaguar erwiderte: »Nein! Sie haben keine Angst vor dir!« Darauf sagte der Regen: »Doch! Willst du es sehen? Ich will mich bewaffnen, damit du nicht sagen kannst, sie hätten keine Angst vor mir!«

Der Regen ging, sich zu bewaffnen, und befahl dem Jaguar: »Jetzt gehe *du* hin horchen, Schwager!« Der Jaguar ging in die Nähe der Leute und setzte sich nieder. Der Regen bewaffnete sich, und es wurde ganz dunkel. Es kam ein starker Wind. Da riefen die Leute: »Dort kommt Regen!« Der Regen kam näher; und es fing an stark zu regnen. Da banden die Leute ihre Hängematten los und liefen ins Haus. Der Jaguar bekam auch den Regen ab. Da begegnete der Regen dem Jaguar und sagte: »Hast du es gesehen, Schwager? Sie haben Angst vor *mir*, vor *dir* nicht!«
So ist es noch heute. Wir haben Angst vor dem Regen, aber nicht vor dem Jaguar.

23. Jaguar und Blitzstrahl

(Taulipang)

Der Jaguar traf den Blitzstrahl, der gerade eine Keule machte. Der Jaguar kam von hinten, und der Blitzstrahl merkte es nicht. Der Jaguar sprang auf den Blitzstrahl los, faßte ihn aber nicht. Er glaubte, es wäre ein Tier und wollte es fressen. Der Jaguar fragte den Blitzstrahl, ob er Kraft hätte. Der Blitzstrahl antwortete, er habe gar keine Kraft. Da sagte der Jaguar: »Ich bin nicht so wie du! Ich habe riesige Kraft!« Er sagte zum Blitzstrahl: »Schwager, sieh her! Ich breche alle Äste. Ich habe sehr viel Kraft!«
Der Jaguar erkletterte einen Kaimbebaum und brach alle Äste ab. Dann erkletterte er einen Parikabaum und brach alle Äste ab. Dann stieg er auf den Boden herab, riß alles Gras aus und zerwühlte die Erde mit den Krallen, um zu zeigen, wie große Kraft er hätte. Dann hörte er auf, ermüdet. Er schwitzte und sagte: »F–f–! Siehst du, Schwager, so bin ich! Ich habe Kraft! Ich bin nicht so wie du!« Er wollte den Blitzstrahl fressen. Dann sagte er: »Jetzt will ich deine Kraft

sehen! Mach es so, wie ich es gemacht habe!« Der Blitzstrahl antwortete: »Ich bin nicht so wie du! Ich habe keine Kraft!« Da sagte der Jaguar wieder: »Sieh wieder her auf mich! Ich habe Kraft!« Er machte es wie vorher, riß Äste ab, riß Gras aus, zerwühlte die Erde weithin. Dann hörte der Jaguar auf und setzte sich neben den Blitzstrahl mit dem Rücken nach ihm hin.
Als er sich gesetzt hatte, nahm der Blitzstrahl seine kleine Keule und schwang sie einmal. Da kamen Donner, Blitz, Sturm und viel Regen. Der Jaguar lief voll Angst weg und stieg auf einen Baum. Aber der Blitzstrahl zerschlug alle Bäume, und der Jaguar fiel auf die Erde. Der Blitzstrahl faßte den Jaguar an den Beinen und warf ihn weit weg. Der Jaguar lief weg und verkroch sich unter einem Felsen.
Da zerschlug der Blitzstrahl alle Felsen. Der Jaguar erstieg wieder einen Baum. Da zerschlug der Blitzstrahl alle Bäume. Dann kroch der Jaguar in die Höhle des Riesengürteltiers. Aber der Blitzstrahl war hinter ihm her und zersprengte alle Erde. So lief der Jaguar immer wieder fort, versteckte sich hier und dort, aber der Blitzstrahl zerschlug alles, Bäume, Felsen und Erde. Der Blitz krachte ihm vor den Ohren. Dann wurde es vom Regen und Wind sehr kalt. Der Jaguar fror so, daß er nicht mehr laufen konnte. Als der Blitzstrahl sah, daß der Jaguar ganz zusammengerollt dalag, weil ihm alles weh tat, ließ er von ihm ab. Er sagte zu ihm: »Siehst du, Schwager, so bin *ich!* Ich habe auch Kraft! Du bist es nicht allein, der Kraft hat! Du hast wenig Kraft! Ich habe mehr als du!« Dann sagte er zum Jaguar: »Gut, Schwager! Jetzt gehe ich weg!« Er ging weg und ließ den Jaguar liegen. Dann ging auch der Jaguar weg nach seiner Wohnung. Deshalb hat er bis auf den heutigen Tag solche Angst vor dem Gewitter.

24. Epépim

(Makuschi)

Zwei Brüder, von denen der ältere sehr schön und der jüngere sehr häßlich war, hatten einen anderen Bruder, der war verheiratet. Der Schöne haßte den Häßlichen und suchte immer Vorwände, um ihn zu töten. Eines Tages lud er, nachdem er ein Holz zugespitzt hatte, seinen Bruder ein, Rucu zum Bemalen des Körpers zu pflücken. Als sie zum Rucubaum gekommen waren, sagte er zu ihm:

»Mein Bruder, klettere auf den Baum und pflücke Rucu!«

Der Häßliche kletterte hinauf, und als er seine Knie auf einen Ast setzte, um sich abzustützen, verwundete ihn der Schöne mit seinem spitzen Stock tödlich zwischen den Schenkeln. Der Körper fiel zu Boden, der Mörder schnitt ihm die Beine ab und ging fort.

Zufällig kam ihre Schwägerin bei dem Haus vorbei, in dem die zwei Brüder wohnten. Sie traf dort nur den Schönen an und fragte ihn:

»Wie geht es dir, mein Schwager?«

»Sehr gut.«

»Und wie geht es deinem Bruder?«

»Er geht im Wald spazieren.«

Die Schwägerin ging in den Wald und fand dort den Leichnam ohne Beine. Ihr Schwager war ihr gefolgt. Bevor sie etwas sagen konnte, nahm er die zwei Beine, warf sie in den Fluß und sagte:

»Diese Beine sind zu nichts mehr zu gebrauchen. Sie sind nur für die Fische gut.«

Als sie ins Wasser fielen, wurden die Beine zu Surubins. Der Leichnam blieb auf der Erde, aber die Seele stieg in den Himmel und nahm dort die Form von drei Sternen an. Der Körper blieb in der Mitte, und auf jeder Seite war ein Bein. So begann der Epépim am Himmel zu leuchten.

Auch der Mörder wurde zu einem Stern, dem Caiuanu. Der verheiratete Bruder ist der Stern Itenhá. Die beiden sehen den Mörder fortwährend an, um ihn für sein Verbrechen zu strafen.

25. *Tamekán, das Siebengestirn*

(Makuschi)

Ein Mann hatte sieben Kinder, die jeden Tag vor Hunger weinten.

»Ach, meine Kinder«, sagte er eines Tages, »ich gebe euch zu essen, was ich finden kann, und ihr seid nie zufrieden.«

Die Mutter schalt sie, aber da sie nicht zu weinen aufhörten, gab sie ihnen den geräucherten Kiefer eines Tapirs. Der Älteste teilte die spärliche Nahrung unter seinen Brüdern; dann nahm er sie in die Arme, begann zu singen und zu tanzen und stieg in den Himmel.

Als die Mutter sie fortgehen sah, rief sie die Kinder und bot ihnen Fleisch an, aber sie lehnten es ab und sagten, sie wollten sich in Sterne verwandeln. Sie zogen Kreise wie der Aasgeier, wenn er zu den Wolken aufsteigt, und kamen schließlich im Himmel an.

26. *Makonaura und Anuanaitu*

(Arowaken)

In uralter Zeit, als die Großmütter unserer Großmütter noch nicht geboren waren, war die Welt ganz anders als heute. Die Bäume trugen unaufhörlich Früchte das ganze Jahr hindurch. Die Tiere lebten in vollkommener Eintracht, und das kleine Aguti spielte ohne Furcht mit dem Bart des Jaguars. Die Schlangen hatten kein Gift. Die Flüsse flossen gleich-

mäßig dahin ohne Fallen und Steigen. Selbst das Wasser der Kaskaden glitt langsam und sachte von der Höhe der Felsen. Mit einem Wort, alles war ganz anders als heute.
Es lebte noch kein Mensch, und Adaheli, den wir jetzt als unseren Gott anrufen, der sich aber damals die Sonne nannte, war betrübt darüber. Er stieg herab von den Himmeln, und der Mensch wurde geboren von dem Kaiman. Es gab zwei Geschlechter. Die Frauen waren alle von einer bezaubernden Schönheit; aber unter den Männern gab es mehrere mit abscheulichen und abstoßenden Zügen. Das war die Ursache ihrer Zerstreuung: Die Menschen mit den anmutigen Zügen konnten nicht lange Zeit in ihrer Gesellschaft leben. Sie trennten sich von ihnen und wanderten nach Westen. Die Fratzen setzten sich mit den Frauen, die sie erwählt hatten, im Osten fest.
Viele Jahrhunderte sind vergangen; viele Generationen sind aufeinander gefolgt. Das Andenken an diese Zeit ist in Vergessenheit gesunken; kaum daß einige alte Frauen und die Zauberärzte eine schwache Erinnerung daran bewahrt haben.
Um jene Zeit lebte in der Gruppe der schönen Menschen ein junger Mann, genannt Makonaura, und seine schon sehr bejahrte Mutter. Der junge Mann war von großer Anmut und hoher Gestalt; er beherrschte seine Gefährten. Er trug einen Schaumschurz von eleganter Form, und hübsche Ringe hingen in seinen Ohren. Auf der Jagd hatte er nicht seinesgleichen, und seine Reusen füllten sich stets mit Fischen. Flocht er Körbe, so zeichneten sie sich durch ihre Gefälligkeit und Feinheit aus und übertrafen bei weitem alle Flechtarbeiten der anderen jungen Leute.
Seine alte Mutter war nicht weniger bemerkenswert. Mochte sie Hängematten verfertigen oder Kassawa bereiten oder Tapana-Getränke durchseihen, sie tat alles mit einer besonderen Sorgfalt und einer staunenswerten Kunst. Man bewunderte sie.

Die beiden lebten in der vollkommensten Harmonie, nicht allein miteinander, sondern mit allen Gliedern ihres Stammes. Sie hatten nicht zu leiden, weder von der Hitze noch von der Kälte. Böse Tiere belästigten sie nicht, denn es gab keine in der ganzen Gegend.

Eines Tages, als Makonaura seine Reuse aufnehmen wollte, fand er sie zu seiner Überraschung zerbrochen und alle Fische, die sie enthielt, halb verzehrt. Niemals seit Menschengedenken hatte sich eine solche Sache in seinem Stamm ereignet. Wütend dachte er sofort daran, sich zu rächen. Aber, wie sollte er den Dieb entdecken? Das Tiervolk bot ihm seine Dienste an. Ein Specht erschien. Er stellte ihn als Wache nahe bei seiner Reuse auf und befahl ihm, ihn durch Schläge mit dem Schnabel auf einen Baumstamm zu benachrichtigen, sobald sich ein Fremder, Mensch oder Tier, seiner Reuse nähern würde.

Bei der Rückkehr in sein Haus erzählte er seiner Mutter sein Abenteuer. Diese hörte ihn schweigend an. Während er sprach, kam ihr wieder alles, was sie von den uralten Legenden behalten hatte, in den Sinn, und sie hatte Furcht.

Den folgenden Tag in der Frühe machte Meister Specht einen großen Lärm. Man hörte sein wütendes »tok – tok!« Makonaura lief in aller Hast herbei, aber, wie er sich auch beeilte, er fand bei seiner Ankunft seine Reuse ein zweites Mal leer und eingestoßen. Ganz außer sich, schalt er den Specht heftig aus wegen seiner Langsamkeit und Nachlässigkeit und setzte einen Cassicus an seine Stelle, damit er gut Wache halte.

Makonaura erwachte am folgenden Tag durch das wiederholte schallende »pong – pong« des Vogels. Er ergriff seinen Bogen und seine Giftpfeile und eilte sofort hin. Bei seiner Ankunft bemerkte er nahe bei seiner Reuse den Kopf eines Kaimans. Rasch schoß er, und sein Pfeil bohrte sich zischend zwischen die beiden Augen des Tieres, das mit einem furchtbaren »glu – glu« ins Wasser tauchte und verschwand.

Makonaura besserte seine Reuse aus, befahl dem Cassicus, gut auf sie achtzugeben, und zog sich zurück.
Eine Stunde war kaum vergangen, als plötzlich von neuem der Ruf des Cassicus erscholl. Makonaura lief den Weg zurück. Keuchend kam er an. Alle Wetter! Welche Überraschung! Ein junges Mädchen von blendender Schönheit war dort, ganz in Tränen. Gerührt von ihren Tränen, fragte er sie nach der Ursache ihres Kummers. »Ich kann es dir nicht sagen«, antwortete sie und bat ihn, sich zu entfernen. Er bestand darauf und erklärte, er würde nur weggehen, wenn sie einwilligte, ihn zu begleiten. »Aber, ich kann es nicht«, erwiderte die junge Unbekannte, die fast noch ein Kind war, »denn ...«, und ihre Stimme erlosch in einem Schluchzen. Makonaura nahm sie nun auf seine Schultern und trug sie in die Hütte seiner geliebten Mutter. Diese nahm die kleine Fremde gütig auf. »Wie heißt du, mein Kind?« sagte sie zu ihr. Und die Kleine antwortete: »Anuanaitu.« – »Woher kommst du?« – »Aus weiter Ferne.« – »Wer sind deine Verwandten?« – »Oh! Fragt mich dies nicht!« versetzte lebhaft das junge Mädchen, indem es sein Gesicht mit den Händen bedeckte.
Makonaura und seine Mutter wollten nicht ein Geheimnis erpressen, das man ihnen vorenthielt. Sie schwiegen. Die alte Frau setzte nun der jungen Fremden getrockneten Fisch vor, Fleisch, Kassawa und eine Kalabasse voll Tapana. Anuanaitu aß und trank; dann streckte sie sich auf die Erde aus, um zu ruhen. Makonaura pochte umsonst auf die Rechte der Gastfreundschaft; sie wies die Hängematte zurück, die er ihr für diese Nacht anbot. Ebenso machte sie es in den folgenden Nächten. Stets blieb die Hängematte des jungen Mannes leer, denn sein Zartgefühl verbot es ihm, ein Lager zu benutzen, das er aus Gastfreundschaft der Unbekannten angeboten hatte. Auf die dringenden Bitten ihrer Wirtin nahm sie endlich die Hängematte der Mutter an, bis die neue Hängematte, an der man für ihn arbeitete, fertig wäre; aber sie

spannte die Hängematte in dem bescheidensten Winkel der Hütte aus. Nur unter dieser Bedingung hatte sie ihre Zustimmung gegeben.

Alles ging nach Wunsch und schien den friedlichen Bewohnern der Hütte glückliche Tage zu verheißen, obwohl die Fremde stets ein hartnäckiges Schweigen über ihre Familie und die Jahre ihrer Kindheit bewahrte; kaum daß sie sich manchmal mit seiner Mutter unterhielt. Aber dann strahlte stets sein Gesicht, und seine Stimme verriet seine Bewegung.

Sie hatte sich jetzt vollkommen zu einer Frau entwickelt. Makonaura war von Liebe zu ihr entbrannt. Er wagte nicht, es ihr zu sagen, aber er entdeckte sich seiner alten Mutter. Diese nahm voll Freude ihren Sohn bei der Hand und führte ihn zu Anuanaitu, um sie miteinander zu verloben. Da brach das junge Mädchen in Tränen aus und bat ihre Gastfreunde, sie lieber in ihre Heimat zurückzuschicken.

Einige Tage später indessen sah Makonaura, als er heimkam, eine Hängematte neben der seinigen ausgespannt. Er konnte seine Freude nicht zurückhalten, denn das war das sicherste Zeichen, daß Anuanaitu seine Bitte Gehör geschenkt hatte und einwilligte, seine Frau zu werden. Nichts fehlte nun mehr an seinem Glück!

Es fehlte daran die Zustimmung der Familie der Unbekannten.

Einige Monate flossen dahin in ruhigem Glück. Da fühlte Anuanaitu eines Tages den dringenden Wunsch, ihre Mutter wiederzusehen. Ein einziger Monat würde ihr für die Hin- und Rückreise genügen, sagte sie. Makonaura gab seine Einwilligung zu der Reise, wollte aber seine Frau begleiten. Erschreckt, bemühte sie sich, es ihm auszureden. Da es ihr nicht gelang, erklärte sie, lieber auf die Reise verzichten und daheim bleiben zu wollen. »Dann werde ich allein gehen«, versetzte Makonaura, »und die Deinen um ihre Zustimmung zu unserer Ehe bitten!« – »Nie und nimmer!« rief Anuanaitu

erschreckt. »Wenn du allein gehst, wirst du uns alle verderben, uns beide und deine teure Mutter!«
Der Entschluß des jungen Mannes stand unerschütterlich fest. Er verfertigte ein großes Kanu, brachte Geschenke zusammen für die Verwandten seiner Frau und versah sich mit Lebensmitteln für drei Wochen der Reise. Anuanaitu wollte mit ihm gehen.
Im Augenblick der Abreise nahm er Abschied von seiner alten Mutter. »Mutter«, sagte er zu ihr, »die Reise, die ich unternehme, ist voll Gefahren, ich weiß es, aber die Geister haben mir durch den Mund des Zauberarztes versichert, daß ich kein Unglück erleiden und heil und gesund zu dir zurückkehren werde. Fürchte also nichts, meine gute Mutter!« Er fuhr ab. Das Kanu glitt leicht dahin auf der Oberfläche der Gewässer, und drei Wochen später landete er glücklich an einem Lager von Leuten.
»Da sind wir«, sagte Anuanaitu, »hab Dank! Ich will gehen und meine Mutter suchen. Sie wird kommen und dir zwei Kalabassen bringen, eine voll Blut mit rohem Fleisch und eine andere voll Beltiri mit Kassawabrot. Sei klug und triff gut deine Wahl; unser beider Los hängt davon ab!« Sie kam bald zurück, begleitet von einer Frau, die zwei Kalabassen trug. »Gatte meiner Tochter«, sagte die Frau, »nimm diese Erfrischungen!« Indem sie dies sagte, setzte sie die beiden Kalabassen vor ihn hin. Ohne zu zögern, nahm Makonaura das Beltiri und das Kassawabrot. Die Mutter Anuanaitus lächelte. »Mit Recht«, sagte sie, »hat meine Tochter gleich so viel Lobenswertes von dir und deiner Mutter erzählt. Du hast eine gute Wahl getroffen. Gern gebe ich meine Einwilligung zu eurer Ehe, aber ich fürchte, daß mein Gatte sich sehr widersetzen wird.«
Man setzte sich und hielt Rat. Man besprach sich über das, was zu tun sei, um den Widerstand des Vaters Anuanaitus zu besiegen. Als man sich darüber einig geworden war, erhoben sich die beiden Frauen und gingen, ihn aufzusuchen, aber sie

kamen bald zurück in Tränen. Kaikutschi, das war sein Name, war unerbittlich. Er schwur, die Entführung seiner Tochter im Blute zu rächen. Makonaura sollte sich im Wald verborgen halten, solange seine blutdürstige Wut anhielt. Wenn sich der erzürnte Vater eines Tages beruhigt habe, würde man kommen und ihn davon benachrichtigen.

Drei Tage später verkündete ihm die Mutter Anuanaitus, daß Kaikutschi endlich einwillige, ihn zu sehen, und seine Geschenke annehme. Makonaura begab sich darauf in das Dorf, und seine Frau, die ihm entgegengekommen war, führte ihn sofort zu ihrem Vater.

Bei ihrem Anblick ergriff diesen ein heftiger Zorn. »Wie«, schrie er, »wagt ihr euch mir zu nähern!« Der junge Mann antwortete ihm in ruhigem Ton: »Es ist wahr, daß meine Ehe mit deiner Tochter nicht nach dem Brauch war, aber ich bin gerade hierhergekommen, um meinen Fehler wiedergutzumachen. Ich bin bereit, zu tun und dir anzubieten alles, was dir beliebt.« Der andere lachte verächtlich. »So mache mir«, sagte er, »in *einer* Nacht einen Zauberschemel! Er muß auf der einen Seite einen Jaguarkopf, auf der anderen meine Züge haben.«

Makonaura machte sich ans Werk, und gegen Mitternacht war der Schemel bis auf Kaikutschis Züge vollendet. Dieser hatte die Gewohnheit, eine Kalabasse vor dem Gesicht zu tragen, in die zwei Löcher für die Augen gebohrt waren. Makonaura hatte sein Gesicht noch nicht gesehen. Er bat seine Frau, ihm ihren Vater zu schildern. Sie erbleichte und sprach: »Mein Vater ist Zauberarzt; er weiß alles. Es ist unmöglich! Er würde uns beide töten.«

Der junge Mann wußte sich keinen anderen Rat, als in den Wald zu laufen, in die Hütte von Kaikutschi, um zu versuchen, seine Züge zu entdecken. Es war vergeblich, denn er fand in der Hängematte nur einen Mann, zusammengerollt zur Kugel. Er war im Begriff, ganz verstört wegzugehen. Da summte ihm eine Mücke in die Ohren: »Verzweifle nicht!«

Und die Mücke stach sofort Kaikutschi. Der Mann rührte sich nicht. Da fühlte Makonaura ein Insekt an seinen Beinen hinaufkriechen. Es war eine Vogelspinne. Sie sagte zu ihm: »Fürchte nichts, hab Geduld!« Sie hing sich unten an die Hängematte und biß den Schläfer heftig. Dieser tötete sie jedoch, ohne sein Gesicht zu zeigen.
Makonaura war verzweifelt. Aber da rückte ein Heer von Ameisen heran, und ihre Führer riefen ihm zu: »Fürchte nichts, wir sind da!« Und das Heer fiel über diese unförmige Masse her und griff sie wütend von allen Seiten an. Kaikutschi erhob sich bestürzt, und Makonaura sah sein schreckliches Gesicht. Er ging in aller Eile weg, um seinen Zauberschemel zu vollenden.
Als am Morgen Kaikutschi den Zauberschemel ganz fertig sah, zeigte er sich wenig zufrieden. »Das genügt nicht«, sagte er, »du mußt mir noch in einer einzigen Nacht eine Hütte bauen, deren ganzes Dach aus den schönsten Federn gemacht ist.« Dieses Mal hielt sich der junge Mann für verloren. Aber plötzlich kamen Tausende und aber Tausende von Kolibris und anderen Vögeln, alle mit entzückendem Gefieder. Die Hütte war vor Sonnenaufgang fertig. Das war das Ende der harten Proben, die Makonaura zu einem Glied der Familie Kaikutschis machten und zum ehrenwerten Gatten Anuanaitus.
Mehrere Monate vergingen. Makonaura wurde unruhig über das Schicksal seiner alten Mutter und beschloß, mit seiner Gattin hinzugehen und sie wiederzusehen. Kaikutschi schlug es rundweg ab, daß Anuanaitu ihn begleitete. So ging er allein. Wie glücklich war seine Mutter, ihn wiederzusehen! Wie bemitleidete sie ihn um alle Mühen, die er erduldet hatte! Während der zwei Wochen, die sie zusammen verlebten, tauschten sie ihre Gedanken aus. Sie erzählte ihm die Sagen aus vergangenen Zeiten. Der Tag der Trennung näherte sich für Makonaura. Er mußte an die Abreise denken. Er ging hin und fragte den Zauberarzt um Rat. »Die Geister«, antwortete

ihm dieser, »widersetzen sich deinem Vorhaben. Reise nicht ab!« Erschüttert zögerte der junge Mann einen Augenblick; dann beruhigte er sich wieder und sagte sich: »Ich bin neulich der Schwierigkeiten, die unüberwindlich schienen, Herr geworden; warum sollte es mir nicht auch diesmal gelingen?«
Er kam mit seiner Mutter überein, ihr jedesmal, wenn er sich in Gefahr befände, rasch einen Vogel zu schicken. Wenn er stürbe, würde ihr die Eule die Nachricht bringen. Dann reiste er ab.
Die Überfahrt ging glücklich vonstatten. Er kam wohlbehalten an. Aber seine Frau und seine Schwiegermutter waren ihm entgegengegangen. Ganz in Tränen riefen sie ihm zu: »Kehr um so rasch wie möglich! Kaikutschi ist wütend über eine Nachricht, die er empfangen hat.« – Ohne auf das zu achten, was die Frauen zu ihm sagten, ging Makonaura geradewegs zur Hütte seines Schwiegervaters. Kaikutschi erwartete ihn auf der Schwelle. Mit einem Schlag seiner Keule streckte er ihn zu seinen Füßen nieder und schoß ihm einen Pfeil in die Stirn zwischen die Augen.
Nach der Abreise ihres Sohnes lebte Makonauras Mutter in großer Sorge um ihn. Das heimliche Ahnen eines nahen Unheils suchte sie oft im Wachen heim, und ihr Schlaf war oft beunruhigt von schrecklichen Träumen. Daher war sie gar nicht erstaunt, eines Abends das eintönige und klagende »buta – buta« des Prionites zu hören, und als bald darauf die Eule, die Todesbotin, ihr trauriges »popopo« ihr in die Ohren seufzte, überwältigte sie zwar die unselige Nachricht, überraschte sie aber keineswegs. Schnell schob sie ihr leichtes Rindenboot ins Wasser und machte sich auf, die Leiche ihres Sohnes zu suchen. Vor ihr her flog die Eule. Diese machte halt an dem Platz, wo sich das Unheil zugetragen hatte, und die arme Mutter fand dort die zerschmetterten Reste ihres Makonaura, verborgen unter dem Gesträuch. Sie sammelte getreulich die Gebeine, legte sie in ihr Boot und brachte sie in ihr Dorf zurück.

Bei ihrer Rückkehr beeilten sich die Männer des Stammes, einen kunstvollen Sarg zu flechten, und schmückten ihn mit schönen Federn in schillernden Farben, während die Frauen eifrig den köstlichen Tapanatrank bereiteten für den Tag des Leichenbegängnisses. Man trug den Sarg in die Hütte des Toten und legte neben ihn seine Waffen, seine Kleider, seine Geräte. Endlich, als alles bereit war, versammelte sich der Stamm, um die Klage zu hören, das letzte Lebewohl der Mutter an ihren Sohn. Die arme Frau pries die Tugenden des Verstorbenen, sie rühmte seine Heldentaten, seine Geschicklichkeit beim Fischfang und auf der Jagd. Sie erzählte ausführlich die Geschichte seiner Ehe, die, ach!, so tragisch geendet habe. Dann erhob sie ihre Schale voll Tapana und schrie: »Wer hat das Lebenslicht meines Sohnes ausgelöscht? Wer schickte ihn in das Tal der Schatten? Unglück! Unglück über ihn! Ach, ihr seht es, oh, ihr meine Brüder und meine Freunde, ich bin nur eine arme und schwache Frau! Ich vermag nichts! Wer wird mich rächen?«
Auf diese Aufforderung folgte tiefes Schweigen. Bald aber traten zwei Männer vor, nahmen die Schale aus der Hand der Frau und leerten sie beide bis auf den letzten Tropfen. Dann traten sie ganz nahe an den Sarg heran und stimmten den schrecklichen Kenaimu an, den wilden Rachegesang. Singend tanzten sie auch den Tanz der Rache. – Makonaura wird gerächt werden! – Die Seele einer Riesenschlange war eingedrungen in den einen der beiden Männer, und in den anderen die Seele eines Jaguars.
Einige Zeit darauf veranstaltete man ein großes Fest im Dorfe Kaikutschis, das Fest der Tapana. Man rüstete sich schon dazu. Einladungen waren in alle umliegenden Dörfer ergangen. Man zählte jetzt an den Knoten der Schnüre die Tage, die noch bis zur Feierlichkeit vergehen würden, und löste jeden Abend einen Knoten. Um möglichst frisch für den Empfang seiner Gäste zu sein, ruhte sich Kaikutschi in seiner Hängematte aus. Anuanaitu und ihre Mutter, beide in tiefer

Trauer, nahmen an diesen fröhlichen Vorbereitungen nicht teil.
Der Tag kam heran. Die Gäste umgaben zu Hunderten die Hütte, in der man den Trog mit Tapana bewahrte. Man öffnete die Türen, und das Fest begann. Alle, Männer, Weiber und Kinder, fingen an zu trinken. Sie tranken und erbrachen sich, tranken wieder und erbrachen sich von neuem. Bald wälzten sie sich am Boden wie das Vieh.
Da traten plötzlich zwei Männer ein. Der eine, mit einem Jaguarfell bekleidet, schwang seine furchtbare Keule; der andere war bedeckt mit einer buntbemalten Haut, ähnlich der einer Riesenschlange. In einem Augenblick lagen Kaikutschi und alle seine Leute tot da. Den einen war der Schädel zerschmettert und das Gehirn auf den Boden gespritzt; die anderen waren erwürgt.
Aber die Furcht hatte die Trunkenheit abgeschüttelt. Die Überlebenden dieses Blutbades rafften sich zusammen; sie spannten ihre Bogen, und Hunderte von Pfeilen bedrohten die beiden Angreifer. Diese schlugen nicht mehr. Sie streckten die Arme aus, und der eine von ihnen rief: »Haltet ein, Freunde! Unser Leben ist in eurer Hand, aber laßt uns erst zu euch sprechen!« Man hörte ihn an. Er erzählte die traurige Geschichte des schönen Makonaura. Er schilderte den tiefen Schmerz seiner armen Mutter. Er berief sich auf das schwere Unrecht, das seinem Stamm angetan worden sei. Wie er sprach, sah man die Spitzen der Pfeile eine nach der anderen sich zur Erde senken. Als er geendet hatte, trat ein alter Zauberarzt vor und sprach zu ihnen in feierlichem Ton: »Junge Leute, ihr habt wohl getan! Wir empfangen euch als Freunde.«
Dann warf man die Leichen in das Gebüsch, und das Fest nahm den schönsten Verlauf. Bald war die Trunkenheit allgemein und vollkommen.
In dem Gebüsch ging eine Frau inmitten der Leichen dahin. Sie wendete alle um, betrachtete sie, untersuchte sie aufmerk-

sam, die Augen trocken. Endlich füllten sich ihre Augen mit Tränen. Diese Frau war Anuanaitu. Sie hatte sich abseits von dem Gelage gehalten und war dadurch dem Gemetzel entgangen. Sie beugte sich über einen Leichnam, kauerte sich an seiner Seite nieder. Ihre milde Stimme sang klagend das Lob des Opfers lange, lange Zeit. Plötzlich erhob sie sich, die Haare verwirrt, das Gesicht brennend, und mit vibrierender Stimme begann sie den schrecklichen Kenaimu zu singen. Sie tanzte ihn auch. Die Seele einer Klapperschlange hatte von ihr Besitz genommen!

Unterdessen bereiteten die Mutter und die anderen Frauen des Dorfes Tapana, um die Rückkehr der beiden siegreichen Kenaimu zu feiern. Je furchtbarer die Rache war, desto mehr erhöht war die Ehre des Stammes. Das war eine wahnsinnige Freude! Alles tanzte, tanzte, tanzte bis zur völligen Erschöpfung. Makonauras Mutter, selbst besiegt von der Trunkenheit, hatte sich in ihre Hängematte gelegt, und dort sah sie in ihren Träumen ihren Sohn wieder, und im Traum rief sie ihn. Plötzlich trat Anuanaitu, die Besessene, ein, aber als sie sich nennen hörte, wich sie erschreckt zurück. »Anuanaitu, mein Kind«, sagte die Alte, die erwacht war, »du bist sehr gut, wie es auch deine Mutter war! Aber was willst du jetzt hier? Mein Sohn, den du verloren hast, ist nicht mehr da ... O Makonaura, mein Sohn, freue dich! Du bist jetzt glücklich, denn du bist gerächt worden in dem Blute deiner Mörder. Oh! Ja, du bist sehr gerächt worden!«

In dieser Hütte, so voll von Erinnerungen für sie, hatte Anuanaitu gefühlt, wie sich in ihrer Seele ein furchtbarer Kampf erhob, ein Kampf der Liebe mit dem, was sie ihre Pflicht nannte. Aber als die Worte »du bist glücklich, mein Sohn, denn du bist gerächt worden in dem Blut!« an ihr Ohr drangen, hielt sie nichts mehr! Rasend warf sie sich auf die Alte, faßte ihre Zunge, zog sie aus dem Munde und stieß den Giftzahn der Klapperschlange hinein.

Dann beugte sie sich über ihr Opfer, das mit dem Tode rang,

und sagte zu ihm: »Der Kaiman, den dein Sohn bei seiner Reuse tötete, war mein Bruder! Wie mein Vater hatte auch er den Kopf eines Kaimans. Ich verzieh. Mein Vater hat seinen Sohn gerächt, indem er deinem Sohn denselben Tod antat, den mein Bruder von dessen Hand erlitten hatte: einen Pfeil in die Stirn zwischen die Augen. Deine Verwandten haben meinen Vater und alle meine Angehörigen erschlagen. Ich würde auch dies verziehen haben, wenn sie nur meine Mutter geschont hätten. Makonaura ist die Ursache, daß das untergegangen ist, was mir das Teuerste war auf der Welt. Deshalb raube ich ihm und opfere das Kostbarste, was er jemals besaß.«

So sprach sie, stieß einen furchtbaren Schrei aus und floh in den Wald.

Bei diesem Schrei trat eine unerhörte Veränderung in der Natur ein. Die Winde antworteten darauf mit einem Geheul, das die Bäume niederriß und entwurzelte, überall, wo Anuanaitu ihren Weg nahm. Dichte Wolken verhüllten das Antlitz Adahelis und schleuderten in die Finsternis unheilbringende Blitze unter dem furchtbaren Krachen der Donner. Eine Sintflut von Regen mischte sich mit dem Austreten der Quellen. Die Tiere, bisher friedlich, töteten einander. Die Schlange begann zu beißen; der Kaiman ließ seine schrecklichen Kinnbacken erschallen; der Jaguar zerriß und verschlang das unschuldige Aguti.

Anuanaitu setzte ihren tollen Lauf fort, indem sie alle wilden Gäste des Waldes mit sich riß. Sie kam auf den Gipfel eines riesigen Felsens, von dem ein Wasserfall sich ergoß. Und dort, am Rande des Abgrundes, streckte sie ihre Arme aus, beugte sich vor und sprang in die Leere. Die Wasser in der Tiefe nahmen sie auf und schlossen sich sofort über ihr. Man sieht dort nur noch einen schrecklichen Abgrund.

Noch heute, wenn ein Fremder an einem Wasserfall vorübergeht, warnt ihn der Indianer davor, dessen Namen auszusprechen. Dies würde sein unfehlbares Verderben sein, sagt er.

Denn auf dem Grunde dieser Wasser wohnen zusammen Makonaura und Anuanaitu in dem wunderbaren Haus dessen, der die Seele und der Geist der Wasser ist.

27. Der Zauberarzt Makanaholo

(Arowaken)

Keiner war so weit vorgeschritten in der Kunst der Zauberärzte wie der Zauberarzt Makanaholo. Er erhob sich von der Erde, ging über die Bäume, ja, er gab sich Flügel, wenn er wollte. Am wunderbarsten aber von allen seinen Künsten war die Macht, willkürlich sein Aussehen zu wechseln und die Gestalt dieses oder jenes Tieres anzunehmen, wie es ihm gerade gefiel.

Eines schönen Tages hatte sich Makanaholo in einen Hirsch verwandelt. Und warum? Es gefiel ihm nicht mehr, allein zu sein; er wünschte, eine Gefährtin zu haben. Und wie machte er es da? Als er ein Hirsch geworden war, verstand er es, sein eigenes Fleisch verfaulen zu lassen, und zog dadurch in demselben Augenblick eine Menge Aasgeier auf sich. Als diese sich auf ihre Lieblingsspeise stürzen wollten, kam ein kleiner Vogel angeflogen und rief ihnen zu: »Macht euch davon, so schnell wie möglich, denn man will euch töten!« Aber sie wollten von ihrem köstlichen Gericht nicht ablassen und glaubten nicht daran. Da schüttelte sich der vermeintliche Hirsch und bewegte sich mehrmals stark, so daß die erschreckten Geier in aller Hast flüchteten. Er tat es, weil er wußte, daß seine Zukünftige nicht unter ihnen war. Aber kaum hatten sie sich entfernt, als plötzlich hoch aus der Luft der schönste der Geier, der König oder vielmehr die Königin von ihnen, herabstieg und sich dicht bei Makanaholo niederließ. Da hatte er sie, und er nahm sie zur Gattin.

Viele Jahre lebten sie in vollkommener Eintracht zusammen.

Es gab nur eine Sache, die ihn störte: Sie hatte unzählige Läuse. Aber er verstand sich auf seine Zauberkunst. Es gelang ihm, eine Art Seife zu bereiten, und einige Waschungen genügten, um seine Frau von ihrer Plage zu befreien.

Jahre danach sagte die Frau eines Tages zu Makanaholo: »So lange Zeit schon wohne ich hier unten bei dir, und meine gute Mutter dort oben weiß nichts davon. Es ist mein dringender Wunsch, sie wiederzusehen. Erlaube mir, hinaufzusteigen!«

Makanaholo war sehr damit einverstanden und antwortete: »Ich will dich begleiten und mit dir emporsteigen.« Als sie emporgestiegen waren, traf Makanaholo die Mutter des Königs der Geier namens Akathu in der Hängematte. Wie sie sich freute, ihr Kind wiederzusehen in Begleitung eines solchen Mannes!

Von Akathu, die sehr geehrt war bei ihrem Volk, erzählte man sich, daß noch niemals einer ihr Gesicht habe sehen können. Immer blieb sie in der Hängematte. Jetzt wollte Akathu die Kunst ihres Schwiegersohnes erproben und gab Makanaholo den Befehl, einen kleinen Sitzschemel zu verfertigen, der die Gestalt ihres Kopfes habe.

Wie sollte er es machen, solange Akathu für sich allein in der Hängematte blieb? Makanaholo hatte Macht über die Tiere. Er rief die roten Ameisen. Diese krochen in unzähligen Scharen in die Hängematte und brannten Akathu mit ihren Stichen. Sie sprang heraus, und Makanaholo, der heimlich auf der Lauer lag, hatte Gelegenheit, sie zu sehen. Er sah nun, daß sie nicht nur *einen* Kopf hatte, sondern nicht weniger als ein Dutzend. Schleunigst machte sich Makanaholo ans Werk und verfertigte eine kleine Bank, welche die Züge Akathus getreu wiedergab. Diese war davon so zufrieden, daß sie laut ausrief: »Ja, ja, du bist ein ganz geschickter Mann!«

Aber sie wollte noch mehr von seiner Fähigkeit sehen. Sie sagte: »Nimm die Angelrute, geh auf den Fischfang und bring mir, was du gefangen hast!« Er tat es und kam rasch zu Akathu zurück. Da er die Kunst besaß, die Fische kleiner zu machen, wickelte er sie in einige Baumblätter und bot sie so seiner Schwiegermutter an. Diese warf die Fische weit von sich und sagte verächtlich: »Wie kannst du es wagen, mir so winzige Fische anzubieten?« Aber als sie sie weggeworfen hatte, sah sie alle verwandelt in sehr große Fische. Wieder sprach sie zu ihm: »Ja, ja, du bist ein ganz geschickter Mann!« Indessen wünschte sie noch mehr von seinem Genie kennenzulernen. Nachdem alle von den ausgezeichneten Fischen gegessen und wohl geschlafen hatten und ein neuer Tag anbrach, befahl ihm Akathu: »Geh hin und hol Wasser, denn ich habe Durst! Nimm diesen Korb, um Wasser hineinzutun!« Das war wohl ein wenig zu schwer für ihn. Dennoch ging Makanaholo weg. Er versuchte vergeblich, das Wasser im Korb zurückzuhalten. Da kam ihm eine Ameise zu Hilfe. »Was machst du da?« fragte sie. Als er ihr sagte, welcher Befehl ihm gegeben worden sei, antwortete sie: »Sei ganz ruhig! Ich werde dir helfen.« Und sie tat es, und das Wasser blieb im Korb.

Makanaholo ging mit seinem Korb voll Wasser zum Hause Akathus. Er sprach zu ihr: »Da ist der Korb voll Wasser!« Als sie dies sah, war sie ganz außer sich vor Erstaunen und rief zum drittenmal aus: »Ja, ja, du bist ein sehr geschickter Mann«, und sie fügte hinzu: »Geschickter als alle anderen.«

Sie rief alle ihre Kinder zusammen und sprach: »Hört, wir wollen einen schönen Garten für ihn machen, weil ein so geschickter Mann für immer bei uns bleiben muß!« In ihrem Herzen fürchtete sich Akathu vor der Kunst des Zauberarztes. Sie fürchtete sowohl für sich selbst, als auch für ihre Tochter und ihre anderen Kinder, und sie hatte gesagt: »Sobald er in seinem schönen Garten eingeschlafen ist, müssen wir ihn töten.«

Aber unter den Kindern Akathus, das heißt unter den Geiern, war ein Verräter, der ihm den ganzen Plan der Schwiegermutter erzählte. »Akathu will dich töten; deshalb fliehe so bald wie möglich!« Makanaholo tat dies nicht, denn er vertraute auf seine Zauberkunst. Er sagte nur dem Warner, er habe keine Lust mehr, hier oben zu bleiben, wo seine Wohnung war. Aber vor seiner Abreise wollte er durch seine Energie und seinen Scharfsinn den Plan vereiteln, der gegen sein Leben gerichtet war.

Früh auf den folgenden Morgen hatte man den Anschlag festgesetzt. Der Garten war auf allen Seiten verschlossen. Die Mörder waren ganz sicher, daß Makanaholo nicht entwischt sein könnte. Und doch war er nicht mehr darin. Seine Gewohnheit, die Flöte zu spielen, hatte ihn gerettet. Diese Flöte hatte kleine Löcher. In einer der Gartenmauern war eine kleine Öffnung, durch die er die Flöte stecken konnte. Er steckte sie so hindurch, daß drei Löcher außerhalb des Gartens waren. Dann verwandelte er sich in eine Fliege, drang in das Flötenloch ein, das im Garten geblieben war, und schlüpfte durch die Löcher, die draußen waren, ins Freie. Die Mörder, die zu seinem Verderben gekommen waren, hörten Makanaholo in aller Freiheit Flöte blasen. Nach diesem Kunststück kehrte er auf die Erde zurück.

28. Der Einsiedler und sein Hund

(Arowaken)

Vor vielen Jahrhunderten lebte in einer fernen und abgelegenen Gegend ein Mann ganz allein in Gesellschaft eines starken Hundes.

Eines Tages ging er auf die Jagd, nachdem er dem Hund den Schutz seiner Hütte anvertraut hatte. In dem Walde fand er ganz unerwartet prächtige Pflanzungen von Kassawa und anderem.

Sein erster Gedanke war: ›Wer hat dies alles für mich bereitet?‹ Und da er in dem ganzen Lande das einzige

menschliche Wesen war, hatte er wohl Grund, sich so zu fragen; denn für wen würde man es gemacht haben, wenn nicht für ihn?
Er verbarg sich hinter einem Baum im Gebüsch. ›Vielleicht‹, sagte er sich, ›wird ein Unbekannter hierherkommen, um zu arbeiten, und für mich wird dies ein großes Glück sein, einen so ausgezeichneten Wohltäter kennenzulernen.‹
Kaum hatte er sich versteckt, als er den Hund kommen sah, seinen treuen Genossen, der zu seiner großen Verwunderung das Fell abwarf und sich in einen Menschen verwandelte. Darauf machte sich dieser an die Arbeit, und nachdem er sein Tagewerk getan hatte, zog er das Fell wieder an und verwandelte sich von neuem in einen Hund. Dann wandte er sich zur Hütte zurück.
Der Mann folgte dem Hund und tat, als wenn er gar nichts gesehen habe. Das war klug gehandelt. An einem anderen Tag besuchte er dieselben Pflanzungen und wählte ganz nahe einer Höhle einen Platz zum Schlafen und für seine Arbeit. Er machte dort Feuer an, um Kassawa zu bereiten.
Wie immer hatte er seinem Hund befohlen, beim Haus Wache zu halten. Trotzdem folgte ihm dieser heimlich. Der Mann, der sich schlafend stellte, hatte ganz nahe bei sich einen Korb, wie ihn die Frauen für die Feldfrüchte brauchen. Der Hund kam an, warf sofort das Fell ab, wurde von neuem Mensch und machte sich an die Arbeit. Ohne das geringste Geräusch zu machen, nahm der Mann das Fell, steckte es in den Korb und trug diesen weit weg in den Wald, wo er ihn in einem großen Feuer verbrannte. Von da an blieb der Hund oder besser gesagt die Hündin das, was sie war, nämlich eine Frau, die sich niemals mehr verwandeln konnte.
So wurde diese Wohltäterin die Gattin des einstigen Einsiedlers und die Mutter einer zahlreichen, sehr berühmten Familie.

29. Woher die Aimara-Fische so schöne, große Augen haben

(Arowaken)

Eines Nachmittags kehrte ein Jäger aus dem Walde heim. Da sah er einen Waldgeist, der einen Korb flocht. Er erkannte ihn nicht eigentlich als Waldgeist, aber er sah, daß die unheimliche Erscheinung am ganzen Leib, im Gesicht und an den Gliedern mit dichten Haaren bedeckt war. Er fragte das Gespenst, was es da tue, aber er erhielt nur das Wort »bako«, Augenhöhle, zur Antwort. Auf jeden Fall erzählte er zu Hause seiner Familie und seinen Freunden, was er gesehen hatte, und riet ihnen dringend, sich in der Nacht nicht schlafen zu legen, denn »es«, was es auch immer sei, könnte ihnen bei Anbruch der Nacht einen unerwarteten Besuch abstatten. Alles, was er sagen konnte, war, daß »es« mit Haaren bedeckt war und an einem »Augenhöhlenkorb« flocht. Aber sie lachten ihn alle aus, legten sich wie gewöhnlich in ihre Hängematten, erzählten einander Geschichten und schliefen bald ein.

Der Mann, der sie gewarnt hatte, blieb allein wach. Da hörte er ein leises Pfeifen in der Entfernung. Er versuchte, seine Freunde zu wecken, indem er ihre Hängematten schüttelte, aber es war alles vergebens. Er hatte gerade noch Zeit, unter das Dach zu klettern, als »es«, was er jetzt als Waldgeist erkannte, ins Haus trat. Nun konnte der Jäger genau beobachten, ohne selbst gesehen zu werden. Er sah, wie sich das Gespenst heimlich jeder Hängematte näherte und den Schlafenden beide Augen herausnahm, ohne sie zu wecken. Die Augen legte es sorgfältig in den frischgeflochtenen Korb, und dann verließ es das Haus.

Am nächsten Morgen, als die Leute erwachten, merkten sie, daß sie nichts sehen konnten. Sie wußten nicht, was mit ihnen geschehen war, aber der sie vorher gewarnt hatte, erzählte ihnen alles. Sie sagten, daß sie nun nicht mehr auf dem Lande leben könnten und daß er sie an irgendein Wasser führen müsse. Daraufhin band er einen an den anderen, und als sie den Fluß erreicht hatten, band er den letzten an einen Baum. Nun konnten sie den Weg nicht verlieren und wußten, wo sie waren. Er verließ sie danach, wie er meinte, in völliger Sicherheit und versprach, sie bald zu besuchen.

Nach einiger Zeit hielt er sein Wort, aber er fand sie alle in Fische verwandelt bis auf denjenigen, den er an den Baum gebunden hatte. Der hatte nur mit dem halben Körper ins Wasser reichen können und war nur zur Hälfte in einen Fisch verwandelt. Da ging der Mann fort und versprach wiederzukommen.

Er blieb lange Zeit fort, so lange, daß der Waldgeist Mitleid bekam, den letzten Mann ganz in einen Fisch verwandelte und ihm seine zwei Augen wiedergab, die nun besonders groß und schön sind. Als ihr Freund zurückkam, schnitt er das Seil von dem Baum, und seitdem spielen der Aimara und die anderen Fische frei im Wasser umher. – Sie wurden gestraft für ihren Unglauben.

30. Der überlistete Waldgeist

(Arowaken)

Eine Familie wurde einmal zu einem Trinkfest eingeladen. Alle gingen hin bis auf die Tochter, die sich weigerte mitzugehen. So blieb sie ganz allein zu Hause.

Am späten Nachmittag bekam sie Besuch von einer Freundin, die sie sehr lange nicht gesehen hatte. Wenigstens glaubte sie, es wäre ihre Freundin Dai-adalla, mit der sie den Namen getauscht hatte. In Wirklichkeit aber war ihr Besucher ein Waldgeist, der die Gestalt und das Aussehen ihrer Freundin angenommen hatte, um desto leichter seine schlechten Absichten ausführen zu können. Da sie so gute

Freundinnen waren, redete der Waldgeist das Mädchen als Dai-adalla an und fragte sie, was sie so allein zu Hause treibe. Als das Mädchen erzählte, daß es sich geweigert hätte, zu einem Trinkfest mitzugehen, sagte der Waldgeist: »Oh, das ist gut! Ich werde heute nacht hier bleiben und dir Gesellschaft leisten.«

Am Abend, als es dunkel wurde, ließ sich eine Menge Frösche hören. Daher fragte das Mädchen ihre Freundin, ob sie gern Frösche äße, und da diese von ihrer großen Vorliebe dafür sprach, machten sie sich sogleich auf, um einige Frösche zu fangen.

Sie gingen zusammen hinaus in die Dunkelheit, jede nach einer anderen Richtung, und nach einer Weile fingen sie an, sich zuzurufen und sich gegenseitig zu fragen, wie viele sie gefangen hätten. Der Waldgeist antwortete: »Viele, aber ich esse sie gerade so schnell, wie ich sie fangen kann.« Diese sonderbare Antwort, daß sie die Tiere roh esse, erschreckte das Mädchen, und es erkannte plötzlich die wahre Natur ihrer angeblichen Freundin. Als der Waldgeist rief: »Dai-adalla! Wie viele hast du gefangen?«, da antwortete das Mädchen: »Viele, aber ich tue sie alle in meine Kalabasse.«

Sie überlegte die ganze Zeit, wie sie von ihrer Gefährtin weg in Sicherheit kommen könnte, denn sie wußte nur zu gut, daß der Waldgeist trotz der Dunkelheit ihren Standort nach dem Klang ihrer Stimme genau erkennen konnte. Als der Waldgeist ihr daher noch einmal zurief, erwiderte sie: »Still! Sprich nicht! Mach keinen Lärm. Die Frösche werden erschrecken, und ich kann keinen mehr fangen!« Als wieder Stille herrschte, stahl sich das Mädchen leise zum Hause zurück, kroch behutsam hinein und drehte im Hause alle Töpfe um, ohne das geringste Geräusch zu machen. Dann warf sie die Frösche fort und kletterte auf das Dach, um abzuwarten, was sich nun ereignen würde.

Es dauerte nicht lange. Nachdem der Waldgeist eine Weile gewartet hatte und keine Antwort auf seinen Ruf erhielt, merkte er, daß er überlistet war, und eilte zum Hause zurück. Hier tappte er im Dunkeln umher und drehte einen Topf nach dem anderen um, aber seine Beute war nicht darunter. »Ach«, rief er laut genug, daß das Mädchen ihn hörte, »wenn ich gedacht hätte, daß sie mir entwischte, hätte ich sie zugleich mit den Fröschen verspeist.«

Er suchte vergeblich – es waren sehr viele Töpfe da –, bis die Dämmerung kam und er fort mußte. Das Mädchen stieg dann vom Dach herab und wartete auf ihre Eltern. Als diese ankamen, erzählte sie ihnen, wie der Waldgeist sie besucht hätte in der Gestalt einer Freundin. Da sagte der Vater: »Das nächste Mal, wenn wir dir sagen, du sollst mit uns kommen, wirst du gehorchen.«

31. Die Jaguarfrau

(Arowaken)

Es war einmal ein Mann, der war berühmt als Wildschweinjäger. Bei anderem Wild mochten es ihm viele seiner Freunde gleichtun, aber auf der Wildschweinjagd war ihm sicherlich keiner über. Es gelang ihm stets, fünf oder sechs Wildschweine zu erlegen, während der Jaguar, der stets der Rotte auf der Fährte folgte, nur eins oder zwei erlegte.

Der Jaguar hatte seinen Erfolg bemerkt, und das nächstemal, als unser Freund in den Wald ging, verwandelte er sich in eine Frau und sprach ihn an. Die Frau fragte ihn, wie er es anstelle, so viele Wildschweine zu erlegen, aber er konnte ihr nur sagen, daß er sich darin geübt hätte seit seiner Knabenzeit. Darauf sprach sie den Wunsch aus, ihn zum Mann zu haben. Er erkannte aber ihren Ursprung und hatte es daher nicht eilig, eine entscheidende Antwort zu geben. Sie widerlegte jedoch seine Zweifel, indem sie ihm klarmachte, daß sie zusammen noch viel mehr Wildschweine töten könnten, als es jedem allein möglich sei. Da willigte er ein.

Er lebte mit ihr lange, lange Zeit, und sie erwies sich als eine vortreffliche Frau, denn sie verstand sich auf das Kochen und den Bratrost und war außerdem eine hervorragende Jägerin. Eines Tages fragte sie ihn, ob er noch Vater und Mutter habe, und als sie erfuhr, daß seine Eltern und andere Verwandte noch lebten, sagte sie, ob er sie nicht besuchen wolle. Sie würden ihn sicher für tot halten, da sie ihn so lange nicht gesehen hätten. Und als er sagte: »Nun wohl, ich werde gern nach Hause gehen«, erbot sie sich, ihm den Weg zu zeigen und ihn zu begleiten, aber nur unter der Bedingung, daß er seinen Leuten niemals verriete, von welchem Volk sie stammte. Bevor sie aufbrechen, sagte sie, müßten sie für einige Tage auf die Jagd gehen, um recht viele Wildschweine mitzubringen.

Dies taten sie und kamen endlich zu dem Hause der Eltern, die in der Tat froh waren, ihn nach so vielen Jahren wiederzusehen. Die erste Frage, die seine alte Mutter stellte, war: »Woher hast du die wunderschöne Frau?« Er sagte ihr, daß er sie eines Tages beim Jagen im Walde gefunden hätte, hütete sich aber, etwas davon zu erwähnen, daß sie eigentlich eine Jaguarin sei.

Während sie in seiner Heimat waren, ging das Paar wiederholt auf die Jagd und kam regelmäßig mit einer außerordentlich großen Beute heim. Dies wurde ihr Unheil. Seine Freunde und Verwandten wurden mißtrauisch und beschlossen herauszufinden, welchem Stamme die schöne Frau angehöre. Er wurde oft gefragt, weigerte sich aber stets, das Geheimnis preiszugeben. Seine Mutter grämte sich und regte sich darüber so auf, daß er ihr schließlich ein volles Geständnis ablegte, sie aber ausdrücklich warnte, es jemandem zu verraten, da seine Frau ihn sonst womöglich ganz verließe.

Nun kam das Unglück schnell: Eines Tages machten die Verwandten des Mannes viel Kaschiri, um die alte Frau betrunken zu machen. Aber als sie nach ihrer Schwiegertochter

fragten, wollte sie nichts sagen. Sie gaben ihr mehr zu trinken, und noch immer blieb sie standhaft. Endlich gaben sie ihr so viel zu trinken, daß sie das Geheimnis ausplauderte, und nun wußten alle, daß das schöne Geschöpf, das sie so beneidet hatten, nichts weiter war als eine Jaguarin.
Die Frau, die gehört hatte, daß ihre Schwiegermutter ihre Abstammung verriet, floh vor Scham knurrend in den Wald, und das war das letzte, was man je von ihr gehört oder gesehen hat. Der Mann machte seiner Mutter natürlich heftige Vorwürfe, aber sie sagte, sie könne wirklich nichts dafür, sie hätten sie betrunken gemacht. Der arme Mann ging oft in den Wald und rief nach seiner Frau, aber niemals kam eine Antwort.

32. Das verliebte Faultier

(Arowaken)

Eine Frau hatte ein Faultier zum Liebsten. Jedesmal, wenn sie aufs Feld oder in den Wald ging, nahm sie Essen und Trinken mit. Dann rief sie: »Hau! Hau!« Das Faultier kam vom Baum heruntergeklettert, und sie liebkosten einander wie zwei Liebende.
Die Leute fingen an, darüber zu reden, warum die Frau wohl immer Essen und Trinken mitnähme, wenn sie aus dem Hause ging. Es war ein junger Mann da, der folgte ihr am nächsten Tag, und er sah und hörte, wie sie ihr Faultier »Liebster« nannte und es streichelte. Aber anstatt ihre Zärtlichkeiten zu erwidern, kratzte das Faultier sie und riß sie am Haar. Darauf sagte sie: »Bist du eifersüchtig oder böse?« In der Tat war das Faultier sehr böse und eifersüchtig, denn es konnte sehen, daß der junge Mann, hinter einem Baum versteckt, sie beobachtete. Die Frau wußte das nicht und ging heimwärts. Sobald sie gegangen war, kam der Mann aus seinem Versteck hervor und tötete das Faultier.

Als die Frau am andern Tag wiederkam und das Tier tot liegen sah, wurde sie sehr betrübt. Sie weinte bittere Tränen und sagte: »Wer hat dich getötet, mein Liebster?« Aber der junge Mann, der ihr gefolgt war, kam herbei und tröstete sie. »Sei nicht töricht«, sagte er. »Ein flinker Bursche ist doch einem trägen Faultier vorzuziehen. Nimm mich zum Liebsten!« Und das tat sie.

33. Warum der Honig jetzt so selten ist

(Arowaken)

In alter Zeit gab es viele Bienennester mit Honig im Walde. Da war besonders ein Mann, der ganz berühmt dafür war, sie zu entdecken. Er konnte ein Nest finden, wo niemand eins fand. Eines Tages, als er einen hohlen Baum anhieb, in dem er Honig festgestellt hatte, hörte er plötzlich eine Stimme von innen rufen: »Sieh dich vor! Du schneidest mich!« Er öffnete sehr vorsichtig den Baum und fand darin eine schöne Frau. Sie sagte ihm, sie sei Maba, die Honigmutter, das heißt der Geist des Honigs. Da sie ganz nackend war, sammelte er Baumwolle und machte daraus einen Schurz. Dann bat er sie, seine Frau zu werden. Sie willigte ein unter der Bedingung, daß er nie ihren Namen nenne, und sie lebten viele Jahre sehr glücklich miteinander. In demselben Maße, wie er allgemein als bester Entdecker der Bienennester anerkannt wurde, machte sie sich einen Namen durch das Brauen eines ausgezeichneten Kaschiri. Sie brauchte nur einen Trog voll zu machen, und es reichte, so viele Gäste auch kommen mochten; ja mehr noch, der eine Trog voll machte sie alle betrunken.

Eines Tages jedoch, als der Trank zu Ende war, ging er, wie es Sitte ist, als Hausherr zu seinen vielen Gästen und drückte sein Bedauern aus, daß auch der letzte Tropfen des Getränkes

jetzt getrunken sei. Er versprach ihnen aber, das nächste Mal, wenn sie kämen, sollte Maba – ja, da machte er den Fehler und sprach so von seiner Frau. Sowie er den Namen genannt hatte, flog sie davon in ihr Bienennest. Er streckte die Hände aus, um sie zu halten, aber sie war schon davongeflogen. Und mit ihr flog sein Glück davon.
Seit der Zeit gehört der Honig zu den seltenen Leckerbissen.

34. Der Jacamin und die Farben

(Indianer am Rio Branco)

Ach mein Kind, weshalb bist du so häßlich?« rief die Mutter des Jacamin aus.
»Ich weiß es nicht.«
»Mein Sohn, ich will Schönheit für dich holen.«
Die Mutter ging und holte Schönheit für ihn: sie stahl die schönen Farben des Kolibris und gab sie ihrem Sohn.
»So, mein Kind, nun bemale dich sogleich mit diesen Farben«, sagte sie.
Als er begann, sich zu bemalen, kamen die anderen Vögel und stahlen ihm die Farben. Er kam traurig zu seiner Mutter zurück und erzählte ihr, was geschehen war. Da wurde sie böse, warf ihm Asche auf den Rücken, der davon weiß wurde, und sagte zu ihm:
»Geh und such die Diebe, du Faulpelz!«
Er suchte die gestohlenen Farben, aber er fand nur ein wenig Violett und bemalte damit seine Brust.

35. Das Kind, das den Curupira tötete

(Indianer am Rio Negro)

Zwei Kinder gingen eines Morgens fischen und sahen den Curupira.

»Wollt ihr Fisch, meine Kinder?« fragte er. »Ich kenne einen kleinen See, dort kann ich sehr leicht viele Fische für euch fangen.«

Die armen Kinder folgten ihm, aber er machte, daß sie sich im Walde verirrten. Als die Nacht hereinbrach, kam er wieder und sagte zu ihnen:

»Meine Kinder, folgt mir! Die Nacht bricht herein, und ihr müßt euch ausruhen. Morgen früh will ich euch zu euren Eltern führen.«

Er nahm sie zu sich nach Hause, und sie verbrachten die Nacht bei ihm. Am nächsten Morgen sagte er zu seiner Frau, einer alten, häßlichen Menschenfresserin:

»Ich gehe auf die Jagd, meine Alte. Töte eines dieser Kinder und bereite das Essen, denn ich werde großen Hunger haben, wenn ich nach Hause zurückkomme.«

Er ging fort, und die Menschenfresserin rief die Kinder:

»Meine Kleinen, wir wollen Inajáfrüchte pflücken gehen, um sie zu essen.«

Das ältere der Kinder hatte alles gehört, was der Curupira zu seiner Frau gesagt hatte, aber er hatte keine Zeit, seinen jüngeren Bruder zu warnen, und so tötete ihn die Alte, als er auf die Inajápalme klettern wollte. Der Ältere kletterte in den Wipfel der Palme und rief von dort der bösen Alten zu:

»Großmutter, du mußt dich unter die Palme legen, um die Früchte zu sehen und die schönsten zu wählen. So macht es auch meine Mutter.«

Die Alte legte sich hin. Da warf er ihr einen Zweig mit Kokosnüssen auf den Kopf und tötete sie. Dann stieg er herunter, teilte sie in vier Stücke, schnitt ihr die Brüste ab und

versteckte sie, um den Körper unkenntlich zu machen. Dann kochte er ihn in einem Kessel.
Der Curupira hatte einen Papagei. Der riet dem Kind, ein wenig vom Speichel der Alten in ein Stück Taboca zu geben, es einzugraben und zu fliehen.
Das Kind tat all das, vergiftete einen Pfeil, nahm den Papagei und versteckte ihn im Wipfel einer Palme.
Der Curupira kam und rief sogleich die Alte. Der vergrabene Speichel antwortete ihm, aber die Frau erschien nicht. Das Ungeheuer hatte Hunger und aß ihren Leib, weil es glaubte, es sei das Kind. Nachdem der Curupira ihn gegessen hatte und die Menschenfresserin nicht sah, verstand er alles und weinte. Er suchte seinen Papagei und sah das Kind auf der Palme. Da nahm er seine Axt, um den Stamm der Inajápalme umzuhauen, aber das Kind tötete ihn mit seinem giftigen Pfeil. Dann ging es zu seinen Eltern.
Seit damals tötet der Curupira aus Rache alle Kinder, die er trifft.

36. Isi

(Tariana und Tukano)

Die Alten erzählen, daß im Anfang unserer Zeit am Rio Caiary eine große Menge Weiber erschien, begleitet von altersschwachen Männern, durch die sie keine Kinder bekommen konnten. Sie waren traurig, weil sie voraussahen, daß die Menschheit auf diese Weise aussterben würde.
Eines Tages erschien ein Zauberer bei ihnen und sprach:
»Ihr seid traurig?«
»Ja, wir sind traurig, weil die Männer so altersschwach sind. Sie taugen nichts, trotzdem sie Kangeruku getrunken haben.«
»Seid nicht mehr traurig! Ihr werdet noch Nachkommenschaft haben!«

»Wie? Wie?« riefen sie.
Sie wurden fröhlich.
»Ihr werdet es schon erfahren«, antwortete der Zauberer.
»Nehmt zunächst ein Bad!«
Singend eilten sie zum Fluß und begannen zu baden.
Als sie aus dem Wasser stiegen, sprach der Zauberer zu ihnen:
»Jetzt werdet ihr Kinder bekommen, denn die große Schlange hat euch schon alle geschwängert.«
Die Monde vergingen, und an ein und demselben Tag erschienen alle Kinder. Die jüngste Frau bekam die schönste Tochter. Das Kind wuchs heran und wurde immer schöner, und alle jungen Männer wollten sie heiraten. Eines Tages ging sie durch den Wald und traf einige Affen, die Uakufrüchte aßen.
»Diese Früchte sind sehr gut zum Essen«, sagte sie.
»Willst du davon haben?« fragte sie der Uaku.
»Ja«, antwortete sie.
Die Affen warfen ihr Früchte zu, und sie kostete eine.
»Das schmeckt gut!«
Sie sammelte eine Menge und aß viele, so daß ihr die Brühe aus dem Mund über die Brust lief, bis sie zu dem »Weg der Kinder« kam.
Die Monde vergingen ohne Zeichen ihrer Jungfräulichkeit, aber ihr Leib schwoll an. Da fragten sie die Männer: »Mit wem hast du dich eingelassen?«
Sie fragten, weil sie den Vater ihres Kindes töten wollten.
»Du hast uns nicht gewollt, aber jetzt werden wir dich töten, wenn du uns nicht erzählst, wer dich in diesen Zustand gebracht hat!«
Das Mädchen antwortete:
»Ich weiß nicht, wer es war. Ich habe nur Uakufrüchte gegessen.«
»Wirklich? Was machen wir nun?«
Nach einigen Monaten gebar sie einen Sohn.

In einer Nacht, als sie schlief, verschwand ihr Sohn. Sie weinte bitterlich und suchte ihn überall, konnte ihn aber nicht finden. Da kam sie auch zu dem Stamm des Uaku und hörte ein Kind weinen. Sie suchte nach ihm, fand es aber nicht. Sie verbrachte die Nacht schlafend am Stamm des Uaku. Als sie des Morgens erwachte, fand sie ihre Brüste leer. Das Kind hatte die ganze Nacht, während sie schlief, an ihr getrunken.

Jeden Tag hörte sie das Kind weinen, bis die Nacht kam, und jeden Morgen waren ihre Brüste leer, weil das Kind sie ausgetrunken hatte. So ging es Tag für Tag.

Ein Jahr später weinte das Kind nicht mehr, und ihre Brüste trockneten aus. Darauf hörte sie das Kind scherzen, lachen und hin und her laufen, ohne daß sie sah, wer da spielte.

Die Zeit ging dahin.

Eines Tages erschien ihr Sohn, der schon Mann geworden war, und Feuer kam aus seinen Händen und Haaren.

»Mutter, hier bin ich! Laß uns nach Hause gehen!« Alle Leute freuten sich und liefen hin zu ihm, und die Alten kamen, ihn zu sehen.

Die Zauberer kamen, bliesen ihn an und gaben ihm den Namen *Isi*, das bedeutet »du bist aus der Frucht entstanden«.

Das Volk sprach: »Dieser soll unser Häuptling sein! Wir wollen ihn als Häuptling haben!«

Er antwortete: »Ich kann euer Häuptling nicht sein, weil ich noch nicht den Stein *Nanacy* habe. Er befindet sich auf dem Gebirge der Mondsichel.«

Man sagt, daß die Sonne ihm ein Säckchen voll Zaubersachen gab. Sie sagte zu ihm: »Da hast du es, mein Sohn! Alles, was du machen willst, wirst du hier drinnen finden. Wo ich hinkomme, da wirst du auch hinkommen, und alle werden auf dich hören.«

Man erzählt, daß die Weiber nach dem Gebirge gehen wollten, um den Stein des Häuptlings zu suchen. Die Männer wollten es ebenfalls. Da sagten die Zauberer:

»Die Weiber können diesen Stein nicht ergreifen.«
Da begannen alle zu streiten.
Isi zog nun aus dem Säckchen einen kleinen Topf und setzte ihn aufs Feuer, um Pech zu sieden. Als es zu kochen begann, kamen aus dem Rauch Fledermäuse hervor. Dann kamen Nachtschwalben, Käuzchen, Eulen und andere Nachtvögel. Darauf kamen heraus andere Vögel, wie Schwälbchen, dann kleine Geier. Als der Königsgeier herauskam, packte ihn Isi und sprach zu ihm: »Bring mich nach dem Gebirge der Mondsichel, und wenn du mich zurückbringst, werde ich dich freilassen.«
Der Geier brachte Isi nach dem Gebirge des Mondes.
Als er auf den Gipfel des Gebirges kam, fand er dort den Mond sitzen. Dieser sprach zu ihm:
»Nimm deinen Stein! Empfange deine Würde, mit der du Herrscher deines Volkes sein sollst. Versammle dein Volk und laß es fasten. Ich will dich lehren, wie du dein Volk regieren sollst. Wer auf deine Worte nicht hört, den töte! Jetzt geh weg!«
Isi ging weg, und als er zurückgekommen war, entließ er den Geier.
Man sagt, daß er nach seiner Rückkehr die Alten und die Zauberer zusammenrief und ihnen alles erzählte, was ihm der Mond gesagt hatte, und sie bat, nichts auszuplaudern. Dann verließ er sie.
Die Weiber wollten gern wissen, was Isi gesagt hatte, und suchten die Alten zu verführen. Bei Einbruch der Nacht machten sich die hübschesten Mädchen zu den Alten in die Hängematten und taten ihnen schön, damit sie erzählten.
Die Alten schliefen ermüdet, und als sie des Morgens erwachten, sahen sie niemanden.
»Ich träumte!« sagte einer.
»Ich auch! Ich auch!« riefen die anderen.
Da nun die Weiber alles wußten, was Isi gesagt hatte, gingen sie daran, Häuptlinge zu machen. Die Männer begehrten es

ebenfalls. Von den Alten, die geplaudert hatten, verbrannte Isi einen und streute seine Asche in den Wind. Da kamen daraus hervor Skorpione, Tokandyra-Ameisen und andere Sachen, die Schmerz bereiten, auch giftige Pflanzen wie Curare. Einen anderen verwandelte er in eine Kröte, einen anderen in eine Schlange.

Isi erschien wieder, ordnete Fasten an, geißelte Männer und Weiber und lief hinter einer Frau her, die das Geheimnis enthüllte.

Er forderte sie auf, seine Worte nicht weiterzuverbreiten, vereinigte sich mit ihr und tötete sie alsdann.

Darauf veranstaltete er sein großes Fest, versammelte vier Alte und verbot den Weibern, etwas davon zu sehen und zu hören.

Er gab neue Befehle und sagte zu ihnen:

»Alle Weiber, die mein Geheimnis zu wissen begehren, werden sterben. Alle Männer, die es ausplaudern, werden sterben. Ihr könnt es den Jünglingen erzählen, aber nicht den Kindern.«

Nachdem er dies gesagt hatte, weinte er.

Die neugierigsten unter den Weibern wünschten das Geheimnis zu erfahren und gingen hin, um zu lauschen.

Als er mit seiner Rede zu Ende war, starben sie alle und verwandelten sich in Steine.

Isi weinte, weil seine Mutter auch gelauscht hatte und gestorben war. Darauf tanzte er, um seine Häuptlingsschaft und seine neue Würde zu feiern. Dann ging er zum Himmel, nachdem er einige Male durch den Wald gewandelt war.

Die Jahre vergingen.

Eines Tages waren einige Jünglinge unter dem Uakubaum, als ein Zauberer kam und zu ihnen sprach:

»Jünglinge, ihr sollt fasten! Wenn ihr es nicht tut, fresse ich euch auf!«

Man erzählt, daß sie nicht fasten wollten. Da erschien eines Tages der Zauberer, packte sie und verschlang alle.

Die Eltern der Jünglinge ergrimmten über den Zauberer. Sie ließen Kaschiri bereiten und luden den Zauberer dazu ein. Der Zauberer kam, und sie tranken an diesem Tag. Er betrank sich bis zur Bewußtlosigkeit. Als die Alten ihn betrunken sahen, sagten sie:
»Wir wollen Feuer machen und ihn verbrennen, damit wir uns rächen!«
Darauf, so erzählt man, warfen sie den Zauberarzt ins Feuer. Er verbrannte und zerfiel in Asche.
In der Nacht erstand aus seiner Asche die Paschiubapalme, und als sie des Morgens kamen, sahen sie die wiedererstandene Asche, und sie riefen aus:
»Wie ist aus der Asche des Zauberers die Paschiuba entstanden?«
Die Palme wuchs, und ihre Blätter berührten den Himmel, und durch ihr Mark stieg die Seele des Zauberers in Gestalt eines Eichhorns empor.
Die Alten, die wußten, daß die Seele des Zauberers an der Paschiuba emporgestiegen war, schlugen den Baum um, und als er zu Boden stürzte, sagten sie:
»Jetzt kommt seine Seele nicht mehr!«

37. Die Riechwurzel

(Manao)

In alten Zeiten, als es noch keine Bosheit auf Erden gab und die Tiere noch sprechen konnten, erschien unter ihnen ein Jüngling. Da es auch schon Menschen auf der Erde gab, hielten die Tiere ihn für einen Menschen.
Eines Tages gingen die Mädchen an den Strand, um ein Bad zu nehmen, und dort trafen sie den Jüngling. Er war gerade am Fischen, als er die Mädchenschar erblickte. Da wandte er sein Gesicht zum Himmel und schloß die Augen.

Die Mädchen setzten sich neben ihn, denn ein so schöner Mensch wie er war noch nie gesehen worden. Sie fragten ihn: »Woher kommst du, schöner Jüngling? Wir haben dich hier noch nie gesehen. Wir könnten mit dir zusammenbleiben.«

Der Jüngling rührte sich nicht von der Stelle. Er saß, als wäre er aus Stein. Da rückte eins der Mädchen dicht an ihn heran, legte ihm die Hand auf die Schulter und sagte: »Wenn du nicht sofort die Augen öffnest und deinen Namen sagst, schleppen wir dich mit Gewalt zum Dorfe.«

Der Jüngling erhob sich geschwind, öffnete die Augen, schaute alle Mädchen an und sprach: »Ich bin Piripiri.« Darauf sprang er in den Fluß und riß mit der Angelleine noch drei Mädchen hinter sich her. Die anderen riefen: »Flieh nicht, Piripiri, wir haben dich lieb!« Sie erwarteten, daß er an die Oberfläche käme. Aber das Wasser wurde still, ohne daß er wieder erschien.

Das Mädchen jedoch, das Piripiris Schulter berührt hatte, fing an einen Wohlgeruch zu verbreiten, den der Wind bis zum Dorfe trug.

Piripiri tauchte erst auf, als er weit entfernt war. Er setzte die drei Mädchen an Land und sagte: »Verliebt euch nicht wieder in mich, denn meine Mutter will nicht, daß ich heirate, solange ich ihre Milch noch trinke.«

Eines der Mädchen sprach zu ihm: »Wo ist deine Mutter? Wir wollen sie umarmen und fragen: ›Glückliches Weib, von wem hast du ein Kind, das so schön wie die Sonne und so duftig wie eine Blume ist?‹«

Piripiri antwortete: »Ich kann es nicht sagen, denn es ist ein Geheimnis. Der Tag wird kommen, an dem die Sonne mitten am Himmel sich verdunkelt und das Wasser weiß wird wie Milch. Dann werden alle Leute wissen, wer ich bin. Geht jetzt zum Dorfe und erzählt den Männern nicht, wer euch so wohlriechend gemacht hat!« Bei diesen Worten kam aus seinem Körper eine Rauchmasse, die ihn den Blicken der Mädchen verbarg.

Als die Mädchen Piripiri nicht mehr sahen, schrien sie wie besessen: »Piripiri, geh nicht fort!« Mit solchem Geschrei machten sie sich zum Dorfe auf. Jeden, den sie unterwegs trafen, fragten sie: »Hast du nicht Piripiri gesehen?«
Und stets war die Antwort: »Ich weiß nicht, wer Piripiri ist.«
Dann sagten sie: »Piripiri ist ein Jüngling, so schön wie die Sonne und so duftig wie eine Blume.«
Auch die Männer im Dorfe hatten den zauberhaften Geruch schon bemerkt. »Es wird die Blüte der Umiriumpflanze sein«, meinten sie.
Als die Mädchen im Dorfe ankamen, erzählten sie genau, was geschehen war. Diejenigen, die nach Piripiri rochen, machten gleich die jungen Männer verliebt. Die anderen, die diesen Duft nicht hatten, wurden eifersüchtig und sagten: »Wir wollen gemeinsam Piripiri suchen. Wenn er nicht sterben will, hat er uns alle wohlriechend zu machen. Wir wollen uns verstreuen, um überall nach ihm zu suchen!« Und so taten sie.
Nach einigen Monaten sah ein Mädchen Piripiri auf die Höhle zugehen, in der sie lauerte. Das Mädchen drückte sich flach an den Boden, so daß Piripiri sie nicht bemerkte. Er pfiff laut. Da lief ihm aus der Höhle, in der das Mädchen war, eine Hindin entgegen. Vor den Augen des Mädchens verwandelte sich Piripiri in einen kleinen Hirsch, ging mit der Hindin in die Höhle und begann ihre Milch zu saugen. Nachts wurden er und seine Mutter zu Menschen und traten noch tiefer in die Höhle hinein. Als das Mädchen sie nicht mehr sah, lief es zum Dorf und erzählte den anderen, was es gesehen hatte.
Die Mädchen beschlossen nun, am nächsten Tage zur Höhle zu gehen. Vor Morgengrauen bemalten sie sich mit Urukú und machten sich auf den Weg. Als sie am Ziele waren, versteckten sie sich ringsumher. In der Abenddämmerung sahen sie Piripiri kommen. Er sang fröhlich, und sein Lied erfüllte das ganze Gebirge. Da kam eine Hindin aus der Höhle und lief geradewegs auf Piripiri zu, sprang vor ihm in die Höhe,

verwandelte sich in einen Sperber, hob ihn auf und trug ihn zum anderen Ufer des Flusses.
Als die Mädchen das sahen, fielen sie zu Boden und weinten. Alle hörten, wie Piripiris Lied langsam verklang.
Dann kehrten sie ins Dorf zurück. Dort gab es einen berühmten Zauberer. Zu dem gingen sie und sagten: »Großvater, da nur du es verstehst, Menschen zu betören, so betöre für uns den Piripiri!«
»Das kann ich nicht machen«, sagte der Zauberer, »denn ich weiß nicht, wer dieser Piripiri ist.«
Die Mädchen erklärten: »Piripiri ist ein Jüngling, so schön wie die Sonne und so duftig wie eine Blume.«
»Wo ist dieser Piripiri?«
»Auf der anderen Seite des Flusses. Seine Mutter hat ihn gestern mitgenommen.«
»Wer ist seine Mutter?«
»Gestern war sie noch eine Hindin, und heute ist sie schon ein Sperber.«
Nachdem der Zauberer diese Worte gehört hatte, schwieg er. Bald darauf blickte er nach der Sonne und sagte: »Wo ist Piripiris Haus? Ich werde dort einen Zauber lassen, um ihn zu betören.«
»Er wohnt in einer Höhle. Diese Höhle ist im Gebirge.«
»Gut. Dort stinkt es sicher nach ihm. Ich werde ihn schon herbeizaubern. Zeigt mir nur schnell die Höhle, damit ihr ihn heute noch erwischt!«
Die Mädchen führten den Zauberer sogleich zu der Höhle. Er fand darin ein Hirschhaar und sagte: »So ist's recht! Dieses Haar wird seinen Besitzer herbeibringen.« Er rieb Rochenblatt daran, umgab das Haar mit Bienenwachs und erklärte: »Heute vor Mitternacht hat der Besitzer dieses Haares hierher zurückzukehren.« Nur das sprach er, und dann ging er zum Dorfe zurück.
Die Mädchen blieben, um auf das zu warten, was da kommen sollte. Sie sagten unter sich: »Diejenigen von uns, die der

Mond noch nicht geschlitzt hat, werden Piripiri packen, die anderen seine Mutter.« Vor Mitternacht sahen sie im Mondschein zwei Gestalten sich der Höhle nähern. Als die beiden in die Höhle traten, sprangen die Mädchen hinzu, um sie zu ergreifen, fanden aber nichts. Nur Piripiris Duft lag in der Luft. Die Mädchen zitterten, ohne zu wissen, warum.
Darauf sahen sie außerhalb der Höhle eine Hindin mit ihrem Jungen. Sie kreisten sie ein, und weil sie dachten, es wäre Piripiri und seine Mutter, umarmten sie die beiden. Auf einmal aber sagte eines der Mädchen: »Diese Tiere sind nicht Piripiri und seine Mutter. Sie stinken wie Schlangen. Lassen wir sie los!« Und sie ließen die Hirsche dahin laufen, von wo sie gekommen.
Als beim Morgengrauen Piripiri noch immer nicht erschienen war, kehrten die Mädchen heim und sagten dem Zauberer: »Du hast uns belogen! Piripiri ist nicht gekommen, sondern nur eine Hindin mit ihrem Jungen, die beide wie Schlangen stanken.«
Der Zauberer erwiderte: »Ich habe euch also belogen? Und sagt ihr nicht selber, es sei eine Hindin mit ihrem Jungen gekommen? War es vielleicht nicht mein Zauber, der die beiden angelockt hat? Wenn ihr jetzt Piripiri betören wollt, ruft meinen Sohn Supi, denn ich bin schon zu alt.«
Die Mädchen fragten sofort: »Weißt du, wo dein Sohn Supi ist?«
»Ja, das weiß ich.«
»Warum flieht er uns?«
»Supi meidet euch, um euren Teufeleien nicht zum Opfer zu fallen. Ich bewahre ihn vor euch, damit er einst meinen Platz einnehmen kann. Was habt ihr mit ihm angestellt? Ihr alle wolltet ihn lieben. Er sah eure Bosheit und floh.«
»Wo ist er jetzt?«
»Im Arubanegebirge.«
»Wie können wir mit ihm sprechen?«
»Ich selbst werde ihn holen. Aber ich sage euch vorher, daß

keine ihn lieben darf, denn sonst könnt ihr ihn zugrunde richten.« Als die Mädchen sich damit einverstanden erklärten, sagte der Zauberer: »Wartet hier auf mich! Ich hole Supi.«

Nachdem er gegangen war, sprachen die Mädchen: »Wie sind wir doch unglücklich! Supi, den herrlichsten der jungen Männer unseres Landes, dürfen wir nicht lieben. Armer Supi! Wehe uns! Und denkt nun an Piripiri! Wie schön sind seine Augen, wie fröhlich ist sein Gesang, und er flieht vor uns! Schon gut, Supi wird ihn uns in die Hand spielen, und dann werden wir bald nach seinem Geschmack sein.«

Bei Sonnenuntergang sahen sie Supi mit seinem Vater die Gebirge herabsteigen. Dieser Anblick machte alle froh. Dann kam Supi allein auf sie zu und sagte: »Mein Vater schickt mich. Sagt schnell, was ihr wollt, denn ich will bald zurückkehren.«

»Supi«, sagten die Mädchen, »wir möchten, daß du uns Piripiri in die Hand spielst. Erst hat er unser Herz in Bewegung gesetzt, und dann hat er sich davongemacht.«

»Aha«, antwortete Supi. »Ihr wollt also Piripiri haben?«

»Ja.«

»Gut. Er und seine Mutter werden sich heute um Mitternacht schlafen legen, denn sie wollen vor Tagesanbruch erwachen, um den Fluß zu überqueren. Wenn der Uhu in der nächtlichen Stille ruft, werdet ihr Piripiri und seine Mutter ergreifen. Vorher räuchere ich ihre Behausung, damit sie fest schlafen. Wir werden uns dort treffen.«

Mit diesen Worten entfernte sich Supi in Richtung auf das Gebirge. Wer aber jetzt die Mädchen reden hörte, mußte glauben, sie hätten Piripiri schon so gut wie in der Hand.

Um Mitternacht gingen sie zur Höhle und trafen dort Supi. Er blickte nach dem Monde. Aus weiter Ferne erklang ein Lied. Es erfreute aller Herzen. Dann verbreitete sich tiefes Schweigen. Zwei menschliche Gestalten traten in die Höhle.

Supi rührte sich nicht, und die Mädchen hielten den Atem an.
Plötzlich flammte ein Feuer auf. Piripiri und seine Mutter standen davor, legten sich dann auf das Moos und schliefen. Wohlriechender Rauch drang aus ihrem Körper und stieg allen in die Nase.
Als Supi die beiden schlafen sah, wandte er sich an die Mädchen und sagte: »Hier habt ihr Piripiri und seine Mutter!« Darauf verschwand er.
Sobald die Mädchen allein waren, näherten sie sich sacht den Schlafenden. Da sahen sie, daß die Mutter so schön war wie der Sohn. Die jüngsten Mädchen ergriffen Piripiri, die anderen seine Mutter, und nun wurden die beiden gefesselt. Piripiri öffnete langsam die Augen, blickte die Mädchen an und machte dann die Augen wieder zu. Ihm lachte das Herz.
Als seine Mutter sich von Menschen angefaßt fühlte, setzte sie sich auf und sagte: »Wer seid ihr, die ihr einen auf diese Weise belästigt? Was wollt ihr von mir und meinem Kinde? Ihr scheint übelriechende Ameisen zu sein, die nur dazu da sind, unangenehm zu werden.«
Als die Mädchen dachten, daß Piripiri gut gefesselt sei, tat dieser so, als ob er aufwache, und sagte: »Mutter, ich träumte, eine Menge Ameisen schleppten mich nach ihrem Haus. Aber alle fielen von meinem Körper, als ich *so* die Arme schüttelte.« Und bei diesen Worten schüttelte er wirklich die Arme, worauf seine Fessel zerriß.
Die Mädchen wollten ihn von neuem binden, konnten es aber nicht, denn sein Körper war ganz glatt geworden und strömte einen berauschenden Duft aus.
Die Mutter sagte zu Piripiri: »Denk daran, mein Sohn: Wenn diese Frauen sich an dich lehnen, bist du verloren. Flieh diese übelriechenden Ameisen und steige zum Himmel!«
Als die Mädchen dies hörten, sagten sie zu Piripiris Mutter: »Unrein bist du! Gestern noch haben wir dich als Hindin

gesehen, und heute rätst du deinem Sohn, sich nicht an uns zu beschmutzen!«

Da wurde Piripiri böse und rief: »Was wollt ihr denn also vom Sohn der Hindin? Schert euch fort! Ich ekele mich vor euch!«

Diese Worte ließen die Mädchen erzittern und verstummen. Da erklang aus der Stille eine Stimme, die sagte: »Piripiri, verhärte dein Herz und flieh diese Närrinnen! Noch ist der Tag nicht gekommen, wo du froh wie ein Vögelchen ein Weib haben kannst, das so schön ist wie du selber. Flieh!«

Die Mädchen schauten in die Richtung, aus der die Stimme kam, entdeckten ein Baumstachelschwein auf einem Stein und sagten zu ihm: »Du bist es, der von uns spricht? Warte nur! Sobald wir Piripiri gebunden haben, kommst du an die Reihe.«

Darauf wollten sie sich wieder mit Piripiri beschäftigen. Als sie aber nach der Stelle sahen, wo er gelegen hatte, war er nicht mehr da. Diejenigen, die ihn zu binden versucht hatten, hielten auf einmal einen Schleifstein in der Hand; die anderen umklammerten einen Klumpen Baumwolle statt der Mutter.

Da erschraken die Mädchen, liefen auf das Baumstachelschwein zu und sagten: »Du Halunke, hast Piripiri und seine Mutter fliehen lassen. Das wirst du jetzt mit dem Leben bezahlen!« Als sie aber schon nach ihm greifen wollten, verwandelte sich das Baumstachelschwein in eine weiße Fledermaus und flog mit vergnügtem Lachen davon.

Die Mädchen erstarrten. Sie standen da, als wären sie von hartem kalten Stein.

Nachdem sie wieder zu sich gekommen waren, verließen sie die Höhle, gingen zu Supi und erzählten ihm genau, was sich ereignet hatte. Er hörte aufmerksam zu und erklärte dann: »Oh, wieviel Unsinn macht ihr in einer einzigen Nacht! Wenn ihr gescheiter wärt, hättet ihr Piripiri schon in der Hand.

Wenn ihr ihn nur mit euerm Haar berührt hättet, wäre er schon von Sinnen gekommen. Jetzt ist er mißtrauisch geworden, und es wird schwerfallen, ihn noch einmal auf den Leim zu locken. Wir müssen bis Neumond warten.«

Alle Mädchen hörten schweigend Supis Worte und sahen ihm dabei ins Gesicht. Ihre Augen blitzten. Purae, die Schönste von ihnen, fragte alsdann: »Supi, warum fliehst du uns eigentlich wie ein wildes Tier? Du verspottest uns, und um deinen Hohn vollständig zu machen, gehst du ins Gebirge und lachst dort über unser Unglück. Sieh, wie wir um Piripiris Liebe kämpfen, wo doch nur du unser Herz erfreuen kannst!«

Supi entgegnete: »Ja, Purae, es ist sehr schön, was du da sagst. Aber ich höre nicht auf dich, weil meine Gedanken fern von hier sind. Wenn ich euch jetzt liebte, stürzte ich meinen Vater ins Verderben – er würde blind und ich auch. Deshalb gehe ich ins Gebirge. Meine Seele lebt für die Sterne und fliegt mit den Stürmen. Das, was ihr hier vor euch seht, ist nur ein Seelchen. Und nun, da ihr erfahren habt, wer ich bin, hört auf mit eurer Liebe!« Nach diesen Worten verschwand er und ließ eine tiefe Stille zurück. Vom Strande aber, wo Piripiri zu fischen pflegte, klang ein froher Gesang durch die schweigende Nacht.

Nach einigen Tagen, als der Mond schon um Mitternacht aufging, kam Supi wieder zu den Mädchen und sagte: »Seid alle am Strand, wenn heute der Mond am Himmel steht. Ich werde mit Piripiri dort sein. Macht kein Geräusch, denn er könnte argwöhnisch werden. Und jede von euch halte ein Haar in der Hand, um Piripiri damit zu fesseln!«

Als der Mond kam, gingen die Mädchen zum Strand. Supi war schon dort und angelte. Ein Fisch biß an. Supi zog ihn an Land, begrub ihn im Sand und setzte sich daneben. Da verwandelte sich der Fisch in einen Menschen, und als der Mond sein Gesicht beschien, sah man, daß es Piripiri war. Behutsam schlichen die Mädchen heran. Sobald sie Piripiri erreicht

hatten, fesselten sie ihn mit ihren Haaren. Er aber rührte sich nicht. Er blickte zum Himmel und sang ein frohes Lied, das bis in weite Ferne klang.
Die Mädchen sagten zu Supi: »Sieh, wir haben ihn gebunden. Er fühlt nichts. Er singt so schön.«
»Während er singt, wandelt seine Seele bei den Sternen«, antwortete Supi. »Deshalb dürft ihr seinen Körper nicht berühren, solange er singt, denn sonst erschrickt seine Seele und bleibt im Himmel. Erst wenn er schweigt, könnt ihr in mit nach Hause nehmen.«
Darauf kehrte Supi zum Dorf zurück. Den ganzen Weg lachte er vor sich hin.
Da Weiber nicht warten können, fingen die Mädchen sofort an, Piripiri zu rufen. »Liebe Schwestern«, sagte Purae, »sicherlich ist es nicht so, wie Supi erzählt hat. Er belügt uns. Ich werde Piripiri dazu bringen, daß er mit uns spricht.« Und sie legte die Hand auf Piripiris Schulter, um ihm etwas ins Ohr zu sagen.
Im selben Augenblick schwieg Piripiri. Der Mond verdunkelte sich, und ein kalter Wind wehte heftig. Die Mädchen verloren das Bewußtsein. Als sie wieder zu sich kamen, stand der Mond hoch am Himmel. Sie suchten Piripiri. An der Stelle, wo er gewesen war, fanden sie nur eine Pflanze.
Um Mittag sagte Purae: »Liebe Schwestern, Supi hat sich über uns lustig gemacht. Statt Piripiri hat er diese Pflanze dagelassen. Supi ist schlecht. Wir wollen ihm sagen, daß es nicht schön ist, unser Unglück so ins Lächerliche zu ziehen.«
Als die Mädchen Supi trafen, sprachen sie zu ihm: »Supi, hast du uns noch nicht genug betrogen? Warum hast du uns Piripiri weggenommen? Dein Spott reicht jetzt. Sieh, wie wir weinen! Gib uns Piripiri, damit unser Herz zur Ruhe kommt.«
»Was habt ihr mit Piripiri angestellt?« fragte Supi.
Purae antwortete: »Du hast gesehen, wie er dort gesungen

hat. Als es schon beinah tagte, wollte ich ihn mitnehmen. Das wollte ich ihm ins Ohr sagen. Ich vergaß mich und berührte seine Schulter. Da ward er plötzlich still, und irgend etwas schläferte uns alle ein. Als wir erwachten, war kein Piripiri mehr da. Statt seiner fanden wir eine Pflanze, die denselben Duft hat wie er.«

»Armer Piripiri«, rief Supi aus, »du warst noch zu jung für die Liebe! Frauenhand hat dich schon zugrunde gerichtet. Jetzt bleibe am Himmel im Gürtel des Orions und lache über uns!«

»Er kommt also nicht zurück?« fragte Purae.

»Nein. Er ist in einem der schönsten Gestirne des Himmels. Auch dort gibt es hübsche Mädchen, die ihn heiraten können.«

Purae fühlte ihr Herz brechen, begann zu weinen, und mit ihr weinten die anderen Mädchen. Supi ging an den Strand, setzte sich neben die Pflanze, die statt Piripiri dort geblieben war, und sagte: »Von dem, der Piripiri hieß, ist nichts mehr übrig. Zur Erinnerung an dich blieb nur diese Pflanze mit dem Geruch deines Körpers. Ich weiß, Piripiri, daß du dort vom Oriongürtel aus dich über uns hier auf Erden lustig machst. Mir tut es heut im Herzen weh, daß ich, Supi, es war, der diesen Mädchen geholfen hat. Ich habe es nur getan, um mich selber vor ihrer Narrheit zu retten.«

Als Supi zu Ende gesprochen hatte, waren schon die Mädchen bei ihm. Purae fragte: »Was sollen wir jetzt mit dieser Pflanze machen?«

»Diese Pflanze, die wie Piripiri duftet, entstand aus seinem Körper«, antwortete Supi. »Wer wohlriechend, froh und anmutig sein will, hat sich mit ihrer Wurzel zu netzen.«

Als die Mädchen das hörten, nahmen sie sich sofort Blätter und Wurzeln der Pflanze. Nur Purae bekam nichts davon, denn sie sprach im Augenblick gerade mit Supi.

Der hatte sich schon ein Würzelchen genommen, um es zu pflanzen. Er hielt es im Munde versteckt.

Purae sagte zu ihm: »Sieh, Supi, nur ich habe keine Wurzel bekommen. Da ich mich von den anderen nicht verspotten lassen will, wirst du meine Wurzel sein.« Mit diesen Worten warf sie sich auf Supi, um ihn zu umarmen. Er aber wich mit dem Körper zurück, und Purae fiel auf eine Kröte, die dort gerade saß.

Supi rannte nach dem Dorf. Die anderen Mädchen liefen hinter ihm her.

Am nächsten Morgen waren sie alle froh, anmutig und wohlriechend. Die Männer fragten: »Was habt ihr denn heute? Ihr seid alle froh, anmutig und wohlriechend!«

»Wir haben uns mit der Riechwurzel benetzt«, antworteten die Mädchen.

38. Der Ursprung des Amazonas

(Indianer am Solimoens)

Vor langer Zeit war die Mondfrau mit dem Sonnengott verlobt. Fände diese Hochzeit aber statt, so würde das Ende der Welt eintreten, denn die feurige Liebe des Sonnengottes würde sie verbrennen und die Tränen der Mondfrau sie überschwemmen. So schickten sich die beiden darein, nicht zu heiraten.

Sie trennten sich, aber die Mondfrau weinte Tag und Nacht. Ihre Tränen flossen auf die Erde und bis zum Meer. So entstand der »Große Fluß«.

39. Der geheimnisvolle Krieger

(Indianer am Amazonas)

Ein Tuxáua, der in seinem Kanu den Fluß wieder hinauffuhr, erschrak darüber, daß er ununterbrochen und immer stärker das Geräusch des Wasserfalles hörte, der stromabwärts gelegen war. Es war, als würde er, anstatt weiter-

zukommen, gegen den Abend zurückfahren. Je stärker er ruderte, desto lauter wurde das Getöse. Da bekam er Angst und bat einen Vogel, der über seinem Kopfe flog:
»Vogel, leihe mir deine Flügel, denn ich möchte zu meinem Stamm zurückkehren.«
Der Vogel fiel in den Fluß und tauchte ins Wasser, als ob er fischen würde. Er verschwand ...
Sogleich entfernte sich das Geräusch des Wasserfalls, der Indianer ruderte wieder weiter, und das Kanu glitt schnell auf dem Wasser dahin.
Der Tuxáua wurde von den Seinen mit großer Freude empfangen, denn es waren mehrere Tage seit seiner Abreise vergangen, und man glaubte ihn schon verloren. Es gab ein großes Fest. Während der Tänze wurde der Häuptling auf einen fremden Krieger aufmerksam, der seiner Verlobten den Hof machte. Es war ein wunderschöner Mann. Sein Halsschmuck war aus den Zähnen der von ihm erlegten Tiere und der in Kriegen und im Zweikampf getöteten Feinde gemacht. Er war mit den seltensten und schönsten Federn ganz bedeckt und trug auf seinem Kopf zwei Flügel, die an die des Vogels erinnerten, der den Tuxáua gerettet hatte.
Dieser war sowohl auf die Schönheit des Fremden als auch auf seine Verlobte eifersüchtig. So ging er zu dem Paar und forderte den Fremden heraus, indem er ihm das Mädchen entriß. Der Krieger erwiderte die Beleidigung nicht. Da verjagten ihn alle Indianer des Stammes als einen Feigling.
Der Krieger mit den Vogelflügeln entfernte sich schweigend und erhobenen Hauptes. Er stürzte sich in den Fluß ... Da glaubten die Indianer, er wolle schwimmend entkommen, und stiegen in ihre Kanus, um ihn zu verfolgen. Aber das Getöse des Wasserfalls erfüllte die Luft, ein Vogel flog vom Fluß auf und schrie: »Tinkuan! Tinkuan!«, die Nacht brach herein, und die Angst entstand unter den Indianern, eine Empfindung, die sie bis jetzt nicht kannten. Alle wurden von den wild gewordenen Wassern davongetragen.

40. Der Curupira, die Frau und die Kinder

(Indianer am Amazonas)

Der Curupira tötete einen Jäger, den er im Walde traf, öffnete seinen Leib, nahm seine Leber, legte die Federn des Toten an und ging zu dessen Frau. Die Nacht brach schon herein, und sie sah ihn nicht genau an und glaubte, es sei wirklich ihr Mann. Er gab ihr die Leber des Indianers und sagte:

»Meine Alte, das ist schmackhaftes Fleisch. Bereite uns ein gutes Essen.«

Die Frau bereitete die Leber zu, nahm Mehl, setzte sich mit ihren Kindern auf eine Matte und rief den Curupira. Dann aßen sie. Nach der Mahlzeit sagte der Curupira zu ihr:

»Meine Alte, ich will jetzt schlafen gehen. Gib mir eines der Kinder, damit es bei mir schlafe.«

Er legte sich in die Hängematte des Jägers, und die Frau gab ihm eines der Kinder. Als sie ihn aber von vorne sah, erschrak sie sehr, denn sie erkannte den Curupira.

Sie tat so, als glaubte sie, er sei ihr Mann, und ließ ihn einschlafen. Dann legte sie ihre ganze Habe in einen Korb, nahm das Kind und legte einen Holzmörser auf die Brust des Ungeheuers, damit es weiter das Gewicht des Kindes fühle. Dann floh sie.

Als der Curupira erwachte, lief er aus dem Haus und schrie aus vollem Halse:

»O weh, o weh! Diese Frau hat mich betrogen!«

Er verfolgte sie und rief:

»Meine Alte, meine Alte, wo bist du?«

Sie kletterte auf einen Mambuizeiro, von dem sie ihn sah und rufen hörte:

»Meine Alte, meine Alte, wo bist du?«

Als er sie nicht fand, wollte der Curupira in das Haus zurückkehren. Da stieg sie vom Baum herunter, um sich im Walde zu verstecken. Er sah sie, lief hinter ihr her und schrie:

»Meine Alte, wo bist du?«
Die Frau kletterte auf einen großen Baumstamm, in dem der Krötenmann Cuanauru wohnte, und bat ihn, ihr zu helfen. Der Cuanauru verbarg sie in seinem Loch. Als der Curupira sich näherte, lud er ihn ein, hinaufzusteigen und die Frau zu nehmen. Er hatte aber den Baumstamm mit seinem Speichel klebrig gemacht. So blieb das Ungeheuer mit seinen Körperhaaren hängen und starb.
Dank dieses guten Krötenmannes konnten die arme Frau und ihre Kinder in Frieden heimkehren.

41. Die Sintflut

(Pamari)

Vor langer, langer Zeit trat das Ende der Welt auf folgende Weise ein:
Eines Tages hörte man über und unter der Erde ein Geräusch. Mond und Sonne wurden rot, blau und dann gelb. Die wilden Tiere mischten sich unter die Menschen, ohne Angst zu haben. Einen Monat später vernahm man noch viel größeren Lärm, und zwischen Himmel und Erde breitete sich Finsternis aus. Der Donner grollte, und Regen fiel Tag und Nacht. Viele Menschen verirrten sich, und andere kamen auf unbekannte Weise um.
Das Wasser bedeckte die ganze Erde, so daß nur noch die obersten Zweige der höchsten Bäume herausragten. Die Leute, die auf diese Äste flüchteten, starben an Hunger und Kälte, außer Uassu und seiner Frau Sofára.
Als das Wasser sank, stiegen sie vom Baum herunter, auf dem sie Zuflucht gesucht hatten, und fanden von den anderen weder Leichnam noch Gebeine. Die beiden bevölkerten wieder die Erde. Ihre Nachkommen aber beschlossen, ihre Häuser am Flußufer auf Pfählen zu bauen, denn so könnten die Häuser auf dem Wasser treiben, falls es wieder steigen sollte.

42. Wie Bahira Pfeile bekam

(Parintintin)

Bahira hatte keine Pfeile. Deshalb suchte er Baumrinde, flocht Matten und machte einen Schlangen-Ahangáb. Er schlüpfte in diese Haut und schwamm bis zum Hafen beim Dorf des anderen Stammes. Die Frauen, die im Hafen waren, sahen die große Schlange und riefen die Männer. Diese kamen. Sie brachten viele Pfeile. Und sie schossen auf die große Schlange. Als die Haut voller Pfeile war und die Männer nur mehr Bogen hatten, tauchte Bahira wieder unter und kehrte nach Hause zurück. Er kroch aus der Schlangenhaut und zog alle Pfeile heraus. Dann legte er sie zum Trocknen in die Sonne. Einer seiner Gefährten sah die Pfeile trocknen und fragte ihn, wo er sie gefunden habe.

Bahira wollte ihm nicht sagen, wie er sie bekommen hatte. Der Gefährte fragte weiter. Bahira sagte ihm, daß es gefährlich sei, hinzugehen. Der Gefährte versprach, niemandem etwas davon zu sagen.

Da sagte ihm Bahira, er solle eine Schlangenhaut aus Baumrinde und Matten machen und sich zum Hafen des anderen Stammes begeben. Der Gefährte tat es. Er schlüpfte in die Haut und ging hin. Als die Frauen diese Schlange sahen, riefen sie die Männer. Diese kamen und brachten Pfeile und Bogen. Es waren viele. Sie beschossen die Schlange und sagten:

»Die andere ist entkommen, diese wird es nicht.«

Ein Pfeil traf den Kopf von Bahiras Gefährten und tötete ihn. Da zogen die Männer die Schlange heraus, öffneten ihren Bauch und fanden darin den Gefährten Bahiras. Sie schnitten seinen Körper in Stücke und machten Feuer unter dem Rost, um sie zu braten.

Als Bahira sah, daß der Gefährte nicht zurückkam, ging er auf dem Landweg zum Dorf des fremden Stammes. Er bat, näher kommen zu dürfen. Sie erlaubten es. Bahira fragte sie:

»Was bratet ihr da?«
Sie antworteten:
»Eine große Schlange. Neulich kam eine andere. Wir schossen und schossen, aber sie entkam. Nun wollen wir ihr Fleisch braten.«
Bahira bat sie um das Gehirn, die Leber, das Herz und einige kleine Schädelknochen. Sie gaben ihm, um was er sie bat. Bahira machte einen kleinen Korb, legte alles hinein und kehrte nach Hause zurück. Dort hauchte er das Herz, das Gehirn, die Leber und die Schädelknochen des Gefährten an. Da begannen die Fleischstücke und die kleinen Knochen zu stöhnen: »hu! hu! hu!« Und darauf erschien der Oberkörper des Gefährten Bahiras. Aber er wollte weder gehen noch sprechen. Bahira ärgerte sich und warf die Fleischstücke und Knochen des Gefährten weg. Da verwandelten sie sich in Vögel, Hokkohühner, Jacamins, Cutias und Hirsche.

43. Der Ursprung des Guaraná

(Maué)

Man erzählt, daß vor langer Zeit drei Geschwister lebten: Ocumáató, Icuamã und Onhiamuaçabê.
Onhiamuaçabê war Herrin des Noçoquem, eines verzauberten Ortes, an dem sie einen Kastanienbaum gepflanzt hatte.
Das Mädchen hatte keinen Mann; aber alle Tiere des Waldes hätten gerne mit ihr gelebt.
Die Brüder wollten sie auch immer bei sich haben, weil sie es war, die alle Pflanzen kannte und die Heilmittel bereitete, die sie brauchten.
Einmal redete eine Schlange mit anderen Tieren und sagte, Onhiamuaçabê werde eines Tages ihre Frau sein.
Dann verbreitete sie auf dem Weg, wo sie täglich ging, einen Geruch, der angenehm und verführerisch war.

Als Onhiamuaçabê auf dem Weg ging, atmete sie den Duft ein und sagte:
»Welch angenehmer Geruch!«
Die Schlange, die in der Nähe war, sagte zu sich selbst:
»Habe ich es nicht gesagt? Sie hat mich gern!«
Und sie lief, legte sich ein Stück weiter vorne hin und wartete auf das Mädchen. Als es an ihr vorüberging, berührte sie es leicht an einem Bein.
Das allein genügte, daß das Mädchen schwanger wurde. Denn früher genügte es, daß ein Mädchen von jemandem, der es zur Frau haben wollte, einem Mann, einem Tier oder Baum, angeschaut wurde, damit dies geschah.
Die Brüder Onhiamuaçabês aber wollten nicht, daß sie einen Menschen, ein Tier oder einen Baum heirate und Kinder habe, weil sie es war, die die Pflanzen kannte und die Arzneien bereitete, die sie brauchten.
Deshalb waren die Brüder wütend, als das Mädchen schwanger war. Und sie redeten, redeten und redeten und sagten, daß sie sie nicht mit einem Kind sehen wollten.
Der Tag kam, an dem das Kind geboren wurde.
Nachdem sie es in dem von ihr selbst gebauten Schuppen zur Welt gebracht hatte, wusch das Mädchen das Kind und bemühte sich, es großzuziehen.
Es war ein schöner und starker Knabe, und er wuchs stark und schön heran bis zu dem Alter, da er zu sprechen anfing.
Sobald er sprechen konnte, wünschte der Knabe dieselben Früchte zu essen, die seine Onkel gerne mochten.
Das Mädchen erzählte ihrem Sohn, daß sie, bevor sie ihn in ihrem Leib gespürt hatte, einen Kastanienbaum im Noçoquem gepflanzt habe, damit er die Früchte esse. Aber ihre Brüder hätten sich des Noçoquem bemächtigt, nachdem sie sie verstoßen hatten, und würden ihn keine Kastanien essen lassen.
Außerdem ließen die Brüder des Mädchens den Ort von der Cutia, dem Arara und dem Sittich bewachen.

Der Knabe fuhr aber fort, Onhiamuaçabê, seine Mutter, zu bitten, ihm dieselben Früchte zu geben, die seine Onkel aßen.
So beschloß Onhiamuaçabê, das Mädchen, eines Tages ihren Sohn zum Noçoquem zu bringen, damit er Kastanien esse.
So sah die Cutia, als sie zum Noçoquem ging, auf dem Boden unter dem Kastanienbaum die Asche eines Feuers, in dem man Kastanien gebraten hatte.
Die Cutia lief und erzählte den Brüdern des Mädchens, was sie gesehen hatte.
Einer von ihnen sagte, die Cutia täusche sich vielleicht, der andere sagte, dies könne nicht wahr sein.
Sie sprachen darüber.
Und schließlich beschlossen sie, den Affen-mit-dem-roten-Mund den Kastanienbaum bewachen zu lassen, um zu sehen, ob dort jemand erscheine.
Der Knabe, der viele Kastanien gegessen hatte und sie immer mehr begehrte, kannte schon den Weg zum Noçoquem und ging am nächsten Tag wieder hin.
Die Wächter des Noçoquem hatten den Auftrag, den zu töten, den sie dort antreffen würden. Nun geschah es aber, daß sie schon dort waren und sahen, wie der Knabe schnell auf den Kastanienbaum kletterte.
Sie waren nahe, ganz nahe, und beobachteten alles hinter anderen Bäumen versteckt. Dann liefen sie und warteten unter dem Kastanienbaum auf ihn. Sie waren mit einem Strick bewaffnet, um den Kastanienesser zu enthaupten.
Die Frau war aufgebrochen, sobald sie die Abwesenheit ihres Sohnes bemerkt hatte, um ihn zu suchen. Da hörte sie sein Schreien. Sie lief in die Richtung des Sohnes, aber sie fand ihn schon durch die Hände der Wächter enthauptet. Das Mädchen Onhiamuaçabê raufte sich das Haar, weinte und schrie über dem Leichnam ihres Sohnes und sagte:
»Gut, mein Sohn. Deine Onkel ließen dich töten. Sie glaubten, du wärest dann machtlos, aber das wirst du nicht sein.«

Sie riß ihm zuerst das linke Auge aus und pflanzte es ein. Aber die Pflanze, die aus diesem Auge wuchs, war nichts wert, es war der falsche Guaraná.

Dann riß sie ihm das rechte Auge aus und pflanzte es ein. Aus diesem Auge wuchs der echte Guaraná.

Und sie fuhr fort, mit dem Sohn zu sprechen, als hielte sie ihn für lebendig. Sie sagte:

»Du, mein Sohn, wirst die größte Kraft der Natur sein. Du wirst allen Menschen Gutes tun. Du wirst groß sein. Du wirst die Menschen vor manchen Krankheiten bewahren und von anderen heilen.«

Darauf fügte sie alle Körperteile des Sohnes zusammen. Sie kaute und kaute die Blätter einer Zauberpflanze, wusch den Leichnam ihres Sohnes mit ihrem Speichel und dem Saft dieser Pflanze und begrub ihn.

Sie zäunte das Grab mit Stäben ein und ließ einen Wächter zurück, dem sie ganz vertraute.

Sie trug diesem Wächter, dem Caraxuê, auf, er solle ihr melden, wenn er ein Geräusch aus dem Grab vernehme, denn sie wisse, wer es sei.

Einige Tage später hörte der Caraxuê ein Geräusch im Grab. Er lief und lief und sagte es Onhiamuaçabê.

Das Mädchen kam, öffnete das Loch des Grabes, und heraus kam der Koata-Affe.

Onhiamuaçabê hauchte den Koata-Affen an und verfluchte ihn: Er solle ruhelos in den Wäldern herumgehen.

Sie schloß das Grab wieder und goß darüber den Saft aus den Blättern der Zauberpflanze, mit dem sie den Leichnam gewaschen hatte.

Nach einigen Tagen meldete ihr der Caraxuê, er habe wieder ein Geräusch im Grab des Knaben gehört.

Das Mädchen kam. Sie öffnete das Loch des Grabes, und heraus kam nach dem Caiarara-Affen der Hund.

Sie hauchte ihn an und verfluchte ihn, damit ihn niemand esse.

Dann machte sie das Grab wieder zu und ging fort.
Einige Tage später meldete der Caraxuê wieder, daß er ein Geräusch im Grab höre.
Onhiamuaçabê ging hin. Sie öffnete das Loch des Grabes, und heraus kam das Wildschwein und nahm die Zähne mit, die allen Maués und allen Menschen gehören sollten.
Onhiamuaçabê vertrieb auch das Wildschwein.
Je mehr Tiere aus dem Grab herauskamen, desto größer wurde der Guaraná-Strauch.
Als einige Tage vergangen waren, hörte der Caraxuê ein Geräusch im Grab und sagte es Onhiamuaçabê.
Sie kam wieder hin, öffnete das Grab, und heraus kam ein Kind, das war der erste Maué, der Erste des Stammes.
Dieser Knabe war der Sohn Onhiamuaçabês, der wieder zum Leben gekommen war.
Onhiamuaçabê nahm ihn und setzte ihn auf ihre Knie. Und sie steckte ihm einen Zahn in den Mund, den hatte sie aus Erde gemacht. Deshalb stammen wir Maués von einem Leichnam, und unsere Zähne verfaulen.
Die Frau wusch alles langsam. Sie wusch alles, die Füße, den Bauch, die Arme, die Brust und den Kopf des Knaben mit dem Saft aus den Blättern der Zauberpflanze, die sie kaute.
Als sie so mit ihrem Sohn beschäftigt war, kamen plötzlich ihre Brüder und zwangen sie aufzuhören, seinen Körper zu waschen.
Darum häuten sich die Maués nicht wie die Schlangen.

44. Der Timbó und das erste Wasser

(Maué)

Vor langer Zeit, als es die Maués noch nicht gab, lebten zwei Brüder namens Ocumáató und Icuamã.
Eines Tages lud Icuamã Ocumáató, alle Tiere des Landes und die Fische zu einem Fest ein.

Bei diesem Fest begannen der Jeju und der Matrinchão bald gleichzeitig über verschiedene Dinge zu reden, ohne jedoch etwas Richtiges zu sagen.
Zuerst sprach der Jeju; dann sprach der Matrinchão, als die anderen Tiere, die da waren, ein wenig schwiegen.
Nun hatte aber Icuamã seinen einzigen Sohn, ein sehr gescheites Kind, mitgenommen. Als dieser die Fehler des Jeju und des Matrinchão bemerkte, begann er sie zu verbessern und unterhielt damit die Anwesenden.
Da waren Jeju und Matrinchão böse und machten einen Zauber, damit der Knabe erkrankte.
Zu Hause angekommen, wurde der Knabe krank und starb, nachdem er arge Schmerzen gehabt hatte.
Icuamã schwor vor dem Leichnam seines Sohnes, eines Tages dessen Tod zu rächen, den er seinem Bruder zuschrieb.
Er begrub zuerst das linke Bein: Aus ihm wuchs der »timbó-urucúocúhûp«, das ist der falsche Timbó.
Dann begrub er das rechte Bein: Daraus wuchs der »timbó-ocuhén«, das ist der echte Timbó.
Nun wohnte nahe von Ocumáató, dem Bruder Icuamãs, der Sucuri-Ténon, der auch einen sehr schlauen und neugierigen Sohn namens Sucuri-Pacu hatte.
Der Sucuri-Ténon verbot seinem Sohn, ins Haus seiner Onkel, des Jeju und des Matrinchão, und der Tante Traíra zu gehen, denn sie waren böse Zauberer wie alle Fische ohne Schuppen.
Der Knabe aber gehorchte ihm nicht und ging zum Haus seiner Onkel, denn er hatte seinen Vater mit anderen darüber sprechen gehört, daß einer seiner Onkel, der Jeju, durch Zauberei das erste Wasser geschaffen hatte.
Als er ins Haus seiner Onkel kam, waren sie nicht dort. Es war nur seine Tante, die Traíra, die Frau des Jeju, daheim.
Die Alte sagte ihm, die Onkel seien auf einer Reise.
Die Frau des Jeju mochte den Neffen nicht, aber sie empfing

ihn gut und hieß ihn sich niedersetzen. Und sie unterhielt sich mit ihm.

Der Knabe wurde nicht müde zu sprechen und wollte alles wissen. In Wirklichkeit aber wollte er nur erfahren, ob der Onkel, der Jeju, das Wasser erfunden habe. Er verstellte sich im Gespräch, um durch Gleichgültigkeit den wahren Grund seines Besuches bei den Onkeln zu verbergen.

Plötzlich bat er seine Tante, ihm das Wasser zu zeigen, das der Onkel erfunden hatte.

Die Traíra war sehr erstaunt, als ihr Neffe vom Wasser sprach.

»Wer hat dir davon erzählt?«

»Ich habe darüber sprechen gehört.«

Die Traíra zeigte ihm eine kleine Wasserpfütze.

Wie auf einen Spiegel fiel die ganze Zeit ein Wassertropfen vom Himmel: tropf! tropf! tropf!

(Die Glocke von heute sei das Ebenbild jener Pfütze und des Wassertropfens, erklärte der Erzähler.)

»Das also ist das Wasser, meine Tante?« fragte das Kind.

»Ja.«

»Ach!« meinte es erstaunt. »Ich dachte, es wäre groß.«

Die Tante war böse darüber, daß der Knabe nicht viel von der Erfindung des Jeju hielt. Und weil sie eine böse Zauberin war, wandte sie ihre Zauberkräfte gegen den Neffen an. Denn in dieser Pfütze war das erste Wasser oder der Ursprung des Wassers.

Sogleich begann der Knabe über Schwindelgefühl, Magenschmerzen und Atemnot zu klagen. Und er nahm Abschied von der Tante, kehrte nach Hause zurück und klagte dem Vater sein Leid.

Dieser wußte, daß der Sucuri-Pacu im Haus der Onkel gewesen war, und sagte sofort, der Knabe sei verzaubert. Und er befahl seinem Sohn, bei dem Heilmittel zu holen, der ihn verzaubert hatte.

Der Knabe ging hin.

Als der Jeju von seiner Reise mit dem Matrinchão zurückgekommen war, hatte ihm seine Frau vom Besuch des Neffen erzählt und ihm gesagt, daß sie ihn verzaubert hatte. So trank er schnell das Wasser aus der Pfütze und erbrach es in eine Kürbisflasche, bevor der Knabe, den er schon unterwegs wußte, zu ihm kam.

Bald darauf kam der Knabe.

Die Onkel empfingen ihn und täuschten Freude vor.

Der Knabe bat sie um ein Heilmittel und klagte über Schmerzen im Kopf und im Magen.

»Dort ist es«, sagte der Jeju zu ihm und zeigte auf eine Kürbisflasche, in die er das Wasser der Pfütze erbrochen hatte. »Es ist alles für dich.«

Der Knabe trank das erbrochene Wasser. Sogleich wurden seine Schmerzen noch stärker, und sein Bauch wurde größer und größer.

Der Knabe bat die Onkel, seine Bauchschmerzen mit dem Maracá der Zauberärzte zu heilen.

Der Onkel fuhr ihm mit dem Maracá über den Leib. Einmal, zweimal … beim drittenmal platzte der Bauch des Sucuri-Pacu, und aus ihm begann viel Wasser zu fließen. Das Haus füllte sich damit und drohte die zu bedecken, die darin waren.

Als der Jeju dies sah, ließ er die Fledermaus, die Schwalbe, die Ariramba und den Krötenmann rufen.

Fledermaus und Schwalbe kamen, aber sie flogen und berührten das Wasser nur leicht. Sonst machten sie nichts.

Die Ariramba, die Garça und der Maguari kamen auch. Sie flogen über das Wasser, setzten sich auf die Bäume und schauten umher.

Als der Krötenmann das Wasser sah, hüpfte er sogleich zufrieden und schreiend hinein.

»Ha! Jetzt kann man baden!«

Und er stürzte sich hinein und begann Tag und Nacht am Grund des Wassers zu singen.

Seine Stimme ist tief und heiser, weil er nur am Grund der Seen und Flüsse singt.

Dann ließ der Jeju den Sucuri-Ténon, den Vater des Knaben, rufen.

Der Sucuri-Ténon kam.

Der Jeju bat ihn, dem Wasser einen Weg zu öffnen.

»Das ist einfach!« antwortete der Sucuri-Ténon.

Er begann Tauarí-Zigaretten zu rauchen und warf die Stummel in die Ecken des Hauses. Einmal, zweimal, dreimal.

Dann warf er sich ins Wasser und versuchte, ihm den Weg zu öffnen. Er schlüpfte unter der Tür hindurch, bis es ihm gelang, aus dem Haus der Zauberer herauszukommen und das Wasser mit sich zu nehmen.

Der Jeju trug ihm auf, nicht nach rückwärts zu blicken, damit das Wasser einen geraden und keinen krummen Fluß bilde.

Der Sucuri-Ténon wollte dem Jeju nicht gehorchen. Er ging vor dem Wasser und grub das Flußbett, aber er blickte immer nach links, nach rechts und nach hinten.

(Der Erzähler erklärte, daß der Oberlauf des Rio Andirá deshalb häßlich sei und es dort ein Igapó, ein Überschwemmungsgebiet, gäbe.)

Als die Fische sahen, daß es immer mehr Wasser gab, beschlossen sie, hineinzutauchen und von einer Seite zur anderen zu springen.

Die Vögel – Ariramba, Socó, Garça, Marreca, Marrecão, Anani und Schwalbe – blieben auf den Bäumen am Flußufer des Rio Andirá. Und bei ihnen blieben die Fledermäuse, dicht am Wasser und in den hohlen Bäumen.

Icuamã wußte, daß das Wasser Flüsse, Flußarme, Seen, Wasserfälle und Sümpfe gebildet hatte, und sagte:

»Nun werde ich mich rächen. Ich weiß, daß die Fische die Mörder meines Sohnes waren. Ich will Timbó ausreißen! Ich will Timbó ausreißen!«

Und er ging.

Dann ließ er Ocumáató rufen und erzählte ihm, was er

machen wolle. Er lud alle Leute ein, ihm in einem Putirum zu helfen.

Die Geladenen kamen.

Icuamã trug ihnen auf, sie sollten schwangere Frauen den Timbó nicht angreifen lassen. Er würde sonst seine Kraft verlieren.

Und er schlug Timbó-Büschel und bedeckte das Wasser mit dem Saft der Pflanze.

Da wurden alle Fische betäubt und kamen betrunken an die Oberfläche des Wassers.

Die Leute zeigten schreiend auf die Fische.

»Die Fische sterben schon! Die Fische sterben schon!«

Icuamã, Ocumáató und die Gefährten sammelten die toten Fische an der Wasseroberfläche.

Sie nahmen nur die größten. Die Ariramba, die Garça, der Maguari und der Socó fraßen die kleinen.

Als aber der Jaguar und seine Frau so viele Fische sahen, sprangen sie ins Wasser. Die Frau dachte nicht daran, daß sie schwanger war.

So hatte der Timbó bald keine Kraft und betäubte und tötete die Fische nicht mehr.

Icuamã bemerkte, daß man ihm nicht gehorcht hatte, und das Ergebnis war folgendes:

Um den Jaguar zu bestrafen, tötete er ihn und pflanzte seine Augen an dem verzauberten Ort, der seiner Schwester Onhiamuaçabê gehörte. Aus ihnen wuchs der Kastanienbaum.

Man sagt, daß der Sucuri-Ténon heute im Amazonas lebt.

45. *Der Curupira und die verlassenen Kinder*

(Indianer am Purús)

Ein Indianer setzte im Wald zwei seiner Kinder aus, die zuviel aßen. Sobald sie allein waren, kletterten die Kinder auf einen Baum und sahen von dort den Curupira bei einem Feuer sitzen. Da stiegen sie vom Baum herunter und näherten sich dem Ungeheuer, das gerade ein großes Stück Wild räucherte. Sie hatten Hunger und baten den Curupira, ihnen davon zu geben.

»Großvater, gib uns ein kleines Stück zu essen.«

»Gern.«

Er zerschnitt das Bein des Tieres und gab ihnen einige Stücke davon.

»Weißt du zufällig den Weg zu uns nach Hause?« fragten die Kinder.

»Geht dort herum, kommt wieder zurück und geht zwischen meinen Beinen durch«, antwortete der Curupira.

Die Kinder machten den Rundgang, kamen zurück, gingen unter dem Ungeheuer hindurch und fanden nichts. Da fragten sie es wiederum:

»Großvater, zeig uns bitte den Weg.«

»Ich habe ihn euch schon gezeigt.«

Die Kinder gingen fort. Da sie nicht zurückkamen, suchte sie der Curupira und rief:

»Mein Wild! Mein Wild!«

Das Wild antwortete ihm aus dem Leib der Flüchtenden:

»Hallo! Hallo!«

Die Kinder kamen zum Flußufer und tranken viel Wasser, um das Wild des Curupira zu erbrechen. Dieser rief weiter, aber das Wild antwortete ihm vom Boden, während die Kinder den Fluß durchquerten. Am anderen Ufer trafen sie eine Cutia, die singend Maniok schabte. Die Kinder fragten sie:

»Großmutter, was machst du da?«
»Ich schabe Maniok.«
»Wo ist deine Pflanzung?«
»Gleich in der Nähe. Geht diesen Weg, dann werdet ihr zu eurer Mutter kommen.«
Die Kinder gingen fort und trafen einige Schritte weiter einen Affen, der auf einem Baum Früchte aß. Den fragten sie, wo ihr Haus sei, und er zeigte es ihnen erst, als sie versprachen, ihn nicht zu töten.
Sie kamen zu ihrer Mutter, die schon sehnsüchtig auf sie wartete.

46. Der Ursprung des Giftes

(Indianer am Purús)

Einst bemerkten die alten Männer, die jagen gingen, daß der Sperber die Rinde von bestimmten giftigen Sträuchern aufkratzte, bevor er die Vögel angriff. Seine Beute starb sofort, wenn sie von seinen giftigen Krallen verwundet wurde.
Da versuchten die alten Männer, die Spitzen ihrer Pfeile in den Saft dieser Rinden einzutauchen, und sie erlegten das Wild leichter, denn die Tiere wurden wie betäubt.
Später dachten sie, daß es vielleicht besser sei, den Saft zu kochen und durch die Tururirinde zu seihen.
So erfanden sie das Gift.

47. Die Japins und die Wespe

(Indianer am Juruá)

Einst waren die Vögel mit den Japins verfeindet, und wenn diese spazierengingen oder Nahrung suchten, zerbrachen sie ihre Eier und töteten ihre Kinder. Da baten die Japins die Wespe, ihre Nester zu beschützen, wenn sie fortgingen.

»Baut eure Nester nahe dem meinen, denn so werde ich eure Kinder bewachen können.«
Seither bauen die Japins ihre Nester immer in die Nähe des Hauses der Wespe.

48. Die Sintflut

(Kaschinaua)

Die Kaschinaua lebten zufrieden, bewohnten viele schöne Dörfer und hatten Überfluß an Nahrungsmitteln. Sie dachten an nichts Schlimmes. Sie waren sehr glücklich. Sie wohnten am Ufer des reißenden Stromes. Da begann es zu regnen, unaufhörlich. Es regnete am hellen Tag, es regnete in tiefer Nacht. Unaufhörlich regnete es in Strömen. Kein Mensch konnte weit vor das Haus gehen. Alle lagen in ihren Hütten. Der Blitzstrahl schmetterte herab. Der Donner krachte. Alle fürchteten sich und blieben liegen. Da barst der Himmel und kam herab und tötete sie alle. Er tötete ebenso alle Jagdtiere, er tötete alle Fische. Er tötete sie alle. Er machte ein Ende mit ihnen. Nichts verschonte er. Er tötete sie. Er machte ein Ende mit allem. Die Erde wechselte mit dem Himmel den Platz. Der Himmel fiel auf die Kaschinaua und tötete sie. Der Himmel wendete sich wieder um, und die Seelen, die im Himmel wohnten, nahmen sie mit sich. Im Himmel weilen sie jetzt und sind glücklich.
Auf der Erde blieb nichts Lebendes zurück. Im Himmel war eine schwangere Frau. Der Blitzstrahl schmetterte herab und tötete sie. Vom Himmel warf man die tote Frau auf die Erde hinab. Als sie auf die Erde fiel, kam der Krebs aus seinem Loch heraus. Er sah die tote Frau daliegen und öffnete ihr mit dem Messer den Leib. Ihre Kinder blieben am Leben. Es waren Zwillinge, ein Junge und ein Mädchen. Der Krebs freute sich über die beiden Kleinen. Er nahm sie in seine

Arme und brachte sie seiner Frau. Auch diese freute sich über sie und legte sie in ihre Hängematte. Als beide weinten, bereitete sie ihnen Stärkebrühe und gab ihnen davon zu trinken. Sie sättigten sich daran und beruhigten sich.
Die Leute des Krebses sagten: »Gib uns die Kleinen!«, aber er wollte nichts davon wissen, sondern zog sie allein auf. Sie wuchsen heran, und als beide erwachsen waren, verheiratete sie der Krebs miteinander. Dann kehrte er mit seinem Weib in den Fluß, in seine Wohnung, zurück.
Der Bruder zog mit seiner Frau weit weg auf einen schönen Hügel. Dort legten sie eine Pflanzung an, in der sie wohnen blieben. Anfangs hatten sie keine Pflanzennahrung. Da holten sie aus einer Wüste Sprößlinge der Makaschera und der Banane, sie holten Inhame und Bataten, sie holten Papaya, Zuckerrohr, Bohnen und Erdnüsse. Sie pflanzten sie in ihr Feld, und die Pflanzen wuchsen heran und trugen Frucht. Die Früchte reiften, und sie hatten gute Nahrung.
Dann schwängerte der Bruder seine Schwester, und sie gebar ihm einen Sohn. Darauf gebar sie ihm eine Tochter. Als die Kinder herangewachsen waren, verheirateten sie sie miteinander. Diese bekamen wieder Kinder, und so vermehrten sie sich. Von dem, der sie aufzog, hatte er seinen Namen »Schaka«, Krebs, und sein Weib hieß »Maschi«. Der Name seines Sohnes war »Pöka«, der Name seiner Tochter »Iriki«. Von seinen anderen Kindern hieß der Sohn »Mana« und die Tochter »Matsiani«. So waren die Namen derer, die sie aufzogen.
Nun zeugten sich die Kaschinaua wieder und wieder, und die Jagdtiere zeugten sich und ebenso die Fische.
Wo sie wohnten, gab es keine Pium und keine Karapana, es gab keine Dunkelheit. Man schlief am hellen Tag. Pium, Karapana, Dunkelheit, Wespe waren nur dort, weit weg, mitten in einem anderen reißenden Fluß. Mana zog hin und holte die Pium und die Karapana, er holte die Wespe und die Nacht. Die große Schlange gab ihm den Schmetterling, die

Spinne die Nacht. Die Eidechse gab ihm die Wespe und die Karapana. Er brachte sie herbei. Er holte sie mitten aus dem Fluß. Jetzt schliefen sie im Dunkeln und waren glücklich. Mana holte die Nacht in einer kleinen Flasche; daher schlafen wir im Dunkeln.

So machte es Mana, als er die Nacht holte. Wenn er die Nacht nicht geholt hätte, würden wir am hellen Tag schlafen. Jedoch er zog die Nacht hervor, und wir schlafen, wenn es dunkel geworden ist. Von da an lebten sie sehr glücklich und hatten keine Schmerzen zu erdulden.

Als Manas Vater sehr alt geworden war, fragte ihn sein Sohn: »Wann wirst du sterben, Vater?« – »Ich will sterben«, antwortete er, »aber du mußt mich töten, denn so kann ich nicht sterben. Bring mir irgendeine giftige Sache zum Essen, damit ich sterbe!« Da brachte ihm sein Sohn die Kröte. Er gab sie ihm, und der Vater wusch sie nicht und briet und aß sie. Keine andere Speise nahm er zu sich und erbrach sich fortwährend. Einen ganzen Tag aß er nur die Kröte.

Als die Sonne unterging, rief sein Sohn: »Vater, wie ist es nun?« – »Du hast mich getötet«, antwortete dieser, »ich bin am Sterben! Ich sterbe; ich werde emporsteigen in den Himmel. Auf dem ganzen Weg werde ich rufen. Wenn du es hörst, antworte mir! Wenn ich rufe: ›Wechsle die Haut! Wechsle die Haut!‹ und ihr hört es, so werdet ihr, wenn ihr alt geworden seid, eure alten Häute wechseln und hier mit neuen Häuten weiterleben. Wenn ihr aber schlecht hört, so werdet ihr sterben.« So unterrichtete er seinen Sohn, und dann starb er.

Er starb, und am anderen Tag, als die Sonne hoch stand, donnerte es ununterbrochen. Nun stieg seine Seele empor und rief. Sein Sohn horchte. »Jetzt steigt mein Vater empor. Er schrie vom Himmel her. Ich antworte.« Der Vater näherte sich seinem Platz und rief: »Wechsle die Haut! Wechsle die Haut!« Der Sohn horchte und horchte. Sein Bruder fragte: »Was ruft er da?« Mana antwortete: »Der Vater

rief: ›Hör auf! Hör auf!‹ Wir werden aufhören, und wir werden sterben.«
Die Kaschinaua hörten schlecht, deshalb starben sie. Nur die Schlange hörte und die große Eidechse und der Mulattenbaum. Die, welche gehört hatten, wechseln die Haut. Wir aber sterben. Mana hörte schlecht, deshalb sterben wir. Vorher verwandelten wir hier unsere Seelen, wenn wir starben. Wenn wir als Greise starben, verwandelten wir uns hier wiederum in Knaben. Wenn alte Weiber starben, verwandelten sie sich wieder in junge Mädchen. So machten wir es, wenn wir starben. Aber Mana hörte schlecht, deshalb sterben wir und kehren nicht mehr zurück.

49. Der Mond

(Kaschinaua)

Die Kutanaua wollten die Marinaua töten. Der Marinaua floh. Da kam der Kutanaua und brachte viele Pfeile mit und gab sie dem Marinaua, um ihn zu versöhnen. Dieser freute sich. Er nahm die Pfeile an und hing sie oben in seiner Hütte auf. Darauf unterhielten sie sich miteinander. Als sie damit fertig waren, sagte Kutanaua zu Marinaua: »Nun komm mit mir und besuche auch mein Haus. Mein Weib möchte dich sehen.« Da freute sich Marinaua. Er ergriff alle seine Pfeile und setzte sich seine Krone aus Schwanzfedern des Japu auf das Haupt. Dann gingen sie weg.
Sie traten in den Wald und zupften Nisch'po ab. Auf dem ganzen Weg kaute Marinaua Nisch'po, so daß seine Zähne ganz schwarz wurden. Als er sich der Hütte des Kutanaua näherte, schämte sich Marinaua und blieb stehen. Da fragte ihn Kutanaua: »Warum bleibst du stehen?« – »Aus keinem besonderen Grund«, antwortete ihm jener, »ich schäme mich vor deiner Frau; deshalb tue ich es.« – »Du brauchst dich nicht zu schämen. Geh weiter, Marinaua!« Da kämmte sich

Marinaua. Er holte seine Armbänder hervor und legte sie um seine Arme. Er putzte sich. Dann gingen sie weiter, Kutanaua an der Spitze.
Sie traten ein in die Hütte. Kutanaua band eine sehr große, bunte Hängematte mitten im Haus an und ließ Marinaua darauf niedersitzen. Dann befahl er seinem Weib: »Frau, hier bringe ich dir Marinaua. Gib ihm recht viel zu essen, damit er satt wird zum Platzen.« Die Frau sagte: »Ja!« Sie füllte eine sehr große Schale mit Stärkebrühe und gab sie ihm. Marinaua löffelte die Stärkebrühe aus und legte sich nieder. Darauf gab sie ihm gekochte Makaschera und gekochte Bananen; reife Bananen und geröstete Erdnüsse gab sie ihm; sie gab ihm Klöße aus Erdnüssen, gekochte Kürbisse, Kara und Inhame; sie gab ihm gerösteten Mais und Maiskuchen. So viele Speisen trug sie ihm auf. Marinaua aß von allen Speisen ein bißchen und wickelte sich ein bißchen ein, um es mitzunehmen und zu Hause zu essen. Marinauas Haare waren sehr lang.
Als sich die Sonne neigte, wollte er heimkehren, und er sprach zu Kutanaua: »Ich gehe weg, Kutanaua!« Dieser antwortete: »Du kannst gehen, Marinaua!« Da sagte Marinaua: »Gut!« und stand auf. Er verabschiedete sich auch von Kutanauas Frau. Jetzt ging Marinaua voraus. Kutanaua ergriff sein mächtiges, scharf geschliffenes Waldmesser und nahm seine Pfeile. Da fragte ihn Marinaua: »Kutanaua, warum nimmst du ein so großes Waldmesser mit?« – »Ich sah einen schönen Baum, den will ich auf dem Rückweg umhauen und heimtragen«, erwiderte ihm dieser. »Wozu willst du denn den Baum haben?« fragte ihn jener weiter. »Ich will mir ein Grabscheit daraus machen«, antwortete ihm Kutanaua. Dann nahm Marinaua das große Bündel mit den vielen Speisen unter den Arm, und sie machten sich auf den Weg.
Als sie sich der Hütte Marinauas näherten, schwang Kutanaua sein Waldmesser mit aller Kraft und hieb Marinaua das Haupt ab, daß es zu Boden fiel. Nur sein Körper blieb stehen;

er konnte nicht mehr weiterschreiten. So stand er da und zitterte und zitterte. Da schlug ihn Kutanaua in den Rücken, und er stürzte nieder. Nun blickte ihm Kutanaua in die Augen; da zuckte er mit den Wimpern. Als Kutanaua dies sah, schnitt er einen Stock, spitzte ihn zu, spießte den Kopf darauf und pflanzte ihn mitten in den Weg. Dann ging er heim.

Nun ging ein anderer Marinaua weit auf die Jagd. Er kam den Weg daher und gelangte an diesen Ort. Mitten auf dem Weg schüttelte der Wind die langen Haare des Kopfes, und die Haare flatterten. Der Marinaua dachte, es sei ein böser Geist, und fürchtete sich. Er machte von ferne kehrt und lief den Weg zurück. Dann kehrte er wieder um. »Was mag das nur sein?« sagte er. »Ich will doch hingehen und sehen!« Er kam und erblickte zuerst den Körper. Dann lief er hin und sah den Kopf da hängen. Er blickte ihn an. Der Kopf war nicht tot, die Augen glänzten, die Wimpern zuckten, der Mund öffnete sich. Da rief der andere Marinaua: »Oh!« Er fürchtete sich vor dem Kopf und weinte. »Oh!« rief er. »Warum haben sie dich geköpft und haben deinen Kopf auf eine Stange gespießt und hier in die Erde gesteckt und sind dann weggelaufen?« Aber der Kopf konnte seinem Bruder nicht antworten. Nur seine Augen blinzelten. Da sagte der andere: »Ich will gehen und es meinen Leuten sagen«, und er lief davon. Der Kopf blieb allein da hängen und weinte, und seine Tränen tropften herab.

Da kam der andere Marinaua heim und sprach: »Freunde, einer hat unserem Bruder den Kopf abgeschlagen. Ich weiß nicht, wer es war. Sie haben den Kopf auf eine Stange gespießt und mitten im Weg aufgepflanzt und sind dann weggegangen. Dort hängt nun sein Kopf, er ist nicht tot, dort hängt er. Ich habe um ihn getrauert. Lange Zeit habe ich geweint. Dann kam ich hierher.« So sagte er zu seinen Leuten. Da sagten diese: »Vorwärts! Wir wollen ihn holen!« Und sie machten sich auf.

Viele machten sich auf. Der eine ergriff einen Wurfspeer, der andere seine Pfeile, der andere eine Keule; ein anderer nahm einen Korb, ein anderer nahm noch einen Korb. Dann verließen sie die Hütte und gingen hin, laut schreiend den ganzen Weg.

Kutanaua hatte sich dort, wo er den Marinaua enthauptet hatte, versteckt und erwartete sie da. Er hörte, wie alle Marinaua laut schreiend daherkamen. Kutanaua hörte, wie sie schrien, und kletterte auf einen sehr hohen Mulattenbaum. Dort verbarg er sich gut und setzte sich nieder. Der Marinaua, der den Kopf gesehen hatte, ging an der Spitze und zeigte ihn den anderen.

Der Kopf war nicht tot, er blinzelte mit den Augen; da hing er und weinte, und seine Tränen tropften herab; sein Mund war offen, aber er konnte nicht sprechen. So hing er da, der Kopf des Marinaua. Alle seine Verwandten trauerten um ihn. Alle setzten sich bei dem Kopf nieder und weinten.

Als sie damit fertig waren, ergriff einer den Kopf; ein anderer riß die Stange aus und warf sie beiseite. Kutanaua sah sie von dem hohen Baum, aber er rührte sich nicht und blieb sitzen. Die Marinaua steckten den Kopf in einen Korb und gingen zurück, schreiend den ganzen Weg. Mitten auf dem Weg durchbrach der Kopf den Korb und fiel heraus. Da nahm ihn der andere auf und tat ihn in seinen Korb, aber auch dieser Korb zerriß, und der Kopf fiel heraus. Da gingen die beiden heim, um neue Körbe zu holen, und derweil bestatteten die anderen den Leichnam. Sie gruben ein sehr tiefes Loch und beerdigten den Marinaua. Dann gingen sie weg. Die beiden anderen kamen mit neuen Körben. Abermals steckten sie den Kopf nacheinander in die beiden Körbe, aber er durchbrach beide Körbe und fiel heraus. Sie sahen nicht, daß der Kopf mit den Zähnen den Korb durchbiß. Da nahm ihn der eine auf den Rücken und ging weiter, aber der Kopf biß ihn in den Hintern. Der Mann schrie laut und warf den Kopf schleunigst fort. Wiederum taten sie den Kopf in einen Korb, aber er fiel heraus. Da meinte ein Marinaua: »Wir sind gekommen, den Kopf zu suchen; wir haben ihn mehrmals in einen Korb gesteckt, aber jedesmal ist er herausgefallen. Wer weiß, wer ihn enthauptet hat! Vielleicht will er uns verzaubern. Wir wollen ihn nicht mehr mitnehmen!«

Die anderen waren damit einverstanden. Sie ließen den Kopf am Weg liegen und gingen davon. Da sagte der Kopf: »Soll ich hinter meinen Leuten hergehen?« Und er tat es und rollte den ganzen Weg dahin. Da erblickte ihn einer von den Marinaua und rief: »Dort kommt der Kopf hinter uns hergerollt! Vielleicht will er uns verzaubern! Laßt uns laufen!« Und sie liefen davon. Der Kopf aber rief: »Freunde, wartet auf mich! Ich will mit euch heimgehen!« Sie hörten es und liefen weiter. Nun kamen sie an einen angeschwollenen Bach und schwammen hinüber. Der Kopf war hinter ihnen und weinte auf dem ganzen Weg. Am anderen Ufer stand ein sehr hoher Bakuparybaum mit reifen Früchten. Weinend machte der Kopf am Ufer halt. Da sagte ein Marinaua: »Laßt uns langsam gehen! Der Kopf kann doch nicht über den Fluß!« Aber der Kopf rollte weiter, stürzte sich in den Fluß und schwamm hinüber. Da erblickte ihn ein Marinaua und rief: »Dort kommt der Kopf geschwommen!« Eilends liefen sie weiter und kletterten auf den Bakupary. Der Kopf kam aus dem Wasser auf das hohe Ufer und rollte weiter. Als er seine Leute sah, blieb er unter dem Bakupary liegen. »Freunde«, rief er, »kommt schnell herab! Ich habe euch schon gesehen.«

Die Leute aßen Bakuparyfrüchte. Da bat sie der Kopf: »Freunde, gebt mir auch Bakupary!« Da riß ein Marinaua eine grüne Frucht von dem Baum und warf sie ihm zu, aber der Kopf aß sie nicht. »Ich esse sie nicht«, sagte er, »sie ist ja noch grün! Gib mir eine andere, reife!« Da pflückten sie eine reife Frucht ab und gaben sie ihm. Der Kopf ergriff die Frucht und wollte sie hinunterschlucken, aber sie fiel aus dem Loch seines Halses wieder heraus. Wiederum bat er um eine Bakupary. Da pflückte ein Marinaua eine Frucht und warf sie mitten in den Fluß. Der Kopf aber sagte: »Du hast sie ja mitten in den Fluß geworfen! Von dort hole ich sie nicht. Gib mir eine andere dafür.«

Da kam ein Marinaua auf einen anderen Gedanken. Er sprach zu seinem Gefährten: »Pflücke eine Bakupary und wirf sie weit weg!« Dieser riß eine sehr große Frucht ab und warf sie weit weg. Der Kopf rollte den ganzen Weg dahin, sie zu holen, und alle Marinaua stiegen vom Baum herab und liefen davon. Nach einer Weile blieben sie stehen und sagten: »Ob wohl der Kopf wieder hinter uns herkommen wird?«

Der Kutanaua hatte sie die ganze Zeit beobachtet und gesehen, wie sie weggingen. Da stieg er von dem Baum herab und ging heim.

Inzwischen hatte sich der Kopf die Frucht geholt. Er kam zurück und machte am Bakuparybaum halt. Er blickte in die Höhe und sah sie nicht mehr. Da machte er sich wieder auf den Weg und rollte weiter. Seine Leute standen da und warteten. Der Kopf kam hinter ihnen hergerollt. Da erblickte ihn einer und rief: »Dort kommt der Kopf!«, und sie liefen weiter. Der Kopf sah sie und rief: »Freunde, wartet auf mich!«, aber sie blieben nicht stehen, sondern rannten weiter. Sie liefen in ihr Haus und verschlossen es. Da sprach der Kopf zu ihnen: »Freunde, öffnet das Haus! Ich will hinein!«, aber seine Leute öffneten das Haus nicht. Nun rollte der Kopf um das Haus herum und weinte. Seine Leute öffneten das Haus nicht, und der Kopf weinte und wischte seine Tränen mit seinen Haaren ab. Dann sagte er zu seinen Leuten: »Freunde, öffnet mir doch! Ich will mir nur meine Sachen holen!« Aber sie öffneten nicht, und der Kopf weinte.

Dann sagte er: »Soll ich mich verwandeln?« Und er dachte nach und sprach: »Kutanaua hat mir den Kopf abgeschlagen, so daß ich meine Leute nicht sehen kann. Nur mein Kopf kam hinter ihnen her, aber meine Leute fürchteten sich vor mir und verschlossen das Haus, so daß ich nicht eintreten und meine Sachen holen kann.« Dann rief er seinen Leuten zu: »Freunde, ihr habt euch vor mir gefürchtet und das Haus verschlossen, so daß ich nicht eindringen und meine Sachen holen kann. Ich will mich verwandeln.«

Und seine Leute fragten: »Marinaua, in was willst du dich denn verwandeln?« – »Ich habe darüber nachgedacht, wie ich mich verwandeln soll«, antwortete er. »Ich werde mein Blut verwandeln und ebenso meine Augen und meinen Kopf. Freunde«, fuhr er fort, »wenn ich mein Blut verwandle, werde ich den ›Weg der Fremden‹, den Regenbogen, machen. Ich gedenke aber auch meine Augen und meinen Kopf zu verwandeln. Was soll ich nun werden? Wollte ich Gemüse sein, so könnt ihr mich essen. Wollte ich Makaschera sein, so könnt ihr mich essen. Wollte ich Banane sein und ihr pflücktet Bananen und kochtet sie, so könnt ihr mich essen. Wollte ich Kara sein, so könnt ihr mich essen. Wollte ich Inhame sein, so könnt ihr mich essen. Wollte ich Batate sein, so könnt ihr mich essen. Wollte ich Bohne sein, so könnt ihr mich essen. Wollte ich Pflanzung sein und ihr pflanztet Früchte auf mich, und die Früchte reiften, so könnt ihr mich essen. Wollte ich Erde sein, so könnt ihr auf mir herumgehen. Wollte ich Wasser sein, so könnt ihr mich trinken. Wollte ich Fisch sein und ihr finget Fische, so könnt ihr mich essen. Wollte ich Timbo sein und ihr risset Timbo aus und löstet ihn im Wasser auf, und ich tötete Fische, und ihr zöget sie heraus, so könnt ihr die Fische essen. Wollte ich Jagdtier sein und ihr tötetet mich, so könnt ihr mich essen. Wollte ich Schlange sein und ich würde über euch ärgerlich und bisse euch, so könnt ihr mich töten. Wollte ich Skorpion sein und ich bisse euch, so könnt ihr mich töten. Wollte ich Baum sein und ihr hiebt mich nieder, und ich wäre trocken, und ihr spaltetet Brennholz und kochtet Speise, so könnt ihr mich essen.

Was soll ich denn werden?

Wollte ich Fledermaus sein und ich käme in der Dunkelheit und würde euch beißen, so könnt ihr mich töten.

Wollte ich Sonne sein und ihr würdet frieren, so kann ich euch erwärmen.
Wollte ich Regen sein und ich regnete und füllte die Flüsse, und ihr finget Fische und eßt sie, und ich feuchtete das Gras an, und das Gras wächst, so können mich die Jagdtiere essen.
Wollte ich Kälte sein und die Sonne brennt euch, so kann ich euch abkühlen.
Wollte ich Nacht sein und ich dunkelte, so könnt ihr schlafen.
Wollte ich Morgen sein und ihr schliefet im Dunkel die ganze Nacht, und es würde Morgen, und ihr erwachtet, so könnt ihr gehen.
Was soll ich also werden? Ich denke an etwas anderes. Mein Blut verwandele ich in den ›Weg der Feinde‹, den Regenbogen.
Meine Augen aber verwandele ich in Sterne,
Und mein Kopf soll Mond werden.«
Dann rief der Kopf des Marinaua seine Leute und sprach zu ihnen: »Freunde, mein Kopf wird Mond werden. Wenn meine Augen Sterne sein werden und mein Blut Regenbogen, dann werden auch eure Weiber und alle Mädchen bluten.«
Alle Weiber und alle Mädchen hörten es und fürchteten sich.
Dann fragten sie den Kopf: »Warum sollen wir alle bluten, Marinaua?«
Der Kopf antwortete: »Um nichts weiter! Wenn mein Kopf Mond geworden ist und der Vollmond glänzt, dann werdet ihr bluten.«
Die Weiber hörten, was der Kopf des Marinaua zu seinen Leuten sagte.
Dann zog der Marinaua sein Blut heraus, schüttete es auf einen Teller und schleuderte es aufwärts in den Himmel. Im Himmel ergoß sich sein Blut und lief auseinander, und es bildete sich der »Weg der Fremden«, der Regenbogen.
Dann riß er seine Augen aus und warf sie aufwärts, und schon verwandelten sich seine Augen in viele Sterne.

Darauf bat der Kopf seine Leute um seine beiden Garnknäuel, und sie warfen sie ihm hinaus. Er ergriff die beiden Garnknäuel und warf sie aufwärts in den Himmel. Da kam der himmlische Aasgeier geflogen, nahm die Garnknäuel in den Schnabel und flog damit aufwärts. Im Himmel befestigte der himmlische Aasgeier die Garnknäuel für den Kopf.

Nun sprach der Kopf zu seinen Leuten: »Freunde, jetzt gehe ich in den Himmel und werde Mond. Wenn ich Mond geworden bin, und es ist Vollmond, dann werden alle eure Frauen bluten.«

So sprach er zu ihnen. Dann nahm er die beiden Fäden in den Mund und sagte zu seinen Leuten: »Freunde, jetzt werde ich Mond«, und er schwebte dahin.

Da riefen seine Leute: »Laßt uns den Kopf des Marinaua sehen!« Sie öffneten das Haus, liefen hinaus und blieben auf dem Platz stehen. Sie schauten aufwärts und erblickten den Kopf, wie er hängend dahinging den ganzen Weg. Dann sahen sie den Regenbogen. Aus Marinauas Blut ist der Regenbogen entstanden. Sein Blut hat er in ihn verwandelt.

Dann, als es dunkelte, sahen sie, daß sein Kopf zum Vollmond geworden war und seine Augen zu funkelnden Sternen. Nun glänzte der Vollmond, und alle Weiber bluteten, und es bluteten alle Jungfrauen. Als die Weiber bluteten, wohnten ihre Männer ihnen bei. Dann schwieg das Blut, und die Weiber wurden schwanger.

Sie sahen den Kopf des Marinaua als Vollmond und sagten: »Siehe da diesen Vollmond!« Und einer sprach: »Marinauas Kopf ist Mond geworden. Da glänzt er! Diesen Vollmond, diese Sterne, diesen Regenbogen hat er selbst verwandelt. Dieser Regenbogen ist sein Blut, diese Sterne sind seine Augen, dieser Vollmond ist sein Kopf!«

So sprachen sie, als Marinauas Kopf sich in den Mond verwandelte.

Marinaua wurde von Kutanaua enthauptet, und sein Kopf verwandelte sich in den Mond.

Soweit erinnere ich mich der Geschichte von Marinaua, der von Kutanaua enthauptet wurde. Mehr gibt es nicht.

50. Der Beinlose, der zum Jabotí wurde

(Kaschinaua)

Ein Mann, der keine Beine hatte und nicht arbeiten konnte, lebte von der Barmherzigkeit der anderen, aber man warf ihm immer vor, unnütz zu sein. Das bereitete ihm großen Kummer, und er beschloß, sich in einen Jabotí zu verwandeln. Er schlüpfte aus seiner Hängematte, legte sich auf den Boden und schleppte sich zum Wald. Er war schon nahe daran, mitten auf dem Weg zu verhungern, als ein gutherziger Mensch, der ihn fand, Mitleid mit seiner Not hatte. Er nahm ihn auf den Rücken, trug ihn zu sich und gab ihm zu essen. Da bat der Beinlose die Hausfrau, seinen Rücken mit Genipapofarbe, so wie den Panzer des Jabotí, zu bemalen. Dann begann er zu singen:

»Ich will ein Jabotí werden! Ich will ein Jabotí werden!«

Sogleich begann er zu zittern, sein Kopf wurde von einer Schulter zur anderen geworfen, seine Beine wurden kürzer, sein Bauch und sein Rücken wurden runder, und schließlich wurde er ein Jabotí.

Er gewöhnte sich sehr bald daran, Pilze zu essen, und litt nie mehr Hunger.

51. Der Krötenmann

(Kaschinaua)

Zwei Frauen, deren Männer auf die Jagd gegangen waren, sahen in einem alten Baumstamm einen Krötenmann, der quakte. Sie machten sich darüber lustig, wie häßlich das Tier war.

Einige Zeit darauf kam ein alter, dickbäuchiger und häßlicher Mann zu ihnen und bat sie um etwas zu essen. Sie gaben ihm, was sie hatten, aber er aß so gierig, daß er auch die Töpfe und Schüsseln verschlang. Da hatten sie Angst und versteckten sich.
Als die Männer von der Jagd zurückkamen, erfuhren sie, was sich ereignet hatte. Da hieben sie den Baumstamm um, nahmen den Krötenmann und warfen ihn ins Feuer. Sein Bauch zerbarst, und es klang, als zerbräche Geschirr – es waren die Schüsseln und Töpfe, die er verschluckt hatte, die nun zerbrachen.

52. Die große Schlange

(Mosetene)

Es waren einmal ein Mann und eine Frau, die wollten ein Tier haben, das sie aufziehen könnten. Sie gingen in den Wald, aber sie fanden keins. Zuletzt kamen sie auf eine Grasebene, und dort fanden sie auf einem Grashalm einen Wurm, Nyoko.
»Den wollen wir mit nach Hause nehmen und aufziehen«, sagte sie.
Sie nahmen den Wurm mit nach Hause, machten einen ganz kleinen Teller aus Lehm und legten den Wurm darauf.
Nun wollten sie dem Wurm zu fressen geben. Sie versuchten es mit Bananen, aber die wollte er nicht fressen. Der Wurm war so gewachsen, daß sie einen etwas größeren irdenen Teller machen mußten, auf dem er liegen konnte. Sie versuchten es mit allem möglichen, aber nichts wollte der Wurm fressen.
Da tötete der Mann eines Tages einen Vogel. Nichts von dem Vogel wollte Nyoko fressen. Da gab der Mann dem Wurm das Herz des Vogels, und das fraß er.

Nun wußten sie, was der Wurm fraß. Der Mann tötete jeden Tag Vögel und gab dem Wurm ihre Herzen. Er wuchs so, daß sie noch einen größeren Teller machen mußten, auf dem er liegen konnte. Der Mann tötete alle möglichen Tiere: Vögel, Wildschweine, Tapire. Der Wurm fraß nur ihre Herzen. Er wuchs so, daß sie ein ganz großes Gefäß machen mußten, auf dem er liegen konnte. Der Mann tötete täglich alle möglichen Tiere, und der Wurm, der so groß wie eine Schlange war, fraß nur die Herzen. Er war weiter gewachsen und so groß geworden, daß er nicht mehr auf dem Gefäß liegen konnte. Sie legte ihn auf den Boden vor der Hütte.

Nyoko fraß und wuchs und wuchs. Der Mann jagte, aber zum Schluß gab es keine Tiere mehr. Der Mann begann Menschen zu töten und gab dem Wurm ihre Herzen. Er tötete sie mit einem Pfeil, so dick wie die Hand. Zuletzt hatte er alle Menschen getötet, die in der Gegend wohnten. Er mußte weiter fortgehen zu einem großen Dorf, und dort tötete er viele Menschen und gab Nyoko ihre Herzen. Die Menschen wunderten sich, wer alle diese tötete. Ein Jaguar konnte es nicht sein.

Eines Tages kam der Mann wie gewöhnlich in das Dorf, um Menschen zu töten. Vor einer Hütte saß ein Mädchen. Er tötete es mit einem Pfeil und nahm das Herz heraus. Das sah der Bruder, der drinnen im Hause war und Pfeile machte. Er sprang aus dem Hause heraus, entriß dem Mörder den Pfeil und tötete ihn. Die anderen Menschen kamen alle und brachten ihn mitten auf den offenen Platz im Dorf und schossen ihn voll von Pfeilen.

Als nach einigen Tagen der Mann nicht nach Hause kam, wurde seine Frau unruhig. Nyoko war hungrig. Sie fragte sich, was ihrem Mann geschehen sein könne, und sagte dann dem Wurm, er solle seinen Vater suchen.

Zuerst bewegte sich Nyoko nicht. Endlich stand er auf. Er hob den Kopf hoch und richtete sich auf zum Himmel. Als der Kopf den Himmel erreichte, da war der Schwanz noch auf der Erde. Als die Sonne aufging, begann er sich zu erheben, und genau mitten am Tage kam er wieder herunter. Nyoko schaute umher, und da sah er den Mann mitten auf dem offenen Platz im Dorf, voll von Pfeilen.

Nyoko machte sich nun auf den Weg zum Dorf. Er verwandelte sich zuerst in viele verschiedenfarbige Schlangen. Sobald eine Schlange in die Häuser kam, wurde sie von den Menschen getötet. Sogleich kam eine andere von anderer Farbe. Zuletzt legte sich Nyoko um das Dorf, so daß keiner heraus konnte. Die Menschen beschossen die Schlange mit Pfeilen, so daß sie ganz voll von Pfeilen war.

Nyoko wuchs und wuchs so, daß sie zuletzt über das ganze Dorf wuchs und alle Menschen tötete. Dann verwandelte sie sich in einen Mann und weckte den anderen Mann, der sie aufgezogen hatte. Sie aßen alle Herzen der Menschen auf.

Nyoko ist jetzt die Milchstraße.

53. Von dem Regenbogen, Opito

(Mosetene)

Es war einmal ein Mädchen, das war an den Fluß gegangen, und dort verschwand es. Nach einem Jahr kam es zurück und erzählte, sie habe im Wasser einen Mann getroffen und sei bei ihm geblieben. Sie holte Maniok und begab sich wieder an den Fluß. Nach zwei bis drei Jahren kam sie zurück. Nun hatte sie einen kleinen Knaben. Sie holte Maniok, um Chicha zu machen. Dann ging sie wieder an den Fluß zurück. Eines Tages kam sie wieder mit dem Knaben und ließ diesen bei ihrer Mutter und ging dann wieder weg. Zu der Mutter sagte sie, sie solle zusehen, daß der Knabe nicht weinte. Der Knabe wuchs bei der Großmutter auf.

Eines Tages weinte der Knabe, und da begann es zu regnen. Der Knabe wurde rot, gelb, grün, blau, ganz wie der Regenbogen, und dann trieb er das Wasser hinweg.

Wieder kam die Mutter und holte den Knaben. Nach einiger Zeit kam sie wieder, um Maniok zu holen, und da ließ sie den Knaben bei der Großmutter zurück. Sie sagte, sie solle zusehen, daß der Knabe nicht zu weinen anfinge. Eines Tages weinte er aber doch. Es regnete, und er bekam alle Farben des Regenbogens, Opito. Der Knabe trieb das Wasser hinweg. Er blieb immer noch bei der Großmutter.
Eines Tages kam sein Vater und holte ihn und führte ihn zu einem Bach. Dort blieb er, und dort ist er noch. Er war bereits groß geworden.
Wenn der Regenbogen am Himmel erscheint, so ist es der Knabe, der aus dem Wasser aufsteigt und den Regen verjagt.

54. Weshalb die Boaschlangen nicht Menschen fressen

(Mosetene)

Es war einmal eine große Schlange, die fraß viele Menschen auf. Wenn die Kinder an den Fluß gingen, fraß sie sie auf.
Es war ein Mann, der dachte daran, die Schlange zu töten. Er zog seinen »Mari« an. In diesem hatte er ein kleines Messer und gerösteten Mais. Dann nahm er seine Flöte und ging spielend aus dem Dorf hinaus. Da kam die Schlange und verschlang ihn.
Im Magen der Schlange machte er es sich recht bequem wie in einem richtigen Haus. Wenn er hungrig war, aß er von dem Fleisch der Schlange. Die Schlange bekam schreckliche Magenschmerzen. Wenn sie den anderen Schlangen begegnete, sagte sie zu ihnen, sie sollten nie Menschen fressen, denn dann bekämen sie Leibweh.
Als der Mann eine Zeitlang im Magen der Schlange gewesen war, schnitt er ihr das Herz ab, so daß die Schlange starb, und dann schnitt er sich ein rundes Loch durch den Körper der

Schlange und kroch hinaus. Seitdem fressen die Schlangen nicht mehr Menschen.
Als er aus dem Leib der Schlange herauskam, hatte er keine Haare auf dem Körper und war ganz weiß. Er malte sich schwarz mit »Tii«, und das Haar wuchs wieder auf seinem Körper.

55. Der Wildschweinkobold

(Tumupasa-Takana)

Ein Mann wohnte zusammen mit seiner Frau, seiner Schwiegermutter und seinem kleinen Sohn. Der Bruder des Mannes war vor drei Jahren von dem Wildschweindämon geraubt worden, und nun wanderte er mit den Wildschweinen in den Wäldern umher.
Der Mann verstand nicht zu jagen. Er konnte nur Fische mit Gift fangen, hier und da eine Schildkröte greifen und Schildkröteneier sammeln. Er konnte aber keine Wildschweine, keine Spinnenaffen, Brüllaffen oder Waldhühner töten. Seine Schwiegermutter schalt deshalb beständig mit ihm.
»Was bist du für ein Mann, der nicht zu jagen versteht! Wir sind hungrig nach Fleisch! Geh und versuch es noch einmal!« sagte die Alte.
Der Mann war dieses ewigen Zankes müde und dachte: ›Das beste wäre, ich träfe meinen Bruder, dann kann ich ihn begleiten.‹
Eines Tages schimpfte die Alte wieder mit ihrem Schwiegersohn. Er war auf ihrem Acker beschäftigt.
»Wir sind hungrig auf Fleisch. Hätte ich das gewußt, so hätte ich meine Tochter nicht einem Mann gegeben, der nicht jagen kann. Du mußt etwas zu essen nach Hause bringen!« sagte die Schwiegermutttter.
Der Mann versprach, am folgenden Morgen zu gehen, um Fische mit Gift zu fangen, und er bat seine Frau, ihm einige

Bananen zur Wegzehrung zu rösten. Sie röstete einige Bananen. Dann nahm er Gift mit und machte sich früh am folgenden Morgen auf den Weg. Er ging zuerst ganz langsam und überlegte, in welchem Bach er am besten Fische vergiften könne. Dann dachte er an seinen Bruder: ›Wenn ich ihn doch treffen könnte, damit ich nicht immer das Gezänk der Schwiegermutter anzuhören brauchte.‹

Es krachte und grunzte im Wald. Der Bruder, der mit den Wildschweinen lebte, hatte gefühlt, daß sein Bruder an ihn dachte. Er trennte sich von der Herde und traf den Bruder.

»Wie geht es dir, großer Bruder?« fragte der jüngere Bruder.

»Wie geht es dir, kleiner Bruder?« fragte der ältere Bruder.

Der jüngere Bruder berichtete ihm nun, daß seine Schwiegermutter immer mit ihm schelte, und bat, der Wildschweinherde folgen zu dürfen.

»Das darfst du nicht. Es ist eine schwere Arbeit; immer muß ich mit den Schweinen umherstreifen. Wir müssen weit gehen, um Früchte und Wurzeln zu sammeln, und ich muß auf die Bäume klettern, um die Früchte herunterzuschütteln. Ich werde fünf Wildschweine, zwei Eber und zwei Sauen und dann den Wildschweinkobold binden. Die Wildschweine außer dem Kobold sollst du töten, und dann sollst du deine Schwiegermutter hierherschicken, um den Kobold nach Hause zu tragen, den ich so binden werde, als wäre er tot«, sagte der ältere Bruder.

Der jüngere Bruder tötete die Wildschweine, und dann nahm er zwei auf den Rücken und trug sie nach Hause. Als die Schwiegermutter ihn erblickte, rief sie der Tochter zu: »Mach Feuer an, dein Mann kommt schwerbeladen nach Hause!« Als die Alte die Wildschweine erblickte, wurde sie sehr vergnügt. »Wo hast du sie getötet?« fragte sie. »Hier ganz in der Nähe traf ich die Herde«, entgegnete er.

»Wie viele hast du getötet?« fragte sie. »Fünf! Willst du mir nicht helfen, sie nach Hause zu bringen? Es hängt da ganz dicht beim Pfad ein großer Eber. Den kannst du gut nach Hause tragen«, sagte der Mann. Die Schwiegermutter war gleich dazu bereit. Sie wollte den Sohn ihrer Tochter mitnehmen, das hielt der Mann aber für unnötig, denn das Wildschwein hing ja ganz in der Nähe.

Sehr zufrieden wanderte die Alte ihres Weges. An einem Baum am Pfad fand sie den großen Eber aufgehängt. Sie machte ihn los und nahm ihn auf den Rücken, um ihn nach Hause zu tragen. Als die Alte gehen wollte, nahm der Eber die Alte, lief mit ihr davon und trug sie zu der in der Nähe befindlichen Herde.

Dort wurde sie in eine Sau verwandelt – und eine Sau ist sie noch.

56. Die Pfeilketten

(Guarayu)

Abaangui, der Großvater der Guarayu, hatte zwei Söhne. Eines Tages schoß ein jeder von ihnen einen Pfeil zum Himmel, so daß er fest im Himmelsgewölbe haftenblieb. Darauf schossen sie jeder einen zweiten Pfeil in den ersten und so fort, bis zwei Pfeilketten vom Himmel bis zur Erde reichten. An diesen kletterten sie zum Himmel und blieben dort, verwandelt in Sonne und Mond.

57. Warum die Guarayu im Rausch ihre Frauen prügeln

(Guarayu)

Nachdem Abaangui, der Großvater der Guarayu, die Welt geschaffen hatte, fühlte er Hunger, und um ihn zu befriedigen, schuf er die Yuca, den Mais, die Bananen und andere Früchte. Während diese wuchsen und die Früchte reiften, ernährte er sich mit der Frucht Camaapu. Mit so geringer Speise verbrachte er die ganze Zeit, bis die Yuca reif geworden war. Dann schickte er sein Weib aus, eine große Kiepe voll Yuca zu holen, und lehrte sie, Chicha zu bereiten. Als er annahm, daß der Trank fertig sei, bat er sie, ihm ein wenig davon in einer kleinen Schale zu bringen, damit er ihn versuche. Er versuchte ihn, und da er ihn gut fand, bat er um mehr. Darauf brachte sie ihm eine große Schale voll, die der Großvater mit einem Zug hinuntergoß. Die Frau brachte ihm nun Schale auf Schale mit Chicha, und der Großvater trank sie leer, bis er ganz betrunken war. Da nahm er seine Keule, fiel über seine Frau her und prügelte sie fürchterlich. Als sie sich ohne jeden Grund von ihrem Manne so mißhandelt sah, floh sie und verbarg sich im Wald. Bald darauf spürte der Großvater das Bedürfnis, einmal auszutreten; da er aber so betrunken war, torkelte er hin und her und fiel schließlich zu Boden, wo er der Länge nach liegenblieb. Dabei verlor er seine herrliche Federkrone.

Als sein Rausch verflogen war und er in der Hütte seine Frau nicht fand, ging er hinaus in den Wald und rief laut nach ihr. Auf sein durchdringendes Geschrei kam die Frau hervor, und als der Großvater sie erblickte, sagte er zu ihr: »Wo in aller Welt hast du denn gesteckt, Weib, daß ich dich nicht finden konnte?« Da antwortete ihm die Frau: »Ich bin geflohen vor dir aus Furcht, du würdest mich töten. Sieh nur«, setzte sie hinzu, indem sie ihm ihre Wunden zeigte, »wie du mich gestern in deiner Betrunkenheit zugerichtet hast!« Und er darauf ganz hochmütig: »Wozu bist du denn da, Weib? Nun wohl«, fuhr er fort, »so wünsche ich, daß auch meine Enkel, wenn sie betrunken sind, ihre Frauen prügeln!«

Er sprach nicht vor tauben Ohren. Seine Enkel, die Guarayu, haben wörtlich den Befehl des Großvaters befolgt. Niemals haben sie einen Rausch, in dem ihnen die Weiber nicht davonlaufen, nachdem sie von ihrem Gatten tüchtige Prügel bekommen haben.

58. *Tiri und Karu*

(Yurakare)

In alter Zeit versengte ein böser Geist, genannt Sararuma oder Aïma Sunje, das ganze Land der Yurakare. Kein Baum, kein Lebewesen hielt dieser Feuersbrunst stand. Ein Mann, der so vorsichtig gewesen war, sich eine sehr tiefe unterirdische Wohnung zu graben, wohin er sich mit Lebensmitteln für die Dauer des Feuers zurückzog, war allein dem allgemeinen Verderben entwischt. Um sich zu überzeugen, ob die Flammen noch immer dieselbe Kraft hätten, streckte er von Zeit zu Zeit eine lange Gerte aus dem Loch. Die beiden ersten Male zog er sie brennend zurück, aber das drittemal war sie kalt. Er wartete noch vier Tage, bevor er selbst hinausging. Als er traurig dahinschritt über die verwüstete Erde, ohne Nahrungsmittel und ohne Obdach, und sein elendes Los beweinte, erschien ihm Sararuma, ganz in Rot gekleidet, der aus fernen Ländern kam, und sagte zu ihm: »Obwohl ich die Ursache von all dem Übel bin, habe ich dennoch Mitleid mit dir.« Dann gab er ihm eine Handvoll Samen von den für das menschliche Leben notwendigsten Pflanzen und befahl ihm, sie zu säen. Ein herrlicher Wald entstand sofort wie durch Zauberei.

Kurze Zeit darauf befand sich dieser Mann, man weiß nicht wie, neben einer Frau, von der er mehrere Söhne und eine Tochter hatte. Als diese in das heiratsfähige Alter gekommen war, fühlte sie sich sehr einsam. Da fiel ihr Auge auf einen schönen Baum, genannt Ule, der, beladen mit purpurnen Blüten, am Ufer eines Flusses stand. Wenn es ein Mann wäre, sie würde ihn lieben! – Nachdem sich die Jungfrau mit Uruku bemalt hatte, um sich noch mehr zu verschönern, weinte, seufzte, wartete, hoffte sie. Sie hoffte, und es war nicht vergeblich. Der Baum wurde ein Mann, und die Jungfrau war glücklich. Die folgende Nacht war sie nicht mehr allein. Ule, in einen Mann verwandelt, leistete ihr Gesellschaft. Aber Ule verschwand mit der Morgenröte, und die Jungfrau fürchtete, nur ein vorübergehendes Glück gekannt zu haben. Sie vertraute ihre Sorgen ihrer Mutter an, und diese suchte mit ihr nach Mitteln, ihn zurückzuhalten. Ule kam die folgende Nacht wieder. Die junge Braut folgte den Ratschlägen ihrer Mutter, band ihn mit Lianen und hielt ihn so bei sich zurück. Nach vier Tagen willigte Ule ein, zu bleiben und sich mit der Jungfrau zu verheiraten. Man gab ihm die Freiheit wieder.

Mann und Frau genossen ein vollkommenes Glück. Da wurde Ule, als er für mehrere Tage mit seinen Schwägern auf die Jagd nach großen Affen gegangen war, das Opfer eines Jaguars. Die junge Frau, voll Sehnsucht, ihn wiederzusehen, war ihm entgegengegangen, um ihm Chicha zu bringen. Sie erfuhr durch ihre Brüder von dem Unglück, das sie getroffen hatte. Verzweifelt und keine Gefahr fürchtend, wollte sie zu ihrem Ule eilen, um ihm die letzte Ehre zu erweisen. Geführt von ihren Brüdern, kam sie an den blutgetränkten Platz, wo die Gebeine ihres Mannes zerstreut am Boden lagen. In ihrem Schmerz sammelte sie mit der größten Sorgfalt alle Stücke seines Körpers und legte sie aneinander, um ihren Mann noch einmal wiederzusehen. Sie betrachtete ihn und beweinte ihren Verlust. Da wurde ihre Liebe ein zweites Mal belohnt. Ule wurde wieder lebendig und sagte: »Ich scheine gut geschlafen zu haben.« Trunken vor Freude bedeckte die junge Frau ihren Mann mit Liebkosungen, und sie gingen zusammen nach ihrer Wohnung, als Ule, der durstig war, an einem Bach haltmachte, um seinen Durst zu löschen. Zufällig betrachtete er sich im klaren Wasser und sah, daß ihm ein Stück an der Wange fehlte. Als er sich so entstellt sah, wollte er seine Frau nicht mehr begleiten, und sie konnte trotz der inständigsten Bitten ihn nicht von seinem Entschluß abbringen.

Da Ule seiner Frau nicht folgen wollte, nahm er von ihr Abschied und empfahl ihr, wenn sie bei der Rückkehr in ihr

Haus den Weg nicht verlieren wolle, den Fußpfad weiter zu gehen, ohne sich aufzuhalten, besonders aber sich nicht umzuwenden, wenn sie hinter sich Äste oder irgend etwas anderes, was es auch sei, von dem Gipfel der Bäume fallen höre. Dann sollte sie sagen, ohne hinzublicken: »Das ist die Jagd meines Gatten.«

Ganz zitternd von dem, was ihr begegnet war, ging die arme Frau traurig zurück und merkte sich wohl die letzten Ermahnungen Ules. Aber einmal, erschreckt von dem Fall eines großen Blattes, vergaß sie die Belehrungen, die sie empfangen hatte, wandte sich um und verlor dadurch so den Kopf, daß sie sich im Wald verirrte. Indem sie suchte, sich zurückzufinden, eilte sie bald in der einen, bald in der anderen Richtung und fand schließlich einen Weg, der sie nach einem langen Marsch in die Wohnung einer Jaguarfamilie führte. Die Mutter dieser gefräßigen Tiere war allein. Sie empfing die junge Frau sehr freundlich, und damit ihre Söhne, die noch auf der Jagd waren, ihr nichts Böses taten, versteckte sie sie. Bei ihrer Rückkehr witterten die Jaguare, daß etwas Fremdes in der Hütte war. Als sie die junge Frau entdeckt hatten, wollten sie sie zerreißen, aber ihre Mutter wehrte es ihnen. Sie zwangen sie herbeizukommen und befahlen ihr, ihnen die Insekten vom Kopf zu suchen, die sich dort befanden, und sie zu essen. Sie hatten in der Tat den Kopf voll von einer großen Art giftiger Ameisen, genannt Torokote, und als die junge Frau sie essen sollte, konnte sie sich trotz ihres Schreckens nicht dazu entschließen. Da gab ihr die Mutter der Jaguare heimlich eine Handvoll Kalabassensamen. Sie warf die Ameisen auf die Erde und kaute an ihrer Stelle die Samen. Diese List glückte ihr vollkommen bei den ersten drei Jaguaren. Aber der letzte hatte vier Augen. Diejenigen, die er am Hinterkopf trug, sahen den Betrug der jungen Frau und ihren Ungehorsam. Das wütende Tier warf sich auf sie, tötete sie und zog aus ihrem Leib ein Kind, das gerade geboren werden sollte. Er gab es seiner Mutter, damit sie es verschlinge. Diese aber hatte mit dem Kind dasselbe Mitleid wie mit seiner Mutter. Sie steckte es in einen Topf, wie wenn sie es kochen wollte, aber sobald es ihr möglich war, zog sie es wieder heraus, kochte statt seiner eine andere Sache und pflegte das Kind nach bestem Vermögen.

Der Knabe, genannt Tiri, wurde von ihr im geheimen großgezogen und wuchs bald zum Mann auf. Er bewahrte eine große Dankbarkeit für seine Befreierin und brachte ihr heimlich die Beute seiner Jagd. Eines Tages sagte sie zu ihm, eine Paka fresse ihr alle Kürbisse aus ihrer Pflanzung; er solle sie mit Pfeilschüssen töten. Tiri legte sich auf die Lauer, aber er zielte schlecht und schoß der Paka nur den Schwanz ab. Seit dieser Zeit hat die Paka keinen Schwanz mehr.

Die Paka wandte sich um und sagte zu Tiri: »Du lebst in Frieden mit den Mördern deiner Mutter, und mich, die dir nichts Böses getan hat, willst du töten!« Bei diesen Worten, die Tiri nicht verstand, bat er das Tier, zu warten und ihm genauere Aufklärung zu geben. Tiri folgte der Paka zu ihrem Bau, und sie erzählte ihm, daß die Jaguare seinen Vater und seine Mutter getötet hätten. Sie hätten ihn selbst fressen wollen. Seit kurzem hätten sie entdeckt, daß er noch am Leben sei, und wollten ihn nun zu ihrem Sklaven machen. Tiri war überrascht von diesen Enthüllungen, von denen er nicht das geringste gewußt hatte. Voll Wut und aufgereizt durch die Worte der Paka beschloß er, den Tod seiner Eltern an ihren Mördern zu rächen. Er wartete, bis die Jaguare einzeln, beladen mit ihrer Jagdbeute, zurückkamen, und durchbohrte die drei ersten nacheinander mit seinen Pfeilen. Der vierte mit den vier Augen bemerkte den Pfeil und wurde nur verwundet. Er stieg auf den Gipfel der Bäume, um sich zu retten, und schrie: »Bäume, Palmen, beschützt mich! Sonne, Sterne, rettet mich! Mond, hilf mir!« Bei diesen letzten Worten umarmte ihn der Mond und verbarg ihn. Seit der Zeit glauben die Yurakare, ihn im Gestirn der Nacht zu sehen, und die Jaguare sind Nachttiere geworden.

Tiri war mit übernatürlicher Kraft begabt. Als er sah, daß seine Wohltäterin, die Mutter der Jaguare, sehr traurig war über den Tod ihrer Söhne, weil sie nun niemanden hatte, der ihr das Feld bebaute, machte er ihr ein sehr großes Feld in einem einzigen Augenblick.

Tiri, obwohl er der Herr der ganzen Natur war, langweilte sich, weil er allein lebte, und wünschte sich sehnlichst einen Freund. Eines Tages stieß er sich heftig an einem Baumstamm und riß sich dabei den Nagel an der großen Zehe aus. Er legte den Nagel in das Loch, über das er zu Fall gekommen war. Da hörte er dicht hinter sich sprechen, und als er sich umwandte, sah er seinen Nagel verwandelt in einen Mann, den er Karu nannte und der sein Vertrauter wurde. Die beiden lebten in inniger Freundschaft miteinander. Sie verbrachten ihre Zeit auf der Jagd.

Eines Tages waren sie bei einem Vogel zum Essen eingeladen. Sie taten Salz in die Speisen. Als der Vogel davon kostete, fand er dieses Gewürz so angenehm, daß die beiden Freunde ihm alles Salz, das sie hatten, überließen. Aber der Vogel kannte nicht die Eigenschaft des Salzes und war daher wenig besorgt, es zu schützen. Er ließ es im Freien stehen. Ein starker Regen fiel und ließ es schmelzen. – Seitdem haben die Yurakare kein Salz mehr in ihren Wäldern.

Ein anderes Mal hatte ein anderer Vogel sie eingeladen, Chicha zu trinken. Das Gefäß füllte sich von selbst wieder in demselben Maße, wie man es leerte. Tiri, überrascht, wollte sehen, wo die Flut sich aufhielt, und gab dem Gefäß einen leichten Schlag mit der Gerte. Da strömte die Flüssigkeit in solcher Fülle heraus, daß sie die ganze Erde überschwemmte und seinen Freund hinwegraffte. Als die Erde wieder trocken war, suchte Tiri überall seinen Freund. Endlich fand er seine Knochen und belebte sie wieder.

Die beiden Freunde fühlten sich sehr einsam und empfanden den lebhaften Wunsch, andere Wesen zu sehen, die ihnen ähnlich wären. Zu diesem Zweck verbanden sie sich mit

Hokkohühnern. Aus dieser Verbindung wurden von jedem Vogel ein Mann und eine Frau geboren. Die Frauen hatten bei der Geburt die Brüste über den Augen. Tiri mußte sie erst an die Stelle setzen, die sie heute einnehmen. Karus Sohn starb und wurde von seinem Vater beerdigt. Nach einiger Zeit sagte ihm Tiri, er solle gehen und sehen, wo sein Sohn wäre, weil er ihn wieder auferwecken wolle, aber er müsse sich wohl hüten, ihn zu essen. Karu fand auf dem Grab seines Sohnes nichts weiter als einen Strauch Mani, den er ausriß. Diese Pflanze war bedeckt mit Früchten. Karu war begierig danach und aß sie. In demselben Augenblick ließ sich ein lautes Geräusch hören, und Tiri sagte: »Karu ist ungehorsam gewesen und hat seinen Sohn gegessen. Zur Strafe werden er und alle Menschen sterblich sein, unterworfen allen Arbeiten, allen Leiden.«

Kurze Zeit darauf schüttelte er einen Baum, um die Früchte davon zu haben. Es fiel eine Ente herab, und Tiri befahl Karu, sie zu braten und zu essen. Als Karu es getan hatte, sagte er zu ihm: »Diese Ente war dein Sohn, den du gegessen hast.«

Als Karu dies hörte, bekam er einen solchen Ekel, daß er alles, was er im Magen hatte, wieder von sich gab. Da kamen aus seinem Munde Papageien, Tukane und alle den Yurakare bekannten Vögel.

Tiri und Karu besuchten nun das Jaguarweibchen. Als Tiri ihre blutigen Lippen sah, glaubte er, daß sie Menschen begegnet sei und sie gefressen habe. Er schnitt ihr zuerst das Haar vom Kopf und wollte sie dann totschlagen, aber die Jaguarin bat, sie zu schonen; sie würde ihm auch die Wahrheit sagen. Sie hatte in der Tat einen Menschen gefressen, aber einen Menschen, der an dem Biß einer Schlange gestorben war. Diese Schlange fand sich in einem Loch, das die Jaguarin ihm zeigte. Die Schlange tötete so alle Leute, die diesen Ort verließen. Weil die Jaguarin einen Menschen gefressen hatte, der von einem anderen Tier getötet worden war, sagte Tiri zu ihr: »Du und deine ganze Sippe, ihr werdet euch jetzt nähren

von dem, was die anderen töten werden!« Und er verwandelte sie in den Aasgeier. – Daher haben diese Vögel einen nackten Kopf.
Tiri rief einen Storch und befahl ihm, die Schlange zu greifen und zu töten. Da kamen aus dem Loch die Mansiños, die Solostos, die Quichuas oder Incas, die Chiriguanos und alle anderen Völker, die den Yurakare bekannt sind. Die Erde war bevölkert. Es erschien auch ein Mann, der König aller dieser Völker. Da fürchtete sich Tiri und verschloß das Loch. Der Ort, von wo das Menschengeschlecht ausgegangen ist, findet sich in der Nähe eines großen Felsens, genannt Mamore, den niemand ersteigen kann und dem sich niemand nähert; so sehr fürchten die Yurakare eine riesige Schlange, die den Eingang bewacht. Er liegt nahe der Vereinigung der Flüsse Sacta und Sore, an den Quellen des Rio Mamore.
Tiri sagte zu diesen Völkern: »Ihr müßt euch teilen und alle Punkte der Erde bevölkern. Deswegen schaffe ich die Zwietracht und mache euch einander zu Feinden.« In demselben Augenblick fielen von der Sonne viele Pfeile herab, mit denen sich besonders die Chiriguanos bewaffneten. Alle diese Völker bekämpften einander lange Zeit, bis Tiri sie beruhigte; aber jeder sonderte sich ab, da er einen Haß gegen die anderen hatte und immer bewahrte.
Nachdem er seine Aufgabe vollbracht hatte, wollte Tiri nicht mehr in diesen Wäldern leben. Er entschloß sich wegzugehen, so weit er könnte; und um zu erfahren, auf welcher Seite die Erde sich am weitesten erstreckte, sandte er nach Osten einen kleinen Vogel, den er aufgezogen hatte. Dieser kam bald zurück, halb entfiedert. Tiri schloß daraus, daß die Erde auf dieser Seite keine weite Ausdehnung habe. Er sandte ihn nach Norden, und der Vogel kehrte zurück wie das erstemal. Als er ihn aber nach Westen geschickt hatte, blieb der Vogel sehr lange aus und kam zurück mit schönen Federn. Tiri entschloß sich, in diese Richtung zu gehen, und verschwand.

Die Yurakare sagen, er sei nicht tot, er werde niemals sterben. Bei seinem Weggang habe er mehrere Leute mit sich geführt, die unsterblich geworden seien wie er und sich immer wieder verjüngten, wenn sie alterten.

59. Ein Juruna tötet die Sonne

(Juruna)

Kuadê, der Sonnengott, war auch ein Mensch. Er wohnte weit weg und redete in einer anderen Sprache. Die Juruna pflegten in seinem Haus umherzugehen. Nahe seiner Wohnung hatte der Sonnengott ein Loch im Felsen, das war immer voll Wasser. Es war eine Falle, um Tiere zu fangen. Wenn ein Tier seinen Kopf in das Loch steckte, um Wasser zu trinken, war es gefangen. Jeden Tag ging der Sonnengott nachsehen, ob es Beute gäbe. Wenn er etwas fand, tötete er es und trug es nach Hause, um es zu essen. Er fischte nur des Nachts und erhellte das Wasser mit einem Licht, das er auf seinem Gesäß hatte. Sagte jemand, er habe sein Licht gesehen, so beschimpfte und tötete er ihn.

Ein junger Juruna wußte nichts von der Falle des Sonnengottes, dem Loch im Felsen. Eines Tages kam er in die Nähe und war durstig. Da ging er hin, um zu trinken, und blieb mit seiner Hand darin hängen. Als der Sonnengott am folgenden Tag auf seinem Rundgang näher kam, stellte sich der Jüngling tot. Er legte sich hin und rührte sich nicht. Auch sein Herz stand still, denn er hatte große Angst. Der Sonnengott kam und begann ihn zu untersuchen. Er öffnete ihm den Mund und die Augen, er betastete seine Brust und sah, daß alles wie bei Toten stillstand. Da nahm der Sonnengott den jungen Juruna aus dem Loch und legte ihn in einen Korb, um ihn forttragen zu können. Bevor er aber den Korb auf seine Schultern lud, warf er einige Ameisen auf den Jüngling, um zu sehen, ob er auch wirklich tot sei. Der Juruna ertrug die Ameisen, ohne sich zu rühren. Als sie ihn aber in die Augen bissen, rührte er sich ein wenig. Die Keule des Sonnengottes sah die Bewegung und wollte sogleich zuschlagen, aber ihr Herr ließ es nicht zu und sagte, der Juruna sei schon ganz tot. Dann trug der Sonnengott den Korb mit dem Körper bis in die Nähe seines Hauses und hängte ihn auf den Ast eines Baumes. Am Tag darauf bat er seinen Sohn, den Korb ins Haus zu bringen. Der Sohn des Sonnengottes ging hin, aber der Juruna war nicht mehr dort. Er war in der Nacht geflohen. Als der Sonnengott dies erfuhr, warf er ihm sogleich seine Keule nach. Die Keule flog und erschlug bald darauf einen Hirsch. Der Sonnengott sagte, daß er etwas anderes gewollt habe, und verfolgte den Flüchtling, bis er ihn, in der hohlen Wurzel eines Baumes versteckt, auffand. Die Keule kam und begann sogleich gegen den Stamm zu schlagen. Als sie sah, daß dies nichts nützte, schnitt sie einen Stock ab und begann damit in die Öffnung zu stechen. Der Juruna wurde am ganzen Körper verletzt, aber er blieb weiter in der Höhle. Da es schon sehr spät war, versperrte der Sonnengott das Loch mit einem Stein und sagte zur Keule: »Morgen wollen wir wiederkommen und ihn ganz töten.«

In der Nacht, als der Sonnengott nicht da war, kamen alle Tiere – der Tapir, das Schwein, der Hirsch, der Affe, der Paca und die Cutia –, um dem jungen Juruna aus der Höhle zu helfen, in die er hineingeklettert war. Von drinnen bat er sie:

»Hackt den Baum auf, damit ich herauskommen kann.«

Die Tiere begannen zu hacken. Als ihre Zähne abbrachen, suchten sie andere Tiere, die weiterarbeiteten. Der Tapir konnte eine kleine Öffnung machen. Der junge Juruna steckte seinen Kopf heraus und bat die Tiere, noch ein wenig weiterzumachen. Die Cutia und der Paca vergrößerten schließlich das Loch, und so konnte er herausklettern. Als der

Sonnengott kam, fand er ihn nicht mehr. Der Jüngling war inzwischen schon nach Hause gegangen. Dort erzählte er seinen Verwandten, was er erlebt hatte, und sagte, daß ihn der Sonnengott beinahe getötet hätte. Drei Tage darauf sagte er zu seiner Mutter, er wolle wieder Kokosnüsse pflücken gehen. Die Mutter bat ihn weinend, nicht zu gehen.
»Geh nicht fort, mein Sohn, denn der Sonnengott wird dich töten.«
Da schnitt sich der Jüngling sein Haar, bemalte sich mit Genipapo und sagte dann der Mutter, daß der Sonnengott ihn so nicht wiedererkennen werde.
»Hab keine Angst. Der Sonnengott wird mich nicht erkennen. Nun sehe ich anders aus.«
So sprach er und ging in den Wald. Er kletterte auf die erste Inajápalme, die er sah, und pflückte Kokosnüsse. Der Sonnengott ging in der Nähe vorbei und glaubte, ein Affe sitze oben in der Palme. Als er sah, daß es ein Mensch war, und er den Juruna wiedererkannte, sagte er:
»Neulich habe ich dich fast getötet. Heute aber wirst du sterben.«
»Ich bin nicht der, für den du mich hältst. Ich bin ein anderer«, sagte der Jüngling von oben.
Aber der Sonnengott wußte alles und antwortete:
»Du bist es. Steig herunter, denn nun werde ich dich töten.«
Da bat der Juruna den Sonnengott vom Wipfel der Palme aus, ein Bündel Kokosnüsse aufzufangen, das er hinunterwerfen werde.
»Fang zuerst dieses Bündel, das ich hinunterwerfe.«
»Wirf!« sagte der Sonnengott.
Der Jüngling warf das Bündel, und der Sonnengott fing es auf. Es war nur klein, dieses erste Bündel, das er warf. Der Jüngling bat noch einmal von oben:
»Fang noch dieses.«
Und er warf ein großes, sehr schweres Bündel hinunter. Der

Sonnengott wartete und streckte die Arme nach oben. Das Bündel fiel ihm direkt auf die Brust und tötete ihn. Als der Sonnengott starb, wurde alles dunkel. Mit dem Tod ihres Herrn verwandelte sich die Keule augenblicklich in eine Schlange, die Salamanta (uandaré – Keule des Sonnengottes). Das Blut, das aus der Wunde des Sonnengottes floß, wurde zu Spinnen, Ameisen, Schlangen, Tausendfüßlern und anderen Tieren. Diese Schlangen und Spinnen, die den Boden bedeckten, ließen den Juruna nicht von der Palme heruntersteigen. So sprang er wie die Affen von Baum zu Baum. Er kletterte erst hinunter, als er sah, daß der Boden leer war. Als er schließlich unten war, suchte er den Weg und kehrte ins Dorf zurück. Dort sagte er zu seiner Mutter:
»Ich habe den Sonnengott getötet.«
»Warum hast du das getan? Ich habe dir gesagt, du sollst nicht fortgehen. Nun ist alles dunkel«, klagte die erschrockene Mutter.
Durch die Dunkelheit begannen alle Kinder zu sterben, denn niemand konnte fischen, jagen oder arbeiten. Im Dorf des Sonnengottes wußte seine Frau schon von seinem Tode. Sie sagte zu ihren drei Söhnen, die schon Hunger litten:
»Euer Vater ist gestorben, weil er gerne Menschen tötete. Welcher von euch will an seine Stelle treten?«
Zuerst versuchte es der älteste von ihnen. Sobald dieser den Federschmuck des Vaters auf den Kopf gesetzt hatte, fand er ihn auch schon sehr heiß. Er stieg und stieg in die Höhe, als es aber fast Morgen wurde, konnte er die Hitze nicht länger ertragen und kehrte zurück. Nun war der nächste, der mittlere, an der Reihe. Er setzte den Federschmuck auf und stieg in die Höhe. Er kam ein wenig höher als der erste, dann hielt er es aber auch nicht aus, kam zurück und sagte, die Hitze sei zu groß. Es blieb nur noch der Jüngste. Die Mutter fragte ihn, ob er an die Stelle des Vaters treten wolle, und er sagte ja. Er schmückte sich mit den Federn und stieg in die Höhe. Da aber die Hitze sehr groß war, ging er schnell und

versteckte sich bald auf der anderen Seite. Als er nach Hause zurückgekehrt war, sagte seine Mutter zu ihm:
»Du konntest die Hitze ein wenig ertragen, aber du mußt das nächste Mal langsamer gehen, damit man fischen, jagen und arbeiten kann. Du darfst nicht laufen.«
Der jüngste Sohn des Sonnengottes machte sich wieder auf den Weg und ging diesmal langsam. Die Mutter hatte ihm aufgetragen, auf halbem Weg zu rasten, dann langsam zu sinken und nochmals ein wenig stehenzubleiben, bevor er auf der anderen Seite einträte. Als die Mutter ihren Sohn den ganzen Weg richtig machen sah, weinte sie und sagte:
»Nun bist du an die Stelle deines Vaters getreten und wirst nicht mehr zu mir zurückkehren.«
Und von oben sprach der Sohn:
»Nun kann ich nicht mehr kommen und bei dir wohnen. Ich werde immer hier oben bleiben.«
Als die Mutter dies hörte, weinte sie abermals.

60. Der schlafspendende Baum

(Juruna)

Eines Tages ging Uaiçá jagen. Da sah er im Wald viele, ja sehr viele tote Tiere unter einem Baum liegen. Uaiçá stand und schaute, ohne zu verstehen, wie dies geschehen konnte. Während er nachdachte, ging er um den Baum herum. Kaum befand er sich unter ihm, da fühlte er sich benommen, fiel hin und schlief sogleich. Er hatte viele Träume. Er träumte von singenden Leuten, vom Tapir und allen anderen Tieren. Im Traum sah er auch einen Vorfahren der Juruna, Sinaá. Dieser sprach viel mit ihm. Als Uaiçá erwachte, machte er sich sofort auf den Heimweg, denn es war spät, und die Sonne ging schon unter. Am nächsten Tag kehrte er zu dem Baum zurück, fiel abermals hin und schlief unter ihm. Er träumte dieselben Dinge: von Sinaá, singenden Leuten, von Tieren und den Seinen. Einige Tage lang kam Uaiçá zu dem Baum, unter dem er immer, nachdem er eingeschlafen war, dieselben Träume hatte. Seit dem ersten Tag fastete er. Er aß nichts. Während des letzten Besuchs sagte Sinaá im Traum zu Uaiçá:

»Komm nicht mehr unter diesen Baum. Es ist genug.«

Nachdem Uaiçá aufgewacht war, schabte er ein wenig von der Baumrinde ab und ging zum Flußufer. Dort machte er daraus einen Tee und trank ihn. Da war er berauscht, sprang ins Wasser und fing mit der Hand Fische. Er fing den Tucumaré und noch andere Fische. Als er ins Dorf zurückkam, wollte sein Großvater wissen, warum er jeden Tag in den Wald ginge. Nun erzählte ihm Uaiçá von dem Baum und allen Träumen. Der Großvater wollte den Baum sehen, und so führte ihn Uaiçá hin. Der Alte schlief, aber er träumte nur wenig und wollte nicht mehr zurückkehren. Er ging nur einmal hin. Die anderen Juruna wußten nichts davon. Uaiçá ging nicht mehr zu dem Baum. Er trank nun den Tee, den er aus der geschabten Rinde braute, und erwarb so viele Fähigkeiten. Er begann zu zeigen, was er konnte, als er ein sehr krankes Kind gesundmachte, das der Zauberarzt nicht hatte heilen können. Die Juruna staunten und fragten sich untereinander:

»Wie kann Uaiçá, der so jung ist, das tun, was der Zauberarzt nicht kann?«

Und durch die plötzlichen Fähigkeiten Uaiçás neugierig geworden, gingen sie zu ihm und fragten ihn, wie er das Kind hatte heilen können. Da antwortete er:

»Nicht ich habe es geheilt. Es war ein anderer.«

Uaiçá heilte noch weitere, und bald galt er bei den Juruna als großer Zauberarzt. Er zog die Krankheit mit der Hand aus dem Körper. Alle Kranken, Männer, Frauen und Kinder, wurden zu ihm gebracht, und alle wurden wieder gesund.

Einige Zeit später erzählte Uaiçá, was ihm widerfahren war. Er sprach davon, wie er den Baum gefunden hatte, er erzählte von seinen Träumen, von den Gesprächen mit Sinaá und von allem anderen. Uaiçá hatte immer noch Träume, und in ihnen versetzte er sich in die Nähe Sinaás, um von ihm zu lernen. Von dort brachte er alles, was die Juruna wollten. Jedesmal, wenn er schlief, sprach er mit Sinaá. Einmal sagte dieser zu ihm:

»Du mußt genauso sein wie ich und immer unseren Leuten helfen.«

Uaiçá hatte keine Frau. Die Juruna wollten, daß er heirate, aber er wollte nicht. Es wohnte nur das Kind bei ihm, das er als erstes geheilt hatte. Während der Träume holte er alles, worum ihn das Kind bat: Halsschmuck und andere Dinge. Weil ihn die Juruna so oft darum baten, heiratete er schließlich. Wenn er jagen ging, schickte er immer seine Hütte voraus, damit sich seine Leute bei Regen unterstellen könnten. Darum und wegen alles anderen, was er für sie tat, mochten die Juruna Uaiçá sehr gerne und sie sagten immer zueinander:

»Nun haben wir es gut, denn ein neuer Sinaá ist unter uns erschienen.«

Eines Tages aber geschah etwas sehr Schlechtes. Als Uaiçá vom Fischfang zurückkam, erfuhr er, daß seine Frau mit einem anderen Mann geschlafen hatte. Uaiçá schwieg. Dann rief er, wie immer, seine Leute, damit sie die Fische äßen, die er gebracht hatte. Nachdem er sie verteilt hatte, bat er seine Frau, ihm Wasser vom Fluß zu holen, damit er sich waschen könne. Die Frau ging fort, und ihr Liebhaber folgte ihr. Ein wenig später ging auch Uaiçá zum Fluß. Dort sah er seine Frau auf dem Schoß des Mannes sitzen, der ihr gefolgt war. Uaiçá sagte nichts. Er schaute nur mit den Augen, die er auf dem Rücken hatte. Als die Frau aufstehen wollte, konnte sie es nicht. Bald darauf kam die Schwiegermutter Uaiçás zum Flußufer. Als sie die Tochter so sah, schlug sie sie und den

Mann. Die Frau versuchte abermals, sich zu befreien, aber als es ihr nicht gelang, schleppte sie sich, wie sie war, zum Fluß, bis sie hineinfiel. Da blies Uaiçá die beiden an, und sie wurden zu Schweinsfischen, sprangen ins Wasser und streiften darüber.
Der Schwiegervater und der Schwager Uaiçás waren sehr böse auf ihn und wollten ihn töten.
»Wie werden wir Uaiçá töten?« fragte einer den anderen.
Schließlich beschlossen sie, ihn mitten im Dorf zu töten, wenn er äße. Der Schwager bereitete alles vor. Am verabredeten Tag brachte er viele Fische auf den Platz und rief alle zusammen. Auch Uaiçá war eingeladen, und er ging hin. Er setzte sich auf eine Bank und begann zu essen. Der Schwager nutzte die Gelegenheit und trat mit erhobener Keule hinter ihn. Uaiçá sah seine Bewegung mit den Augen, die er auf dem Rücken hatte. Als die Keule niederfiel, entkam er und verschwand sogleich mit seiner ganzen Habe, Hängematte, Waffen und allem anderen, in der Erde. Er drang in den Boden ein und kam weit von dem Platz heraus. Mit ihm verschwand auch sein Haus, sein Acker und alles übrige.
Einige Zeit später machten sich die Leute aus dem Dorf auf die Suche nach ihm. Sie trafen ihn weit entfernt an. Er jätete sein Feld. Der Schwager sprach mit ihm und sagte:
»Wir wollten dich töten, weil du meine Schwester in ein Tier verwandelt hast. Nun werden wir dir nichts mehr tun. Wir haben schon alles vergessen.«
Der Schwager log. In Wirklichkeit wollte er Uaiçá töten. Uaiçá aber glaubte ihm und kehrte in sein Dorf zurück. Wieder ging der Schwager fischen. Als er mit den Fischen ankam, fragte er seine Gefährten:
»Wie wollen wir es machen? Ich glaube, es wäre besser, die Fische auf den Felsen zu bringen, wo er nicht in den Boden eindringen kann.«
So brachten sie die Fische zu dem Felsen. Sie riefen Uaiçá und

gaben ihm eine Bank, damit er sich wieder setze. Uaiçá setzte sich und aß zusammen mit den anderen. Wie das letzte Mal trat sein Schwager langsam mit der Keule hinter ihn. Uaiçá sah es mit seinen Augen auf dem Rücken, sah ihn und wich dem Hieb aus. Die Keule schlug auf dem Boden auf und zerschlug den Felsen. Uaiçá stieg mit allen seinen Leuten und seiner Habe in die Öffnung, welche die Keule hinterlassen hatte, und sagte, bevor er endgültig verschwand:

»Nun werde ich nicht mehr zurückkehren, um bei euch zu wohnen. Ihr werdet immer nur Pfeile und Keulen verwenden. Ich wollte euch noch andere Dinge lehren, die Sinaá mir aufgetragen hatte, euch zu sagen. Nun gehe ich fort und werde nie wieder kommen.«

Uaiçá ist immer noch im Pedra Seca, einem Felsen im mittleren Xingu. Alles, was er besaß, ist noch dort. Es ist alles zu Stein geworden. Berührt jemand etwas davon, die Töpfe, die Pfeiler, so wird er krank und stirbt. Will jemand dort einen Acker bestellen, so trägt der Wind alles davon. Vor langer Zeit gingen die Juruna dort vorüber und sahen die geöffnete und erhobene Hand Uaiçás auf einem Stein. Dort wohnt er. Er wollte, daß die Juruna hineinkämen, aber diese fanden die Tür nicht und hatten Angst.

61. Das verzauberte Boot

(Kamaiurá)

Einmal beschloß ein Mann, ein Kanu aus Jatobárinde zu bauen. Als er damit fertig war, brachte seine Frau ein Kind zur Welt. Nun konnte er aber mit einem neugeborenen Kind zu Hause nicht arbeiten gehen, blieb daheim und konnte das Kanu nicht ins Wasser ziehen. So blieb es im Wald liegen. Einige Tage später, als er wieder arbeiten konnte, sagte er zu seiner Frau:

»Ich glaube, mein Kanu wird schon verdorben sein, aber ich werde hingehen und sehen, in welchem Zustand es ist.«
Er kam hin und fand es nicht. Es war nicht mehr dort, wo er es gelassen hatte. Der Mann setzte sich neben den Jatobábaum und dachte nach, was mit dem Kanu geschehen sein könnte. Bald darauf hörte er ein Geräusch im Wald, und wenig später sah er, daß es das Kanu war, das allein zu seinem Platz zurückkehrte.
»Was ist das? Mein Kanu wird zu etwas Lebendigem? Es wird ein Tier!«
So sprach er und schaute. Er sah, daß das Kanu Augen hatte, eines auf jeder Seite des Bugs.
›Ich will einsteigen‹, dachte er.
Und er setzte sich hinein und sagte:
»Kannst du mich forttragen?«
Das Kanu rührte sich ein wenig und ging dann in die Richtung des Sees. Sobald es ins Wasser kam, begannen die Fische hineinzuspringen. Das Kanu fraß sogleich alle Fische. Und im selben Augenblick sprangen wieder Fische hinein. Diese gab Igaranhã seinem Herrn. Dann stieg das Kanu aus dem Wasser und kroch zu seinem Platz im Wald. Als es beim Jatobábaum angekommen war, nahm der Mann die Fische, stieg aus und sprach:
»Bleib schön ruhig hier, ich werde wiederkommen.«
Als er dies gesagt hatte, ging er mit seinen Fischen nach Hause. Dort fragte ihn seine Frau:
»Wo hast du so viele Fische gefangen?«
»Ich habe einen sehr guten Platz zum Fischen gefunden.«
Einige Tage später sagte er zu seiner Frau, daß er wieder fischen gehen wolle. Er ging hin und fand das Kanu nicht unter dem Jatobábaum. Es war unterwegs. Nach einiger Zeit hörte er etwas kriechen. Es war das Kanu, das kam. Sein Herr blieb sitzen und schaute. Das Kanu kam an, blieb stehen und schaukelte ein wenig hin und her. Der Mann sagte zu sich selbst:

»Wenn es sich so bewegt, dann ruft es mich. Ich will einsteigen.«
So sprach er und stieg ein. Das Kanu kroch zum See und ging sogleich ins Wasser, als es dort angekommen war. Sofort begannen auch die Fische hineinzuspringen. Der Fischer wollte gleich alle nehmen, aber als er anfing, sie einzusammeln, wurde er von Igaranhã verschlungen.
Igaranhã war böse, weil die ersten Fische für ihn sein sollten. Der Mann war sehr voreilig und wurde deshalb verschluckt. Zu Hause wartete die Frau auf ihn, doch er kam nie wieder zurück.

62. Der Tapir und die Sterne

(Kamaiurá)

Es gab einen Genipapobaum, zu dem die Kinder jeden Tag kamen. Sie kletterten auf den Baum, pflückten die reifen Früchte und aßen sie oben sitzend. Auch der Tapir, auch Anta genannt, ging täglich hin, um Genipapofrüchte zu suchen, hatte aber niemals Glück. Die Kinder pflückten sie nicht nur, sondern sammelten auch alle, die auf den Boden gefallen waren. Jedesmal hatte der Tapir den Weg umsonst gemacht.
Eines Morgens gingen die Kinder zum Genipapobaum. Sie machten sich früh auf den Weg. Wie immer aßen sie die Früchte, die sie auf dem Boden fanden, und stiegen dann auf den Baum, um die zu essen, die noch oben hingen. Nachdem alle Kinder hinaufgeklettert waren, kam der Tapir. Als er sich langsam näherte, bemerkte eines der Kinder:
»Da kommt der Alte.«
Der Älteste von ihnen sah den Tapir kommen und riet den anderen: »Wir wollen dem Tapir ein wenig Genipapo geben, sonst wird er böse auf uns.«
Als der Tapir kam, schaute er von unten hinauf und fragte die Kinder:

»Gibt es viel hier?«
»Hier oben gibt es ziemlich viel.«
»So wirf mir ein wenig herunter«, bat der Tapir.
Die Kinder warfen einige Genipapofrüchte hinunter, und der Tapir begann zu fressen. Nachdem sie ihm zuerst ganze Früchte zugeworfen hatten, fingen sie an, nur noch die Schalen fallen zu lassen. Da wurde der Tapir böse auf sie und schlug mit dem Fuß gegen den Baumstamm, so daß alle Kinder zu Boden stürzten. Nur ein einziger Junge blieb auf dem Baum. Er fiel nicht herunter, als der Baum durch den Fußtritt des Tapirs erschüttert wurde. Von oben sagte er zu denen, die heruntergefallen waren:
»Warum habt ihr dem Tapir Schalen hingeworfen?«
Als die Kinder hinunterstürzten, zertrat und begrub der Tapir sie alle mit seinem Fuß. Nachdem er die Kinder getötet und begraben hatte, ging der Tapir sehr weit fort. Einige Zeit später kamen die begrabenen Kinder wieder zu Leben, einige als kleine Tracajá-Schildkröten, andere sogar als Menschen. Der Junge auf dem Baum sagte zu ihnen:
»Geht es euch gut da unten?«
»Es geht uns allen gut. Hast du gesehen, wohin der Tapir gegangen ist?«
Nachdem der Junge vom Baum aus die Richtung gezeigt hatte, sagten die Kinder unten:
»Wir müssen diesen Tapir töten.«
Alle brachen in die Richtung auf, in die der Tapir gegangen war. Nach einer Weile fanden sie einen Kothaufen und fragten ihn:
»Wohin ist dein Herr gegangen?«
»Er ist in diese Richtung gegangen, und es ist schon lange her, daß er hier war.«
Die Kinder setzten ihren Weg fort und fanden weitere Kothaufen. Sie stellten ihnen dieselbe Frage und erhielten dieselbe Antwort, daß der Herr schon vor langer Zeit dort gewesen sei. So verfolgten die Kinder tagelang den Tapir von

Kothaufen zu Kothaufen. Nachdem sie viele Monde gegangen waren, begannen sie frischeren Kot zu finden:
»Wann ist dein Herr hier gewesen?«
»Vor fünf Tagen«, war die Antwort.
Da waren die Kinder froh und gingen schneller weiter. Ein anderer Kothaufen, den sie einige Tage später fanden, war noch feucht. Der nächste dampfte noch. Als die Kinder diesen letzten fragten, sagte er, sein Herr sei am selben Tag dortgewesen. Sie setzten ihren Weg fort und fanden ein Stück weiter ganz frischen Kot. Bald darauf fanden sie den Tapir. Er lag dort und schlief. Sogleich töteten sie ihn mit Spießen und Keulen. Sie schnitten ihn in Stücke, machten einen Scheiterhaufen und brieten das ganze Fleisch. Sie brieten alles, den Kopf, die Beine, das Hinterteil, alles. Dann aßen sie. Da die Kinder aber sahen, daß sie sehr weit fort waren, beschlossen sie, in den Himmel zu steigen. Zuerst schickten sie den Scheiterhaufen in den Himmel, dann stiegen sie selbst hinauf. Im Himmel blieben sie alle auf einem Fleck beisammen. Es sind die Sterne, die man in der kalten Jahreszeit im Süden und in der heißen im Norden sieht.

63. Das Schicksal der Toten

(Kamaiurá)

Aravutará hatte einen Freund, der war sein ständiger Begleiter. Sie jagten gemeinsam, sie fischten gemeinsam, sie gingen zusammen auf das Feld, und sie machten gemeinsam ihre Arbeit und ihre Spaziergänge. Sie trennten sich keinen Augenblick. Sie waren gute Freunde. Die zwei sprachen immer darüber, was sie machen würden, wenn einer von ihnen stürbe. Und sie machten aus, daß der, der als erster sterbe, vom anderen gesucht werden müsse. Aravutará sagte:
»Wenn ich sterbe, so wirst du mich suchen, bis du mich findest. Dasselbe werde ich tun, wenn du zuerst stirbst.«

Der andere sagte: »Wir können nicht voneinander getrennt bleiben, denn wir werden die Sehnsucht nicht ertragen können.«
So redeten die Freunde alle Tage. Und immer sagten sie, daß der, der lebendig bleibe, Pfeil und Bogen für den Toten machen müsse, damit dieser dort oben im Himmel fischen und jagen könne. Eines Tages wurde Aravutarás Freund schwer krank und ließ ihn rufen.
»Mein Freund«, sagte er, »ich bin sehr krank und werde bald sterben.«
Als Aravutará dies hörte, wurde er traurig und versuchte den Freund zu ermuntern. Er sagte ihm, daß diese Krankheit nicht ernst sei und er wieder gesund würde. Aber der Kranke glaubte es nicht und fuhr fort:
»Es ist nichts mehr zu machen. Diesmal werde ich wirklich sterben.«
Zwei Tage nach diesem Gespräch starb der Gefährte Aravutarás. So wie er es mit dem Freund zu dessen Lebzeiten ausgemacht hatte, begann Aravutará den Geist des Toten überall dort zu suchen, wo dieser in seinem Leben oft gewesen war. Jeden Tag ging Aravutará hin und rief dort mehrmals seinen Gefährten. Er wurde nicht müde, seinen verschwundenen Freund da und dort zu suchen. Eines Tages, als Sonnenfinsternis war, sagte Aravutará seiner Mutter, daß er seinen Gefährten finden werde:
»Mein Freund bat mich, ihn an einem Tag zu suchen, an dem sich die Sonne verfinstert. Deshalb bin ich sicher, ihn nun zu finden.«
So sprach er und ging fort. Er ging einen Weg entlang, wählte einen Platz, setzte sich und wartete. Die Nacht kam, und Aravutará blieb sitzen und wartete weiter. In der Frühe begann er mit sich selbst zu sprechen:
»Mein Gefährte läßt auf sich warten. Es dauert lange, bis er kommt.«
Nachdem er lange gewartet hatte, kehrte er nach Hause

zurück. Früh am nächsten Morgen ging er wieder zu dem Weg. Als er schon müde war, begann er sich leise über das Warten zu beklagen. Im selben Augenblick hörte er das Lachen der Mamaé, der Geister, die langsam näher kamen. Bald darauf begannen die Mamaé an ihm vorüberzugehen. Da sie den Geruch der Lebenden nicht gerne haben, beklagten sie sich über den Geruch Aravutarás und sagten:

»Hier ist jemand, der riecht schlecht, der hat noch einen Körper.«

Alle sagten dasselbe, als sie an Aravutará vorbeigingen. Sie kamen alle, mit Federn geschmückt, und trugen Pfeil und Bogen mit sich. Aravutará suchte den Gefährten unter denen, die bei ihm vorbeikamen. Da er den Freund nicht sah, fragte er einen Mamaé, der an ihm vorüberging:

»Kommt mein Freund?«

»Er kommt dort hinten als letzter«, antwortete der Mamaé.

Und die Mamaé gingen weiter, einer hinter dem anderen. Hinter allen kam der Gefährte Aravutarás. Er kam lachend daher. Aravutará hörte es. Als er nahe war, sprach der Geist des Freundes:

»Nun denn, mein Gefährte, haben wir nicht ausgemacht, daß der eine den anderen suchen gehe, wenn einer stürbe?«

»Deshalb bin ich hier. Ich bin gekommen, dich zu suchen.«

So sprachen sie eine Weile miteinander. Da fragte Aravutará den Freund:

»Wohin geht ihr?«

»Wir gehen zum Fest, um mit den Vögeln zu kämpfen.«

»Ich gehe mit euch.«

»Es ist sehr gefährlich, du solltest nicht mitkommen.«

»Ich muß trotzdem gehen. Wir sind Freunde, darum muß ich mit dir gehen. Ich muß gehen, weil wir immer gemeinsam gingen.«

»Nun, so gehen wir. Hast du Pfeile?«
»Nein.«
»So mußt du sie holen.«
Da bat Aravutará:
»Mein Freund, laß mich nicht zurück. Warte hier auf mich.«
Als Aravutará fortging, befahl ihm der Geist des Freundes, genügend Tuaví, das sind Matten, mitzubringen, um die Vogelfedern aufzubewahren. Aravutará ging nach Hause und kehrte sogleich zurück. Als er an den Ort kam, wo er sich von seinem Freund getrennt hatte, begann er ihn zu rufen:
»Mein Freund, bist du hier?«
»Ja, ich bin hier und warte auf dich.«
Aravutará brachte Bogen, Pfeile und Nhumiatotó, eine Mundharmonika aus Bambusrohr. Dann begannen die zwei miteinander zu reden:
»Wir werden unterwegs schlafen müssen, um dorthin zu kommen, wohin wir gehen. Aber du darfst nicht schlafen«, sagte der Tote.
Nachdem sie ein Stück Weges gegangen waren, kamen sie zu dem Ort, wo sie übernachten wollten. Der Geist des Freundes sagte zu Aravutará:
»Schlaf nicht, mein Gefährte. Leg dich nur hin, schlaf nicht.«
So sprach er und blieb neben dem Feuer sitzen. Nach einiger Zeit sagte er zu Aravutará:
»Mein Freund, möchtest du, daß ich mich in deine Hängematte lege?«
Aravutará sagte ja. Der Freund legte sich hin und sprach:
»Hab keine Angst vor mir.«
Und sie blieben beisammen liegen. Trotz der Warnung schlief Aravutará ein wenig, erwachte und stand auf. Dann legte er sich wieder hin und schlief abermals ein. Kurz darauf wachte er wieder auf und erhob sich von neuem. Dann legte er sich

hin und schlief ein. Als er das dritte Mal erwachte, blickte er nach seinem Gefährten und sah, daß er zu einer Schlange geworden war. Da hatte Aravutará Angst und sagte:
»Was ist mit dieser Schlange, die da bei mir liegt?«
So sprach er und drehte die Hängematte um. Die Schlange fiel neben das Feuer und sagte:
»Was ist los, mein Freund? Willst du mich verbrennen? Ich bin dein Gefährte. Ich habe dir gesagt, du sollst keine Angst vor mir haben.«
So sagte sie, stand auf und nahm wieder die Form des Geistes an. Alle Mamaé wurden im Schlaf zu Schlangen. Der Geist des Gefährten Aravutarás kam nicht mehr zu ihm in die Hängematte, nachdem er auf den Boden geworfen worden war. Er blieb neben dem Feuer sitzen. Aravutará schlief, und als er erwachte, sah er, daß der Freund wieder zu einer Schlange geworden war. Er sah, daß sich alle Mamaé in Schlangen verwandelt hatten. Am nächsten Tag setzten die Mamaé die Reise fort. Auf einmal kamen sie auf ihrem Weg zu einer Gegend, wo Sapégras wuchs, und hatten Angst, auf die Triebe zu steigen. Sie fürchteten sich, sie könnten sich verletzen und dann sterben. Deshalb hatten sie Angst, darüberzugehen. Die Mamaé dürfen sich nicht verletzen, denn wenn sie sterben, sterben sie für immer. So blieben sie stehen und warteten auf Aravutará.
Aravutará kam und fragte seinen Gefährten, was los sei. Dieser erklärte, es seien harte Dornen vor ihnen.
»Diese Dornen sind nicht arg, warte, ich werde vorausgehen«, sagte Aravutará.
Er übernahm die Führung, brach die Triebe und trat sie mit dem Fuß nieder. Die Mamaé folgten ihm. Ein Stück weiter trafen sie die Arutsam, die Kröten, und hatten Angst. Die Arutsam hatten Keulen in den Händen. Die Mamaé wichen zurück. Aravutará kam und fragte, was es gäbe.
»Sie sagen, daß große Tiere auf unserem Weg sind«, antwortete der Geist des Freundes.

»Laß mich sehen. Das ist gar nichts«, sagte er, als er sah, daß es Kröten waren. Dann nahm er ein Stück Holz und tötete sie alle. Als der Gefährte Aravutarás dies sah, bemerkte er: »Siehst du, mein Freund? Wärest du nicht mit uns gekommen, so wären wir durch die Hand der Kröten oder dort im Sapégras für immer umgekommen.«
Als der Weg frei von Arutsam war, setzten sich die Mamaé wieder in Marsch. Aber ein Stück weiter trafen sie die Krebse, die waren alle mit Tacape, mit Keulen, bewaffnet und warteten auf die Reisenden. Diese blieben wieder stehen und warteten.
»Was gibt es nun?« fragte Aravutará, als er hinkam.
»Dort vorne sind große Tiere, die uns töten«, erklärte der Freund.
»Das ist nicht schlimm«, sprach Aravutará, als er die Krebse sah.
Und er ging, zertrat und tötete sie alle. Als der Weg frei war, gingen die Mamaé weiter, kamen aber bald zu einem Bach, den sie nicht durchqueren konnten. Da legten sie ein Holz darüber, aber es paßte nicht und rollte fort. Nun hatten sie Angst, darüberzugehen, und wichen ein wenig zurück. Aravutará kam und fragte sogleich, warum sie umgekehrt seien. Sein Gefährte erklärte ihm, der Grund hierfür sei ein großes Tier. Aravutará schaute und sah, daß das Holz vom Wasser bewegt wurde. Da trat er näher und befestigte die Brücke, bis sie sicher war. Als er damit fertig war, sagte er:
»Es ist soweit, ihr könnt darübergehen.«
Die Mamaé gingen darüber und setzten ihre Reise fort. Ein Stück weiter stießen sie auf Feuer und blieben stehen. Aravutará löschte das Feuer, und sie gingen weiter. Es war noch früh, als sie sich dem Dorf der Vögel näherten. Als diese die Mamaé kommen sahen, flogen sie in ihre Richtung. Der Gefährte Aravutarás fragte:
»Wer geht als erster?«

»Ihr«, antwortete Aravutará. »Ich möchte sehen, wie ihr kämpft.«
Da gingen die Mamaé den Vögeln entgegen. Als sie aufeinanderstießen, begannen diese die Mamaé mit Schnabelhieben zu töten. Einer nach dem anderen starb. Aravutará sagte zu seinem Gefährten:
»Wir müssen unsere Körper mit Kohle bemalen, um den Vögeln Angst zu machen.«
Da färbten sich die beiden mit Kohle und begannen zu kämpfen. Als die Mamaé den Kampf nicht länger aushielten, bat der Geist des Gefährten Aravutará, daß er schreie:
»Schreie, mein Gefährte, damit sich die Vögel ein wenig zurückziehen. Wir können nicht mehr kämpfen.«
Es waren alle Vögel dort: Sperber, Papagei, Arara, Tucano, sie alle. Aravutará begann zu schreien, aber auch er war am Ende seiner Kräfte. Er war ganz verwundet, zerkratzt, zerzaust und sehr hergenommen. Die Vögel rissen seine Haare aus. Die Kohle war inzwischen schon fast ganz von seinem Körper verschwunden. Da sprach der Geist des Gefährten wieder:
»Freund, spiele auf deiner Bambusmundharmonika, damit die Vögel von uns ablassen.«
Aravutará begann auf seinem Nhumiatotó, der Mundharmonika, zu spielen und lief dabei hin und her. Er spielte ununterbrochen, denn er wollte nicht, daß die Vögel die Mamaé töteten. Beim Klang der Mundharmonika zogen sich die Vögel zurück, griffen aber bald darauf von neuem an. Da sagte der Gefährte Aravutarás, sie würden nur noch einmal kämpfen, denn sie könnten nicht mehr. Er sagte:
»Nun wollen wir nur die großen Tiere töten.«
Nach diesem Kampf befahl der Anführer der Vögel, daß seine Leute zu kämpfen aufhörten, denn sie hatten große Verluste. Aravutará vor allem war der Urheber des Gemetzels. Da hörten die Vögel zu kämpfen auf und zogen sich zurück. Aravutará sammelte alle Vögel, die er getötet hatte: Sperber,

Arara, Tucano, Jabiru, Papagei, Reicongo und viele andere. Er riß allen Vögeln die Federn aus und steckte diese in die Tuavís. Er füllte alle Federbehälter. Da sagte der Gefährte zu ihm:

»Siehst du, mein Freund? Wärest du nicht gekommen, so hätten die Vögel uns alle getötet.«

»Deshalb bin ich gekommen«, antwortete Aravutará.

Als die Vögel die Mamaé töteten, brachten sie sie dem großen Sperber zum Fraß. Und er fraß alles. Sie töteten sie und trugen sie fort.

»Siehst du, mein Freund«, sagte der Geist, »sie bringen sie vor unseren Augen dem Sperber.«

Und die beiden sahen den Vögeln zu, wie sie die Toten forttrugen.

»So machen sie es. Sie töten sie und bringen sie dem Sperber. Das geschieht uns hier allen.«

Als der Gefährte fertig erklärt hatte, sprach Aravutará:

»Nun wollen wir fortgehen. Ich habe dich gesucht, denn ich hatte große Sehnsucht nach dir. Wir waren immer Freunde.«

Und die Mamaé machten sich auf den Rückweg. Nur Aravutará nahm Federn mit. Die anderen waren nur gekommen, um ihr Fest zu begehen, das der Kampf mit den Vögeln ist. Das Fest findet immer dann statt, wenn die Sonne sich am Tage bei Sonnenfinsternis verdunkelt. Die Seelen, die im Kampf sterben, sterben für immer.

Als sie an den Ort kamen, an dem Aravutará auf den Freund gewartet hatte, sagte dieser:

»Nun sieh mich nicht an, denn ich werde verschwinden.«

Da hörte Aravutará nur noch die Schritte der Mamaé, aber er blickte nicht nach ihnen. Nachdem die Mamaé auf einmal fort waren, war Aravutará allein und dachte an die Mamaé. Warum war er mit ihnen gegangen? Und er machte sich auf den Weg nach dem Dorf. Zu Mittag war er schon nahe, aber er kam erst am Abend hin. Von außen hörte er seine Mutter

im Hause weinen. Als er eintrat, hörte die Mutter zu weinen auf und war sehr glücklich. Aravutará sagte zu ihr:
»Ich hatte doch gesagt, daß ich meinen toten Gefährten suchen müsse.«
So sprach er und begann den Freund zu beweinen. Dann fing er an zu erbrechen. Und als er fertig erbrochen hatte, verlor er seine Sinne und blieb bewußtlos. Die Zauberärzte brachten ihn wieder zu sich, und er war gesund. Da begann er den Leuten vom Dorf all das zu erzählen, was sich ereignet hatte. Sein Bruder fragte ihn, warum er erbrochen habe. Aravutará antwortete:
»Ich konnte den Geruch der Mamaé nicht ertragen. Es war mir übel von dem Geruch.«
Und er fuhr fort die ganze Geschichte zu erzählen. Er erzählte den Leuten alles. Einer glaubte nicht und sagte, er lüge. Aber Aravutará fuhr fort, dem Bruder alles zu erzählen, was er erlebt hatte, von dem Tag an, an dem er gegangen war, den Freund am Weg zu erwarten, bis zu seinem Zusammentreffen mit den Geistern, von dem Weg zum Dorf der Vögel und der Schlacht gegen sie. Nachdem er mit seiner Erzählung fertig war, nahm er ein Brechmittel, um sich ganz zu heilen. Am darauffolgenden Tag nahm er die Sperberfedern und trug sie auf den Dorfplatz, um sie an die Leute zu verteilen. Während er die Federn verteilte, sagte Aravutará, er sei ein guter Freund des Verstorbenen gewesen und sie hätten nie miteinander gestritten.
»Deshalb«, sagte er, »habe ich meinen Gefährten gesucht, habe ihn gefunden und bin mit ihm zum Fest der Geister gegangen.«
Nach diesen Worten begann er den Leuten zu offenbaren, was mit den Toten geschehe, und erzählte, daß die Mamaé, die im Kampf mit den Vögeln sterben, einem großen Sperber zum Fressen gebracht werden.
»Durch ihn, den Sperber, sterben sie für immer.«
Dann sagte er, daß der, der ohne Pfeil und Bogen zum Fest

gehe, leicht von den Vögeln getötet werde, wer aber Waffen bei sich habe, weniger leicht sterbe. Es sei dann schwerer für sie. Er sagte auch, daß derjenige, der einen Kopfschmuck trage, weniger schnell umkomme. Die Frauen müßten Spindeln zur Verteidigung mitnehmen.
Schließlich erzählte Aravutará, wie er dort oben Nhumiatotó gespielt habe, und fügte hinzu:
»Als ihr hier unten schriet, als ihr den Klang der Mundharmonika hörtet, wichen die Vögel zurück. Deshalb habt ihr mir dort oben sehr geholfen«, schloß Aravutará.

64. Auke

(Timbirá)

Es war einmal ein leichtsinniges Mädchen, das wurde schwanger. Eines Tages, als es mit den anderen Mädchen und Frauen im Fluß badete, hörte es aus der Nähe plötzlich den Schrei eines jungen Wildschweins. Sie sah sich überrascht um, aber sie konnte das Schwein nirgends entdecken. Kurz darauf hörte sie den Schrei ein zweites Mal. Wiederum schaute sie genau ihre Umgebung an, aber sie konnte abermals nichts entdecken. Dann kehrte sie mit den anderen Frauen nach Hause zurück und legte sich ins Bett. Da hörte sie den Schrei zum dritten Mal, und nun verstand sie, daß er aus ihrem eigenen Leib kommen mußte. Und wie sie genauer hinhörte, da verstand sie, daß das Kind sagte: »Mama, bist du es müde, mich herumzutragen?« – »Ja«, sagte das Mädchen, »komm heraus!« – »Gut, morgen werde ich herauskommen.«
Als am nächsten Tag die Wehen einsetzten, ging die junge Frau abseits in den Wald. Sie machte sich ein Bett aus Blättern und sagte: »Wenn du ein Junge bist, werde ich dich töten; wenn du aber ein Mädchen bist, werde ich dich aufnehmen.«

Und sie gebar einen Sohn. Da grub sie ein Loch, setzte das Kind hinein und verscharrte es. Dann kehrte sie nach Hause zurück.
Als ihre Mutter sie schlank heimkommen sah, fragte sie nach dem Kinde, und als sie gehört hatte, was die Frau getan hatte, schimpfte sie und sagte, sie hätte das Kind ja ihr zum Stillen bringen können. Und als sie wußte, daß der Kleine unter einer Sucupira beerdigt war, ging sie dorthin, grub das Kind aus, wusch und stillte es. Dann trug sie es zu sich heim. Die Mutter aber wollte das Kind nicht stillen, und so machte es die Großmutter auf ihre Weise. Und der Kleine sagte zu seiner Mutter: »Warum willst du mich denn nicht stillen?« Da erschrak die junge Frau und antwortete: »Doch, doch, ich werde es tun.«
Das Kind wuchs erstaunlich schnell. Es hatte die Gabe, sich in alle möglichen Tiere verwandeln zu können. Wenn es gebadet wurde, verwandelte es sich in einen Fisch. Und wenn es mit den anderen Kindern in die Pflanzung ging, verwandelte es sich in einen Jaguar und erschreckte mit seinem Gebrüll die ganze Verwandtschaft.
Da sagte eines Tages der Bruder von des Kindes Mutter: »Wir werden es töten.« Und als das Kind dasaß und eine Fleischpastete aß, trat der Onkel jäh dahinter und erschlug es mit einem Prügel. Dann beerdigte er das Kind hinter der Hütte.
Aber am nächsten Morgen kehrte der Junge in die Hütte zurück, ganz von Erde bedeckt, und sagte: »Großmutter, warum hast du mich umgebracht?« – »Das war ich nicht«, sagte die Großmutter, »das hat dein Onkel getan, weil du alle Leute erschreckst.« – »Nein«, sagte Auke, »ich tue niemandem etwas zuleide.« Aber kurze Zeit danach, als er wieder mit den Kindern spielte, verwandelte er sich abermals in einen Jaguar.
Da beschloß der Onkel, sich des Jungen auf andere Weise zu entledigen. Er rief ihn zu sich und sagte ihm, er solle mit in

den Wald gehen, um dort Honig zu sammeln. Sie überschritten zwei Gebirgsketten, und als sie zu einem dritten Gebirge kamen, ergriff der Onkel den Jungen und warf ihn in eine tiefe Schlucht. Aber Auke verwandelte sich in ein trockenes Blatt und schwebte langsam auf den Boden hinunter. Dann spuckte er aus, und rings um den Onkel entstanden Felsen, die er nicht übersteigen konnte. Dann kehrte er nach Hause zurück und sagte, der Onkel würde später nachkommen.
Als aber fünf Tage verstrichen waren und der Onkel noch immer nicht gekommen war, ließ Auke die Felsen durch Zauber wieder verschwinden, und der Onkel kam halbtot vor Hunger endlich wieder daheim an.
Nun beschloß der Onkel, Auke auf andere Weise zu töten. Er bot ihm Platz auf seiner Strohmatte an und brachte ihm zu essen. Aber Auke wußte, was der Onkel machen würde.
Der Onkel trat hinter Auke und erschlug ihn wieder mit einem Prügel. Darauf verbrannte er ihn und vergrub die Asche. Dann verließen alle jenes Dorf und siedelten sich woanders an. Die Mutter von Auke weinte, aber die Großmutter sagte: »Was weinst du? Wolltest du nicht selber, daß er getötet würde?«
Nach einer langen Zeit bat die Mutter Aukes die Dorfältesten um die Asche ihres Sohnes. Zwei Männer wurden also ausgeschickt, um die Asche in jenem verlassenen Dorf zu suchen. Als die beiden Männer dorthin kamen, sahen sie zu ihrer Überraschung Auke dort sitzen, aber er war ein Weißer geworden. Er hatte sich ein großes Haus gebaut, aus dem schwarzen Holz eines Baumes Negerdiener gemacht, aus dem Holz eines Bacuri Pferde und aus dem Holz einer Piquiá Kühe.
Auke rief die beiden Boten herbei und zeigte ihnen seine Besitzungen. Dann ließ er seine Mutter kommen, um bei ihm zu leben. Er ist der Kaiser Don Pedro II.

65. Tahina-Can, der Abendstern

(Karajá)

Zur Zeit, als die Karajá noch nicht wußten, wie man das Land bestellt, und weder Mais noch Ananas oder andere Pflanzen anbauten, sondern nur von wilden Früchten, dem erlegten Wild und Fischen lebten, gab es einen Mann und eine Frau, die hatten zwei Töchter. Imaherô, die Ältere, und Denakê, die Jüngere.

An einem sternklaren Abend sah Imaherô Tahina-Can so schön und zart funkeln, daß sie sich nicht verwehren konnte, zu sagen:

»Mein Vater, wie ist das schön! ... Ich besäße ihn gerne, um mit ihm zu spielen.«

Der Vater lachte über den Wunsch der Tochter und sagte ihr, daß Tahina-Can sehr weit weg sei und niemand ihn erreichen könne. Er fügte jedoch hinzu:

»Nur, wenn er dich gehört hat und kommen will.«

Mitten in der Nacht, als alle schliefen, fühlte das Mädchen, wie jemand sich neben es legte. Da fragte es erschreckt:

»Wer bist du, und was willst du von mir?«

»Ich bin Tahina-Can; ich hörte, daß du mich in deiner Nähe haben willst, und kam. Willst du mich nun heiraten?«

Imaherô weckte die Eltern und machte Feuer.

Nun war Tahina-Can aber ein ganz alter Mann. Seine Haare und sein Bart waren schneeweiß und seine Haut faltig.

Als sie ihn im Feuerschein sah, sagte Imaherô:

»Ich will dich nicht zum Mann nehmen; du bist häßlich und alt, und ich möchte einen kräftigen und schönen jungen Mann.«

Tahina-Can war sehr traurig und begann zu weinen.

Da empfand Denakê, die ein weiches und gütiges Herz hatte, Mitleid für den armen Mann und versuchte ihn zu trösten, indem sie sagte:

»Mein Vater, ich heirate ihn; ich will ihn zum Mann nehmen.«
Und die Hochzeit fand zur großen Freude des zittrigen Alten statt.
Nachdem sie geheiratet hatten, sagte Tahina-Can:
»Ich muß arbeiten, um dich zu erhalten, Denakê. Ich will ein Feld anlegen, um gute Dinge zu pflanzen, die die Karajá noch nicht besitzen und nicht einmal kennen.«
Und er ging zum Bêro-Can, das heißt zum Rio Araguaia; er redete mit ihm, stieg ins Wasser, blieb mit gespreizten Beinen stehen, so daß das Wasser zwischen ihnen durchfloß. Manchmal tauchte der alte, zur Strömung gebeugte Mann seine Hände ins Wasser und fing die guten Samen heraus, die den Fluß abwärts schwammen.
So gab ihm das Wasser zwei Bund Mais, Maniok und alles andere, was die Karajá heute kennen und anbauen.
Als er aus dem Bêro-Can stieg, sagte Tahina-Can zu Denakê:
»Ich will ein Stück Wald roden, um eine Pflanzung zu machen; bleib daheim und kümmere dich um das Essen, damit du meinen Hunger stillen und meine Kräfte wiederherstellen kannst, wenn ich müde und mit schmerzenden Armen nach Hause komme.«
Tahina-Can ging fort. Er blieb aber so lange aus, daß Denakê beschloß, seine Ermahnungen nicht zu befolgen, und ihn früh am Morgen suchen ging, denn sie hatte Angst, daß er vor Ermüdung hingefallen sei, und sie fürchtete einzuschlafen.
Aber ach! Welch eine Überraschung und Freude!
Der dort arbeitete, war ein wunderschöner Jüngling von hohem Wuchs und voller Kraft und Leben. Sein Körper war so geschmückt und bemalt, wie es heute noch die jungen Männer des Karajá-Stammes sind. Denakê konnte sich nicht fassen. Verrückt vor Freude lief sie auf ihn zu, umarmte ihn und führte ihn dann nach Hause. Sie war zufrieden, den Eltern ihren Mann so zu zeigen, wie er in Wirklichkeit war.

Nun begehrte ihn auch die Schwester, Imaherô, und sie sagte zu ihm:
»Du bist mein Mann, denn du kamst zu mir und nicht zu Denakê.«
Aber Tahina-Can antwortete ihr:
»Nur bei Denakê fand ich genügend Güte, als sie Mitleid mit dem armen Alten hatte. Sie nahm ihn an, als du ihn verschmähtest. Nun will ich dich nicht. Nur Denakê ist mein.«
Imaherô stieß vor Ärger und Eifersucht einen Schrei aus, fiel zu Boden und verschwand. Dort, wo sie gewesen war, sah man statt ihr einen Urutau, der auch heute noch so traurig und laut schreit, daß man glaubt, er sei wirklich ein großer Vogel.
So lernten die Karajá von Tahina-Can den Mais, die Ananas, die Maniok-Wurzel und noch viele andere gute Dinge anzubauen, die sie vorher nicht kannten.

66. Wie der Schildkröt und die Beutelratte ihre Ausdauer erprobten

(Tupí, einschließlich der Jacamin)

Eines Tages tanzte der Schildkröt zu seiner Flöte und sang dazu: »Fäng, fäng, kulo, fong, fäng.« Das hörte die Beutelratte und rief ihn an: »Schildkröt!«
»Was willst du?« antwortete er.
»Wollen wir unsere Ausdauer versuchen?«
»Warum nicht! Wer soll denn anfangen?«
»Du!« sagte die Beutelratte.
»Schön. Wie oft sollen die Acajúnüsse reifen, während du mich auf die Probe stellst?«
»Dreimal.«
Die Beutelratte sperrte den Schildkröt in sein Loch und sprach: »Auf Wiedersehen, Schildkröt.«

Alle Jahre kam sie, um nach dem Schildkröt zu sehen. Sie näherte sich dem Loch und rief: »Schildkröt!«
Der antwortete: »Sag, Beutelratte, sind die Taperebáfrüchte schon gelb?«
»Noch nicht, die Taperebábäume stehen erst in Blüte. Auf Wiedersehen.«
Als die Zeit gekommen war, daß der Schildkröt herausgelassen werden sollte, ging die Beutelratte ihn rufen.
»Sind die Taperebáfrüchte jetzt reif?« fragte er.
»Ja, es sind sogar schon viele von den Bäumen gefallen«, antwortete sie und befreite ihn.
»Nun bist du an der Reihe.«
»Wie oft sollen die Acajúnüsse reifen, Schildkröt?«
»Viermal.«
Er sperrte die Beutelratte in das Loch und ging fort.
Nach einem Jahre kam er wieder, um nach der Beutelratte zu sehen. Er näherte sich dem Loch und rief. Die Beutelratte fragte:
»Sind die Ananas schon gelb?«
»Nein«, antwortete der Schildkröt, »sie sprießen kaum aus der Erde.«
Nach dem zweiten Jahr kam er wiederum und rief. Aber die Beutelratte antwortete nicht. Er rief nochmals. Keine Antwort. Aber ein Fliegenschwarm umsummte das Loch.
Da sprach der Schildkröt zu sich: »Die diebische Beutelratte ist tot.« Er öffnete das Loch und zog die Leiche heraus.
»Was habe ich dir gesagt?« rief er. »Du wärst nicht stark genug, um mit mir zu kämpfen.«

67. Wie der Schildkröt den Waldgeist anführte

(Tupí, einschließlich der Jacamin)

Wieder einmal saß der Schildkröt in seinem Baumloch und spielte auf seiner Flöte: »Feng, feng, külo, fong, feng.« Der Waldgeist hörte ihn und sprach bei sich: »Ich will ihm einen Streich spielen«, und er näherte sich dem Baumloch und rief:

»Schildkröt!«

»Uh!« antwortete der.

»Komm aus deinem Loch heraus, wir wollen sehen, wer von uns beiden stärker ist.«

»Recht gern.«

Der Waldgeist ging in den Wald, riß eine Liane ab und brachte sie ans Flußufer.

»Wir wollen unsere Stärke versuchen, indem wir an den Enden der Liane ziehen, du im Wasser und ich auf dem Lande.«

»Einverstanden«, antwortete der Schildkröt. Er packte das eine Ende der Schlingpflanze, tauchte unter und band es an die Schwanzflosse eines Pirarucu. Dann kroch er aus dem Wasser und versteckte sich im Gebüsch.

Der Waldgeist begann an der Liane zu ziehen, aber der gewaltige Fisch leistete ihm nicht nur Widerstand, sondern zog ihn sogar bis an den Hals ins Wasser, während sich der Schildkröt in seinem Versteck vor Lachen schüttelte. Vergebens verdoppelte der Waldriese seine Anstrengungen. Schließlich war er am Ende seiner Kräfte und rief:

»Es ist genug, Schildkröt!«

Da sprang das schlaue Tier schleunigst in den Fluß, band die Liane wieder vom Schwanze des Fisches los und ließ sich von dem Waldgeist ans Land ziehen.

»Bist du müde geworden?« fragte der.

»Ich? Nicht im geringsten.«

»Nun, dann bist du wirklich stärker als ich, das muß ich zugeben. Lebe wohl!«

68. Die Beutelratte und der Mensch

(Tupí, einschließlich der Jacamin)

Eines Tages legte sich die Beutelratte auf den Pfad des Menschen und stellte sich tot.

»Arme Beutelratte!« sagte der Mensch, als er sie sah. Und er grub ein Loch und scharrte sie ein.

Als er weiterging, kroch die Beutelratte schnell aus der Grube, überholte im Dickicht den Menschen und streckte sich wieder auf seinen Pfad.

»Noch eine!« sagte der Mensch, nahm das Tier vom Pfad und bedeckte es mit Laub.

Kaum hatte er sich entfernt, als die Beutelratte ihm wieder den Pfad versperrte.

»Wer mag nur so viele Beutelratten getötet haben?« sprach der Wanderer, und er stieß sie beiseite.

Die Beutelratte wiederholte ihr Spiel und legte sich nochmals dem Menschen vor die Füße.

Da rief er: »Verfluchtes Vieh!«, packte sie beim Schwanz und schleuderte sie in den Wald.

Im Fallen sprach die Beutelratte zu sich:

»Man soll niemals die Geduld eines Wohltäters erschöpfen.«

69. Wie der Geier und der Kröterich in den Himmel reisten

(Tupí, einschließlich der Jacamin)

Der Geier und der Kröterich wurden einstmals zu einem Fest in den Himmel eingeladen. Um den Kröterich zu verspotten, suchte ihn der Geier in seinem Hause auf und sagte zu ihm:

»Na, Gevatter Kröterich, ich weiß, daß du in den Himmel reisen willst, und ich möchte in deiner Gesellschaft reisen.«

»Warum nicht!« versetzte der Kröterich. »Ich werde gehen, aber nur, wenn du deine Geige mitnimmst.«

»Recht gern«, antwortete der Geier, »aber du mußt dein Tamburin mitnehmen.«
Als der Geier am festgesetzten Tag wiederkam, um den Kröterich abzuholen, empfing ihn dieser sehr freundlich und bat ihn einzutreten, um Frau Kröte und die Patenkinder zu begrüßen. Während der Geier sich mit der Kröte und den Krötlein unterhielt, kroch der Kröterich in die Geige und rief scheinbar von weitem:
»Gevatter, da ich ein bißchen langsam gehe, bin ich schon vorausgegangen«; und dann blieb er ganz still in der Geige sitzen.
Nach einer guten Weile verabschiedete sich der Geier von der Gevatterin und den Patenkindern, griff nach seiner Geige und flog zum Himmel. Als er dort ankam, fragten ihn alle gleich nach dem Kröterich.
»Ach, der kommt überhaupt nicht hierher; wenn er schon auf der Erde nicht leichtfüßig ist, wie soll er dann erst fliegen können!«
Und dann legte er seine Geige weg und begann zu essen, denn es war schon Essenszeit.
Wie nun alle eifrig aßen und tranken, sprang der Kröterich unbemerkt aus der Geige heraus und sagte:
»Hier bin ich!«
Da wunderten sich alle nicht wenig, ihn in so luftiger Höhe zu sehen. Nach dem Essen tanzten und spielten sie. Als die Tänze zu Ende waren und sich alle auf den Heimweg machten, paßte der Kröterich einen Augenblick ab, wo der Geier nicht achtgab, und schlüpfte wieder in die Geige.
Schließlich verabschiedete sich auch der Geier und flog der Erde zu. Noch war er in ziemlicher Höhe, als der Kröterich sich in der Geige bewegte. Da drehte der Geier die Geige um, so daß der Kröterich herausfiel. Im Fallen rief er:
»Mach, daß du aus dem Weg kommst, Stein, sonst gehst du in Stücke.«

»Ei, ei«, wunderte sich der Geier, »Gevatter Kröterich kann aber gut fliegen.«
Als der Kröterich auf dem Boden aufschlug, schrammte er sich die ganze Haut; deshalb ist er so gefleckt.

70. Die Plejaden

(Tupí, einschließlich der Jacamin)

Daina folgte der großen Schlange in den Himmel und verschluckte dort Papageieneier, die er in einem Loch fand. Er war durstig und wandte sich an Ceiuci.
»Wo trinkst du Wasser?« fragte er.
»Folge mir«, antwortete Ceiuci, »und du wirst bei mir davon trinken.«
Sie zeigte ihm einen Brunnen, in dem es Wasser gab, und Daina stillte seinen Durst.
Am Ende sagte Ceiuci:
»Nun, da du Wasser getrunken hast, will ich dir das Loch zeigen, durch das ich aus dem Himmel gehe und wieder zurückkomme, denn ich verschwinde während eines ganzen Monats und zeige mich erst wieder im darauffolgenden. Ich bin das Maß der Zeit, und alles, was ich betrachte, erneuert sich.«

71. Kupe – Kikambleg

(Apinayé)

Im östlichsten Teil der Welt, wo die Sonne aufgeht, lebt ein Volk mit roten Haaren. Da die Sonne sehr nahe bei diesen Menschen aufgeht, leiden sie viel unter ihren Flammen und hassen sie. Jeden Morgen, wenn sie aufgeht, beschießen sie

die Sonne mit Pfeilen. Sie wenden dabei ihre Gesichter zur Seite, denn sie können ihr Licht und ihre feurige Hitze nicht ertragen. Die Sonne steigt aber sehr schnell, und so können sie sie nie treffen.
Daher beschlossen sie, den Pfeiler, der den Himmel stützt, umzuschlagen und so den Himmel einstürzen zu lassen. Damit sollte es der Sonne unmöglich sein, ihre Reise fortzusetzen. Sie behauten den Pfeiler und arbeiteten, bis er sehr dünn war. Dann mußten sie aufhören, denn sie waren müde. Als sie zur Arbeit gingen, war alles, was sie abgesägt hatten, wieder nachgewachsen, und der Pfeiler war so dick wie vorher. Dabei blieb es bis zum heutigen Tag.

72. Die zwei Papageien

(Apinayé)

Einmal ging die Sonne jagen und fand in einem Nest zwei junge Papageien. Sie nahm sie mit, um sie zu Hause aufzuziehen. Sie wählte den Papagei mit dem dichteren Gefieder und gab den anderen ihrem Gefährten, dem Mond. Sie gaben den kleinen Vögeln Nahrung, setzten sie auf ihre Finger, wenn sie von der Jagd zurückkamen, und lehrten sie sprechen.
Eines Tages, als beide auf die Jagd gegangen waren, sagte ein Papagei zum anderen:
»Mein Vater tut mir leid. Wenn er von der Jagd müde heimkehrt, muß er für sich und für uns Essen bereiten. Wir wollen ihm helfen.«
Daraufhin verwandelten sich beide Papageien in Mädchen und bereiteten die Mahlzeit. Während die eine arbeitete, stand die andere an der Tür Wache. Als Sonne und Mond zurückkamen, hörten sie von weitem das Geräusch eines Mörsers, das aber plötzlich aufhörte. Als sie eintraten, fanden sie das

Essen bereit, aber die zwei Papageien saßen wie immer auf ihren Balken. Sonne und Mond sahen zu ihrem großen Erstaunen menschliche Fußspuren im Haus, aber nicht auf dem Weg. So ging es während einiger Tage weiter. Schließlich sagte die Sonne zu ihrem Gefährten:
»Wir wollen uns zu beiden Seiten des Hauses im Wald verbergen, und sobald wir das Stampfen des Mörsers hören, muß jeder von uns zu einer der zwei Türen laufen.«
Sie verbargen sich und hörten im Haus Lachen und Reden. Sobald sie das Geräusch des Mörsers vernahmen, liefen beide zu den Türen und traten gleichzeitig ein. Die Mädchen ließen die Mörser fallen, senkten ihre Köpfe und setzten sich. Sie waren sehr schön, hatten eine helle Haut, und ihr Haar reichte bis zu den Knien. Der Mond wollte sogleich auf sie zugehen, aber die Sonne erlaubte es nicht und sagte selbst zu einer von ihnen:
»Wart ihr es, die unsere Mahlzeit bereitet haben?«
Das Mädchen lachte.
»Wir hatten Mitleid mit euch, weil ihr arbeiten mußtet, wenn ihr von der Jagd nach Hause kamt. Deshalb verwandelten wir uns in Menschen und bereiteten euer Essen.«
Da sagte die Sonne:
»Nun sollt ihr für immer Menschen bleiben.«
Das Mädchen antwortete:
»Einigt euch, wen jede von uns heiraten soll.«
Die Sonne sagte sogleich:
»Du bist mein!«
Und der Mond sagte zu der anderen:
»Du bist mein!«
Sie machten Betten für sich und ihre Frauen und lebten zusammen mit ihnen.

73. Die Sintflut

(Bororo)

Vor langer, langer Zeit machten die Indianer im Fluß eine Reuse, Kago, und ein Mann namens Jokurugwa, das heißt »Glanz der Augen«, ging nachsehen, ob im Netz viele Fische seien. Da sah er zu seinem großen Erstaunen den gelben Jakomea-Geist. (Es gibt nämlich drei Arten von Jakomea-Geistern: einen gelben, einen roten und einen schwarzen.) Er näherte sich ihm auf den Zehenspitzen und erschoß ihn. Darauf ließ Jakomea die Wasser steigen, um ihn zu bestrafen. Das Wasser machte »puff« und überschwemmte die Erde. Da floh der Mann. Er lief und suchte die anderen Indianer und rief ihnen zu:

»Flieht! Flieht! Das Wasser kommt auf uns zu!«

Auf der Flucht kam er ins Dorf und begann zu schreien:

»Flieht! Flieht, denn das Wasser kommt näher!«

Er lief zu seiner Hütte, nahm eine brennende Fackel und floh mit ihr vor dem Wasser. Er stieg auf den Gipfel des ersten Hügels, dann auf einen zweiten und dritten.

Die Indianer glaubten ihm nicht und wollten bleiben, wo sie waren. Als das Wasser sie schon fast erreicht hatte, begannen sie zu fliehen, wurden aber von ihm bedeckt und kamen um. Ihre Dörfer wurden zerstört. Das Wasser tötete auch die Vögel, die Raubtiere und alle Lebewesen.

Nur Jokurugwa lebte noch, denn er war auf den Gipfel eines Berges geflüchtet und hatte sich auf einen kleinen Fleck Erde gesetzt, den einzigen, der trocken geblieben war.

Er blickte um sich und sah, daß das Wasser die Wälder und Wiesen bedeckt hatte, bis zum Berg reichte und immer noch stieg. Es kam bis zu dem Platz, wo er saß, und blieb dann stehen. Da nahm er einen Stein, erhitzte ihn im Feuer, das er mitgebracht hatte, nahm ihn heraus und warf ihn ins Wasser. Das machte »Tsch« und wurde weniger. Er erhitzte andere

Steine, warf sie dahin und dorthin, und das Wasser sank immer mehr, bis die Ebene wieder frei war. Da stieg er vom Berg herunter, begab sich zum Dorf und pfiff, um die Indianer zu rufen. Niemand aber antwortete auf sein Pfeifen. Er sagte:
»Ich Armer! Ich werde meine Gefährten nicht mehr finden. Sicherlich hat das Wasser das Dorf zerstört.«
Trotzdem suchte und schaute er lange Zeit ringsumher. Schließlich fand er die Spur eines »Pobogo«, eines Hirsches. Da pfiff er abermals, und der »Pobogo« antwortete auf sein Pfeifen.
Jokurugwa begab sich in jene Richtung und fand unter einer Palme eine ängstliche Hirschkuh. Er sagte zu ihr:
»Sicherlich warst du es, die auf mein Pfeifen geantwortet hat.«
Sie sagte:
»Ja, ja, ich war es, die in Indianersprache geantwortet hat.«
Da heiratete sie der Indianer und bekam viele Söhne und Töchter: Als erstes bekam er einen Sohn, der hatte das Gesicht und die Hufe eines Hirsches. Dann bekam er eine Tochter mit menschlichem Antlitz, aber einem ganz behaarten Körper. Danach bekam er einen Sohn, dessen Hände, Füße und Kopf wie unsere Hände, unsere Füße und unser Kopf waren, aber an manchen Stellen kurze Haare hatten. Nach ihm bekam er eine Tochter mit ein wenig Haar auf der Brust und auf dem Rücken, dann einen Sohn mit nur wenigen Haaren an der Wirbelsäule. Die übrigen Söhne und Töchter kamen alle unbehaart zur Welt. Nun teilte er seine Kinder in zwei Gruppen: Einige sah er als »exerae«, die anderen als »tugaregue« an und bestimmte, daß die Männer und Frauen der »exerae« die »tugaregue« und die »tugaregue« die »exerae« heiraten sollten. Deshalb machen es die Indianer heute noch so.

74. Der Ursprung der Fische

(Bororo)

Am Anfang der Welt gab es noch keine Fische im Wasser. Ein Mann namens Baipóro war immer traurig, wenn er in das Wasser schaute, denn er wollte fischen.
Eines Tages suchte er Blumen im Wald und warf sie in den Fluß. Da wurden die verschiedenen Blumen zu den verschiedenen Fischarten. Seither fischen die Indianer.

75. Warum die Alten nicht wieder jung werden

(Kadiuéu)

Es war ein großer Zauberarzt, der wollte gern Gonoenohodi, den Schöpfer, sehen, denn er brauchte seine Hilfe. Zwar verstand er alles zu heilen, was Krankheit war, aber er wollte noch ein übriges tun, eine besondere Leistung wollte er vollbringen. Er sah nämlich, wie die Alten ihrem Ende zu immer schwächer wurden, und wollte ihnen wieder Leben geben. Auch pflegte er mit den Bäumen Zwiesprache zu halten, und eines Tages sagte ein Baum, der schon ganz trocken war, zu ihm: »Ach, ich bin schon alt und dürr, für mich gibt es keine Rettung mehr. Wenn ein Feuer kommt, werde ich ganz und gar verbrennen.«
Der Zauberarzt wollte Abhilfe schaffen. Dazu mußte er Gonoenohodi sehen. Er sprach darüber mit den Geistern. Schließlich war er ja ein Zauberarzt, da müsse er ja wohl auch den Schöpfer sehen können.
Ein Geist half ihm und führte ihn in die Gegend, wo Gonoenohodi lebt. Dort war alles wie bei uns: Es gab einen Fluß, Weideland, reichlich Wild und reichlich Fisch. Auch die Leute dort waren wie wir. Das Leben und Treiben war

groß: Die Jäger kamen beladen mit Hirschen, Rehen und Schildkröten.

Da erblickte eine Frau den Zauberarzt und sagte zu den anderen: »Seht mal, da kommt jemand von außerhalb, den wir noch nie hier gesehen haben!« Alle näherten sich ihm, und die Frau sprach: »Du mußt ja wirklich ein Zauberarzt sein, daß du hierherkommst, wo wir wohnen.«

Der Zauberarzt sagte: »Ja, und ich bin auf der Suche nach Gonoenohodi. Lebt er hier in dieser Gegend?«

Die Frau zeigte auf ein Haus in nächster Nähe und antwortete: »Dort wohnt er. Geh nur dorthin!«

Der Zauberarzt ging zu dem Haus und fragte seinen Bewohner: »Bist du Gonoenohodi?«

»Nein, ich bin sein Speichel«, war die Antwort. »Geh nur weiter, dann wirst du seine Wohnung schon finden!«

Der Zauberarzt ging weiter. Er kam zu einem anderen Haus und fragte den Bewohner: »Bist du Gonoenohodi?«

»Nein, ich bin sein Haar«, war die Antwort. »Geh weiter, dann wirst du seine Wohnung finden!«

Der Zauberarzt ging weiter und kam noch zu anderen Häusern. Jedes hatte seinen Bewohner, aber in keinem wohnte Gonoenohodi selbst. In dem einen wohnte sein Nagel, in dem anderen sein Kot, in wieder einem anderen sein Harn. Wo sich nämlich Gonoenohodi die Nägel oder Haare geschnitten oder sonst etwas zurückgelassen hatte, das aus seinem Körper kam, da gab es nachher überall ein Haus mit einem Bewohner.

Endlich aber fand der Zauberarzt die Behausung, in der Gonoenohodi selber lebte. Es war ein Hüttchen wie das von armen Leuten.

Nun war der Zauberarzt von dem Geist, der ihm behilflich gewesen war, schon angewiesen worden, bei Gonoenohodi sehr vorsichtig zu sein: wenn er dort die angebotene Pfeife rauche, würde er in ein Tier verwandelt werden. Als deshalb Gonoenohodi die Pfeife füllte und dem Gast reichte, sah der

Zauberarzt darüber hinweg und rührte sich nicht. Da begriff Gonoenohodi, daß dieser Kniff erfolglos war. So machte er eine Zigarette für den Zauberarzt. Der hilfreiche Geist hatte diesem aber gesagt, er solle die Zigarette nicht mit der Hand anfassen, um nicht in ein Tier verwandelt zu werden. Der Mann tat, wie ihm geheißen war.

Da sprach Gonoenohodi zu ihm: »Du bist wirklich schlau. Die Pfeife enthielt Jaguarlosung. Hättest du sie geraucht, dann würdest du schon jetzt ein Jaguar sein. Auch die Zigarette hast du nicht mit der Hand angefaßt. Ich sehe, daß du Bescheid weißt. Was willst du also von mir?«

Der Zauberarzt antwortete: »Ich möchte, daß die Alten wieder jung werden und die dürren Bäume wieder ausschlagen.«

»Dazu werde ich dir verhelfen«, sprach Gonoenohodi. Er rief dann seiner Tochter zu: »Bringe mir die Kämme!«

Nun hatte aber der Zauberarzt von dem Geist, der sein Berater war, erfahren, daß er nie mehr heimkehren könne, wenn er einmal auf Gonoenohodis Tochter geschaut habe, denn ein Blick von ihm genüge, sie zu schwängern. Deshalb sah er zu Boden, als das Mädchen die Kämme brachte.

Da merkte Gonoenohodi, daß der Zauberarzt in allem Bescheid wußte, und nun war er bereit, ihm zu helfen. »Sieh diese Kämme hier«, sagte er, »wenn du jemanden vom Tode erwecken willst, dann brauchst du ihn nur damit zu kämmen. Aber das muß am Sterbetag geschehen, sonst ist es zu spät.«

Er ließ einen Toten herbeiholen, der gerade gestorben war. Sobald der Zauberarzt den Leichnam zu kämmen begann, kam wieder Leben in ihn, und der Mann, der tot gewesen war, öffnete die Augen und fing zu sprechen an.

Der Zauberarzt wollte aber auch noch das Mittel haben, um die dürren Bäume wieder zum Grünen zu bringen. Als er Gonoenohodi darum bat, rief dieser seiner Tochter zu: »Bring das Harz!«

Das Mädchen brachte das Verlangte. Der Zauberarzt blickte nicht auf sie.

Mit einemmal sah er, daß er nicht mehr in einer ärmlichen Hütte war, sondern in einem Haus, das so schön und gut gebaut war wie das eines reichen Gutsbesitzers – und sogar einen feinen Tisch hatte es. Und Gonoenohodi sprach zu dem Zauberarzt: »Streiche das Harz auf diesen Tisch, um zu sehen, ob es für deine Zwecke dient!«
Der Zauberer folgte dieser Weisung. Da begann der Tisch sofort auszuschlagen, wurde bald ein Baum und wuchs so schnell innerhalb des Hauses, daß er schließlich das Dach durchdrang.
Gonoenohodi sprach: »Jetzt kannst du also heimgehen. Du hast alles, was du wolltest.«
Der Zauberarzt machte sich auf den Weg. Bald aber ließ Gonoenohodi ihn durch seine Tochter rufen, um ihm ein Stück Tabak zu geben, das er vergessen hatte. Das Mädchen rief und rief immer lauter, denn der Zauberarzt war schon weit fort. Der Zauberarzt wollte sich nicht umsehen – aber er tat es doch. Als sein hilfreicher Geist ihm den Kopf festhielt, damit er ihn nicht umdrehe, hatte der Zauberarzt schon den großen Zeh des Mädchens erblickt. Sofort war sie schwanger. Dieser einzige Blick hatte das Mädchen geschwängert.
Da sprach Gonoenohodi zum Zauberarzt: »Du kannst gehen, aber du hast ein Kind hier, für das du Sorge tragen mußt.«
Der Zauberarzt ging fort, starb aber bald und kehrte zu dem Kinde zurück, das er bei Gonoenohodi gelassen hatte.

76. Der rollende Totenkopf

(Ofaié)

Es war einmal ein großer Affe, der war ein guter Jäger. Er ging immer jagen. Er hatte einen Bruder, der sagte immer zu ihm:
»Gib acht, mein Bruder. Einmal wird dich noch ein Tier erwischen. Wenn ich jagen gehe, rode ich zuerst ein Stück Wald

und lasse nur einen Baum in der Mitte stehen, um darauf zu sitzen. So fängt mich kein Tier. Nimm dich in acht, sonst wirst du noch einmal Schwierigkeiten haben.«
Aber der Affe kümmerte sich nicht darum. Er sprang sogar über die Tiere oder ging auf dem Boden. Eines Tages wollte er ein sehr wildes Tier töten, das sah aus wie eine Cutia, war aber groß und wild. Der Affe näherte sich ihm, riß ihm den Kopf ab und warf ihn zur Seite; den Körper aber nahm er nach Hause mit. Der Bruder sagte, er solle nichts vom Wild im Wald zurücklassen, sonst würde es nicht sterben.
»Es ist schon tot.«
Der Kopf ohne Körper hüpfte und hüpfte, bis er nach Hause kam. Er sprang ins Bett. Da sagte seine Frau:
»Schau, was du gemacht hast! Jetzt bist du tot und bist nur ein Kopf. Habe ich dir nicht gesagt, du sollst achtgeben?«
»Schlaf jetzt, Frau, es ist nichts los. So ist es erst gut. Jetzt bin ich lebendig und werde jagen, wie ich will.«
»Was willst du jagen, mein Mann? Du bist tot. Hast du denn schon einen Kopf ohne Körper etwas machen gesehen?«
Aber der Kopf blieb lebendig, und die Frau ging jeden Tag jagen und nahm ihn in einem Korb mit. Wenn der Kopf Wild sah, hüpfte er und wurde zu einem Menschen, der Pfeil und Bogen in der Hand hielt. Nichts entkam ihm. Er betrog die Jaguare und schoß mit Sicherheit. Er fing immer etwas.
Da sagte die Tochter, sie wolle sehen, wie er jage.
»Wozu, mein Kind? Ich jage. Dein Vater ist nur ein Kopf, er kann nichts machen. Er bleibt im Korb liegen und möchte nur Wild sehen. Er zeigt es nur, und ich töte es.«
»Ich möchte aber zusehen. Heute gehe ich mit.«
Und sie ging wirklich mit. Als sie einen Hirsch sahen, sprang der Kopf, verwandelte sich in ein riesiges Tier und näherte sich dem Hirsch. Die Tochter begann zu lachen und machte sich über ihren Vater lustig. Da wurde der Alte, der nur ein Kopf war, sogleich zu einem Gürteltier mit weichem Schwanz und vergrub sich in den Boden. Es blieb nur ein

Haufen Erde, der Bogen und die Pfeile draußen, die er liegenließ. Auch das Fleisch des Hirsches war nicht gut. Nachdem sie es ausgelöst und aufgehängt hatten, wurde es zu Tieren, die langsam hinausgingen.

77. *Weltuntergang und Raub des Feuers*

(Chane)

I

Es war einmal in alten Tagen ein sehr armer Mann, der in den Wäldern umherirrte und keinen festen Wohnsitz hatte. Wenn er in die Dörfer kam, jagte man ihn fort und hetzte die Hunde auf ihn. Als der Mann sah, daß man ihn in keinem Dorf wohnen lassen wollte, machte er sich eine Jagdhütte. Dort kamen allerlei schöne Vögel zur Hütte, und die meisten wurden bald so zahm, daß er sie fangen konnte. Der Mann dachte: ›Gehe ich mit diesen prächtigen Vögeln in ein Dorf, so nimmt man mich vielleicht auf.‹

Er nahm nun die Vögel und ging in die Dörfer. Alle fanden die Vögel schön, nirgends wollte man ihn aber wohnen lassen. Der Mann ging nach seiner Hütte zurück. Eines Tages kam Anyatunpa in Gestalt eines schönen Vogels zu ihm. ›Was ist das für ein merkwürdiger Vogel?‹ dachte der Mann. Anyatunpa sagte, er sei gekommen, um ihm zu helfen, und gab ihm ein Paar Flügel.

»Wenn du in ein Dorf kommst, sollst du die Flügel bewegen, und dann donnert es«, sagte Anyatunpa. »Wollen sie dich trotzdem nicht wohnen lassen, so erhebe die Flügel!«

Der Mann ging in ein Dorf, wo ein großes Trinkgelage stattfand. Man wollte ihn nicht aufnehmen. Er bewegte die Flügel, und es donnerte. Man glaubte, die Medizinmänner seien es, die donnerten, und kümmerte sich nicht um ihn. Wieder bewegte er die Flügel, und es donnerte. Man glaubte immer noch, es seien die Medizinmänner, die donnerten, und

kümmerte sich nicht um ihn. Als er endlich sah, daß man ihn nicht wohnen lassen wollte, sondern ihn fortjagte, erhob er die Flügel, die er verborgen hatte. Da kam ein Sturm, der riß alle fort, außer zwei Jungen und einem Mädchen.
Als diese nun allein waren, wollten sie kochen, aber sie hatten kein Feuer. Sie hatten Kürbis und Mais, konnten sie aber nicht rösten. Da kam ein alter Mann, die Sonne, mit einem Feuerbrand zu ihnen. Er röstete einen Kürbis und aß ihn; als er aber fortging, nahm er das Feuer wieder mit. Er wollte ihnen nichts davon abgeben. Als der Alte das nächste Mal kam, beschlossen sie, ihm das Feuer zu stehlen. Als er an dem mitgebrachten Feuerbrand einen Kürbis röstete, schlug einer der Jungen mit einem Knüttel darauf, so daß die Glut umhersprühte. Der Alte sammelte sie schnell auf. Einen ganz kleinen Funken fanden sie jedoch unter einem halben Kürbis, der auf der Erde gelegen hatte. Sie machten nun Feuer an. Huapi, der Webervogel, sagte zu ihnen, sie sollten das Feuer gut aufbewahren, so daß es niemals ausgehe. Er sagte ihnen auch, sie sollten, wenn das Feuer erlösche, mit dem Tatay, dem Quirlfeuerzeug, Feuer reiben.
Der jüngere Bruder nahm nun seine Schwester zur Frau. Der ältere hatte keine Frau. Sie legten einen Kürbis in eine kleine Hängematte und wiegten sie. Der Kürbis wurde zu einem Mädchen, das bald zu einer Frau aufwuchs. Diese nahm der ältere Bruder zur Frau. Von diesen beiden Frauen stammen alle Chane.

II

Ein junger Mann hatte sich in den Wald begeben und in einer Lache das Bild eines schönen Mädchens gesehen, dem er folgte. Er blieb eine lange Zeit bei ihr, einen Monat, und seine Mutter glaubte schon, er sei tot, und schnitt sich die Haare ab. Sie glaubte, er wäre von einer Schlange gebissen worden oder dergleichen. Eines Tages kam der Sohn jedoch nach Hause und erzählte, daß er ein hübsches Mädchen gefunden und sich mit ihr verheiratet habe. Da sagte ihm die Mutter, er solle sie holen, und braute eine Masse Maisbier, um ihre Ankunft zu feiern.

Der junge Mann kam mit seiner Frau, und sie war hübsch und wohlgekleidet. Während des Festes verwandelte sie sich und wurde sehr häßlich. Hierüber machte die Schwägerin eine Bemerkung, und sie wurde böse und verließ sie und ging dahin zurück, woher sie gekommen war, und sie erklärte, sie werde sich rächen. Sie sagte jedoch, man solle erst einen Jungen und ein Mädchen in ein großes Tongefäß setzen. Ein Bruder und eine Schwester wurden zusammen mit den Samen von Mais, Kürbis und Bohnen in ein Tongefäß gesetzt und der Krug gut zugedeckt. Als dies geschehen war, begann es fürchterlich zu regnen, und Häuser und alles wurden mit Wasser bedeckt. Der Krug schwamm jedoch oben. Alle Menschen und Tiere ertranken in dem steigenden Wasser. Lange schwamm das Tongefäß umher, und der Junge und das Mädchen begannen schon groß zu werden. Dann sank das Wasser. Als sie aber aussteigen wollten, war der Boden noch sumpfig, und sie mußten warten, bis er getrocknet war.

Als sie aus dem Tongefäß kamen, säten sie von den mitgenommenen Samen Mais, Kürbis und Bohnen. Diese reiften in einem halben Monat. Sie hatten kein Feuer. In einiger Entfernung sahen sie Feuer. Es war Toste, ein Watvogel, der an den Flußufern lebt, der hatte Feuer. Als sie sich dem Feuer näherten, verschwand es jedoch.

Der Frosch versprach, ihnen Feuer zu rauben. Er hüpfte zu Tostes Lagerfeuer und setzte sich, vor Kälte bebend, daran, um sich zu wärmen. Von Zeit zu Zeit scharrte er die Glut näher zu sich hin, angeblich, um sich besser zu wärmen, und als niemand es sah, stopfte er sich einen kleinen Feuerbrand in den Mund und hüpfte davon.

Bei dem Jungen und dem Mädchen angekommen, machte er Feuer an, und seitdem haben die Chane-Indianer Feuer. Die Schwester und der Bruder, die nun groß geworden waren, verheirateten sich. Sie bauten sich eine Hütte. Das Mädchen bekam Kinder. Als diese Kinder groß waren, verheirateten sie sich miteinander. Von ihren Kindern stammen alle Chane. Von den Kindern des ältesten Knaben stammen die Häuptlinge her.

78. Die Erschaffung der Welt

(Chane)

Es wird erzählt, daß im Anfang ein Tunpa war. Er machte die Erde mit dem Himmel und alle Sterne, die Sonne und den Mond. Es wird erzählt, daß diese Erde nichts trug, daß sie ganz kahl war. Tunpa setzte da allerlei Früchte hinein, um die Armen zu speisen, wie die Caraguata und die Mangara. Es wird erzählt, daß dort eine Algarrobo war, die Mutter aller Bäume. An diesem Baum waren allerlei Früchte. Dieser Baum hat sich in der ganzen Welt vermehrt. Hierauf kam Tunpa, nahm den Mutterbaum mit und ließ die Sprößlinge hier. Es wird erzählt, daß Tunpa die Voreltern von uns und auch die Voreltern der Weißen geschaffen hat. Den Ava und Chane gab Tunpa einen Holzspaten und einen langen geschnitzten Stock, Pfeil und Bogen, ein Schaf, eine Ziege, ein Huhn und einen Hund, damit sie alle diese Tiere vermehrten, und damit sie sich mit diesen Werkzeugen ernährten. Den Weißen gab er Gewehre, ein Pferd, eine Stute und eine Kuh und alle möglichen Werkzeuge aus Eisen, damit sie mit diesen arbeiteten.

Es wird erzählt, daß die kleine Viscacha diese Bäume, die vom Mutterbaum zurückblieben, beaufsichtigte. Sie hatte diese Bäume sehr gut beaufsichtigt; keinen einzigen Samen hatte sie fortnehmen lassen. Sie hatte die Blüten gekostet, sie aber bitter gefunden, bis sie Frucht gaben. Als sie reif waren, säte sie die Samen. Als diese wieder gereift waren, säte sie diese wieder. Im folgenden Jahr hatten sie alle reife Frucht gegeben.

Aguaratunpa war zum Hause der kleinen Viscacha gekommen. Diese war eine alte Frau. Sie bot Aguaratunpa von den Früchten, die sie bewacht hatte, und er fand sie sehr gut. Er fragte, wie sie hießen. Sie erwiderte: »Diese Früchte heißen ›mä‹.«

Als sie ihm die Früchte anbot, setzte sie sich neben Aguaratunpa, damit er kein einziges Samenkorn mitnähme. Aguaratunpa verbarg in einem hohlen Zahn eins der kleinsten Samenkörner. Als er zu essen aufgehört hatte, reichte ihm die Alte Wasser zum Mundausspülen, damit kein einziges Samenkorn zurückbleibe. Mit dem Finger untersuchte sie Aguaratunpas Mund, konnte aber kein einziges Korn finden. Wieder fragte Aguaratunpa die Frau, wie der Baum heiße, und nahm Abschied. Den Namen des Baumes nennend, setzte er seinen Weg fort. Nicht weit davon fiel Aguaratunpa, vergaß den Namen des Baumes und kehrte zu der Alten zurück, um zu fragen. Darauf setzte er seinen Weg fort. Wieder fiel er, wieder vergaß er den Namen, und wieder kam er zu der Alten zurück, um zu fragen. Da sagte sie: »Du hast etwas Samen mitgenommen«, und so untersuchte sie noch einmal seinen Mund, konnte aber nichts finden.

Hierauf ging Aguaratunpa weiter, bis er zu einer offenen Ebene kam. Dort säte er den Algarrobosamen, den er mithatte. Dann zog er weit umher. Nach einigen Jahren kam er zurück und fand schon eine große Algarrobopflanze vor. Wieder zog er weit umher. Als er zurückkam, blühte die Algarrobo. Er nahm eine Blüte und kaute sie. Sie war bitter. Wieder zog Aguaratunpa in die Welt hinaus. Als er zu seiner Algarrobo zurückkam, fand er sie voll reifer Früchte. Er nahm eine Frucht auf, die auf die Erde gefallen war, und kostete sie. Sie war süß und gut. Er suchte nun nach jemandem, der den Baum für ihn bewachen wollte. Er fragte zuerst einen Käfer; dieser wollte aber nicht. Dann fragte er einen kleinen schwarzen Vogel; der wollte aber auch nicht. Nun fragte er einen anderen Käfer, Tikitikiru, und dieser versprach ihm, den Baum zu bewachen. »Kommt jemand, der von deiner Algarrobo Früchte stehlen will, so will ich singen: ›Tikitikiru, tikitikiru, ko mä seramatata, tiki, tiki!‹« sagte er. Aguaratunpa war noch nicht weit gegangen, da hörte er: »Tikitikiru, tikitikiru, ko mä seramatata, tiki, tiki!« – Aguaratunpa eilte zurück. »Hier sind der Floh, die Zecke und die Blattschneideameise gewesen und haben Früchte von deiner Algarrobo gestohlen!« sagte Tikitikiru. Die Zecke hatte ein großes Tragnetz mitgehabt, um die Früchte zu tragen, und die Blattschneideameise war auf dem Baum geklettert, um sie abzubeißen. Aguaratunpa eilte ihnen nach. Zuerst erreichte er die Ameise. Er trat auf ihre Mitte. Darum sind alle Ameisen so schmal um den Leib. Dann nahm er die Zecke auf und trat mitten auf sie, so daß sie ganz platt wurde. Zuletzt bekam er den Floh und trat auf ihn, glitt aber aus, so daß er ihn seitwärts drückte. Darum sind alle Flöhe klein und zusammengedrückt.

Tikitikiru überließ nun Aguaratunpa die Algarrobo, damit er sie selbst bewache. Er spannte seine Hängematte auf und legte sich zur Ruhe. An einem Zweig sah er noch eine Frucht, welche die Diebe zurückgelassen hatten. Aguaratunpa rief nun den Wind herbei, und dieser schüttelte den Zweig, an dem die Algarrobofrucht saß, so daß sie herunterfiel. Die Frucht fiel Aguaratunpa mitten ins Auge. Der Fuchsgott war nun tot.

Bald kamen alle Geier, um von Aguaratunpa zu essen. Sie schickten den Kolibri, um ihren großen Häuptling, den weißen Kondor, Ururuti, zu holen, damit dieser von Aguaratunpa esse.

»Hütet euch, er ist nicht tot; er stellt sich nur tot, um unsern großen Häuptling zu fangen«, sagte einer der Geier.

»Gewiß ist er tot«, sagte die Fliege und kroch unter dem Schwanz des Fuchsgottes hinein und aus einem Nasenloch heraus, durch das andere hinein und so unter dem Schwanz wieder heraus.

»Er ist nicht tot«, sagte der Geier.
»Er ist tot«, sagte die Fliege und legte Eier in Aguaratunpas Augen, so daß sie voll Würmer waren. Als der weiße Kondor kam, näherte er sich Aguaratunpa, um zu essen.
»Hüte dich, er ist nicht tot«, sagte der Geier.
»Er ist tot«, sagte die Fliege und kroch wieder unter Aguaratunpas Schwanz hinein und durch das eine Nasenloch heraus, durch das andere hinein und dann unter dem Schwanze wieder heraus.
Der weiße Kondor begann nun von Aguaratunpa zu essen. Dieser fuhr auf, nahm ihn gefangen und band ihn mit einer Kette von Silber.
»Eine Herde Pferde will ich dir geben, wenn du mir die Freiheit schenkst«, sagte der weiße Kondor.
»Ich habe so viele Pferde, daß ich nicht mehr brauche«, sagte Aguaratunpa.
»Ich will dir große Felder geben, wenn du mir die Freiheit schenkst«, sagte der weiße Kondor.
»Ich habe so viele Felder, daß ich nicht mehr brauche«, sagte Aguaratunpa.
»Ich will dir meine beiden Töchter zu Frauen geben und ein Haus, in dem du wohnen kannst, wenn du mir die Freiheit schenkst«, sagte der weiße Kondor.
»Ich brauche deine Töchter nicht, denn ich habe in allen Dörfern Frauen«, sagte Aguaratunpa.
»Ich will ein ganzes Haus mit silbernen Schalen füllen und es dir geben, wenn du mir die Freiheit schenkst«, sagte der weiße Kondor.
»Ich habe so viel Silber, wie ich brauche«, sagte Aguaratunpa, »und ich habe dich gefangen, um dich zu töten. Kannst du mir aber den weißen Gummiball schenken, damit ich damit spielen kann, so will ich dir die Freiheit schenken«, sagte Aguaratunpa.
An eine lange silberne Kette gebunden, flog Ururuti, um den weißen Gummiball zu holen. Als Aguaratunpa ihn bekam,

schenkte er dem weißen Kondor die Freiheit. Der Strauß und die Fledermaus spielten Ball. Der eine warf den Ball, fing ihn mit dem Kopf auf und stieß ihn dem anderen zu, der ihn wieder mit dem Kopf auffing und zurückstieß. Als der Ball durch die Luft flog, fing der weiße Kondor ihn auf und verschwand. Aguaratunpa schickte nun einen Vogel, um den schwarzen Gummiball zu holen, und das ganze Dorf spielte. Mit dem Strauß spielte Aguaratunpa. Mitten im Spiel tauschte er den Ball gegen einen Stein aus und warf ihn. Der Strauß fing ihn mit dem Kopf und fiel tot nieder. Als er wieder lebendig wurde, hatte er einen plattgedrückten Kopf wie jetzt alle Strauße. Mit dem schwarzen Gummiball verschwand die Fledermaus.
Nun ist die Geschichte aus.

79. Tatutunpa und Aguaratunpa

(Chane)

Es wird erzählt, da war einmal ein großer Häuptling, Chiqueri, und dort waren auch Tatutunpa und Aguaratunpa. Sie lebten alle weit, weit fort von hier. Am weitesten wohnte der große Häuptling. Dieser hatte Tatutunpa kommen lassen, um ihm seine Tochter zur Frau zu geben. Tatutunpa kannte viele Künste, und Aguaratunpa kannte auch viele Künste.
Tatutunpa machte sich auf den Weg. Er ging ganz langsam und wartete an vielen Stellen. Wo er Feuer anmachte, wuchs hohes Gras. Zwei bis drei Tage, nachdem Tatutunpa sein Haus verlassen hatte, kam Aguaratunpa und fragte, wohin Tatutunpa gegangen sei. Man sagte ihm, Tatutunpa sei zu dem großen Häuptling gegangen. Aguaratunpa folgte ihm nun und traf ihn nicht weit davon. Bevor sie ankamen, fanden sie eine Pflanze namens Jhuahuasú am Weg. Aguaratunpa sagte zu Tatutunpa, er solle die Früchte abpflücken, damit sie

sie essen könnten. Er ging in den Wald unter den Strauch. Bevor noch Tatutunpa eine der Früchte hatte berühren können, schüttelte Aguaratunpa den Strauch, so daß alle Früchte auf Tatutunpa fielen. Dieser, der jung und hübsch war, wurde nun einäugig und alt. Nun war Aguaratunpa der jüngere und schönere von beiden. Sie setzten ihren Weg zu dem großen Häuptling fort. Tatutunpa hatte eine Halskette, die Aguaratunpa ihm, bevor sie ankamen, abgelockt hatte. Der große Häuptling glaubte, Tatutunpa, der alt und häßlich war, sei Aguaratunpa und dieser Tatutunpa. Er gab dem ersteren seine schönste Tochter zur Frau, und dem letzteren gab er eine seiner allerhäßlichsten, die auch einäugig war wie er.

Aguaratunpa begann zu arbeiten, um den Acker zu roden und zu säen. Während er arbeitete, band er sein langes Haar auf. Als er von der Arbeit kam, war er ganz schmutzig. Tatutunpa tat nichts. Er lag den ganzen Tag neben seiner Frau und flötete auf einer runden Holzpfeife. Als seine Schwiegermutter sah, daß er nicht arbeitete, sagte sie: »Dieser Mann denkt gar nicht an seine Familie.«

Da er dies hörte und wußte, daß Aguaratunpa schon viel gearbeitet hatte, fragte er seine Frau, ob ihr Vater keinen alten Acker habe, den er bebauen könne. Da sagte die Schwiegermutter zu ihrer Tochter: »Warum fragt der Mann nach einem Acker, er, der so faul ist? Besser wäre es, wenn Aguaratunpa, der arbeitet, danach fragte.«

Tatutunpa ging mit seinem Stock und seiner Frau nach dem alten Acker des Häuptlings. Er ging auf den großen, wüsten Acker, grub ein wenig Erde auf, hob einen Erdklumpen auf und warf ihn in die Luft. Der Erdklumpen fiel nieder und zerbröckelte in viele Stücke. »Diese Erde ist nichts wert«, sagte er und fragte seine Frau, ob nicht irgendwo eine große Ebene sei, die er bebauen könnte. Sie sagte, es gäbe eine große Ebene. Sie begaben sich dorthin und gingen mitten auf die Ebene. Tatutunpa grub ein wenig Erde auf, warf wieder einen Erdklumpen in die Luft; dieser ging aber nicht entzwei, sondern fiel ganz nieder. Er sagte zu seiner Frau, diese Erde lasse sich sehr gut bearbeiten. Sie gingen nach Hause.

Am anderen Morgen begab sich der alte Tatutunpa mit seinem Spaten nach der Ebene, wo er ein wenig gegraben hatte, und steckte ihn in den Boden. In ganz kurzer Zeit wurde die ganze große Ebene ganz allein von dem Spaten gereinigt. Tatutunpa rief nun den Wind herbei, der mit großer Stärke kam und alles schlechte Zeug wegblies. Nur das Allerfeinste war stehengeblieben. Hierauf rief er den Wirbelwind, der den Acker ganz freifegte. Tatutunpa bat die Papageien um Samen, sie kamen aber mit untauglichen Samenkörnern, die alle entzwei waren. Als er sah, daß diese Samen nichts taugten, bat er die Enten und Tauben und die ganz kleinen Tauben, sie möchten mit allerlei Samen kommen, und diese taten es auch. Sie säten sogar selbst. Als die Saat beendet war, begab sich Tatutunpa auf dem Weg, der nach seinem Hause führte, heim. Er war noch nicht weit gekommen, da drehte er sich um, um nach seinem Acker zu sehen. Er sah, daß die Pflanzen schon zu keimen begannen. Wieder ging er ein Stück und wandte sich wieder um, um nach seinem Acker zu sehen. Die Pflanzen waren schon groß. Wieder ging er weiter und drehte sich wieder um. Da fand er seinen Acker schon in Blüte. In der Nähe seines Hauses wandte sich Tatutunpa wieder um, um nach seinem Acker zu sehen, und fand, daß alles, was er gesät hatte, schon reife Früchte trug.

Bei Aguaratunpa, der so fleißig gearbeitet hatte, war noch nichts reif oder in Blüte.

Am folgenden Tag sagte Tatutunpa zu seiner Frau: »Wir wollen gehen, um nach unserem Acker zu sehen.« Sie gingen auf den Acker, und die Frau sah, daß alle Früchte reif waren. Tatutunpa gebot ihr, ein Feuer anzumachen, um Mais und alle anderen Früchte zu rösten. Er sagte ihr, sie solle einen Maiskolben, zwei Bohnen und einen Kürbis ausgraben, aber nicht mehr. Nicht einmal dies vermochten sie aufzuessen.

Danach gingen sie nach Hause und sagten zu der Alten, sie solle mit ihnen kommen und alles abernten, was sie zu essen wünsche. Die Alte glaubte ihnen nicht, sondern nahm an, sie hätten gestohlen. Sie konnte nicht glauben, daß sie etwas zu ernten hätten, da sie nicht gearbeitet hatten. »Ich gehe lieber zu meiner anderen Tochter, die fleißig gearbeitet hat«, sagte die Alte.

Aguaratunpa begab sich nun zu Tatutunpas Acker und stahl Kürbisse, die er zu seiner Anpflanzung brachte. Mit Stäbchen und Dornen befestigte er die Kürbisse an den halbgewachsenen Kürbisstengeln. In der Dämmerung kehrte er heim und sagte zu seiner Frau, sie solle ihre Mutter bitten, in seinem Acker Kürbisse zu ernten. Die Tochter ging zu ihrer Mutter und sagte: »Wir wollen nach dem Acker gehen, um Kürbisse zu holen.« Vergnügt machte die Alte sich auf den Weg, denn sie hatte gesehen, daß sie viel gearbeitet hatten, und sie glaubte ihrer Tochter. Sie gingen, fanden aber nicht mehr Kürbisse, als sie in einer Getreideschwinge einernten konnte.

Am folgenden Tag bat wieder Tatutunpas Frau ihre Mutter, mit aufs Feld zu kommen. Die Alte glaubte ihr gar nicht; als aber der Alte, ihr Mann, sah, daß sie so hartnäckig waren, befahl er ihr zu gehen. Ärgerlich machte sich die Alte auf den Weg. Tatutunpa ging vor ihr, auf seiner Pfeife flötend. Als sie auf den Acker kamen, sah die Alte, daß er voll von allerlei Früchten, Mais, Kürbissen, Bohnen und Kalabassen war. Die Alte wurde sehr vergnügt; sie konnte ihre Freude kaum mäßigen.

Als sie zu dem Ackerrain kam, sah sie eine gewaltige Kalabasse und sagte zu ihrer Tochter, diese wünsche sie für sich. Während sie plauderten, fiel die Kalabasse auf die Alte. Diese fiel hin und konnte sich wegen der schweren Kalabasse, die sie drückte, kaum bewegen. Die Tochter kam ihr zu Hilfe und versuchte, die Kalabasse zu heben; sie vermochte es aber nicht. Sie rief ihrem Mann zu, er solle kommen und ihr helfen.

Der blieb jedoch eine lange Weile fort, und erst als die Alte dem Tode nahe war, kam er, hob die Kalabasse auf und setzte sie wieder an ihrem alten Platz fest. Die halbtote Alte hob er auf.
Als sie sich nach einem Weilchen erholt hatte, sahen sie sich weiter den Acker an. Die Alte wollte einen Maiskolben abbrechen. Tatutunpa sagte ihr, sie solle seinen Acker schonen und nur den Kolben abbrechen. Sie erntete nun zwei Maiskolben und zwei von allen anderen Früchten, ohne etwas zu zerstören. Alles, was sie abgeerntet hatte, setzte sofort wieder reife Früchte an. Mit den Früchten beladen ging sie nach Hause. Sie erzählte ihrem Mann, daß Tatutunpa schon einen großen Acker habe. »Das ist somit der Tatutunpa, den wir haben kommen lassen«, sagte der Alte. »Aguaratunpa hat uns betrogen.«
Am folgenden Tag sagte Tatutunpa zu seiner Frau: »Wir wollen zu unserem Acker gehen.« Sie gingen dorthin. Er grub nun ein Loch, in dem er ein Feuer machte. Als das Loch richtig warm, richtig rot war, nahm er eine sehr große Kalabasse und kroch in sie hinein. Er bat seine Frau, die Kalabasse zuzustopfen, in die warme Grube zu legen und sie, wenn er pfeife, umzudrehen, damit er hinauskönne. Die Frau tat so, wie er gesagt hatte. Als er pfiff, drehte sie die Kalabasse um, und Tatutunpa kam heraus, schön und jung, mit allen seinen alten Schmucksachen geschmückt.
Nach einem Weilchen wärmte Tatutunpa die Grube wieder, und seine Frau kroch in die Kalabasse. Er bedeckte diese und warf sie in die Grube. Als sie pfiff, drehte er die Kalabasse um. Jung und schön kam sie heraus.
Sie kehrten nach Hause zurück und nahmen ein Quebracho-Stäbchen mit, um damit Feuer anzumachen. Als sie nach Hause kamen, war die Alte mit dem Brauen von Maisbier beschäftigt. »In dieser Nacht wird es sehr kalt, und deshalb habe ich dieses Stäbchen mitgenommen, damit wir etwas haben, woran wir uns wärmen können«, sagte Tatutunpa.

Aguaratunpa hatte viel Tartagoholz mit nach Hause genommen, es reichte aber nicht die ganze Nacht. Mitten in der Nacht war das Holz zu Ende. Er ging zur Feuerstätte seiner Schwiegermutter, die noch beim Maisbierkochen war. Als die Alte sah, daß sich da einer zu ihrem Feuer schlich, steckte sie ein Stück Holz in Aguaratunpas Hintern. Mit dem Holz im Hintern sprang er davon, für immer in einen Fuchs verwandelt.

80. *Die Frau, die ihrem Mann nach Aguararenta folgte*

(Chane)

I

Ein Mädchen wollte sich mit einem Mann verheiraten, aber er starb. Sie hatte ihn sehr gern gehabt. Am Morgen nach dem Tage seines Todes, während es noch finster war, stand sie vor dem Haus ihrer Eltern und stieß in den Mörser. Da kam jemand und erfaßte den Mörserstab.
»Wer bist du?« fragte sie.
»Ich bin es«, sagte er. Es war ihr toter Mann. »Willst du mitkommen?«
»Ja«, sagte sie, da sie ihn sehr liebte.
Er machte sich nun auf in die Richtung, wo die Sonne aufgeht. Sein Gesicht war verhüllt, damit niemand es sehe. Sie ging hinter ihm her. Sie gingen durch den Wald; sie gingen über die Pampas und wieder durch den Wald. Am Tage schlief er, und des Nachts war er wach.
Als der Vater seine Tochter vermißte, ging er, um sie zu suchen. Er folgte ihren Spuren. Vor diesen ging eine Fuchsspur. »Anya hat meine Tochter genommen«, sagte der Vater. Zuletzt fand er sie tot am Weg. Er machte sie jedoch wieder lebendig und brachte sie nach Hause. Als sie über die Pampas gingen, sahen sie einen Fuchs umherstreifen. Am folgenden Tag starb sie. Der Vater weinte. Da kam Ururuti, der weiße

Kondor, und sagte, er solle nicht klagen. Ururuti nahm ihn auf den Rücken und flog mit ihm nach Aguararenta.
In Aguararenta schlief man am Tage und war wach des Nachts. Als der Vater dorthin kam, trank man Maisbier. Ururuti brachte ihn nach dem Hause seines Schwiegersohnes. Er redete seine Tochter an, aber er bekam keine Antwort. Er ging nun zu Ururuti, der ihn nach Hause brachte. Weder er noch seine Frau beweinten die tote Tochter.
Am folgenden Tag starb der Vater.

II

Da war eine Frau, deren Mann gestorben war. In der Nacht kam er zu ihr in der Gestalt eines Mannes und schlief bei ihr. Er bat sie, mit ihm nach seinem Dorf Aguararenta zu kommen. Sie folgte ihm. Als sie nicht weit vom Dorf waren, hörten sie Gesang und Tanz. Sie ging mit ihrem Mann nach dem Marktplatz, wo ein großes Trinkgelage stattfand. Sie sah dort viele Tote, die sie kannte. Die Toten hatten jedoch Angst vor ihr und hielten sich fern von ihr. Sie blieb dort, bis es Morgen wurde. Da verschwanden alle Hütten, und sie befand sich auf einer Ebene voll Fuchsspuren. Ihr Mann verwandelte sich in eine Ratte. Sie blieb dort den ganzen Tag, auf dem Stamm einer Algarrobo sitzend. Als es finster wurde, kamen die Menschen wieder, und es fand dort ein großes Trinkgelage statt. Am Morgen sagten die Toten: »Ich gehe als Baumstamm; ich gehe als Ratte; ich gehe als Geier; ich gehe als Fuchs; ich gehe als Fledermaus«, und so fort. Sie kehrte nach Hause zurück. Ihr Mann sagte, er werde kommen, um sie zu holen. Nach drei Tagen war sie tot. Sie war ihrem Mann nach Aguararenta gefolgt.

81. Die Liebesgeschichte des Kolibri

(Chiriguano)

Es waren zwei Mädchen, die Kolibri die Flöte spielen hörten. Er spielte so schön, daß eins der Mädchen sagte: »Ihn will ich zum Mann haben!« Sie suchte den Kolibri auf und schlief bei ihm.

»Wir wollen in mein Haus gehen!« sagte der Kolibri. Als sie dorthin kamen, war es so klein, daß das Mädchen keinen Platz fand. Sie ging deshalb in ihr Dorf zurück.

Am Abend kam der Kolibri vor das Dorf und spielte Flöte, um sie zu locken. Das Mädchen lauschte und sagte: »Der Kolibri ist's, der spielt.« Sie ging aber nicht mehr zu ihm. Jeden Abend kam der Kolibri vor das Dorf und spielte seine schönsten Weisen, das Mädchen aber wollte nicht mit ihm gehen, der eine so kleine Hütte hatte.

82. Warum die Guaycurú Räuber geworden sind

(Guaycurú)

Als der große Geist die Welt erschuf, machte er auch die Menschen. Es genügte ihm nicht, einen Mann und eine Frau zu schaffen, sondern er erschuf viele Menschenpaare und gab jedem ein Stück Land und eine besondere Eigenschaft. So entstanden die verschiedenen Völker.

Endlich erschuf er auch einen Guaycurú-Mann und eine Guaycurú-Frau. Aber es war kein Stück Land mehr übriggeblieben, das er ihnen hätte geben können. Und während die beiden Guaycurús die Gegend des Gran Chaco durchstreiften, rief der große Geist einen Caracarà und sagte zu ihm: »Fliege zu den Guaycurús und sage ihnen, daß es mir leid tut, daß ich ihnen kein Land mehr geben konnte, weil schon alles

verteilt ist. Und da ihnen nichts gegeben wurde, sollen sie sich dort etwas nehmen, wo andere etwas haben. Sie sollen sie töten und sich nehmen, was sie brauchen.«
Der Caracarà flog nun zu dem Guaycurú-Paar und richtete alles so aus, wie es ihm aufgetragen war. Als die Guaycurús das hörten, nahmen sie sogleich einen Stein und erschlugen als ersten den Caracarà, rupften ihn, brieten ihn und aßen ihn. Und dann befolgten sie seine Weisung und zogen als Räuber durch die Gebiete anderer Stämme.

83. Der Waldgeist

(Guarani)

Zur Zeit des Krieges zwischen Paraguay und Bolivien hauste im Gran Chaco ein Waldgeist. Er hatte feuerrote Haare und einen langen Bart. Wie er sonst aussah, weiß niemand zu erzählen, denn es haben ihn Menschen nur aus der Ferne gesehen. Wer ihm in die Nähe kam, wurde von ihm ergriffen und in den Wald verschleppt. Die Männer fraß der Unhold auf, die Weiber nahm er mit in seine Hütte, die er im unzugänglichen Wald besaß. Die Menschen machten im allgemeinen einen großen Bogen um das Gebiet herum, wo sich der Waldgeist aufhielt; aber es trug sich immer wieder zu, daß er Leute überfiel, die sich in der Nähe aufhielten. Vor allem wagte es niemand, in jener Gegend zu übernachten, denn des Nachts war der Waldgeist besonders angriffslustig und blutdurstig.
Es war nun ein armer Tagelöhner, den der Krieg aus seinem Heimatort vertrieben hatte. Er war auf der Suche nach Arbeit weit umhergezogen, aber er konnte nirgends eine Beschäftigung finden, denn wegen des Krieges waren viele Menschen abgewandert, und es gab kaum Arbeit. Eines Tages aber hörte die Frau des Arbeiters, die Luisa hieß, man suche in

einer bestimmten, verrufenen Gegend Landarbeiter, weil aus Furcht vor dem Waldgeist dort keiner leben wollte. Sie sagte es ihrem Mann, und der meinte: »Ehe wir verhungern, wollen wir lieber dort im Wald arbeiten. Was kann uns schon passieren?«

Und so zogen sie in jene Gegend. Dort lebte ein reicher Mann, dem das Land gehörte. Aber er hatte seine Hazienda weit weg vom Wald gebaut und hielt sich außerdem bewaffnete Männer, die für seine Sicherheit sorgen mußten.

Unser Arbeiter kam dorthin, und der Reiche sagte: »Brav! Du hast Mut, und ich kann dich gut brauchen. Am Rande jenes Waldes ist eine Hütte, dort könnt ihr wohnen. Und jede Woche werde ich einen Burschen schicken, der euch das Essen bringt.«

So zog Luisa mit ihrem Mann in die Hütte, und der Mann fing an, die ihm aufgetragene Arbeit im Wald zu machen. Einmal in der Woche brachte man ihnen das Essen, und sie waren zufrieden damit. Der Mann hängte einen Rosenkranz über die Tür und sagte: »So, nun kann uns der Dämon nichts anhaben.«

Es dauerte nicht lange, bis der Waldgeist merkte, daß da jemand in der Nähe seines Gebietes arbeitete. Und so schlich er sich in die Nähe und beobachtete den Mann und Luisa.

Nun hatte er damals keinen Hunger auf Christenfleisch, aber die Frau reizte ihn. Er schlich sich mehrfach, wenn der Mann nicht daheim war, an die Hütte heran, aber wegen des Rosenkranzes konnte er nicht eindringen, und die Frau war vorsichtig und hielt sich am Morgen und am Abend nur in der Hütte auf. – Am Mittag aber schlief der Dämon, wie alle wußten.

Nun trug es sich einmal zu, daß der Herr es vergessen hatte, dem Arbeiter und seiner Frau das Essen zu schicken. Sie warteten einige Tage vergeblich und hungerten. Aber

schließlich sagte der Mann: »Luisa, du mußt morgen zur Hazienda gehen und zu essen holen!«
Da antwortete sie: »Ich will ja gern gehen. Aber für den Weg hin und zurück brauche ich einen ganzen Tag. Und wenn mich der Waldgeist in der Dämmerung überfällt? Was dann?« – »Ach, das ist einfach: Du gehst erst am Mittag zu Hause weg. Da kann dir nichts passieren. Und dann wird mit dir jemand den Weg zurückgehen, der sonst immer das Essen bringt. Und wenn das nicht möglich ist, so bleibst du auf der Hazienda über Nacht.«
Am nächsten Tag ging der Mann, wie immer am Morgen, in den Wald. Luisa aber wartete bis Mittag, und dann machte sie sich auf den Weg zur Hazienda. Als sie dort ankam, fragte der Herr verwundert: »Was willst du hier?« – »Herr, man hat vergessen, uns zu essen zu bringen.« – »Ja, das kann schon sein. Wir haben zur Zeit sehr viel Arbeit, und ich habe den Kopf zu voll, um an alles zu denken. Warte: Ich werde befehlen, daß man dir das Essen gibt!«
Als Luisa die Sachen empfangen hatte, fragte sie: »Herr, kann mich nicht jemand begleiten?« – »Ach, hast du Angst? Was seid ihr doch für abergläubische Menschen! Nun, du kannst ja hier warten und dann morgen zurückgehen.«
Da dachte aber Luisa daran, wie ihr Mann so sehr hungerte. Und sie wollte nicht, daß er sich nochmals hungrig in seine Matte legen sollte. Und so nahm sie schnell den Korb mit den Sachen auf und rannte, so schnell sie ihre Füße trugen, den Weg zurück.
Aber es war schon spät, und sie kam nicht mehr bei Tageslicht heim. Und in der Nähe der Hütte lauerte bereits der Dämon, und er überfiel sie und schleppte sie davon.
Als der Mann abends heimkam, war Luisa nicht da. ›Sie wird wohl auf der Hazienda übernachten‹, dachte er. Aber am nächsten Abend war Luisa noch nicht heimgekommen, und so machte er sich einen Tag später auf die Suche. Und auf dem Weg fand er den Korb mit Mehl, Salz, Bohnen und anderen

Dingen. Luisa aber blieb verschwunden. So wußte der Mann, daß Luisa in die Hände des Waldgeistes gefallen sein mußte.
Er ging nach Hause, kochte sich erst sein Essen, und dann ging er auf die Hazienda. Der Herr fragte ihn: »Was tust du hier? Warum arbeitest du nicht?« – »Ach, Herr, der Dämon hat meine Frau geraubt!« Der Herr sagte: »Erzähle mir keine Märchen. Vielleicht ist sie dir nur durchgegangen.« – »Nein, ich habe auf dem Weg den Korb gefunden, und zwar umgeworfen.«
Der Herr sagte: »Ja, ich kann dir nicht helfen.« – »Gebt mir ein paar von Euren bewaffneten Burschen, und wir werden den Wald absuchen.« – »Nein, das geht nicht. Wir haben jetzt hier Ernte, und da brauche ich jede Hand.«
Traurig kehrte der Mann zu seiner Hütte zurück. Auf dem Weg aber begegnete ihm ein Bettler. »Freund, hast du für mich nichts zu essen?« – »Nein, ich habe leider nichts bei mir. Aber komm mit mir! Zu Hause werde ich dir so viel kochen, bis du satt bist.«
So nahm er den armen Bettler mit, und auf dem Weg erzählte er ihm, was ihm mit seiner Frau passiert war. Der Bettler aber sagte: »Du bist ein guter Christ, und weil du mit mir Mitleid gehabt hast, habe ich auch Mitleid mit dir und werde dir helfen. Morgen früh werden wir in den Wald gehen und die Hütte des Ungeheuers suchen.« – »Aber er wird uns alle zwei fressen!« – »Warte ab, wer wen beißen wird! Du meinst, weil ich keine Zähne mehr habe, könnte ich sie niemandem mehr zeigen. Hab keine Angst und komm mit mir!«
Und sie schliefen in der Hütte, und der Arbeiter überließ dem alten Bettler die Matte von Luisa. Und morgens kochte der Mann ein Essen, und danach machten sie sich auf in den Wald. Der Weg zur Hütte des Waldgeistes war jedoch sehr weit, und es wurde fast Abend, denn sie mußten sich durch dichtes Gestrüpp hindurchschlagen. Endlich kamen sie dorthin, und als Luisa ihren Mann kommen sah, schrie sie auf, und

da sprang der Dämon herbei, der am Fluß auf der andern Seite der Hütte auf der Lauer gelegen hatte. Und als er die beiden Menschen sah, schrie er: »Sehr gut! Gerade ist mir das Menschenfleisch ausgegangen. Und nun kommen gleich zwei von diesen Christen: ein saftiger und ein trockener. Luisa, richte den Bratspieß her!«

Die arme Frau fing an zu weinen, aber der Alte sagte: »Du Unhold! Du Bestie! Komm nur her, wenn du Mut hast!«

Da wollte sich der Waldgeist auf ihn stürzen, aber der Alte warf in aller Ruhe seinen Wanderstab auf den Boden, und der verwandelte sich sogleich in eine giftige Schlange. Da schrie der Dämon vor Schreck: »Nehmt diese Schlange fort, nehmt diese Schlange fort!« – »Gut! Aber nur unter einer Bedingung: Du räumst diese Gegend und verschwindest hinter den Bergen!« – »Ja, ja, das werde ich tun!« rief der Waldgeist, denn die Schlange kroch immer näher auf ihn zu. »Wehe, du tust diesen Christen hier etwas zuleide!« sagte der Alte. »Dann sollst du merken, daß mit mir nicht zu spaßen ist!« – »Nein, nein! Ich werde niemals hierher zurückkommen.«

Da packte der Alte die Schlange am Schwanz, und sofort wurde wieder ein Stock daraus. Der Dämon aber verschwand unter lautem Heulen.

Am nächsten Morgen zündete der Alte die Hütte des Bösen an, und dann führte er Luisa und ihren Mann zu deren Hütte zurück. Dann verschwand er, indem er sagte: »Ihr lieben Menschen sollt es jetzt besser haben.«

Und in der Tat: So geschah es. Als bekannt wurde, daß der Waldgeist aus jener Gegend verschwunden war, kamen wieder viele Leute herzu, die dort in der Gegend arbeiten wollten. Und der Herr stellte Luisas Mann als Vorarbeiter an und bezahlte ihn gut, so daß sie in Zukunft keine Not mehr litten.

84. Der Fuchs, der Jaguar und der Bauer

(Quichua)

Ein Bauer pflügte mit seinem Ochsengespann ein sehr fruchtbares Feld. Da stand plötzlich und unversehens ein hungriger Jaguar vor ihm. Der Bauer hielt in seiner Arbeit inne und schaute erschrocken das wilde Tier an.

»Was tust du da?« fragte der Jaguar.

»Ich bin am Arbeiten, Werakhocha Onza, Herr Jaguar«, antwortete er furchtsam.

»Ich habe Hunger«, sagte der Jaguar, »großen Hunger, ich habe nichts zu fressen.«

Der Bauer schwieg voll Angst.

»Gib mir dein Ochsengespann«, befahl der Jaguar.

»Du wirst meine Ochsen auffressen, Werakhoche Onza; womit soll ich dann pflügen?«

»Wenn du mir deine Ochsen nicht gibst, fresse ich dich auf.«

Als der Bauer das hörte, spannte er seine Ochsen aus, damit sie der Jaguar auffressen könne. Aber bevor er sie ihm übergab, bat er ihn nochmals mit Tränen in den Augen:

»Bitte, friß nicht meine beiden Ochsen auf, laß mir doch wenigstens einen.«

»Nein!« brüllte der Jaguar. Und da er immer wütender wurde, sagte der Bauer nichts mehr und übergab ihm die beiden Ochsen.

Da stand plötzlich der Fuchs Antonio auf einer Anhöhe, und in dem Augenblick, da der Mann dem Jaguar sein Ochsengespann aushändigen wollte, rief er ihm zu:

»Tata, Herr! Hast du vielleicht den Jaguar hier gesehen? Ich suche ihn mit einer Meute Bluthunde.«

Als der Jaguar das Wort ›Bluthunde‹ hörte, erschrak er und befahl dem Bauern:

»Sag ihm, er ist nicht hier.«

»Hier ist der Jaguar nicht!« antwortete der Bauer.

Und der Fuchs fragte weiter:

»Was ist denn da vor dir?«
»Sag ihm, es sind Bohnen«, befahl der Jaguar.
»Es sind Bohnen!« rief der Bauer.
»Wenn es Bohnen sind, so tue sie in einen Sack!« sagte der Fuchs.
»Tu mich in den Sack, tu mich in den Sack, Freund!« sagte der Jaguar schnell.
Der Mann gehorchte und tat den Jaguar in den Sack.
»Schnüre jetzt den Sack zu!« rief der Fuchs.
Der Jaguar streckte den Kopf aus dem Sack und sagte zum Bauern:
»Schnüre nicht zu fest zu, sonst fresse ich dich auf, wenn ich herauskomme.«
»Ja, Werakhoche Onza!« pflichtete der Bauer bei.
Der Mann schnürte den Sack ganz fest zu, und als er sicher war, daß der Jaguar nicht entweichen konnte, schlug er ihn mit Knüppeln und Steinen tot.
Als der Jaguar tot, ganz tot war, kam der Fuchs und sagte schmeichelnd zum Bauern:
»Lieber Freund, ich habe dir geholfen und dich vor dem Jaguar gerettet. Nun ist es recht und billig, daß du mir meinen Lohn in Hühnern und Eiern zahlst. Sag deinen Nachbarn, daß sie jetzt keine Angst mehr vor dem Jaguar haben müssen.«
Der Bauer rief alle seine Nachbarn zusammen, zeigte ihnen den toten Jaguar und erzählte ihnen, wie der Fuchs ihm geholfen hatte.
Nun brachten alle ihre zartesten Hühner und zwei Körbe voll Eier herbei und schenkten sie dem Khamakhe Antonio.
Der Khamakhe nahm die Geschenke freudig dankend entgegen, und beladen wie ein Lasttier ging er mit den Hühnern und Eierkörben von dannen.
Manchmal, sagen die Indios, vollbringen die Bösen Taten, die uns vergessen lassen, was sie uns schon alles zuleide getan haben, wie in dieser Geschichte der Fuchs.

85. Der Puma und die Grille

(Quichua)

Im ›Chume‹, einem niederen Gehölz, begegneten sich eines Tages ein Puma und eine ›Siripita‹, die Grille. Da beide Könige waren, gerieten sie alsbald in einen heftigen Streit, wer von ihnen im Fall eines Krieges Sieger bleiben würde.

»Du magst zwar König der Vierfüßler sein«, sagte Siripita zu ihm, »aber ich bin Königin der Insekten.«

Der Puma brüllte auf, daß die Luft erzitterte, und erwiderte hämisch: »Du tust mir leid, denn du bist eine so kleine Königin, daß ich dich mit einem Prankenhieb zu nichts zerdrücken kann.«

Beleidigt über diese Frechheit des Königs der Vierfüßler, kletterte die Grille zu seinem Ohr hinauf und sagte zu ihm:

»Wenn du meinst, du seist so stark und unbesiegbar, so komm morgen mit deinem Heer an diesen Ort und stelle dich meinem Heer, das dich hier erwarten wird.«

»Du forderst mich heraus? Du armseliges Wichtchen?«

»Ich fordere dich heraus, unbesiegbarer Vierfüßler.«

Voller Spott über die Tollkühnheit der Grille nahm der Puma die Herausforderung an, und um Siripita zu demütigen, fegte er sie mit einer Schwanzbewegung zu Boden, bevor er im Gehölz verschwand.

Am andern Tag begaben sich alle Tiere, die der Puma aufgeboten hatte, zum vereinbarten Ort: Bären, Hunde, Jaguare, Lamas, Vicuñas, Stiere, Schafe, Hasen, gar alle. Siripita wartete schon dort, auch sie mit einem wohlgerüsteten Heer.

Das Zeichen zum Kampf wurde gegeben. Insektenwolken, die die Sonne verdunkelten, schwärmten aus Büschen und Baumkronen hervor und griffen das Heer des Pumas an.

Millionen von Insekten: Bienen, Iguanas, schwarze und gelbe Chuspis, Chakas, Wespen, Ameisen, hängten sich an die Leiber der Tiere und stachen sie in die Zunge, die Ohren, die Augen, so daß sie nichts mehr sahen und hörten und nicht mehr atmen konnten. So wild und gewaltig war der Angriff von Siripitas Heer, daß nicht einmal der Puma selbst mit all seiner Kampfwut sich der ungestümen Insekten erwehren konnte. Wenn eins der Tiere zehn oder zwanzig Mücken verschlang, so nahmen gleich Tausende ihrer Gefährten deren Platz ein.

Der Kampf dauerte nur sehr kurze Zeit. Besiegt und mit hängenden Köpfen zogen sich der Puma und seine Krieger eilends zum Fluß zurück und kühlten sich die Stiche von Siripita und ihren Soldaten.

Wenn sich viele Kleine und Schwache zusammentun, sagen die Indios, können sie sich auch dem Stärksten entgegenstellen und ihn besiegen.

86. Das himmlische Mahl

(Quichua)

In jener Zeit, als der Fuchs noch ein kleines Maul hatte und die Vögel zwar noch auf den Bäumen lebten, aber sich ihr Essen im Himmel holten, geschah folgendes:

Atoj, der Fuchs, begegnete Mallcu, dem Kondor. Und da fragte Atoj: »Würdest du mich nicht einmal zu einer jener guten Mahlzeiten in den Himmel mitnehmen?«, denn er wußte, daß man dort besser speiste als auf der Erde. »Gut«, sagte Mallcu etwas hochmütig, »aber ich nehme dich nur unter der Bedingung mit, daß du dich gut aufführst und dir keine Ungezogenheiten erlaubst, vor allem, daß du mir keine Knochen abnagst!«

Atoj ging darauf ein und versprach, sich gut zu benehmen.

Da nahm ihn Mallcu auf und flog hoch in den Himmel hinauf. Dort setzte er ihn schließlich auf einer großen, schwarzen Wolke ab. Nach kurzer Zeit kamen dort alle Vögel zusammen, um ihr tägliches Mahl einzunehmen. Auf riesigen Aguayos wuchsen Mais, Cañahua und Quinua, und das in gewaltigen Mengen, aber es gab dort auch Fleisch von Waldtieren für die fleischfressenden Vögel.

Als man mit dem Mahl fertig war, flogen alle Vögel gesättigt davon. Atoj, der sich jetzt allein sah, konnte der Versuchung nicht wiederstehen, die Knochen zu benagen, welche die fleischfressenden Vögel liegengelassen hatten.

»O je!« schrie Mallcu und flog von einer benachbarten Wolke herüber, von wo aus er hatte sehen wollen, ob Atoj sein Versprechen auch halten würde. »Du bist immer falsch und verlogen! Zur Strafe werde ich dich hier zurücklassen.« Und mit diesen Worten flog er davon.

Der arme Atoj lief den Rand der Wolke entlang, um zu sehen, wie weit es bis zur Erde hinunter sei. Er lief von einer Seite zur andern und klagte über sein Los mit langgezogenen Lauten, so daß ihn einige Papageien hörten, die nicht weit weg waren. Und da sie wissen wollten, was mit Atoj los sei, flogen sie hin, um ihm zu helfen. Und als sie sahen, was ihm fehlte, brachten sie ihm ein aus Lianen geknüpftes Seil.

Atoj begann an diesem Lianenseil auf die Erde herunterzuklettern, und dabei umschwirrte ihn ein Schwarm von Papageien. Und da Atoj ein Schwätzer mit einem losen Maul ist, schrie er sie an, um sie zu ärgern: »Ihr Papageien sollt alle die Scheißerei kriegen!«

Da wurden die Papageien ärgerlich, und sie flogen hin und zerfetzten das Seil mit ihren Schnäbeln. Da wurde Atoj angst, und er begann sich zu entschuldigen und seine Beleidigung zurückzunehmen. Die Papageien nahmen die Entschuldigung an, und so konnte Atoj weiterklettern. Als er nun vom Erdboden nicht mehr allzu weit entfernt war und er sich in Sicherheit glaubte, konnte er seine Frechheit nicht mehr

beherrschen und rief: »Alle Papageien sind schmutzige Lumpen!«
Da kehrten die Papageien um und machten sich weiter daran, das Seil zu zerfetzen. Atoj rief in seiner Angst: »Ach, ich habe ja nur eine lustige Lüge sagen wollen.« Und wiederum ließen die Papageien das Seil in Frieden.
Als nun Atoj sah, daß er beinahe auf der Erde war, schrie er: »Alle Papageien sind ein Dreck!«
Da kehrten wutentbrannt die Papageien abermals um und zerrissen die letzten Fäden, die das Seil noch zusammenhielten. Da fiel Atoj wie eine reife Frucht auf die Erde hinunter.
Und seitdem gibt es auch auf der Erde Mais, Cañahua und Quinua, denn als er auf der Erde aufprallte, platzte Atoj auseinander, und aus seinem Bauch verstreute sich alles, was er im Himmel gegessen hatte.

87. Das Mädchen, das der Kondor raubte

(Quichua)

Es war einmal ein Mädchen, das hütete die Schafe. Da kam ein Kondor und entführte sie in seine Grotte. Dort war sie zwei Jahre lang. Eines Tages brach der Kondor zusammen mit dem Fuchs auf, um seiner Frau Fleisch zu holen. Da hörte er einen Vogel, Pitchatanca, etwas rufen.
»Was sagt er?« fragte der Kondor den Fuchs.
»Er sagt, du sollst dich beeilen, das Fleisch zu holen.«
Das war nicht wahr. Der Pitchatanca hatte gerufen: »Sie entführen dein Mädchen.«
Noch einmal rief der Pitchatanca:
»Sie entführen dein Mädchen.«
Es waren nämlich der Vater und die Mutter des Mädchens, die gekommen waren, um sie zu holen.

»Was sagt er?« fragte wieder der Kondor den Fuchs.
»Du sollst dich beeilen, das Fleisch nach Hause zu bringen«, sagte der Fuchs.
Noch einmal rief der Pitchatanca:
»Sie sind dabei, dein Mädchen zu entführen.«
»Was sagt er?« fragte der Kondor.
»Er sagte, daß sie dein Mädchen entführen«, sagte der Fuchs.
Der Kondor eilte ihnen nach. Als sie den Kondor kommen sahen, stülpten sie ein Tongefäß über das Mädchen. Der Kondor packte einen Zeugfetzen, den er Stück für Stück zerriß, und dann flog er weit weg. Der Vater und die Mutter hoben das Tongefäß auf, fanden aber nur einen Haufen Knochen. Da fingen sie an, sich zu schlagen, und dabei stürzten sie einen steilen Abhang herunter und fielen sich beide zu Tode.

88. Die Zauberin

(Quichua)

In einem kleinen Dorf im Gebirge lebten einmal zwei Mestizen, die hießen Jenaro und Manuel. Ihre Väter waren Brüder, und die Schwester ihrer Väter lebte auch dort. Sie war mit einem gewissen Tadeo verheiratet und hatte eine Tochter, die Ines hieß, von den Leuten aber meist Luciernaga gerufen wurde.
Sie wuchsen zusammen mit den anderen Burschen und Mädchen jenes Dorfes auf und waren zuerst dicke Freunde. Aber durch irgendeine Geschichte – verlangt von mir nicht, daß ich mich genau daran erinnere! – gab es einen Streit zwischen den Vätern, und seit dem Tag waren auch die Burschen nicht mehr gut aufeinander zu sprechen, um so mehr, als die Eifersucht um ihre Kusine sie gegeneinander aufbrachte.

Um die Zeit, da die Väter ihre Söhne in die nächste Stadt bringen mußten, um sie etwas lernen zu lassen, war es, daß der Vater von Manuel, der reicher war als sein Bruder und sein Schwager, weil ihm der Hauptteil des Erbes zugefallen war, sein Pferd sattelte und Manuel befahl, es mit seinem Pferd genauso zu machen.

Was erzähle ich lang! Sie ritten also los, über das Gebirge und durch die Steinwüste, und am Abend kamen sie hoch in den Bergen zu einer kleinen Steinhütte, in der ein Tambero, ein Wirt, wohnte. Der Vater von Manuel schlug mit der Peitsche an die Tür. »He, hallo, Sohn einer Hure! Schläft man hierzulande schon und kümmert sich nicht um die Reisenden?« Da kam der Wirt heraus und sagte: »Steigt nur ab, ihr Herren, ihr müßt verzeihen, daß ich euch nicht habe kommen hören.«

Brummend stieg der Vater von Manuel ab, und der Sohn tat's ihm nach. Der Wirt versorgte die Pferde in einem Vorraum, bereitete den beiden ein Lager in der Hütte, kochte Tee und brachte ein Glas Pisco.

Die Reisenden aber setzten sich hin und aßen und tranken schweigend, und sooft der Wirt, ein alter Mann, versuchte, ein Gespräch anzufangen, gaben sie ihm keine Antwort.

Nach dem Essen legten sie sich wortlos hin, der Wirt löschte das Licht, und sie schliefen.

Am nächsten Tag befahl Manuels Vater, die Pferde zu satteln, zahlte mürrisch und ohne auf die Klage des Alten zu achten die Hälfte der verlangten Rechnung und ritt mit seinem Sohn davon.

Am Abend des nächsten Tages kamen Jenaro und sein Vater zu der gleichen Hütte. Weil sie keine Pferde hatten, brauchten sie länger für den Weg. Müde und schüchtern klopften sie an. Der Wirt öffnete mißtrauisch die Tür einen Spalt. »Wer ist da?« – »Gibt es hier Herberge?« – »Kommt herein!«

Der Wirt ließ sie ein und bereitete ihnen ein Lager. Jenaros Vater aber packte aus, was sie als Verpflegung für die Reise mitgenommen hatten. »Ach, was habt ihr denn Appetitliches?« fragte der Wirt. »Wollt Ihr es auch versuchen?« fragte Jenaros Vater zurück. »Wir haben ja genug davon. Bedient Euch nur und nehmt, soviel Ihr wollt!«

Der Wirt ließ sich nicht bitten, und als sie zu essen aufhörten, war keine Krume mehr übrig. »Nun, wir werden morgen etwas fasten, Jenaro«, sagte sein Vater, »Fasten hat noch keinem geschadet. Und bis übermorgen werden wir in der Stadt sein.«

Als sie am nächsten Tag zahlen wollten, sagte der Alte: »Nein, ihr braucht nichts zu geben, denn ihr habt schon gegeben. Und weil ihr so freigebig gewesen seid, will ich dem Burschen noch etwas mitgeben, was er im Leben wird gut brauchen können: ein Beutelchen, in dem ist ein Kraut, wenn man daran riecht, nimmt es die Müdigkeit; ein kleines, kleines Fläschchen, wenn man daraus trinkt, dann sieht man im Dunkeln; und ein Halstuch, nun ... das ist gut, es zu tragen. Warum? Das wird Jenaro schon einmal merken.«

Jenaro und sein Vater bedankten sich, und dann gingen sie auf ihrem Weg weiter, bis sie in die Stadt kamen.

Es fügte sich, daß die beiden Burschen bei dem gleichen Herrn in Dienst traten, und da sie ihre Arbeit gut machten, war ihr Herr mit ihnen zufrieden. So vergingen einige Jahre.

Da der Herr, bei dem die Burschen dienten, keine Kinder hatte, sagte er eines Tages: »Manuel und Jenaro, einer von euch soll einmal meinen Palast erben und alles Geld, der andere soll die Hazienda bekommen. Nun weiß ich aber nicht, wem ich was vererben soll. Zieht deshalb aus und wandert durch die Welt, und in einem Jahr sollt ihr wieder hier sein und mir erzählen, was ihr erlebt habt. Und dann werden wir sehen, wer für den Palast geeignet ist und wer für die Hazienda.« Und er schenkte den beiden Burschen Pferde und gab jedem einen Beutel voll Geld und ließ sie fortziehen. Und sie ritten zuerst in ihr Dorf, denn sie wollten ihre Eltern besuchen und dann weiterreiten.

Als sie jedoch daheim ankamen, fand sich, daß sowohl der Vater von Manuel als auch der Vater von Jenaro sehr krank waren und Fieber hatten. Und man fürchtete, daß sie sterben würden. Da sagte der Vater von Manuel: »Ich habe in meiner Jugend gehört, daß es im Urwald drunten eine Zauberin gibt, die Medizin gegen jede Art Krankheit hat.« – »Ja«, sagte der Vater von Jenaro, »das ist wahr. Aber man sagt auch, daß die Zauberin eine böse Menschenfresserin ist und daß sie nur denjenigen hilft, die ihr Menschenfleisch zu essen bringen.« – »Ach, das ist Geschwätz!« sagte Manuels Vater.
Nun, ich will schnell erzählen – auf die Worte seines Vaters hin entschloß sich Jenaro gleich, am nächsten Tag in den Urwald hinunterzusteigen. Manuel aber dachte bei sich: ›Laß den Vetter nur losziehen! Ich kann mich dann an das Mädchen heranmachen, und später werden wir sehen, was wir machen.‹
Gesagt, getan. Jenaro stieg hinunter in den Urwald, Manuel aber stellte dem Mädchen nach, und er bedrängte es, doch ihn zu heiraten. Aber Ines sagte: »Nein, mach dir keine Hoffnung! Ich liebe Jenaro, und ich werde entweder ihn heiraten oder niemanden.«
Da wurde Manuel ganz rot vor Wut und Eifersucht, und er dachte: ›Ich muß Jenaro töten, dann wird Ines mir gehören, und der Herr wird mir sowohl den Palast als auch die Hazienda vererben.‹ Und er beschloß, den Jenaro umzubringen.
Jenaro war unterdessen vom Gebirge hinuntergestiegen in die heiße Urwaldzone, und er hatte sich erkundigt, wo die Zauberin wohne.
»Sie wohnt jenseits des großen Flusses«, sagte ein alter Indianer, »aber niemand kann zu ihr gehen, denn sie tötet alle und frißt sie auf.« – »Nun, ich werde einige Hühner kaufen und sie ihr als Geschenk bringen.« – »Nicht tun, nicht tun, Bursche!« riet ihm der Indianer.
Aber Jenaro dachte an seinen kranken Vater, kaufte sich ein

Boot und einige Hühner und fuhr über den großen Fluß. Er fand auch die Hütte der Zauberin dort, wo man sie ihm beschrieben hatte, stieg aus, nahm die Hühner und wollte zur Zauberin gehen, als sie ihm schon entgegenkam. »Endlich wieder Menschenfleisch!« rief die Zauberin, zog ihr Messer und wollte sich auf den Burschen stürzen, aber da sah sie sein Halstuch, blieb stehen und sagte: »Kerl, woher hast du das Halstuch?« – »Das Halstuch?« fragte Jenaro. »Das hat mir ein alter Mann geschenkt, der als Tambero eine kleine Hütte hoch oben in den Anden hat.«
»Bursche, hab keine Angst! Komm herein und erzähl mir deine Geschichte! Dann sehen wir weiter.« – »Nehmt zuerst noch diese Hühner hier, die ich Euch als Geschenk mitgebracht habe.« – »Mir ein Geschenk? Jungfrau Maria! Das ist mir auch noch nicht passiert!« sagte die Zauberin.
So gingen sie in die Hütte. Jenaro wollte zu erzählen beginnen, aber die Zauberin sagte: »Mit hungrigem Magen ist schlecht erzählen und noch schlechter zuhören. Warte etwas, und wenn wir gegessen haben, werden wir deine Geschichte hören. Ist sie gut: gut! Ist sie schlecht: schlecht für dich. Aber wenn ich das Halstuch so sehe, kann sie nur gut sein. Du mußt nämlich wissen, daß der, dem das Halstuch gehörte, mein Bruder ist.« – »Was?« sagte Jenaro. »Der Wirt ist Euer Bruder? Kann das sein?« – »Es kann nicht, es ist!« sagte die Zauberin. »So erlaubt mir, daß ich Euch das Halstuch schenke!« – »Bursche, ich merke, deine Geschichte wird gut sein, sogar sehr gut.«
Damit drehte die Zauberin den Hühnern den Kragen um, warf sie mit allen Federn und ohne sie auszunehmen in einen Kessel, der auf dem Feuer stand, rührte einmal, zweimal, dreimal um: und schon war die Hühnerbrühe fertig gekocht! Alle Federn und aller Unrat aber waren verschwunden.
Als sie gegessen hatten, erzählte Jenaro der Zauberin, wie sie beim Tambero im Gebirge übernachtet und mit ihm ihr Essen geteilt hatten. Und er zeigte ihr auch das Beutelchen

mit dem Kraut, das den Schlaf vertreibt, und das Fläschchen, das im Dunkeln sehend macht.
»Bursche«, sagte die Zauberin, »deine Geschichte hat mir gefallen! Schlaf dich aus, und morgen sollst du das Kraut haben, das deinen Vater gesund macht.«
Jenaro schlief die ganze Nacht, und am nächsten Tag weckte ihn die Zauberin, gab ihm einen Beutel mit dem Zauberkraut für den Vater und einen anderen Beutel und sagte: »Bring diesen Beutel da meinem Bruder!«
Jenaro aber fuhr wieder über den Fluß und begann ins Gebirge hinaufzusteigen. Und etwa auf dem halben Wege traf er Manuel. Manuel begrüßte ihn freundlich und fragte: »Hat die Zauberin dich nicht gefressen? Es ist also doch so, wie mein Vater sagte, und dein Vater ist wie immer ein Hasenfuß und ein Lügner.« – »Das ist nicht wahr«, entgegnete Jenaro, »hätte ich nicht der Hexe das Tuch ihres Bruders gezeigt und ihr Hühner geschenkt, wer weiß, sie hätte mich gefressen.« Und er erzählte Manuel die ganze Geschichte. Und als er von dem alten Wirt oben in den Anden sprach, sagte Manuel: »O dieser alte, geizige Gauner! Mir hat er nichts geschenkt, und dabei hat ihn mein Vater gut bezahlt.«
Unterm Erzählen war es aber Abend geworden, und so richteten sich die beiden Burschen für die Nacht ein. Als aber Jenaro eingeschlafen war, zog Manuel sein Messer heraus und erstach seinen Vetter. Und nachdem er ihn umgebracht hatte, schnitt er ihm das Herz aus der Brust und den linken Arm ab und sagte: »So, das werde ich der Hexe bringen! Wie wird sie mich erst beschenken, wenn ich ihr Menschenfleisch zu fressen bringe!«
Als er bei der Hütte der Zauberin ankam, rief er: »He, Alte! Besuch kommt! Ich soll dir von deinem Bruder im Gebirge Menschenfleisch bringen!« – »Bursche«, sagte die Zauberin, »mein Bruder hat mir noch nie Menschenfleisch geschickt. Aber wir werden sehen: erzähle mir gleich deine Geschichte! Ist sie gut: gut! Ist sie schlecht: ...«

Manuel begann zu lügen, aber die Zauberin erkannte die Wahrheit, und sie merkte, daß das Herz und der Arm dem Jenaro gehörten. Sie zögerte nicht lange, sondern sie sagte zu ihrem Messer: »Messer, schlachte den Schlächter! Töte den Mörder!«

Und das Messer flog durch die Luft und fuhr dem Manuel ins Herz. Die Zauberin aber machte sich auf, flog durch die Luft zu der Leiche Jenaros, setzte ihm das Herz ein, klebte ihm den Arm an, blies ihm ins Gesicht: da wachte er auf.

»Was ist denn das?« fragte Jenaro. »Ach«, sagte die Zauberin, »da ist mir noch etwas eingefallen! Ich werde alt und vergeßlich. Wenn du zu meinem Bruder kommst, dann sag ihm doch:

Eins ist eins
und zwei sind zwei,
tief im Berge
liegt ein Ei.

Kannst du dir das merken?« – »Ja«, sagte Jenaro, »das ist ja nicht schwer.« – »Gut, so schau, daß du heimkommst! Deinem Vater geht es nicht gut, und dein Onkel ist schon gestorben.«

Da machte sich Jenaro wieder auf den Weg, und er kletterte, so schnell er konnte, und kam glücklich daheim an. Und als sein Vater das Kraut hatte, wurde er wirklich wieder fieberfrei und gesund. Der Vater von Manuel aber war wirklich gestorben.

Als der Vater von Jenaro wieder gesund war, sagte der Sohn: »Väterchen, ich muß hinauf zu jenem Alten, um ihm etwas von seiner Schwester auszurichten.« – »Gut, so geh und tu das.«

Am Abend kam Jenaro oben an. »Wer ist das?« – »Bitte öffnet, ich soll Euch von Eurer Schwester einen Beutel bringen und Euch etwas ausrichten.« Der Wirt öffnete und ließ den Burschen ein. »Setz dich und iß! Heute habe ich

etwas anzubieten! Trink auch ein Gläschen Pisco, es wird dir guttun bei der Kälte.«
Als sie gegessen und getrunken hatten, begann Jenaro zu erzählen, bis er zu dem Spruch der Zauberin kam:

Eins ist eins
und zwei sind zwei,
tief im Berge
liegt ein Ei.

»So«, sagte der Alte, »ist es endlich soweit? Du mußt nämlich wissen: Der frühere Herrscher unseres Landes wurde von einem weißen Teufel gefangengenommen. Der Böse hat den König verschleppt, und niemand wußte, wo er hingekommen ist. Man erzählt sich nur, daß er in einer goldenen Kugel eingeschlossen wurde. Die goldene Kugel liegt in einer tiefen, tiefen Höhle, so dunkel, daß keine Fackel sie erhellen kann. Und in der Höhle hat der Teufel ein Feuer angezündet, und wer den Rauch riecht, der schläft auf der Stelle ein. Nun sieh du zu, ob du mir diese goldene Kugel verschaffen kannst!«
Da machte sich am nächsten Tag Jenaro auf, und er stieg noch höher ins Gebirge hinauf, und an einer bestimmten Stelle, die ihm der Alte genau bezeichnet hatte, fand er ein kleines Loch, durch das er sich nur mit Mühe zwängen konnte. Und er fand einen Gang, der war so finster, daß er keine Handbreit weit sehen konnte. Da nahm er das Fläschchen des Alten, trank einen kleinen Schluck, und sogleich ging es wie Licht vor seinen Augen auf. Es war gerade, als wenn seine Augen zu Laternen geworden wären und vor ihm her leuchteten. Und er ging den Gang entlang, da kam er zu einer holprigen Treppe, die in die Tiefe führte. Mutig ging er die Treppe hinunter, wohl tausend Stufen oder mehr.
Und als er am Fuß der Treppe ankam, da quoll ihm ein Rauch entgegen, der duftete angenehm, aber Jenaro wurde ganz schwindlig davon, und er sank zusammen. Gerade noch

konnte er den Beutel mit dem Kraut des Tamberos an die Nase halten, sonst wäre er gleich eingeschlafen. Aber als er eine Weile an dem Kraut gerochen hatte, wurde er hellwach, und er konnte nun weitergehen. Da kam er in einen großen Saal, der war so lang und breit und hoch, daß man die Wände nicht sehen konnte. Und mitten im Saal lag eine glänzende Goldkugel. Jenaro ging dorthin und wollte sie aufheben. Aber sie war so schwer, daß er sie nicht aufheben konnte. Aber eine Stimme in der Kugel rief: »Laß mich noch schlafen! Aber lösche das Feuer und sag dem Alten: Wenn das Gold rot wird, kommt der Herrscher! Aber melde es nur dem Alten und deinem Herrn!«

Da suchte Jenaro das Feuer und löschte es aus. Dann stieg er wieder in die Oberwelt zurück, ging zu dem alten Wirt und erzählte ihm, was er in der Höhle erlebt hatte. »Nun«, sagte der Alte, »so hat sich meine Schwester getäuscht, aber nicht ganz. Nun bleib bei mir über Nacht und zieh morgen zu deinem Herrn!«

Als Jenaro bei seinem Herrn ankam, war gerade ein Jahr vergangen. »Wo ist Manuel?« fragte der Herr. »Ich weiß es nicht«, sagte Jenaro. »Dann laß deine Geschichte hören!«

Jenaro erzählte alles, was er erlebt hatte, und der Herr saß nur schweigend da und nickte mit dem Kopf. Und als Jenaro zu Ende gekommen war, sagte er: »Ja, so ist es! Du hast deine Sache gut gemacht, und du wirst sie noch besser machen, wenn es Zeit ist. Morgen werde ich dich als Sohn annehmen, und du sollst meinen Palast und meine Hazienda erben.«

Was soll ich euch noch erzählen, liebe Brüder? Jenaro heiratete Ines, erbte den Besitz des Herrn, und ob die Geschichte damit zu Ende ist, das weiß ich nicht. Vielleicht aber weiß es jemand von euch? Und wenn er es weiß, so soll er die Geschichte zu Ende erzählen!«

89. Sonne und Mond

(Amuesha)

Vor langer, langer Zeit lebten im Lande der Amuesha zwei Eidechsen, die Yatash und Yachur hießen. Sie waren Bruder und Schwester. Sie hatten ihre Hütten im Wald und führten dort ein heiteres und sorgenloses Leben.

Eines Tages, als sie aufs Feld gingen, um sich Früchte zu holen, fanden sie einige Blumen, die waren so schön, daß Yachur einen Strauß pflückte und sich an die Brust steckte.

Aber als sie auf dem Heimweg waren, verfinsterte sich der Himmel ganz plötzlich, und es entstand ein fürchterliches Gewitter mit Blitz und Donner. Und plötzlich fuhr ein Blitz herunter, entriß Yachur die Blumen und schwängerte sie.

Als sich der Himmel wieder aufgeheitert hatte, erschienen die Blumen als ein großer Regenbogen am Himmel.

Als Yachur merkte, daß sie schwanger sei, erzählte sie es voll Furcht ihren Eltern. Die Lebewesen jener Zeit, die aus Jaguaren und Eidechsen bestanden, glaubten jedoch, daß Yatash seine Schwester geschwängert habe.

Yatash bestritt das zwar, aber man glaubte ihm nicht. Man beschloß, ihn zu töten, und rief alle Häuptlinge zusammen.

Alle schoben die Schuld für die Schwängerung von Yachur auf Yatash, nur ein alter Häuptling, der klügste von allen, sagte: »Yatash ist unschuldig; ein Blitz muß Yachur geschwängert haben, und sie wird zwei Kinder gebären: ein männliches, den Mond, und ein weibliches, die Sonne.«

Da waren alle sehr froh, denn damals gab es weder Sonne noch Mond.

Eines Tages ging das Mädchen zu einer Quelle, um Wasser zu holen, und da überfiel sie der alte Jaguar Patonille, der wußte, daß sie schwanger war, und er verschlang sie.

Aus dem Bauch des Mädchens brach ein Strom von Wasser hervor, aus dem sich ein großer Fluß bildete, und in dessen Wasser fanden Sonne und Mond Zuflucht.
Als Yachur nicht nach Hause zurückkehrte, machte man sich auf die Suche nach ihr, und als man sie nicht finden konnte, verdächtigte man den armen Yatash, daß er seine Schwester umgebracht habe.
Da machte sich der arme Yatash auf, um seine Schwester zu suchen, aber er konnte sie nirgends finden. Verzweifelt setzte er sich am Ufer jenes Flusses nieder und weinte fünf Tage lang.
Als er schon jede Hoffnung aufgegeben hatte, schaute er ins Wasser, und da sah er am Grunde des Flusses Sonne und Mond leuchten. Nun versuchte er voll Freude, sie an sich zu ziehen, aber sooft er nach den Kindern tauchte, versteckten sie sich vor ihm.
Nach vielen Versuchen gab es Yatash auf, er kehrte zu seinem Stamm zurück und berichtete, was er gesehen hatte.
Nun versuchten es auch viele andere, Sonne und Mond zu fangen, aber es gelang keinem.
Schließlich rief man alle Alten und alle Häuptlinge zusammen, und man beschloß, die Kinder zu überlisten. Man nahm eine lange Stange und band an ihre Spitze einen kleinen Busch. Dann gingen sie zum Fluß, versteckten sich hinter den Bäumen am Ufer und legten die Stange so aufs Wasser, daß man sie hin und her bewegen konnte. Fünf Tage lang bewegte man sie so, und endlich wurden die Kinder neugierig und wollten wissen, was da auf dem Wasser schwämme. Und in dem Augenblick, in dem die Sonne auftauchte, sprang Yatash schnell hinzu und packte sie, obwohl sie ihn mit ihrer Hitze sehr verbrannte. Und als der Mond auftauchte, um seiner Schwester zu helfen, sprangen die andern Männer herbei und hielten ihn fest.
Und damit Sonne und Mond nicht davonliefen, band man sie an Bäumen fest.

Aber nun erschien der alte Jaguar Patonille und sagte, da er die Mutter der Kinder gefressen habe, käme es nun ihm zu, für Sonne und Mond zu sorgen.
Die beiden Kinder aber waren sehr unruhig und machten dem alten Jaguar viel Mühe, so daß er zuletzt beschloß, sie zu fressen. Er lud alle seine Verwandten ein und stellte einen großen Topf Wasser aufs Feuer, um die Kinder zu kochen. Aber als Patonille sie packen wollte, verbrannte ihn die Sonne so, daß er tot umfiel. Sie warfen ihn in den Kochtopf, und als er gar war, zerrissen sie ihn in Stücke und streuten ihn hierhin und dorthin.
Dann verwandelten sie sich in einen schönen Jüngling und ein schönes Mädchen. Anschließend versteckten sie sich unter dem Dach der Hütte von Patonille, um alles zu beobachten.
Nun kamen alle Verwandten von Patonille an, alle waren Jaguare. Sie waren verwundert, daß sie Patonille nicht finden konnten, und riefen nach ihm. Er aber antwortete aus verschiedenen Richtungen, wohin eben seine Knochen gefallen waren.
Als sie alle Reste von Patonille gefunden hatten, wurde ihnen klar, was sich zugetragen hatte. Da machten sie sich auf die Suche nach Sonne und Mond, um sie zu bestrafen. Und um zu verhindern, daß sie davonlaufen könnten, zündeten sie die Hütte von Patonille an. Aber Sonne und Mond rannten heraus, sprangen zum Fluß hinunter und überquerten ihn.
Da wollten die Jaguare sie verfolgen und bauten in aller Eile eine Brücke. Aber als sie die Brücke fertig hatten und auf ihr den Fluß überqueren wollten, da zerstörten Sonne und Mond sie, ehe auch nur ein einziger Jaguar seinen Fuß aufs andere Ufer hätte setzen können. Fast alle Jaguare fielen ins Wasser und ertranken.
Die wenigen Jaguare aber, die mit dem Leben davonkamen, wurden die Vorfahren der Amuesha.

90. Kamakhe und Kunturi

(Aymará)

Kamakhe, der Fuchs, lauerte einmal in der Nähe einer Herde von Schafen und überlegte, welches er rauben könne. Nicht weit weg lauerte aber auch Kunturi, der Kondor, mit der gleichen Absicht. Er beobachtete alles, was Kamakhe machte.

»Kak … kak …«, ließ er seinen Schrei ertönen, und jener, als wäre nichts gewesen, kläffte ihm spottend nach: »Laji … laji … laji …«

Da flog Kunturi von seinem Wipfel herunter, um mit Kamakhe zu sprechen; der setzte sich unmittelbar vor den Eingang zu einer Höhle, um sich vom Kunturi nicht erwischen zu lassen.

»Verschwinde! Kamakhe!« sagte Kunturi. »Troll dich von hier weg, denn ich habe dich schon gesehen. Du lauerst hier, um dir ein Schaf zu stehlen?«

»Aber wo denkst du hin? Ich bin gekommen, um in die Messe zu gehen und Gott, unserm Vater, mein Herz aufzuopfern unter Tränen. Ich bin kein Räuber, so wie du es meinst.« – »Wozu lauerst du dann hier herum? Ich habe dich doch beobachtet.« – »Nun, so komm doch und laß uns den Fall besprechen! Du bist ja selbst halbtot vor Hunger, und ich habe einen leeren Bauch.«

Da sagte Kunturi zu Kamakhe: »Das beste Schaf werden wir uns aus der Herde holen. Du mußt es packen und ihm die Kehle durchbeißen, ich werde es dann aufnehmen und hierher auf den Hügel tragen.«

»Gut!« sagte Kamakhe, indem er auf Kunturis Rat hörte. Und so machten sie es.

Aber Kunturi nahm das Schaf auf und flog damit an einen Ort, wohin ihm Kamakhe nicht folgen konnte.

Kamakhe aber saß unten und mußte zuschauen, wie Kunturi

fraß, bis er nicht mehr konnte, während er selbst schier vor Hunger starb. Er sprach vor sich hin: »Das durch fremde Arbeit Gewonnene schmeckt immer süßer als das durch eigene Mühe Gewonnene. Irgendwie muß man sich halt mit fremdem Gut bereichern.«

Jaja, so ist's, Bruder! Keiner weiß, für wen wir arbeiten. Die Faulen und die Landstreicher lauern uns auf, um sich auf unsere Kosten zu bereichern, und sie leben ganz unverschämt auf unsere Kosten, indem sie uns hereinlegen wie Kunturi den Kamakhe.

90a

(Aymará)

Kamakewa maa iwistama hakqan khamisiyascatayna, chuymap mankhana, cauquirit hukqampi sumiri ajllisisa waysusiwañataqui.

Cunturijj uca hakqan, maa hiskqa kontupatana chhunttata uñchchuqiscaraqitayna cunti kamakejj khamisiyqis uca. qicqa amtañaniraqiwa hupajj uñchchuqiraqitayna.

Kak ... kak ... sasawa kamakeru artti; acasti jan yaakerjama pfiscasisa wajaraqi, – lajj ... lajj ... lajj.

Cuntutrijj halakani uca patjjata, kamakempi parl-ttañataqi aqiristi maa piyaruwa lluscuntawayi han catjayasiñataqui.

Chuy! kamake, mistunim, ni uñjasmawa cuns aca acanacan lurascayatajja, iwis lunthatasiñ amt-tajj.

Haniw; nayajj misa isapiriwa hutascta, tatitu Dios, Auqisaru chumajja hachttasisa chuñaraqi; haniw nayajj luntthataacti, humaqiwa uca amtañniitajj.

Humasti, cunraqi uca patajjansti khamisiyascayatasti.

Hum uñchchuqisccsusma khamisiyatama. Hutam, cuntaqisa nuwasiscañaani, humas mankkat hiwataata nayas ni kholuntirjamawa puracajjajja.

Cunturijj sí, kamakeru cauqirit hukqampsumiri iwisa tamat

apsusiñaani, mallkkat kkaptasa hiwayata, nayasti waysus haltawaya alay kollu parqicama.
Iyaw kamakejj sí; Cunturiru isttasma, ukjam lurapjje.
Cunturejj parqi kolluruwa apcatasiwayi, han kamaken ucaujcama purqiri.
Kamakej aynachatpacha unchchuqi chuymas llaquisita mankkat hiwata mankkantatapa sisjasiñcama.
Sapiniwa hupajj; thaken chamapajja uywapajj, hukampmojjsiwa hiwasanqirita; cunaymanatsa kamiriptañawa hakenquirimpi.
Ukjamawa hilatanaca, haniw kjitis yatqiti kjititaqiti cuns hiwasajja, lurtam, hayea tumaycunacawa khamisiyas hiwasanqirimpi kamiriptapjje makkapjje, han hiwta, pfiscasisa, camisti cunturij lurqisa kamakeru.

91. Der Ursprung des Chinarindenbaums

(Aymará)

Da feierte man einmal im Himmel ein großes Gelage. Auch der Fuchs hörte davon, und er wollte gern dabeisein. Und so bot er dem Kondor einen fetten Hammel an, wenn er ihn auf seinem Rücken zum Himmel hinaufbringen würde. Der Kondor aber verlangte vom Fuchs außer dem Hammel noch das Fleisch seiner Schenkel. Der Fuchs war selbst mit diesem Preis einverstanden, und der Kondor trug ihn zum Himmel hinauf.
Aber als der Fuchs erst einmal im Himmel war, ging er schnurstracks in die Küche und fraß von den besten Speisen, die es dort gab. Und er trieb die Frechheit so weit auf die Spitze, daß er dann noch mit allen Mädchen ins Bett ging.
Als der Kondor kam, um den Fuchs abzuholen, gefiel es dem so gut, daß er erklärte, er wolle noch einige Zeit im Himmel bleiben.

Erst nach einer Reihe von Tagen entschloß sich der Fuchs, wieder auf die Erde zurückzukehren. Um nicht auf den Kondor angewiesen zu sein und ihm den teuren Preis zahlen zu müssen, knüpfte er aus Stroh ein Seil und ließ sich an ihm heruntergleiten. Bevor er sich aber an den Abstieg machte, hatte er eine gehörige Menge Chinarindentee getrunken, den er den Himmelsbewohnern gestohlen hatte.

Auf halbem Wege vom Himmel zur Erde begegnete ihm ein Papagei, den der Fuchs boshaft beleidigte. Da schlug der Papagei mit dem Schnabel nach dem Strohseil, so daß es riß. Der Fuchs stürzte auf die Erde und brach sich den Hals. Aber die Chinarinden-Samen aus seinem Bauch fielen heraus und verbreiteten sich auf der Hochebene, von wo sie die Menschen nahmen und überall anbauten.

Der Fuchs aber wurde in ein Kraut verwandelt, das ebenso bitter schmeckt wie die Chinarinde. Wenn es aufgeht, schlagen es die Bauern mit der Sichel ab und fluchen: »Suac jakhelukun acajuira, kihuna amarilla!«

92. Der Gatte des Sterns

(Umutina)

Ein Mann namens Zapalo lag abends vor seiner Hütte auf der Matte und blickte gen Himmel. Er sah einen schönen Stern und wünschte sich, der Stern möchte zu ihm kommen als schöne Frau. Dann wurde er müde und schlief ein.

Auf einmal weckte man ihn. Er erschrak. Zwei Frauen standen vor ihm. Er fragte: »Wer seid ihr?«

Sie antworteten: »Die, welche du für dich herunterkommen ließest.«

Beide Frauen blieben bei ihm. Sie waren sehr schön. Er ging auf die Jagd und brachte ihnen viel Wild. Aber sie wollten nichts davon essen. Sie wollten nur Baumharz essen. Sie sagten, nie hätten sie solche Tiere gesehen.

Als der Mann am nächsten Tag Mutumfedern auf Harz klebte, um daraus seinen Armschmuck zu machen, aßen ihm die Frauen fast alles Harz weg. Es blieb nur ganz wenig übrig. Nun ging er, um neues Harz zu holen. Die Frauen gingen mit. Sie fanden kein Harz, wohl aber eine Bakabapalme, die voller Früchte war. Die Frauen veranlaßten den Mann hinaufzuklettern und stiegen ihm nach. Der Baum begann schnell zu wachsen. Da wollte der Mann wieder auf die Erde hinunter. Aber die Frauen sagten, sie würden ihm den Bogen in den Hintern stoßen, wenn er das versuche. So kletterte er immer höher, immer höher, bis er nicht mehr zu sehen war. Die beiden Frauen folgten ihm. Die Palme wuchs und wuchs. Schließlich langten sie alle im Himmel an.

Im Himmel ging es dem Mann sehr schlecht. Er aß nichts, weil dort nur Harz gegessen wurde. Das tat den Leuten im Himmel sehr leid, und sie machten einen großen Topf und eine ganz starke Schnur aus Tukumfasern, um den Mann zur Erde hinabzulassen. Dann ließen sie ihn hinunter, immer tiefer und tiefer, und als die Schnur zu Ende ging, knüpften sie neue Schnüre an. Nach einer Weile riefen sie zu ihm hinunter und fragten, ob er unten sei. »Nein, noch nicht«, antwortete er.

Da ließen sie ihn weiter hinunter und knüpften noch mehr Schnüre an. Bald fragten sie wieder, ob er schon unten sei. Er schrie zurück: »Nein, immer noch nicht!«

Als aber der Mann fast unten war, ließen die Leute die Schnur los. Der Topf zerbrach in viele Stücke, und diese verwandelten sich in Schildkröten. Die Schnur wurde zu einer Schlange. So sind Schildkröte und Schlange entstanden. Bis dahin gab es noch keine.

Der Mann war so abgemagert, daß er beinahe gestorben wäre. Er kehrte nun zu den Seinen zurück und erzählte, daß die Sterne nur Harz äßen.

93. Die Milchstraße

(Toba)

Einmal liefen junge Mädchen über den Himmelspfad, weil sie von Freunden zum Essen eingeladen waren. Aber zwischen ihrem Weg und dem Ort, wo ihre Freunde die Speisen bereiteten, lag ein großer Abgrund. Über den Abgrund war ein Baumstamm gelegt, und auf dem Stamm saß ein Vogel und sagte zu den Mädchen: »Wartet ein wenig, bis ich meine Brücke fertig gebaut habe.«

Aber die Mädchen waren hungrig und ungeduldig, sie rochen die guten Gerichte von der anderen Seite, und so stiegen sie alle, eine hinter der andern, auf den Baumstamm, um den Abgrund zu überqueren. Aber durch das Gewicht brach der Baumstamm, alle stürzten in den Abgrund, und der Übergang war zerstört.

Als nun der Vogel sah, daß alles zerstört war, bat er einen Jabirú um Hilfe. »Unsere Brücke ist gebrochen; könntest du uns eine andere bauen?« – »Ja, das kann ich, und ich werde eine Brücke bauen, die hält.«

Und der Jabirú schlug mit seinem großen und harten Schnabel die stärksten Bäume um und baute daraus eine Brücke über den Abgrund. Dann rief der Jabirú, um sie über die Brücke gehen zu lassen, und diese Brücke hielt.

Dann legte der Jabirú Feuer im Wald, um das Unterholz zu verbrennen und einen festen Pfad zur Brücke anzulegen. Dieser breite Weg besteht noch heute, er ist immer dicht voll Rauch und Asche und heißt »die (Milch)straße«.

94. Die ersten Menschen und Sonne und Mond

(Charrua)

Am Anfang gab es nur einen Mann und eine Frau. Die Frau aber war schwanger mit einem Zwillingspärchen.

Eines Tages wollte der Mann auf die Jagd gehen, und er befahl seiner Frau, ihm zu folgen. Der Mann aber ging ziemlich schnell, und die Frau konnte ihm nicht so rasch folgen. So verlor sie seine Spur.

Was machte sie, als sie den Weg nicht mehr wußte? Sie fragte ihre Kinder, denn die Kinder wußten, wohin der Vater gegangen war. Nach einiger Zeit aber war die Frau hungrig, und sie setzte sich hin, um Mais zu essen. Da sagten die Kinder in ihrem Leib: »Gib uns auch zu essen!« Aber die Mutter antwortete: »Nein, ihr seid noch zu klein.« – »Dann sagen wir dir auch nicht mehr, wohin der Vater gegangen ist.«

Da schlug sich die Frau auf den Bauch, um die Kinder zu züchtigen, und die Kinder schwiegen. So verirrte sich die Frau und kam zu der Hütte eines Jaguars. Der Jaguar aber war gerade auf die Jagd gegangen.

Die Frau ging in die Hütte hinein, fand dort einen Fleischvorrat, nahm sich davon, machte ein Feuer und briet das Fleisch. Als sie es gegessen hatte, kam der Jaguar nach Hause. »Hier ist ja besseres Fleisch, als ich mir mitgebracht habe!« sagte er.

Dann fiel er über die Frau her, um sie aufzufressen. Da kam das Zwillingspaar aus dem Bauch heraus und lief davon. Der Jaguar lief hinter ihnen her, aber da der Bruder in eine andere Richtung lief als die Schwester, rannte er einmal hierhin und einmal dorthin und erwischte so keins von den Kindern. Endlich sagte er: »Zuerst den Burschen und dann seine Schwester!« Und er rannte hinter dem Burschen her. Als er ihn fast erreicht hatte, machte der einen großen Sprung zum Himmel hinauf und verwandelte sich in die Sonne.

Da wandte sich der Jaguar um, weil er nun das Mädchen fressen wollte. Er rannte so schnell, daß er es fast eingeholt hätte. Aber im gleichen Augenblick, als er schon seine Krallen in ihr Fleisch schlug, reichte ihr der Bruder vom Himmel die Hand herunter und zog sie hinauf. Und da wurde aus dem Mädchen der Mond. Die Spuren der Krallen aber kann man heute noch sehen.

In der Zwischenzeit hatte der Mann ein Tier erlegt und wunderte sich, daß seine Frau nicht nachkam. Er ging zurück und fand sie tot mit zerrissenem Bauch.

Da nahm er Bast und flickte den Bauch der Frau wieder zusammen, so gut er konnte. Aber der Bast reichte nicht ganz, und so blieb unten die Wunde offen.

Dann machte er die Frau wieder lebendig und sagte zu ihr: »Bleib immer in meiner Nähe, damit dir nichts zustößt. Ein zweites Mal könnte ich dich nicht wieder heilen und auch nicht wieder lebendig machen.«

So blieben sie nun immer zusammen, und die Frau gebar viele Kinder, unsere Ahnen.

Viele glauben, die Mutter sei rot gewesen wie die Sonne und der Vater weiß wie der Mond.

95. Der Ursprung des Maniok

(Pareci)

Vor langer Zeit wurde die Tochter eines Indianerhäuptlings schwanger. Dieser wohnte in der Nähe des Ortes, wo sich heute die Stadt Santarém befindet. Der Häuptling wollte den bestrafen, der die Ehre seiner Tochter und seinen Stolz verletzt hatte. Und um zu erfahren, wer es sei, wandte er vergebens Bitten, Drohungen und schließlich harte Strafen an. Trotz seiner Bitten und Strafen beharrte das Mädchen darauf, niemals ein Verhältnis mit einem Mann gehabt zu haben. Der Häuptling hatte beschlossen, sie zu töten; da er-

schien ihm im Traum ein weißer Mann, der ihm sagte, er solle das Mädchen nicht töten, da sie wirklich unschuldig sei und kein Verhältnis mit einem Mann gehabt habe. Nach neun Monaten schenkte sie einem wunderschönen weißen Mädchen das Leben. Die Tatsache, daß seine Haut weiß war, erregte nicht nur beim Stamm, sondern auch bei den Nachbarvölkern Erstaunen, und sie kamen das Kind besuchen, um jene neue und unbekannte Rasse zu sehen. Das Kind, das Mani hieß und schon früher als gewöhnlich gehen und sprechen konnte, starb nach einem Jahr, ohne krank gewesen zu sein oder über Schmerzen geklagt zu haben.
Man begrub es im Haus und öffnete und begoß sein Grab täglich, wie es beim Volk Sitte war. Nach einiger Zeit wuchs aus dem Grab eine Pflanze, die man nicht ausriß, weil man sie nicht kannte. Sie wuchs, blühte und trug Früchte. Die Vögel, die von den Früchten aßen, wurden betrunken. Dieser Zustand war den Indianern unbekannt, und ihr Aberglaube an die Pflanze wurde größer. Schließlich barst der Boden. Sie gruben und glaubten, in der Frucht, die sie fanden, den Körper Manis wiederzuerkennen. Sie aßen sie und lernten so die Maniokwurzel zu gebrauchen.

96. Der Jäger und das Guanako-Mädchen

(Puelche)

Es war einmal ein junger Bursche, der hatte noch kein Mädchen. Er hätte sich aber gern verheiratet.
Eines Tages ritt er auf seinem Pferd davon, um Guanakos zu jagen. Er ritt und ritt, und am Mittag sah er eine Herde von Guanakos. Er verfolgte sie bis zum Abend, aber er konnte sie nicht einholen. Da es aber Vollmond war, verfolgte er die Tiere auch die ganze Nacht hindurch, denn er besaß ein starkes Pferd.

Als es Morgen wurde, da hatte er ein Guanako fast eingeholt. Aber als er es töten wollte, da sagte das Guanako: »Verschone mich, und ich will dich zu einem schönen, jungen Mädchen führen.« – »Gut«, sagte der Bursche, »aber wenn es mir nicht gefällt, so ist es um dich geschehen.« – »Es wird dir gefallen«, sagte das Guanako.

Und das Tier lief vor dem Jäger her und führte ihn zu einer Quelle, dort trank gerade ein junges Guanako. Das Tier, das der Jäger verfolgt hatte, blieb stehen.

»Was ist?« fragte der Bursche. »Wo ist das Mädchen?« – »Dort drüben an der Quelle«, sagte das Guanako. »Wo?« fragte der Jäger. »Ich sehe nur ein Guanako.« – »Schau noch einmal hin!«

Und als der Jäger wieder hinüberschaute, da warf das junge Guanako das Fell ab, und ein wunderhübsches nacktes Mädchen stand vor dem Burschen. Der stieg von seinem Pferd ab und ging auf das Mädchen zu. Das hatte sich in der Zwischenzeit das Guanako-Fell umgehängt.

»Mädchen, wollen wir heiraten?« – »Ja, das wollen wir.«

Der Bursche setzte das Mädchen hinter sich aufs Pferd und ritt heim. Alle Leute beneideten ihn. »Was er für ein hübsches Mädchen hat!«

Nach der Hochzeit wollte der Jäger wieder auf die Jagd reiten, er hatte sich schon aufs Pferd gesetzt, da rief ihn seine junge Frau zurück. »Liebste, was willst du?« – »Ich möchte dich bitten, keine Guanakos zu jagen.« – »Warum?« – »Du könntest meinen Vater oder meine Brüder oder Schwestern töten.« – »Und wenn ich es trotzdem tue?« – »Dann verwandle ich mich wieder in ein Guanako, und eines Tages wirst du mich selber umbringen.« – »Nein, das will ich nicht, denn ich liebe dich.«

Der Bursche ist von seinem Pferd gestiegen und hat es wieder in den Pferch zurückgebracht.

»Liebste, wovon wollen wir leben, wenn ich nicht mehr jagen darf?« – »Laß nur mich machen, ich verstehe etwas von Pfer-

den. Hilf mir dabei, so wollen wir eine Pferdezucht machen.«
So ist aus dem Jäger ein Pferdezüchter geworden.

97. Der alte Latrapai

(Pehuenche)

Der alte Latrapai hatte zwei Töchter. »Sie sollen für mich arbeiten«, sagte er. »Ich werde meine beiden Töchter verkaufen.« Er hatte aber auch zwei Neffen. »Meine beiden Neffen werden für mich arbeiten; dafür sollen sie sich mit meinen Töchtern verheiraten«, sagte der alte Latrapai.
Da machten sich die beiden Brüder auf; der eine hieß Konkel, der andere Pediu; und sie kamen beide an. Da wurden ihre beiden Sitze ganz mit Nadeln gespickt.
»Wenn ihr beide für mich arbeitet, meine Söhne, so will ich euch meine beiden Töchter geben«, sagte er zu ihnen. »Gut!« sagten sie. »Was sollen wir arbeiten?«
»Fällt mir meine uralten Kerneichen«, sagte der alte Latrapai und gab ihnen zwei schlechte Äxte. »Mit einem Streich müßt ihr die Kerneichen umhauen.«
Sie gingen hin, und man zeigte ihnen die hohen Kerneichen. Und sie hieben drauflos, um die Bäume mit einem Streich zu fällen. Da zerbrachen die beiden Äxte, die ihnen der Alte gegeben hatte. Nun gingen sie zu ihm und sagten: »Unsere beiden Äxte sind zerbrochen; jetzt werden wir mit unseren eigenen Äxten arbeiten.«
»Mir ist's recht«, antwortete der alte Latrapai.
Da gingen sie zu einer hohen Eiche und sagten: »Hier werden wir die Äxte herbeirufen.« Und sie schauten beide nach oben.

»Komm herab, Axt des Pillan!
Komm herab, Axt des Pillan!

Sei uns gnädig, Herrscher der Menschen, wirf uns zwei Äxte herab, die auf einen Streich fällen!« so riefen sie.
Da erdröhnten ganz hoch oben die Äxte des Pillan.

»Komm herab, Axt des Pillan!
Komm herab, Axt des Pillan!«

Da erdröhnten in halber Höhe die Äxte des Pillan.
»Sei uns gnädig, Herrscher der Menschen, wirf uns die Äxte herab!«
Abermals riefen sie:

»Komm herab, Axt des Pillan!
Komm herab, Axt des Pillan!«

Da erdröhnten in geringer Entfernung die Äxte des Pillan.
»Sei uns gnädig, Herrscher der Menschen; wirf uns unsere Äxte herab!« sagten sie wiederum.

»Komm herab, Axt des Pillan!
Komm herab, Axt des Pillan!«

Da kamen die Äxte des Pillan herab, und sie erdröhnten im Wipfel der Eiche. Und Konkel und Pediu ergriffen die beiden Äxte und gingen hin, um die Kerneichen zu fällen. Sie kamen an und fällten die Kerneichen. Auf einen Streich taten sie es und warfen die Kerneichen nieder. Da fällten sie alle die Kerneichen, immer auf je einen Streich eine Kerneiche. So vollendeten sie ihre Arbeit und wollten ihre Frauen heimführen.
»Ehe ihr euch mit meinen Töchtern verheiratet, müßt ihr mir die uralten wilden Stiere erjagen«, sagte der alte Latrapai.
»Gut«, sagten die beiden Männer. Da führte man sie zu den wilden Stieren. Sowie sie ankamen, erjagten sie alle die wilden Stiere. Darauf kehrten sie nach Hause zurück und machten Hochzeit.
Kurze Zeit darauf sprach der alte Latrapai: »Sie werden mir auch meine Strauße und Huanakos erjagen.«

»Gut«, sagten sie, und man führte die beiden Männer zu den Straußen und Huanakos; der Fuchs führte sie und so kamen sie zu den Straußen und Huanakos. Der Fuchs aber lief so schnell wie ein Pferd. »Ei, Fuchs«, sagten sie zu ihm, »dein Pferd rennt gut.« – »Ja, mein Pferd ist gut«, antwortete er.
Als sie nun angekommen waren, da jagte der Fuchs den Straußen nach, aber er konnte keinen einzigen erreichen. Da kehrte der Fuchs wieder um und ließ die beiden Männer dort allein zurück. So kam er wieder bei dem alten Latrapai an.
»Hast du die beiden Männer dort gelassen?« fragte man ihn.
»Ja, ich habe sie dort gelassen«, antwortete er.
Zwei Tage später wurden Boten nach ihnen ausgeschickt.
»Sind denn meine Neffen noch nicht angekommen?« sagte der alte Latrapai. »Geh einmal hin und sieh zu, ob die beiden noch nicht ankommen«, sagte er zum Fuchs.
Da machte sich der Fuchs auf und kam zu den beiden Frauen.
»Sind eure beiden Männer angekommen?« fragte er sie.
»Nein, sie sind nicht angekommen«, war die Antwort.
Da machte sich der Fuchs wiederum auf und kam zum alten Latrapai. »Sie sind wirklich noch nicht angekommen!« sagte er ihm.
Kurze Zeit darauf wurde wieder Botschaft ausgesandt. Wiederum machte sich der Fuchs auf. »Sind eure Männer angekommen?« fragte er. »Nein, sie sind noch nicht angekommen«, antworteten die beiden Frauen. Da kehrte der Fuchs wieder um und kam zum alten Latrapai. »Sie sind nicht angekommen«, sagte er. »Dann wollen wir sogleich die beiden Frauen, meine beiden Töchter, töten«, war die Antwort.
Als nun der Fuchs wieder als Bote geschickt werden sollte, stellte er sich lahm.
»Gleich geh und töte die beiden Frauen«, sagte man zu ihm.
»Ich bin lahm«, antwortete er. »Geh nur hin, du kannst ja langsam gehen«, sagte der Alte. Da machte sich der Fuchs auf.

Unterwegs fing der Fuchs an zu singen:

»Spindelgleich hüpft auf und ab mein Fuß;
Solchen Boten schickt der alte Latrapai.
Spindelgleich hüpft auf und ab mein Fuß;
Solchen Boten schickt der alte Latrapai.«

So sang der Fuchs. Darauf kam er bei den beiden Frauen an und tötete sie; in gleicher Weise tötete er beide. Mit dem Gesicht nach unten ließ er sie liegen.
Eine Zeit darauf kehrten die beiden Männer zurück. Mit dem Gesicht nach unten lagen die beiden Frauen. Als die beiden Männer nun ankamen, da sagte jeder von ihnen: »Ei, zum Donnerwetter, da liegen die beiden und schlafen und schlafen.« Da prügelte jeder seine Frau, aber die Frauen rührten sich nicht. Da drehten sie ihre Frauen auf den Rücken und erkannten, daß die Frauen tot waren, und begannen gar sehr zu weinen. Dann sagten sie: »Sogleich wollen wir fortgehen.« Eine Weile darauf gingen sie fort. »Der Hund, der alte böse Latrapai, soll gleich sterben«, sagten sie. Eine Weile darauf erblickten sie den Fuchs und nahmen ihn gefangen. Dann sagten sie: »Nie wieder soll Leben sein; vier Jahre wird Nacht sein.« Damit warfen sie die Nacht in einen Topf. Da versammelten sich alle Vögel, Schwalben, Adler, Geier, Habichte, Ibisse, Papageien, Ringeltauben, wilde Tauben; alle Vögel zusammen versammelten sich und sagten zu Konkel und Pediu: »Wir wollen euch unsere Töchter geben.« – »Gut«, sagten die beiden.
Eine Weile darauf legten sie sich auf den Boden. Zuerst kam nun die Tochter des Adlers heran. »Mach, daß du hinauskommst, du arger Krötenfresser!« sagten sie zu ihr.
Eine Weile darauf kam die Tochter des Geiers heran. »Mach, daß du hinauskommst, du stinkiger Atem!« sagten sie zu ihr.
Wieder eine Weile später kam die Tochter der Schwalbe. »Diese scheint uns passend als unsere Frau«, sagten da die

beiden Männer. Da setzte sie sich einem auf den Kopf. »Komm doch ein bißchen mehr herunter«, sagte man ihr. Da setzte sie sich hinter ihn. »Setz dich doch ein bißchen mehr nach vorne.« Da setzte sie sich wieder auf den Kopf. »So gar klein ist das Vögelchen«, sagte man ihr. Da näherten sich die Vögel alle zusammen, aber keiner gefiel ihnen. »Sogleich wird vier Jahre Nacht sein«, sagten sie.

Es wurde Nacht und wollte nicht mehr tagen.

Da hielten die Vögel eine Ratsversammlung, und das Rebhuhn ersann eine List.

»Ich werde, so schnell wie ich kann, dem Maultier unter dem Bauch hervorkommen. Wenn dann das Maultier von Konkel und Pedius erwacht, wird es den Topf mit der Nacht umwerfen.« Da flog das Rebhuhn schnell unter dem Bauch des Maultiers hervor, dort, wo Konkel und Pediu waren.

So tagte es wieder. Der alte Latrapai aber war vor Hunger gestorben. Weil es nun tagte, so blieben die Vögel am Leben.

Nun weinten die beiden Männer.

»Das ist uns nicht geglückt«, sagten sie und weinten. Da erblickte der Strauß sie.

»Was ist euch denn zugestoßen, ihr beiden armen Männer?« sagte er zu ihnen.

»Ach, unsere beiden Frauen sind gestorben«, antworteten sie.

»Singt mir etwas, ihr Männer«, sagte der Strauß.

»Lochnase, Strauß,
Plappermaul, Strauß,

nennt man mich«, sagte der Strauß. Da nannten sie ihn so. In einem Loch drehte er sich und tanzte.

»Plappermaul, Strauß,
Lochnase, Strauß«,

sagten sie zu ihm. Gar wunderschön war sein Tanz. Da kamen zwei alte Weiber heraus.

Darauf sagte der Strauß wieder: »Nennt mich noch einmal so, ihr Männer.« Da nannten sie ihn wieder so.

»Lochnase, Strauß,
Plappermaul, Strauß.«

Da tanzte er weiter. Eine Weile darauf kamen zwei hübsche Jungfrauen heraus, aber jeder fehlte auf einer Seite ein Auge.

»Das sind eure Frauen, ihr Männer«, sagte er zu Konkel und Pediu. Sie blinzelten beide und sagten: »So scheint es uns.« Da setzten die beiden alten Weiber den beiden Jungfrauen ihre Augen ein. Nun hatten sie wieder schöne Augen. Da verheirateten sie sich mit den Frauen, und nachher wurden sie wieder beide glückliche Männer.

98. Die Totenbraut

(Pehuenche)

Ein Mann, der eine Liebste hatte, starb. Da hörte seine Liebste, daß er gestorben war.

Als er nun gestorben war, wurde er begraben, und man tötete alle seine Pferde auf dem Grab; alle seine Habe wurde mit ihm in das Grab gelegt, sein Sattel, seine Sporen, sein Messer, seine Reitpeitsche, seine Lanze, alles wurde mit hineingelegt.

Über zehn Tage nachher ging der Tote zu der Frau, die er zur Liebsten gehabt hatte. Gegen Abend kam er an. Bei der Ankunft sagte sie zu ihm: »Man hat mir gesagt, du seist gestorben.«

»Das ist doch aber eine Lüge«, antwortete er; »die Menschen lügen ja so viel.«

Da legte er sich schlafen zusammen mit einem Jungen; und wie sie dalagen, wollte der Junge ihn umarmen.

»Ach, tu mir das nicht, Genosse«, sagte da der Mann. »Mich schmerzt gar sehr meine Seite.«

Spät in der Nacht, als alle Leute schliefen, kam er zu seiner Liebsten und sagte: »Ich bin gekommen, weil die Leute schon lange über uns sprechen. Nun wollen wir uns gleich verheiraten. Noch in dieser Nacht wollen wir entfliehen.«

»Mir ist es recht«, sagte da die Frau. »Aber du hast all dein Sattelzeug im Hause gelassen; wie willst du es herausholen?«

»Ich allein weiß, wie ich es holen werde«, sagte da der Mann.

»Gut, so sattle dein Pferd und laß uns gehen«, antwortete die Frau.

Da sattelte er sein Pferd, und niemand von all den Leuten im Hause merkte es. Dann ging er zu der Frau und sagte: »Das Satteln ist schon geschehen.«

So ritten sie zusammen davon.

Eine kleine Strecke war er galoppiert, so fing er an zu singen:

»Weit in blauer, blauer Ferne
Liegt das Land, wohin wir ziehn.«

Da kam er mit einem Mal der Frau ganz verändert vor.

»Warum singst du so beim Reiten?« fragte sie den Toten.

»Das taten vor Zeiten unsere Vorväter immer, wenn sie ein Mädchen als Frau entführten«, sagte der Mann.

Darauf kamen sie bei dem Grab an; da wurde das Mädchen wahnsinnig.

Zwei Tage nachher sagte der Vater des Mädchens: »Ich will mich aufmachen.«

Er machte sich auf und kam bei dem Vater des Mannes an.

»Ich bin gekommen, um zu sehen, wie's mit meiner Tochter steht, die hier im Hause versteckt ist.«

»Wo habe ich denn einen Sohn?« sagte da der Greis.

»Hast du etwa keinen?« antwortete der andere.

»Ach, schon längst über zehn Tage ist es her, daß mein Sohn starb«, erwiderte der Greis.

Da gingen sie zum Friedhof und sahen das Mädchen auf dem Pferd des Toten sitzen, und sie weinte bitterlich. Da führten sie sie mit sich weg und brachten sie in ihre Heimat. Aber sie konnte sich nie wieder eingewöhnen; man hielt sie im Hause zurück, und wohl zehnmal ging sie doch immer zu dem Grab ihres Geliebten.
Da sagte der Vater des Toten: »Ich will das Mädchen kaufen.« Und man gab sie ihm auch, wie man erzählt, und er tötete sie auf dem Grab seines Sohnes.

99. Der Vogelmensch Guru

(Tehuelche)

Es war einmal ein Vogelmensch, der hieß Guru. Er war halb ein Mensch und halb ein Vogel. Am Tage lebte er auf der Erde, und in der Nacht flog er auf einen Baum und schlief in einem Nest.
Als er auf der Erde war und Nüsse sammelte, begegnete er dem Mädchen Chichi. Das Mädchen gefiel ihm, und er wollte es heiraten. So ging er zum Vater des Mädchens, der war ein großer Machi, ein Zauberer.
Guru sagte zu dem Zauberer: »Gib mir deine Tochter zur Frau.« – »Gut, du sollst sie haben. Aber erst sollst du mir hundert Schlangen lebendig fangen und hierherbringen, denn ich brauche sie zum Zaubern.«
Guru fing so einige Schlangen. Aber meist tötete er sie beim Fangen. Und die nicht beim Fangen verreckt waren, starben auf dem Transport zur Hütte des Zauberers. So vergingen viele Monde, und Guru hatte erst zehn Schlangen lebendig abgeliefert. Da dachte er: ›Das geht so zu langsam. Ich muß es anders machen.‹
Und er flog zu seinem Großvater und sagte: »Großvater, ich will die Tochter des Machi heiraten, aber der Machi verlangt

hundert Schlangen, und die sollen lebendig sein. Aber beim Fangen sterben die meisten Schlangen, und andere sterben auf dem Weg zum Machi, und so bringe ich nie hundert Schlangen dorthin, denn bis ich die letzten bringe, sind die ersten schon wieder tot.«

Der Großvater, der auch ein Vogelmensch war, sagte: »Lieber Guru, hör gut zu! Ich werde jetzt eine Melodie pfeifen, und diese Weise mußt du nachpfeifen. Dann werden alle Schlangen, die den Ton hören, zusammenkommen. Du mußt dann vor ihnen hergehen, aber du darfst nie zu pfeifen aufhören, sonst würden sie alle über dich herfallen und dich gemeinsam töten. Und so vielen Schlangen gegenüber könntest du dich nicht retten.«

Guru machte es so, wie es ihn der Großvater gelehrt hatte. Er flog in eine Gegend, von der er wußte, daß es da viele Schlangen gab. Dort fing er an, die Weise zu pfeifen, die er von seinem Großvater gehört hatte. Und sofort erschien eine so große Menge von Schlangen, daß man sie nicht mehr zählen konnte. Guru aber wanderte vor ihnen her und pfiff immer weiter, bis er zur Hütte des Zauberers kam. Der hatte ein Gehege angelegt, wo er die Schlangen, die Guru bis dorthin gefangen hatte, einsperren konnte.

Guru ging in das Gehege hinein, indem er immer weiterpfiff. Und als alle Schlangen drinnen waren, machte er den Eingang zu und flog über die Einfassung hinweg.

Dann ging er zum Zauberer. »Die Schlangen sind da.«

Der Zauberer ging zu dem Gehege, und da waren so viele Schlangen, daß er sie nicht zählen konnte. Das mußten mehr als hundert sein! Der Zauberer ärgerte sich, weil er nicht gemerkt hatte, wie Guru es anstellte, um so viele Schlangen auf einmal zu fangen und in das Gehege zu bringen. Aber er konnte nichts machen, er mußte ihm seine Tochter geben.

Aber er verzauberte seine Tochter, so daß sie, sobald sie die Hütte von Guru betreten würde, sterben mußte. Dann dachte der Zauberer: ›Guru wird mich holen müssen, und er wird mir die Tochter wieder zurückbringen, damit ich sie wieder lebendig mache.‹

Guru ging also mit seiner Frau davon. Aber kaum war die junge Frau in die Hütte gegangen, da fiel sie um und war tot. Guru war traurig. Aber er ging nicht zu seinem Schwiegervater, dem er mißtraute. Er flog dagegen zu seinem Großvater und sagte: »Großvater, meine Frau ist gestorben.« Und dann erzählte er ihm die ganze Geschichte.

Der Großvater sagte: »Du mußt zu einem Vulkan fliegen, der raucht. Oben, an der Grenze des Feuers, wirst du schwarze Steine finden. Nimm einen und bring ihn her zu mir!« – »Ja, Großvater.«

Guru flog auf einen hohen, hohen Vulkan. Oben, zwischen Feuer und Eis, fand er schwarze Steine. Er nahm einen davon und flog mit ihm zurück zu seinem Großvater. »Schau, Großvater, hier ist ein Stein.« – »Der ist zu klein. Flieg noch einmal hin!«

Da flog Guru noch einmal hin. Dorthin flog er, wo der Rauch dicht ist. Und er nahm einen Stein und kehrte damit zu seinem Großvater zurück. »Großvater, schau, hier ist ein Stein.« – »Nein«, sagte der Großvater, »der Stein ist zu groß. Flieg noch einmal und bring einen andern!«

Und Guru flog noch einmal auf den Vulkan, und halb unter dem Eis fand er einen schön geformten schwarzen Stein. Mit dem kehrte er zu seinem Großvater zurück. »Schau, Großvater, hier ist ein anderer Stein.« – »Der Stein ist recht. Nun flieg zu deiner Frau und leg ihr den Stein in den Mund, dann wird sie wieder lebendig werden. Sie soll aber den Stein immer bei sich tragen.«

Guru nahm den Stein und ging zu seiner Frau. Er legte ihr den Stein in den Mund, und da war sie wieder lebendig. Sie band sich den Stein um den Hals.

Nach vier Wochen kam der Zauberer. »Guru, wie geht es meiner Tochter?« – »Wie wird es ihr gehen? Gut geht es ihr.« – »Das glaube ich nicht.« – »Nun, so schau selber nach!«

Der Zauberer blickte in die Hütte und sah seine Tochter gesund und fröhlich. Da konnte er nichts mehr machen. Er ging wieder heim.
Guru aber lebte mit seiner Frau gut und lange.

100. Schöpfung der Menschen und Sündenfall

(Alakaluf)

Nachdem der große Geist Xolas die Erde und das Meer, die Tiere und die Pflanzen gemacht hatte, schuf er auch die Menschen. Er machte einen Mann und eine Frau, und es dauerte nicht lange, da hatten diese viele Kinder, Jungen und Mädchen. Damals lebten die Menschen im Himmel, die Tiere aber auf der Erde und die Vögel teils hier, teils da.
Unter den Mädchen war jedoch eins, das hieß Tiniwa. Dieses Mädchen war sehr neugierig. Sie lief überall im Himmel herum, denn sie wollte alles sehen. Und nachdem sie alles angeschaut hatte, schaute sie auf den Boden, und da sah sie, daß es viele Löcher im Boden gab. Und sie kniete sich hin und schaute in ein solches Loch hinein. Und da sah sie auf die Erde hinunter.
Und sie ging umher, schaute und schaute, bis einmal ein Kondor von der Erde herauf in den Himmel geflogen kam. Und den fragte Tiniwa: »Wo kommst du her?« – »Ich bin von der Erde hier heraufgeflogen.« – »Und ist es dort unten schön?« – »Es ist sehr schön dort.«
Da wurde Tiniwa noch neugieriger, und sie wollte auf die Erde hinunter. Und als in der Nacht alle schliefen, da schnitt sie sich die Haare ab und knüpfte eine Strickleiter daraus. Und dann suchte sie sich ein großes Loch, schlang die Strickleiter um einen Baum im Himmel und kletterte an der Leiter hinunter auf die Erde.
Auf der Erde lebten damals viele Huemules, Hirsche, sie gin-

gen aufrecht auf den Hinterfüßen und gebrauchten ihre Vorderpfoten wie Menschen ihre Hände. Sie bauten sich Hütten und lebten sehr gut.

Als nun die Huemules sahen, wie Tiniwa auf die Erde herunterstieg, gingen sie dorthin, wo sie war, und fragten sie: »Wo kommst du her?« – »Aus dem Himmel.« – »Und wohin willst du gehen?« – »Ich will mir die Erde anschauen.« – »So bleib doch ein wenig bei uns!«

Und da wollte das Mädchen einige Zeit bei den Huemules bleiben. Und es gefiel Tiniwa gut, und sie blieb lange. Und ein junger Huemul verliebte sich in das Mädchen und heiratete es.

Als nun Tiniwa nicht zurückkam, merkte ihr Vater, daß seine Tochter fehlte, und er sagte zum Geist Xolas: »Ich suche meine Tochter Tiniwa und kann sie nicht finden.« – »Ich werde sie suchen«, sagte Xolas. Und er sandte einen Vogel aus, und der Vogel sah Tiniwa bei den Tieren. Und er flog zurück und sagte es dem großen Geist Xolas.

Und Xolas stieg auf die Erde hinunter und fand Tiniwa in einer Hütte der Hirsche. Da rief er alle Tiere zusammen und sagte zu ihnen: »Ihr habt bei euch ein Mädchen zurückbehalten, das aus dem Himmel geflohen war. Und ihr habt ihm einen Huemul zum Mann gegeben. Das darf nicht sein. Zur Strafe sollt ihr in Zukunft auf allen vier Füßen laufen wie die andern Tiere. Und ihr sollt nicht mehr mit dem Kopf zum Himmel schauen, sondern zur Erde. Und ihr sollt euch keine Hütten mehr bauen, sondern ohne Hütten im Wald wohnen. Und euer Fell sollt ihr den Menschen lassen und ebenso euer Fleisch.«

Und damit jagte er sie davon.

Dann wandte sich Xolas zu Tiniwa und sagte: »Du bist aus dem Himmel davongelaufen. Du darfst dorthin nicht mehr zurück. Auf der Erde sollst du wohnen mit deinen Kindern. Die Tiere sollen dir Fell und Fleisch geben. Und damit du es nicht roh essen mußt, will ich dir das Feuer dalassen.«

Und seitdem laufen die Hirsche vor den Menschen davon und haben Angst. Und die Menschen im Himmel haben mit den Menschen auf der Erde nichts zu tun. Sie sprechen eine andere Sprache und leben ein anderes Leben.

101. *Wie aus Menschen Walfische wurden*

(Alakaluf)

In einer Zeit, die weit zurückliegt, klagten unsere Vorväter darüber, daß die Todesgöttin sie so verfolgte und so viele Menschen sterben mußten. Der große Geist sagte zu ihnen: »Ihr könnt als Menschen nicht ewig leben. Entweder ihr müßt sterben, dann wird euch der Tod eben auffressen, oder ich kann euch einen Zauberer schicken, der euch in Walfische verwandelt. Ihr müßt jedes Jahr zu einer bestimmten Zeit eure alten Männer und Frauen zum Meer bringen, dann werden sie zu Walfischen werden.«

Als die alten Männer und Frauen das hörten, da konnten sie sich nicht gleich entschließen. Und so gingen sie zu dem festgesetzten Tag ans Meer. Aber als der Zauberer erschien, da liefen die Männer davon, und nur die Frauen blieben. Der Zauberer verwandelte sie in Walfische, und so gab es zunächst nur Walfischfrauen. Die Männer aber, die zu ihren Hütten zurückkehren wollten, wurden vom Tod überfallen und aufgefressen.

Nach einiger Zeit entschlossen sich die alten Männer, daß auch sie sich in Walfische verwandeln lassen wollten, und so kam es, daß es nun männliche und weibliche Walfische gibt. Und da für jene Menschen, die zu Walfischen werden, das Leben von vorn beginnt, können sie auch wieder Kinder haben.

Eines Tages aber wurde ein junges Mädchen der Alakaluf von einem bösen Mann verfolgt. Sie wußte nicht, wohin sie

fliehen sollte, weil der Böse ihr den Weg zu ihrem Dorf abgeschnitten hatte. So lief sie um eine Bucht herum, bis sie müde war. Und als sie der Böse fast eingeholt hatte, rannte das Mädchen zum Meer und rief: »Großmutter, hilf mir!«
Und da erschien im Wasser ein Walfisch, das Mädchen setzte sich auf seinen Rücken, und der Walfisch trug es übers Meer zur andern Küste der Bucht. Von dort hatte das Mädchen nicht mehr weit zu den Hütten seiner Familie.
Man soll Walfische nicht töten, weil sie verzauberte alte Menschen sind.

102. *Wie der Tod in die Welt kam*

(Yamana)

Vor langer, langer Zeit, als die ersten Menschen lebten, kannte man noch keinen Tod. Die Menschen lebten und wurden nicht alt.
Nun war da eine Mutter, die viele Söhne geboren hatte, darunter auch die Yoàlox, die von ihrem ersten Mann stammten – später heiratete sie nämlich einen andern Mann –, und sie wurde langsam müde und schwächlich. Und als sie auch noch alt und faltig wurde, begannen manche junge Burschen sie zu verspotten. Und man gab ihr nichts mehr zu essen. Die arme Alte klagte und weinte, aber niemand hatte Mitleid mit ihr und gab ihr etwas.
Als sie eines Tages durch den Wald ging, begegnete ihr ein Bursche, der ihr zurief: »Wenn du Hunger hast, so iß doch deinen faltigen Bauch!« Da ergrimmte die Alte, nahm ihren Stock und schlug ihn dem Burschen so auf den Kopf, daß er hinstürzte.
Dann zog sie ein Messer heraus, schnitt ihm die Kehle durch und sagte: »Du wolltest, daß ich mein Fleisch essen sollte. Nun werde ich dein Fleisch essen. Es wird mir besser schmecken.«

Und sie aß erst sein Herz, dann seine Leber und schließlich alles übrige Fleisch.
Und da ihr das Menschenfleisch geschmeckt hatte, und weil man ihr nichts anderes zu essen gab, blieb sie dabei. Sie lauerte den Menschen auf, jungen und alten, Männern und Frauen, schlug sie tot, wo sie sie fand, und fraß sie auf. Und so ist es geblieben bis heute.

103. *Weltschöpfung*

(Ona)

Am Anfang schuf Kemaukel den Kenòs. Damals waren Himmel und Erde eins. Alles bestand aus einem riesigen Eisblock.
Kenòs machte die Sonne, und die Sonne brachte das Eis außen zum Schmelzen. Es rannen Tropfen von dem Eisblock herunter und Bäche und Ströme, und so entstand das Meer. Was oben gewesen war, löste sich vom Eisblock, und so entstand der Himmel.
Die Sonne aber schmolz immer mehr Eis zu Wasser, denn sie war damals viel heißer. Da schlug Kenòs sie auseinander, und aus dem kleineren Teil machte er den Mond. Das Eis aber preßte er so zusammen, daß daraus Felsen wurden, und wo er die Finger tief hineinpreßte, entstanden Täler.
Danach machte Kenòs die Vögel. Sie wohnten zunächst im Himmel, aber sie wurden zu viele, und sie schrien zu laut, und so schickte sie Kenòs auf die Erde herunter. Und er machte Fische und warf sie ins Meer, damit die Vögel etwas zu fressen fänden.
Es waren aber da noch andere Vögel, die schrien nicht so laut, und diese durften weiter im Himmel wohnen und fressen. Aber oft flogen sie, um ihre Verwandten auf der Erde zu besuchen. Und in ihrem Kot waren Samenkörner von den Kräutern, Büschen und Bäumen, die im Himmel wuchsen. Und weil sie ihren Kot auf die Erde fallen ließen, kamen diese

Samenkörner in die Welt, und es wuchsen auch hier unten Kräuter, Büsche und Bäume.
Als nächstes schuf Kenòs die Guanakos.
Kenòs liebte die Guanakos sehr. Ganz besonders aber liebte er ein junges Paar davon, und aus ihnen machte er die ersten Menschen.

104. Vom Bergfalken, der sich eine Frau suchte

(Ona)

Ein Bergfalke wuchs heran und wurde ein großer und stattlicher Bursche. Da gefiel es ihm nicht mehr, mit andern jungen Falken herumzustrolchen, und er beschloß, sich eine Frau zu suchen.
Zuerst aber baute er sich ein Haus. Und als das Haus fertig war, ging er hierhin und ging dorthin, aber er fand kein Mädchen, das ihm gefallen hätte.
Eines Tages kam er an einem Baum vorbei, und auf dem saß ein Taubenmädchen. »Guten Tag, Mädchen.« – »Guten Tag, Bursche.« – »Willst du sehen, was für einen schönen Ring ich hier habe?« – »Ja, ich möchte ihn gern sehen.« – »Nun, so steig herunter, und ich werde ihn dir zeigen.«
Da stieg das Taubenmädchen herunter, der Bergfalke aber zog ein Messer, stieß es ihr in die Kehle und trank ihr Blut, bis er genug hatte. Dann ging er fort, das tote Mädchen aber ließ er liegen.
Er stieg auf einen Berg, und als er oben war, saß dort auf einer Bergfichte ein Eichkatzenmädchen. »Guten Tag, Mädchen.« – »Guten Tag, Bursche.« – »Willst du sehen, was für einen schönen Ring ich hier habe?« – »Ja, ich möchte ihn gern sehen.« – »Nun, so steig herunter, und ich werde ihn dir zeigen.«
Da stieg das Eichkatzenmädchen herunter, der Bergfalke aber zog ein Messer, stieß es ihr in die Kehle und trank ihr

Blut, bis er genug hatte. Dann ging er fort, das tote Mädchen aber ließ er liegen.

Er stieg auf einen noch höheren Berg, und als er oben war, sah er ein Bergdohlenmädchen auf einem hohen Felsbrocken sitzen. »Guten Tag, Mädchen.« – »Guten Tag, Bursche.« – »Willst du sehen, was für einen schönen Ring ich hier habe?« – »Ja, ich möchte ihn gern sehen.« – »Nun, so steig herunter, und ich werde ihn dir zeigen.«

Da stieg das Mädchen herunter, der Bergfalke aber zog ein Messer, stieß es ihr in die Kehle und trank ihr Blut, bis er genug hatte. Dann ging er fort, das tote Mädchen aber ließ er dort liegen.

Nun kletterte der Bergfalke auf den höchsten Berg, den er dort sehen konnte. Und als er oben angekommen war, sah er ein Bergfalkenmädchen auf einem Eisbrocken sitzen. »Guten Tag, Mädchen.« – »Guten Tag, Bursche.« – »Willst du sehen, was für einen schönen Ring ich hier habe?« – »Nein, dein Ring ist mir gleichgültig.« – »So steig doch wenigstens zu mir herunter, dann können wir uns besser unterhalten!« – »Wenn du von mir etwas willst, so steig doch zu mir herauf!«

Der Bergfalke erklomm den Eisbrocken. Er war aber noch nicht ganz oben, da warf ihm das Mädchen eine Handvoll spitzer Eissplitter in die Augen, so daß er nicht mehr sehen konnte.

»Aber was machst du?« rief der Bursche. »Ich habe nur etwas Platz freigekehrt, damit du hier neben mir gut sitzen kannst«, antwortete das Mädchen. Der Bursche aber konnte vor Schmerzen nicht sehen und nichts erkennen. Und so merkte er auch nicht, daß das Mädchen ihm das Messer abnahm und den Berghang hinunterwarf.

Nach einer Weile konnte er wieder sehen. »Umarme mich!« sagte der Bursche zum Mädchen. Als sie ihn umhalste, wollte er das Messer ziehen, aber es war nicht mehr da.

»O du Schlimme, dich werde ich heiraten!« sagte der Bursche. Und er heiratete das Bergfalkenmädchen.

NACHWORT

»Die Märchenwelt der südamerikanischen Indianer ist noch sehr wenig bekannt, so daß es schwer gehalten hat, genügendes Material für dieses Bändchen zusammenzubringen. Gewaltige Strecken des Kontinents sind noch unerforscht, und die außerordentliche Mannigfaltigkeit der Sprachen setzt einem tieferen Eindringen in die geistigen Schätze der Eingeborenen die größten Schwierigkeiten entgegen.« So konnte im Jahre 1919 noch einer der besten Kenner der indianischen Welt Südamerikas im Vorwort zu seinen Märchen[1] schreiben. Wie sehr hat sich seitdem doch mit dem Interesse an der autochthonen Bevölkerung Südamerikas auch das Material an Erzählgut vermehrt! Längst steht der südamerikanische Indianer nicht mehr im Schatten seines nordamerikanischen Bruders, wohin ihn die romantisch-literarische Mode im Gefolge der Indianerromane von James Fenimore Cooper gedrängt hatte. Der große Erfolg von Coopers Serie vor 150 Jahren wurde vielfach als eine »Entdeckung« des roten Mannes gefeiert, wo es sich bestenfalls um eine Wiederentdeckung gehandelt hat, denn das Bild des Indianers taucht – oft schon legendär heroisiert – bereits in der spanischen Literatur des 16. Jahrhunderts auf. »La Araucana« (erschienen 1569–89) heißt das letzte bedeutende Epos, das überhaupt in spanischer Sprache erschienen ist. Alonso Ercilla y Zuñiga beschreibt darin den Feldzug der Spanier und ihrer indianischen Hilfsvölker in Chile. Ercilla hatte selbst nach 1555 an diesen Kämpfen teilgenommen, und so konnte sein Werk einen unmittelbaren Eindruck indianischer Sitten und Landschaften vermitteln. Es ist dabei auffallend, mit welcher Objektivität Ercilla berichtet, wie er sich menschlich auf die Seite der Indianer stellt. Ob diese Bewunderung nur ein literarischer Zug ist, wie manche Kritiker meinen, scheint uns zweifelhaft, da manches für die dichterische Begabung Ercillas zu spontan und gefühlsbetont wirkt. Auch war fast die gesamte spanische Darstellung des südamerikanischen Indianers in jener Zeit freundlich gehalten im Gegensatz zu den Jahrhunderten der Bourbonenherrschaft.

Doch von der Literatur zum praktischen Leben! »... der Indianismus. Er ist in Lateinamerika noch eine durchaus lebendige Kraft, im Gegensatz zu Nordamerika, wo er in Reservationen zur räumlichen, wirtschaftlichen, politischen, kulturellen und sprachlichen Isolierung verdammt ist. In Europa gibt es keine Bewegung, die ihm vergleichbar wäre als Anspruch einer das gesamte Kontinentalgebiet umfassenden ethnischen Gruppe gegenüber der herrschenden Staatsmacht. Der Indianer als Substanz, Akteur und schöpferischer Mitgestalter der lateinamerikanischen Literatur ist auch nicht mit anderen Elementen vertauschbar.«[2]

Der Anteil des indianischen Blutes ist freilich in den einzelnen Staaten des Subkontinents verschieden hoch. In Uruguay ist seine Bedeutung gering, in den Andenstaaten Bolivien, Peru und Ecuador steigt er bis zu zwei Drittel der rassischen Substanz. Die europäische Klischee-Vorstellung vom »wilden« Indianer und vom Menschenfresser auf dem Niveau einer frühen Steinzeitkultur trifft nur für eine zahlenmäßig nicht ins Gewicht fallende Gruppe von Stämmen zu. Sie übersieht vor allem die verschiedenen Stufen zivilisatorischer Ausprägung, welche die Europäer in Südamerika vorfanden, als sie das Festland im 16. Jahrhundert betraten.

Die Eroberung der großen Reiche wie das der Incas wäre den Spaniern kaum geglückt, hätten sie nicht bei den von den Hochkulturen zumeist unterdrückten Stämmen Hilfe und Rückhalt gefunden. Die Zahl der Hilfsvölker übertraf die des

spanischen Heeres um das zehn- bis fünfzigfache. Der Gegensatz zwischen den zahlenmäßig kleinen, aber kriegerisch veranlagten und politisch straff organisierten Völkern der Hochkulturen und den menschenreichen apolitischen und friedlichen Bauernvölkern ist zwar hauptsächlich für die Situation bei den Muisca und Inca charakteristisch, aber auch im karibischen Raum (Venezuela und Guayana eingeschlossen) wurden zahlreiche Stämme durch andere unterdrückt und ausgebeutet. Die Vorstellung von friedlichen Indianern auf der einen und beutegierigen europäischen Eindringlingen auf der andern Seite ist zweifellos falsch.
Aber es kann hier weder ein historischer noch ein ethnologischer oder demographischer Abriß skizziert werden, sondern wir wollen nur darauf verweisen, daß dem Begriff und Bild »Indianer«, wie es aus Nordamerika im allgemeinen vertraut ist und als relative Einheit aufgefaßt werden darf, in Südamerika ein Mosaik von sehr unterschiedlichen Bildern, zusammen die indianische Welt in ihren heterogenen Elementen umfassend, gegenübergestellt werden muß.
Im Unterschied zum nördlichen Nachbarkontinent setzte im Süden bereits kurz nach der Eroberung eine starke blutmäßige Vermischung zwischen den europäischen Eindringlingen und der einheimischen Bevölkerung ein, so daß sehr bald die Spanier mit einer Reihe von eigenen Ausdrücken den Grad des spanischen Blutes oder der Vermischung mit der indianischen Rasse formulieren mußten, weil der allgemeine Ausdruck Mestize zu abstrakt war. Manche Gruppen, wie die Gauchos, wurden später wieder stärker re-indianisiert, andere Mischlingsschichten wurden durch spätere weiße oder schwarze Zuwanderung mit allen erdenklichen Schattierungen umgeformt. Diese rassische Situation erklärt neben dem unterschiedlichen Zivilisationsgrad der einzelnen Stämme und Gruppen auch die beträchtlichen Unterschiede in Stil und Niveau der Märchen, wobei wir ferner bedenken müssen, daß die Übersetzung eine Nivellierung gegenüber

den originalen Texten bedeutet. Darauf werden wir später noch zurückkommen.
Interessieren mag unsere Leser die Frage nach der Zahl der Indianer in präkolumbianischer Zeit und in der Gegenwart. Für das gesamte Amerika schwanken die Annahmen der Wissenschaftler zwischen 15 und 75 Millionen zum Zeitpunkt des Eintreffens der Europäer und zwischen 15 und 26 Millionen heute. Rechnen wir davon die Zahl der in Nordamerika lebenden Indianer ab, die heute unter einer Million liegt, und rechnen wir das indianische Blut im Bereich der Mestizen mit, so kommen wir zu dem Ergebnis, daß in Südamerika der Stand in etwa gewahrt blieb, wenn auch zahlreiche Stämme ausgestorben oder dezimiert sind. Es bestehen erhebliche Differenzen im Volksreichtum der einzelnen Stämme. Simplifizierend könnte man sagen: je primitiver ein Stamm, um so niedriger seine Bevölkerungsziffer. Als die ältesten Stämme auf amerikanischem Boden gelten die drei südlichsten Gruppen im Feuerland: Alacaluf, Yamana, Ona. Martin Gusinde[3] nimmt an, daß sie vor mehr als 15000 Jahren eingewandert seien, und daß mit einer Gesamtbevölkerung von 10000 bis 15000 zum Zeitpunkt der ersten Begegnung mit den Weißen gerechnet werden könne. Heute sind diese drei Stämme im Aussterben begriffen. Ihnen stehen jene Indianer-Gruppen gegenüber, die Quichua sprechen, und deren Zahl heute auf etwa 7 Millionen zu veranschlagen ist, und die sich über die Länder Ecuador, Peru und Bolivien erstrecken. Das heißt: unter den circa 250 Indianer-Idiomen nimmt Quichua den ersten Platz ein und bedeutet praktisch den einzigen Großsprachraum.
Wenn wir unsere Märchen nach den einzelnen Stämmen zu ordnen versuchen, so ergibt sich eine doppelte Schwierigkeit. Zunächst existieren von manchen Stämmen voll-, halb- und nichtzivilisierte Gruppen, bei denen selbstverständlich nicht nur der Grad europäischer Beeinflussung sehr unterschiedlich ist, sondern auch Stil und Funktion der Volkserzäh-

lungen einen abweichenden Charakter haben. Wir versuchen zwar, Texte auszuschließen, bei denen nicht nur europäische Provenienz in der Motivik, sondern auch abendländischer Erzählstil dominierend sind, aber es schien uns doch wichtig und richtig, Erzählungen aufzunehmen, in denen bei aller indianischer Eigenart der Einfluß europäischer Vorstellungen oder Gebräuche deutlich ablesbar bleibt. (So, wenn etwa in unserm Märchen Nr. 90 der Fuchs die Ausrede gebraucht, in die Messe gehen zu wollen.) Es darf nicht überraschen, daß einerseits bei christianisierten und zivilisierten Stämmen alte animistische und präanimistische Glaubensvorstellungen oder magische Riten auftauchen, und daß andererseits bei »Heidnischen« und »wilden« Indianern Gestalten oder Topoi begegnen, die christlichen Vorstellungen oder Bräuchen entnommen sind.

Die zweite Schwierigkeit wird angesichts der Karte klar: die Lokalisierung einzelner Stämme muß in manchen Fällen ungenau bleiben, weil sich seit den kartographischen Aufnahmen zu Beginn unseres Jahrhunderts oft Verschiebungen und Wanderungen ergeben haben; darüber hinaus aber erschwert auch der Umstand, daß Untergruppen eines Stammes oft durch dazwischenliegende Gruppen eines anderen Stammes vom Hauptteil ihres Volkes getrennt sind, eine exakte Lokalisierung. Zuletzt ist noch zu berücksichtigen, daß sich auch die Angaben und Skizzen der einzelnen Ethnographen gelegentlich nicht unerheblich widersprechen. Im Zweifelsfalle haben wir uns an die Karten von Pettazzoni (siehe Bibliographie) und Biasutti[4] gehalten. Unsere Numerierung sagt freilich über den Volksreichtum des einzelnen Stammes nichts aus, so daß Millionenvölker neben nur wenige hundert Seelen zählenden Stämmen stehen. Außer acht blieben weitgehend jene Stämme, deren Märchen bereits in den Bänden von Krickeberg[5] und Kössler-Ilg[6] Aufnahme gefunden haben. Aus dem Band Brasilianische Märchen wurde nur ein einziger Text übernommen, weil er die

Brücke vom Urtümlichen zum Politischen schlägt, und weil er exemplarischen Charakter besitzt.

Der Vielzahl von Stämmen entspricht selbstverständlich eine Vielzahl von Sprachen und Dialekten. Nur ein geringer Teil der Quellen lag uns im Original-Idiom vor. Meist mußte auf Übersetzungen in spanischer oder portugiesischer Sprache (seltener auch in französischer, englischer oder italienischer Sprache) zurückgegriffen werden. Die eigentliche Schwierigkeit liegt in jedem Fall in der Umsetzung eines Textes aus einer relativ primitiven Sprache in die Ausdruckswelt Europas. Die beträchtlichen Unterschiede der sprachlichen Ebene und des Erzählstils bedingen eine deutsche Fassung, die mehr ein inhaltliches Nacherzählen als eine wörtliche Übersetzung darstellt. Die alte Weisheit »so wörtlich wie möglich, so frei wie nötig« sieht sich hier vor eine große Problematik gestellt. Sieht man einmal von den erheblichen lexikographischen und grammatikalischen Schwierigkeiten ab, so ergeben sich auch stilistische Differenzen, die in unserer Sprache nicht ausgeglichen werden können. Hinzu kommt, daß oft Gestik und Mimik des Erzählers Worte und Passagen ersetzen oder erst deutlich machen. Sie exakt deutsch zu formulieren ist nicht möglich.

Wir haben bereits im Nachwort zu unsern Brasilianischen Märchen (S. 268) ein Beispiel aus einem Flutmythos der Kaschinauá gegeben, wie eine wörtliche Übersetzung aussehen würde. Sie ist mühsam zu lesen, da die verstümmelt wirkenden Sätze vom Leser erst in einen klaren Sinneszusammenhang übertragen und die fremde Bilderwelt der eigenen angepaßt werden müssen.

Selbst bei Texten, in denen der Sprachfluß und die Bildersymbolik nicht so fremdartig sind wie bei dem zitierten Beispiel, ermüdet doch die monotone Wiederholung auf die Dauer. Das Fremdartige wirkt zwar zunächst faszinierend, doch läßt die Faszination nach einer Weile nach. Doch wir wollen wenigstens eine kurze Kostprobe aus dem hervorragenden Band von Münzel »Erzählungen der Kamayurá« (siehe Bibliographie!) vermitteln:

»Der Tapir verrichtete seine Notdurft, dann rannte er weiter. Er verrichtete seine Notdurft, dann rannte er wieder weiter. Immer rannte er ein Stück, dann machte er halt für die Notdurft, dann rannte er wieder weiter. Er machte halt für die Notdurft, dann rannte er weiter. Halt – weiter. Halt – weiter. Halt – weiter. Halt – weiter. Halt – weiter. Der Tapir rannte immer weiter, bis er sich schließlich schlafen legte, in der Nähe des Orts, wo Kwat wohnt. ...

Jeder nahm ein Muschelmesser mit, um dem Tapir die Leber herauszuschneiden. Sie verfolgten ihn. Sie verfolgten ihn. Sie verfolgten ihn. Sie verfolgten ihn. Sie verfolgten ihn. Sie kamen an der Losung des Tapirs vorbei. »Wann hat er dich gelassen?« fragten sie die Losung. »Vor langer Zeit, mitten in der Trockenzeit hat er mich verlassen.« – »Wie geht der Weg weiter?« – »Ihr müßt dort weitergehen, dort ist der Tapir gelaufen.« Sie zogen weiter, tik, tik, tik, tik, tik, tik, tik, tik, tik, sie zogen weiter. Sie trafen wieder auf eine Losung des Tapirs. »Wann hat er dich verlassen?« – »Vor langer Zeit.« – »Wie geht der Weg weiter?« – »Dort.« In der Trockenzeit hatte der Tapir die Trakayaka-i totgestampft. In der Trockenzeit hatte der Tapir auf die Erde gestampft, trok trok trok. Bis die Trakaya wieder aus der Erde hervorkamen. Jetzt verfolgten sie ihn. »Er hat unsere Brüder getötet!« – Sie trafen wieder auf eine Tapirlosung. »Wann hat er dich verlassen?« – »Vor langer Zeit.« – »Wie geht der Weg weiter?« – »Dort.« Weiter auf dem Weg, Tag und Nacht, Tag – Nacht, Tag – Nacht, Tag – Nacht, Tag – Nacht, Tag – Nacht, Tag – Nacht, Tag. Wieder eine Tapirlosung. Burití wuchs aus der Losung, schon hohes Burití. »Wann hat dein Yat dich verlassen?« – »Vor einem Monat erst.« Weiter, nochmal eine Losung. »Wann hat dein Yat dich verlassen?« – »Vor einem knappen Monat.« – »Wie ist er weitergelaufen?« – »Dort geht der Weg weiter.« ....

Sie liefen weiter. Sie übernachteten, liefen dann weiter, übernachteten wieder, liefen wieder weiter, übernachteten, liefen wieder weiter. Übernachten – Weiterlaufen – Übernachten – Weiterlaufen – Übernachten – Weiterlaufen – Übernachten – Weiterlaufen, bis sie erneut auf eine Tapirlosung trafen: Bäää – alles war voller Trakayá, so viele waren es jetzt. »Wann hat dein Yat dich verlassen?« – »Eben erst vor ein paar Tagen.«

Sie zogen den Weg weiter, tik tik tik tik tik tik tik tik tik tik. Wieder eine Losung. »Wann hat er dich verlassen?« – »Vor über vier Tagen.« (Münzel S. 188.)

Und so weiter. Zweifellos ist eine solche Erzähltechnik sehr konkret gegenüber unserer mehr abstrahierenden Erzählweise, aber in größerem Umfang kann sie nur durch Kunst des Sprechens, durch die Anwendung und Einbeziehung gestischer und mimischer Mittel von einer gewissen Automatik freigehalten werden.

Aber selbst wenn man eine solche wörtliche Wiedergabe wählt, so fehlt doch etwas Wichtiges, um den entsprechenden Eindruck der Texte vermitteln zu können: die Frage nach der jeweiligen Funktion, nach der Umwelt, nach dem Publikum.

Bereits Baldus[7] erkannte diese Problematik: »Es ist schwer, dem Zauber eines Märchens zu erliegen, ohne mit allen Sinnen in der Umgebung zu sein, zu der es gehört. Wen das Leben in der Wildnis zwingt, sich ständig um Sonne, Mond und Sterne zu kümmern, der wird für alles, was man ihm von ihnen erzählt, ein anderes Ohr haben als der Städter, der kaum einmal nach dem Himmel sieht. Was bedeuten Geschichten vom Jaguar, vom Tapir und von der Schildkröte dem, der nicht wie der indianische Jäger diese Tiere als wichtige Teile seiner Welt begreift, ihre äußere Erscheinung und ihr Wesen genau kennt und an jedem mit besonderen Wünschen hängt, mit Wünschen für alles Gute oder alles Schlechte!«

Es geht uns mit diesen Texten wie mit einer Musik, die wir zwar in ihrer Notenschrift vor uns haben, deren wirklichen Klang wir jedoch nur hören können, wenn wir sie in der Weise wiederzugeben versuchen, wie es die »Spielanweisung« verlangt, mehr noch, wenn wir das nötige Musikinstrument besitzen. Vom Landschaftsbild angefangen bis zum Menschen, der in dieser Umwelt lebt, haben wir heute Beschreibungen und Bilder, die zumindest einen bescheidenen Zugang zu einer gewissen Kenntnis vom Indianer und seiner Welt ermöglichen.

So alt wie die Erforschung von Land und Leuten dieses riesigen Kontinents ist auch die Erfassung von Erzählungen, zumindest in Fragmenten. Bereits Hans Staden hat im 16. Jahrhundert eine Sintflutsage südamerikanischer Indianer aufgezeichnet, und zwei Jahrzehnte später, um 1575, finden wir die gleiche Sage bei André Thevet ausführlich festgehalten, da er ein besonderes Interesse an den Mythen der Indianer hatte. Der religiöse Aspekt stand damals im Vordergrund bei der Beobachtung der Indianer und ihrer Sitten, und er führte vor allem zur Notierung von Mythen und Legenden, während Zaubermärchen und Tierschwänke noch weitgehend unbeachtet blieben.

Das änderte sich erst mit dem 19. Jahrhundert, als man – teilweise im Gefolge des romantischen Märcheninteresses Europas, teilweise unabhängig von dieser mehr literarisch akzentuierten Schule – mehr oder weniger systematisch die Welt der Eingeborenen zu beobachten und zu erforschen begann. Die ersten Märchensammler waren keineswegs Ethnologen, sondern sie kamen aus verschiedenen Disziplinen und Berufen. Couto de Magalhães (1836–1898) zum Beispiel war Jurist, General und Verwaltungsbeamter. Erst gegen die Jahrhundertwende wandte sich die kompetente Forschung mit Wissenschaftlern wie Barbosa Rodrigues (Anthropologe und Ethnologe, 1842–1909), Alfredo de Freitas (1862–1891) und C.F. Hartt dieser Aufgabe zu. Auch Missionare, die Jahrzehnte unter den Indianern verbracht hatten, wie P. José Cardus, begannen nun, Erzählungen aufzuzeichnen.

Der Anteil der deutschen Forschung auf diesem Gebiete ist sowohl quantitativ wie qualitativ beachtlich. Wir können als Vertreter der älteren Generation hier nur Paul Ehrenreich, Karl von den Steinen, Rudolf Lenz, Curt Unkel, Clemens Brandenburger und Theodor Koch-Grünberg nennen. Vor allem der Letztgenannte, der leider allzu früh verstarb, erwarb sich das Verdienst, erstmals Indianermärchen aus nahezu allen Landschaften und Stämmen des Erdteils zusammenzutragen und ins Deutsche zu übersetzen. Er selbst hatte auch einen größeren Anteil an dem beigebrachten Material, da er im gleichen Maße philologisch wie ethnologisch begabt sich auch für Sprache und Volkserzählung der von ihm erforschten Stämme interessierte. Seinen Märchenband vollendete er im gleichen Jahre 1919, da auch Brandenburger unabhängig von ihm seine Texte veröffentlichte. Koch-Grünbergs Buch war der erste Band mit Indianermärchen in unserer Reihe »Märchen der Weltliteratur«, und auf ihn haben wir uns auch bei der Auswahl für die vorliegende Ausgabe primär gestützt. So fühlen wir uns der wissenschaftlichen Leistung Koch-Grünbergs auch besonders verpflichtet. Seither ist freilich das Material ganz beträchtlich angewachsen.

Koch-Grünberg war ein Forscher, der wissenschaftliche Akribie mit persönlicher Begeisterungsfähigkeit verband. Mit schier romantischem Enthusiasmus konnte er schreiben: »Man muß die Leute hören, wie sie am Lagerfeuer ihre Stammesgeschichten erzählen, auf die sie stolz sind, wie sich ihre Darstellung häufig zu dramatischem Schwung erhebt; man muß sie sehen, wie sie bei spannenden Stellen plötzlich, lebhaft gestikulierend, aufspringen und, vor Aufregung zitternd, dastehen, während der Schein des Feuers über ihre schönen, rötlich strahlenden Körper spielt.«

Das starke persönliche Engagement minderte jedoch nie die

unbestechliche Objektivität und die Schärfe seiner Beobachtungen.
Über die zahlreichen Veröffentlichungen im Bereich des südamerikanischen Indianermärchens gibt unsere Bibliographie wenigstens auszugsweise einen Überblick. Zu ergänzen wären sie durch eine große Serie von ethnologischen Publikationen, oft auch mit gutem Bildmaterial, die den Hintergrund zu dieser Welt geben. Erwähnt sei beispielsweise der im gleichen Verlag erschienene Band von Steinvorth-Goetz[8].
Aus der jüngeren Generation deutscher Ethnologen, die sich besonders mit Südamerika beschäftigten, seien hier nur noch Herbert Baldus und Otto Zerries genannt. Beide haben über die in der Bibliographie mitgeteilten Werke hinaus Studien von exemplarischem Charakter verfaßt, die sich nicht nur mit der materiellen Umwelt des Indianers, sondern auch mit seiner geistigen Lebensform beschäftigen. Zudem sind die Studien beider auch für den Nichtfachmann in ihrer Frische gut lesbar. Empfohlen sei vor allem die Lektüre des Vorwortes von Baldus zu seinen »Jaguarzwillingen«.
Es bleibt uns die angenehme Pflicht, allen denen zu danken, die das Zustandekommen dieses Buches erleichtert haben. Dr. S. Lavone Quevedo überließ uns freundlicherweise unveröffentlichtes Material aus seiner Sammlung, der verstorbene Henri Noel gestattete bereits vor Jahren die Einsicht in sein Archiv und das Kopieren von Texten daraus; Frau Dr. E. Brandenberger genehmigte den Abdruck zweier Märchen aus ihrem noch nicht publizierten Manuskript von bolivianischen Indianermärchen.
Weiter haben wir verschiedenen südamerikanischen Freunden zu danken, die uns mit Rat und Aufklärung, mit Auskunft in schwierigen Übersetzungsfragen und Lokalisierungsproblemen geholfen oder uns Material übersandt haben: Dr. Julio Ferreiro Pils, Prof. Yolando Pino Saavedra, Prof. Geraldo de Freitas, Frau Dr. Mercedes Weiss Rosas und

Fräulein Alva Maciel Santos. Endlich gelte ein Wort des Dankes auch unserer Helferin Fräulein E. Laserer.
Dieses Buch widmen wir als Gruß und Dank unserer gemeinsamen Freundin Floria Maria.

November 1975

Elisabeth Zacherl *Felix Karlinger*

1 Theodor Koch-Grünberg, Indianermärchen aus Südamerika. Jena 1920.
2 Rudolf Grossmann, Geschichte und Probleme der lateinamerikanischen Literatur. München 1969. S. 51.
3 Martin Gusinde, I Fuegini, in Renato Biasutti »Le razze e i popoli della terra«. Torino 1967. S. 758.
4 Biasutti siehe vorige Fußnote.
5 Walter Krickeberg, Märchen der Azteken und Inkaperuaner Maya und Muisca. Jena 1928.
6 Bertha Kössler-Ilg, Indianermärchen aus den Kordilleren. Märchen der Araukaner. Düsseldorf 1956.
7 Herbert Baldus, Die Jaguarzwillinge. Mythen und Heilbringergeschichten, Ursprungssagen und Märchen brasilianischer Indianer. Kassel 1958.
8 Inga Steinvorth Goetz, Uriji jami. Die Waika-Indianer in den Urwäldern des Oberen Orinoko. Düsseldorf 1970.

ANHANG

ORINOCO
AMAZONAS
S. FRANC
RIO DE LA PLATA
1
2
4
5
7
8
9
10
11
12
13
14
15
16
17
18
19
20
21
22
23
24
25
26
27
28
29
30
31
32
33
34
35
36
37
38
39
40
41
42
43
44
45
46
47
48
49
50
51
10
0
10
20
30
40
50

1 Chocó
2 Cagabá
3 Guajiro
4 Chibcha
5 Kariben
6 Warrau
7 Akawoyo
8 Karaiben – Kalinya
9 Arekuná
10 Taulipang
11 Makuschi
12 Arowaken
13 Indianer am Rio Branco
14 Indianer am Rio Negro
15 Tariana und Tukano
16 Manao
17 Indianer am Solimoens
18 Indianer am Amazonas
19 Pamari
20 Parintintin
21 Maué
22 Indianer am Purús
23 Indianer am Juruá
24 Kaschinaua
25 Mosetene
26 Tumupasa – Takana
27 Guarayu
28 Yurakare
29 Juruna
30 Kamaiurá
31 Timbirá
32 Karajá
33 Tupí (einschließlich der Jacamin)
34 Apinayé
35 Bororo
36 Kadiuéu
37 Ofaié
38 Chane
39 Chiriguano
40 Guaycurú
41 Guarani
42 Quichua
43 Amuesha
44 Aymará
45 Umutina
46 Toba
47 Charrua
48 Pareci
49 Puelche
50 Pehuenche
51 Tehuelche
52 Alakaluf
53 Yamana
54 Ona

Worterklärungen

Adaheli	Sonne
Aguaratunpa	Fuchsdämon, Fuchsgott
Aguay	Baum mit apfelähnlichen Früchten
Aguti	Goldhase (Dasyprocta Aguti)
Ahangáb	Seele, Bild, Gestalt, Form, Gespenst
Aimara (haimara)	Fisch mit großen Augen (Hopeias macrophtalmus)
Algarrobo	(Prosopis alba). Aus den Früchten brauen die Indianer ihr Bier
Anani (ananim)	ein Baum (Symphonia globulifera L.)
Anyatunpa	Toter mit übermenschlichen Kräften, Dämon
Araiuag	Vierfüßler, der auf den Bäumen lebt und dem Honig nachgeht
Ariramba	ein Vogel, der in der Nähe der Flüsse lebt und Fische frißt
Atoj	Fuchs
Bakupary	Fruchtbaum (Platonia insignis Mart.)
Beltiri	gegorenes Getränk aus Maniok und Früchten
Buriti	Palme (häufig in der Savanne)
Caiarara	eine Affenart (Cebus gracilis)
Camaapu	eine Frucht, ähnlich einer kleinen, runden Tomate
Cañahua	Indianerhirse
Caracará	Vogel (Ibycter americanus)
Caraxuê	Singdrossel (Turdus fumigatus)
Curupira	»ein Waldgeist, der mit den nach hinten gedrehten Füßen erscheint, also die Fersen vorn und die Zehen nach hinten hat« (Karlinger 1, S. 279)
Cutia	»ein Nagetier (Dasyprocta Aguti), Goldhase« (Karlinger 1, S. 279)
Daina	ein Fabelwesen, das in den Himmel stieg, um seine Geliebte zu suchen
Doroquara	Rebhuhn (Odontophorus guainensis)

Garça	ein hochbeiniger Wasservogel
Genipapo	ein Baum (Genipa americana), dessen Früchte und der daraus gewonnene Saft, den die Indianer zum Körperbemalen benützen
Guanako	Wildform des Lamas
Guanumbi	Kolibri
Guaraná	ein Strauch. Echter Guaraná (Paullina cupana var), falscher Guaraná (Paullina cupana)
Hokko	Baumhuhn
Huemul	Hirsch (Cervus chilensis)
Igaranhã	»ein Geist, der die Gestalt eines Kanus angenommen hat. Er kann den Menschen helfen, aber auch großes Leid zufügen« (Villas Boas 2, S. 256)
Inajá	eine Palme und deren Frucht (Maximiliana Regia)
Inambu	Wildhuhn
Inhame	Knollenfrucht
Jabirú	Storch
Jabotí	verbreiteter indianischer Ausdruck für die Schildkröte, Jabotí ist jedoch männlich
Jacamin	ein Vogel (Psophia crepitans L.)
Jagou	Wildhuhn
Jakomea	ein Geist. Er kommt in drei Formen vor: als gelber, roter und schwarzer Jakomea
Japim (Japi, Japiim)	ein Vogel (Cacicus cela [Lin.]) Er heißt auch joão-conguinho, guira tangueima, xexéu und xexéu-do-mangue
Japu	Vogel (Cassicus cristatus)
Jatobá (-zeiro)	»ein großer Baum (Hymenaea courbaril) mit geradem Stamm, dessen Rinde bis vor kurzem von den Stämmen am Alto-Xingu zur Herstellung von Kanus verwendet wurde« (vgl. Villas Boas 2, S. 258)
Jeju	kleiner Fisch (Erythrinus unitaeniatus)
Jibóia	»eine große Schlange (Constrictor con-

	strictor L.) Man findet sie in trockenen Waldgebieten. Sie greift nur selten Menschen an, fängt aber sogar große Säugetiere« (vgl. Villas Boas 2, S. 258)
Juti	Haus (Koch-Grünberg 2, S. 206)
Kaikutschi	Kaiman, Alligator
Kamakhe	Fuchs
Kara	Knollengewächs
Karapana	große (Nacht)Stechmücke
Kaschiri	leicht berauschendes Getränk aus vergorenem Maniok
Kenaimu	böse Macht, schlechter Mensch, lebensbedrohendes Wesen
Kujubim	Wildhuhn
Kumi	Zauberpflanze mit langen, grasförmigen Blättern
Kunturi	Kondor
Maguari	der größte Reiher Südamerikas (Ardea cocoi, Lin.) vgl. Koch-Grünberg 1, S. 323 und 324
Makaschera	süße, ungiftige Maniok (Manihot Aypi Pohl)
Mallcu	Kondor
Maloka	Sippenhaus der Taulipang und Arekuna (Koch-Grünberg 2, S. 205)
Mambuizeiro	ein Baum (Myrcia sphaerocarpa)
Maracá	eine Kürbisrassel an einem Stiel, mit vielen harten Früchten oder kleinen Steinen gefüllt. Der Maracá wird von den Zauberern in einer eigenen Zeremonie gemacht. Es werden ihm große Zauberkräfte zugeschrieben (vgl. Costa e Silva S. 20)
Mari	aus Baumwolle gewebte Tragtasche
Marreca	ein Vogel
Marrecão	Name zweier Vögel (Neochen jubata, Spix) (Metopiana peposaca, Vieill)
Matrinchão (Matrinxão)	Ein Fisch (Brycon brevicaudatus)
Murucututu	Uhu (Bubo spec.)

Mutum	Hokkohuhn (Crax spec.)
Nisch'po	Strauch, dessen Blätter gekaut werden und die Zähne schwärzen
Paka	Nagetier (coelogenys Paca)
Paiwarri	alkoholisches Getränk, gewonnen aus der Vergärung von Maniok
Papyna	dunkles, berauschendes Getränk aus scharf gegorener Maniokmasse
Payua	berauschendes Getränk
Piraruçu	der größte südamerikanische Süßwasserfisch (Arapaima gigas), ein Wels
Piripi	eine Binsenart, die als Aphrodisiakum verwendet wird (Cyperus piperioca)
Pium	kleine (Tages)Stechmücke
Putirum	Versammlung von Nachbarn, die zu gemeinsamer Arbeit einberufen werden
Quinua	kartoffelartige Pflanze (Chemopodium quinoa)
Reicongo	ein Vogel
Rucu	eine Frucht, deren Saft zur Bemalung des Körpers dient
Salamanta	eine Schlange (Epicrates). Sie wird von vielen als die Jibóia-vermelha, oder als ihr sehr ähnlich angesehen. (vgl. Villas Boas 2, S. 265)
Sapé	hohes Gras (Imperata brasiliensis). Es wird zum Decken der Häuser am Alto-Xingu verwendet. (vgl. Villas Boas 2, S. 265)
Socó	ein Wasservogel. Er verbirgt sich untertags und kommt erst in der Nacht aus seinem Versteck
Sucuri-Ténon	eine Schlange (Eunectes murinus). Sie lebt vor allem im Sumpf und in Flüssen
Surubin	ein Fisch (Pimelodus tigrinus)
Tabóca	ein Gras der Gattung Bambusa
Tapana	gegorenes Getränk aus Maniokfladen
Tauari	eine Baumfaser, die als Zigarettenpapier verwendet wird

Timbó	giftige Liane (um Fischwasser zu vergiften)
Tinkuan	ein Vogel (coculus cornutus)
Titikim	Käfer, wahrscheinlich eine Carambycide
Tokandyra	sehr giftige Ameise
Tracajá	eine Schildkröte (Podocnemis cayennensis). Sie lebt auf dem Land und im Süßwasser
Tucano	Tukan oder Pfefferfresser. Ein südamerikanischer Spechtvogel (Rhamphastos). Er ist groß, bunt und hat einen gezähnten, hohlwandigen Schnabel
Tucumaré	ein Fisch (Cichla ocellaris, Cichla temensis)
Tukum, Tucumã	unterschiedliche Palmenarten, deren Stamm meist mit langen, harten Stacheln besetzt ist
Tupã	so lautet der Donner in der Tupi-Sprache. Mit dem Wort haben die Jesuiten-Missionare den Begriff »Gott« übersetzt und in Gebrauch gebracht
Tururi	ein Baum (Bertholletia excelsa H. B. K.). Er heißt auch »tocari« oder »castanha-do-pará«
Umiri	Umiriumbaum (Humirium floribundum)
Uruku	aus den Früchten des Bixa-orellana-Strauches gewonnene rote Farbe
Urutau	ein Vogel (Nyctibius), der berühmt ist für seinen traurigen und düsteren Gesang, der mitten in der Nacht zu hören ist. Er heißt auch Urutagua, Jurutau, Jurutauí, Juritaí, Mãe-da-Lua, Manda-lua)
Viscacha	kleines Nagetier
Walyarima	»Tapirjaguar«, ein mythologisches Tier, das seine Wohnung in den Gebirgen unter der Erde hat
Yat	Baum

Acevedo Hernandez, Antonio, Leyendas chilenas. Santiago de Chile 1952.

de Alencar, José, O Guarany. Rio de Janeiro. o. J.

Arguedas, José Maria y Izquierdo Rios, Francisco, Mitos, leyendas y cuentos peruanos. Vol. I–IV. Lima 1947.

Arguedas, José M., Cancionero y cuentos del pueblo Quechua. Lima 1949.

Armas Chitty, J. A. de, Tucupido. Formación de un pueblo del llano. Caracas 1961.

Augusta, Felix José de, Lecturas araucanas. o. O. 1934.

Azara, Felice de, Viaggi nell'America meridionale. Milano 1817.

Baldus, Herbert, Indianerstudien im nordöstlichen Chaco. Leipzig 1931 – (1).

– Lendas dos indios do Brasil. São Paulo 1946 – (2)

– Die Jaguarzwillinge. Mythen und Heilbringergeschichten, Ursprungssagen und Märchen brasilianischer Indianer. Kassel 1958 – (3).

Barbosa Rodrigues, João, Poranduba Amazonense. Rio de Janeiro 1885.

Barroso, Gustavo, Mythes, contes et légendes des Indiens. Folklore Brésilien. Paris 1930.

Bermejo Tenenti, A, Ricordi di un viaggio nella terra del Fuoco. Mendoza o. J.

Brandão de Amorim, Antônio, Lendas em Nheêgatu e em Portugues. Rio de Janeiro 1928.

Brandenberger, Erna, Tiermärchen der Bolivianischen Indianer. (Manuskript).

Brandenburger, Clemens, Mythen, Sagen und Märchen brasilianischer Indianer. São Leopoldo 1919.

Brett, William Henry, Legends and Myths of the aboriginal Indians of British Guaiana. London o. J.

Capistrano de Abreu, João, Ra-Txa-Hu-Ni-Ku-I. A Lingua dos Caxinauás. Rio de Janeiro 1914.

Carvalho Neto, Paulo de, Cuentos folklóricos del Ecuador. Quito 1966 – (1).

– Folklore del Paraguay. Quito 1961 – (2).

Castelnau, F. de, Expédition dans les parties centrales de l'Amerique du Sud. Paris 1850.

Da Câmara Cascudo, Luis, Lendas Brasileiras. Rio de Janeiro 1945 – (1).

– Contos tradicionais do Brasil. Rio de Janeiro ²1954 – (2).

– Antología do Folclore Brasileiro. 2 vols. São Paulo 1965 – (3).

Caudmont, Jean, Cuentos y leyendas de la Guajira. In »Revista de folklore«, Bogotá 1953.

Chaves, Milciades Ch., Mitos, tradiciones y cuentos de los indios Chamí. In »Boletín de Arqueologia«, Bogotá, I, 1945 – (1).

– Mitologia Kágaba. In »Boletin de Arqueologia«, Bogotá, II, 1947 – (2).

Colbacchini, A., I Bororós orientali »Orarimugudoge« del Matto Grosso. Torino 1912.

Coll, P.C. van, Contes et légendes des Indiens de Surinam. In »Anthropos«, 2, 1907.

Coloredo, Antonio, Mitos y leyendas indianas. Santa Cruz (circa 1940).

Costa e Silva, Alberto da, Antología de lendas do índio brasileiro. Rio de Janeiro 1957.

Ehrenreich, Paul, Die Mythen und Legenden der Südamerikanischen Urvölker und ihre Beziehungen zu denen Nordamerikas und der alten Welt. Berlin 1905.

Ferreira Vianna Calderon, Ester, Lendas Brasileiras. Rio de Janeiro 1961.

Giacone, Antonio, Os Tucanos e outras tribos do rio Uaupés. São Paulo 1949.

Gusinde, Martin, Die Feuerland-Indianer. 3 Bände. Wien 1931–39.

Hartt, Charles Frederik, Os Mitos Amazônicos da Tartaruga. Amazonian Tortoise Myths. Recife 1952.

Hyades, P., Croyances et coutumes ind. (Faszikel mit teils hand-, teils maschinengeschriebenen Texten in der ehemaligen »Sammlung Henri Noël«. Die Texte stammen aus der Zeit vor dem Ersten Weltkrieg.)

Imbelloni, Juan, La esfinge indiana. Buenos Aires 1926.

Jiménez Borja, Arturo, Cuentos y leyendas del Perú. Lima o. J.

Karlinger, F. und Freitas, Geraldo de, Brasilianische Märchen. Düsseldorf 1972 – (1).

Karlinger, Felix, Südamerikanische Märchen. Frankfurt 1973 – (2).
Karsten, R., Mitos de los indios Jíbaros de oriente del Ecuador. In »Boll. Soc. Ecuadoriana de Historia Americana«. Quito 1919.
Kössler-Ilg, Berta, Cuentan los araucanos. Buenos Aires 1954 – (1).
– Indianermärchen aus den Kordilleren. Düsseldorf 1956 – (2).
– Tradiciones araucanas. La Plata 1962 – (3).
Koch-Grünberg, Theodor, Indianermärchen aus Südamerika. Jena [1]1920, [3]1927 – (1).
– Zwei Jahre bei den Indianern Nordwest-Brasiliens. Stuttgart [2]1923 – (2).
– Vom Roroíma zum Orinoco. (IV Bände: I.: Schilderung der Reise; II.: Mythen und Legenden der Taulipáng- und Arekuna-Indianer; III.: Ethnographie; IV.: Sprachen; V.: Typen-Atlas.) Stuttgart 1917–1928 – (3).
– Geister am Roroíma. Kassel 1956 – (4).
Krickeberg, Walter, Märchen der Azteken und der Inka, Maya und Muisca. Jena 1928. [2]Köln 1968.
Kruse, P. A., Karusakaybé, der Vater der Mundurucú. In »Anthropos«, 46, 1951.
Lehmann-Nitsche, Robert, Studien zur südamerikanischen Mythologie. Die ätiologischen Motive. Hamburg 1939.
Lenz, Rudolf, Araukanische Märchen und Erzählungen. Valparaiso 1896.
Lévi-Strauss, Claude, Mythologiques. Du miel aux cendres. Paris 1966 – (1).
– Mythologiques. Le Cru et le cuit. Paris 1964 – (2).
Magalhães José Vieira, Conto de, O Selvagem. Rio de Janeiro 1876.
Malkiel Lopez, E., Cuentos populares iberoamericanos. Rosario o. J.
Métraux, Alfred, La civilisation matérielle des tribus tupi-guarani. Paris 1928 – (1).
– La religion des Tupinamba et ses rapports avec celle des autres tribus tupi-guarani. Paris 1928 – (2).
– Mythos of the Toba and Pilagá Indians. In »Memoirs of the American Folklore Society«, XL, 1946 – (3).
Middendorf, E. W., Die einheimischen Sprachen Perus. Bd. I–VI. Leipzig 1890–92.
Molina, Cristobal de, Relación de las fabulas y ritos de los Incas. Santiago 1913.

Montoya, Tesoro de la Lengua Guarani. Annães da Biblioteca Nacional de Rio de Janeiro.

Moraes, Raymundo, Na Planicie Amazonica. Manáos 1926.

Münzel, Mark, Medizinmannwesen und Geistervorstellungen bei den Kamayurá. Wiesbaden 1971 – (1).

– Erzählungen der Kamayurá. – Alto Xingú (Brasilien). Wiesbaden 1973 – (2).

Nimuendajú Unkel, Curt, Die Sagen von der Erschaffung und Vernichtung der Welt als Grundlagen der Religion der Apapocuva-Guaraní. In »Zeitschrift f. Ethnologie«, 46, 1914 – (1).

– Sagen der Tembé-Indianer. In »Zeitschrift für Ethnologie«, 47, 1915 – (2).

– The Tukuna. Berkeley 1952 – (3).

– The Apinayé. Washington 1939 – (4).

– Apontamentos sôbre os Guaraní. In »Revista do Museu Paulista«, VIII, 1954 – (5).

Nordenskiöld, Erland, Indianerleben. Leipzig 1912.

Paredes, M. Rigoberto, El arte folklórico de Bolivia. La Paz 1972.

Paredes-Candia, Antonio, Cuentos populares Bolivianos. (De la Tradición Oral). La Paz 1973.

Pereira, Nuñes, Moron Guêtá, Um Decameron Indígena. Retratos do Brasil. Vol. 50. Rio de Janeiro 1967.

Pettazzoni, Raffaele, Miti e Leggende (vol. IV, America Centrale e Meridionale). Con la collaborazione di Tullio Tentori. Torino 1959.

Pino Saavedra, Yolando, Cuentos folklóricos de Chile. Vol. I–III. Santiago de Chile. 1960–1963 – (1).

– Las narraciones araucanas. In »Archivos del Folklore Chileno«, Fasc. No. 9 (1971), Santiago de Chile – (2).

Preuss, Konrad Theodor, Religion und Mythologie der Uitoto. Göttingen 1921.

Ribeiro, Darcy, Religião e mitologia kadinéu. Rio de Janeiro 1950 – (1).

– Uirá sai à procura de Deus. Ensaios de Etnologia e Indigenismo. Rio de Janeiro 1974 – (2).

Romero, Sílvio, Contos populares do Brasil. Rio de Janeiro [4]1954.

Saunière, Sperata R. de, Cuentos populares chilenos y araucanos. Santiago de Chile 1918.

Schultz, Harald, Lendas waráu. In »Revista do Museu Paulista«, N. S. vol. XVI. São Paulo 1966.

Steinen, Karl von den, Unter den Naturvölkern Zentral-Brasiliens. Berlin 1894.

Tastevin, C., A lenda do jabutí. In »Revista do Museu Paulista«, XV, São Paulo 1927.

Tello, J. C., Wira Kocha, in »Inca, Revista trimestral de estudios antropológicos, Lima 1923. Vol. I.

Villas Boas, Orlando e Claudio, Xingu. Os Indios seus mitos. Rio de Janeiro ²1972.

– Xingu ......

Vogel, Carlos, Mato Grosso. Santa Cruz o. J.

Wassen, H., Cuentos de los Chocós. In »Journal de la Société des Américanistes«, XXV, 1933.

Zerries, Otto, Wild- und Buschgeister in Südamerika. Wiesbaden 1954 – (1).

– Waika. Die kulturgeschichtliche Stellung der Waika-Indianer des oberen Orinoko im Rahmen der Völkerkunde Südamerikas. München 1964 – (2).

1 Die Frau, die sich in einen Teufel verwandelte (Wassen S. 114. – Übers.: Karlinger). – Chocó. – Von besessenen Indianer-Frauen wissen manche Forscher zu berichten; auch von der wirksamen Hilfe der Stammes-Schamanen. Diesem Bereich ist wohl auch unser Text zuzuweisen.

2 Versuchung durch böse Frauen (Chaves II S. 476. – Übers.: Karlinger). – Cagabá. – Kastrationsängste spiegeln sich in manchen Indianermärchen wider. Neben den Erzähltexten finden sie auch ihren Ausdruck in verschiedenen Riten. Darüber hinaus ist auch in den Sprachen vieler Völker der Zusammenhang in der Terminologie von Mund, Lippen etc. für die beiden so heterogenen Organe auffallend.

3 Die Himmelsschlange Mami (Lafone Nr. 1. – Übers.: Karlinger). – Guajiro. – Die Milchstraße wird in der Mythologie verschiedener Völker als eine große Schlange vorgestellt. Daß sie jedoch Augen raubt und Menschen frißt und deshalb von einer Mondgottheit an den Himmel versetzt wird, ist sonst kaum bekannt. Dagegen werden Sterne oft als Augen gedeutet.

4 Häuptling Kairé und der Totenkopf (Lafone unnumeriert. – Übers.: Karlinger). – Chibcha. – Merkwürdig ist, daß der unbeabsichtigte Totschlag hier nicht zu einer grausamen Rache durch den Ermordeten führt, sondern daß der Tote Helfer und Schwiegersohn des Helden wird. Der Zusammenhang mit dem Mond (oft als rollender Kopf aufgefaßt) ist unverkennbar. Siehe auch die weiteren Totenkopfgeschichten Nr. 49 und 76!

5 Von der Frau, die einen Froschmann heiratete (Pettazzoni S. 236. – Übers.: Karlinger). – Kariben. – Die Frau verletzt ein Tabu und verliert dadurch unwiderruflich ihren Tierbräutigam.

6 Schließ die Augen und wünsch dir was! (Pettazzoni S. 232. – Übers.: Karlinger). – Kariben. – Die Imagination des Wünschens mit geschlossenen Augen, des Wunschtraumes, erscheint in manchen Märchen der Indianer in Guayana. Daß jedoch eine Frau verjüngt wird und so inzestuösen Wünschen ausgesetzt ist, begegnet fast nie. Der Schluß des Märchens läßt alles fast wie einen Traum erscheinen.

7 Wie die Warrau auf die Erde kamen (Brett S. 55. – Übers.: Koch-Grünberg 1, S. 1). – Warrau. – Bei vielen Indianerstämmen finden

wir die Vorstellung, daß die Menschen aus dem Himmel auf die Erde hinuntergestiegen sind, und daß es im Himmel nur Vögel, aber sonst keine jagdbaren Tiere gibt. Koch-Grünberg vermerkt: »Der Gedanke, daß eine dicke Person in dem Zugangsloch zur Erde stecken bleibt und es für immer verstopft, findet sich in einer Reihe nordamerikanischer Mythen dieser Gattung.« (K.-G. 1, S. 313)

8 Korobona (Brett S. 64. – Übers.: Koch-Grünberg 1, S. 3). – Warrau. – »Der Stammvater der kriegerischen Karaiben, der Erbfeinde der Warrau, ersteht auf geheimnisvolle Weise aus dem Grabe eines zerstückelten Knaben, den ein Wassergeist mit einem Warraumädchen gezeugt hat. – Gewisse Züge der Sage finden sich wieder in der Stammesmythe der Tariana.« (Koch-Grünberg 1, S. 314)

9 Warum der schwarze Jaguar die Leute tötet (Roth S. 217. – Übers.: Koch-Grünberg 1, S. 13). – Warrau. – »Ein in den Märchen oft wiederkehrendes Motiv: Ein Mann heiratet eine Frau aus anderem Stamm und bringt sie zu seinen Verwandten, die sein Glück zerstören.« (Koch-Grünberg 1, S. 314)

10 Der schwarze Jaguar, Wau-uta und der zerbrochene Pfeil (Roth S. 213. – Übers.: Koch-Grünberg 1, S. 15). – Warrau. – Der riesige schwarze Jaguar Tobe-horoanna spielt in mehreren von Roth mitgeteilten Warrau-Märchen eine Rolle.

11 Die Geschichte von Haburi (Roth S. 122. – Übers.: Koch-Grünberg 1, S. 19). – Warrau. – »Hübsch ist der Gedanke, daß der Held den Enten Boote macht, durch die sie schwimmen lernen.« (Koch-Grünberg S. 315)

12 Die Zauberrasseln (Roth S. 186. – Übers.: Koch-Grünberg 1, S. 29). – Warrau. – Magische Jagdwaffen finden sich bei den Indianern häufig; der Übergang von Instrumenten, die durch ihre Laute Tiere anlocken können, und Zauberinstrumenten ist freilich fließend. – Die Indianer sprechen jedes jüngere Mädchen ihres Stammes mit »Schwester« oder »Kusine« an, ältere Männer mit »Onkel«. – »Über das Eherecht und das Verhältnis des Schwiegersohnes zu den Schwiegereltern gibt das Märchen interessante Aufschlüsse: der Schwiegersohn zieht mit seiner ganzen Habe in das Haus seiner Schwiegereltern. Von dem Augenblick der Geburt des ersten Kindes an, womit seine Ehe erst gültig wird, gehört er als vollberechtigtes Glied der Familie seiner Frau an.« (Koch-Grünberg S. 315)

13 Die Affenfrau (Roth S. 150. – Übers.: Koch-Grünberg 1, S. 29). – Warrau. – Das Motiv der Ehe mit einem Tier-Menschenwesen ist auf der ganzen Welt verbreitet. Häufig endet die Verbindung unglücklich.

14 Die Frau, die vom Gespenst ihres Mannes getötet wurde (Roth S. 182. – Übers.: Koch-Grünberg 1, S. 35). – Warrau. – Koch-Grünberg hält diesen Text für eine »unheimliche Fiebertraumerzählung«. Derartige Sagen von Nachzehrern sind aber sehr verbreitet und polygenetisch entstanden. Auch daß der Speichel antwortet, pars pro toto, ist Allgemeingut.

15 Die Amazonen (Brett S. 180. – Übers.: Koch-Grünberg 1, S. 90). – Akawoyo. – »Die Amazonensage scheint über das ganze nördliche Südamerika verbreitet gewesen zu sein. Wahrscheinlich ist sie bei den Nordkaraiben entstanden. Südlich vom Amazonas haben nur die Karaja eine echte Amazonensage, die aber in ihren Hauptzügen der Guayana-Sage so nahe verwandt erscheint, daß sie, wie manche andere kulturelle Eigentümlichkeit, diesem Stamme sicherlich von Norden her übermittelt ist. – Brett nennt seine Amazonensage »eine alte Legende der Bergstämme des Inlandes«. Er meint damit die Akawoyo und ihre nahen Verwandten, die Bewohner der Gebirgssavannen südlich von ihnen, wie die Taulipang und andere. – Ein Bruchstück dieser Sage, das gewissermaßen die Ergänzung der Brett'schen Version bildet, erhielt ich von den Taulipang im Flußgebiet des Uraricuera oder Parima. Der Hauptsitz der Amazonen wird danach in ein Gebirge auf dem rechten Ufer des unteren Uraricuera verlegt, das davon den Namen »Weibergebirge« trägt. Dabei wird von einer späteren Trennung des Weibervolkes berichtet, dessen eine Hälfte weiter nach Osten zog.« (Koch-Grünberg S. 319) Der Saft der Maniokwurzel, mit dem die Frauen ihre Männer vergiften, enthält einen starken Gehalt an Blausäure.

16 Der Wunderbaum (Roth S. 147. – Übers. Koch-Grünberg 1, S. 81). – Karaiben-Kalinya. – Berichte von Wunderbäumen, die entweder im Himmel wachsen oder doch aus dem Himmel stammen, finden sich bei einer Reihe von Indianerstämmen, siehe z. B. auch unsere Nr. 91!

17 Akalapischeima und die Sonne (Koch-Grünberg 1, S. 93). – Arekuná. – »Hier erscheint der Heros zunächst ohne Glanz und wird daher nicht als Sonne erkannt. Erst durch Anlegen seiner glänzenden

Zierate wird er zum Lichtspender. – Nur die Sonne empfängt von den Menschen Nahrung, denn sie zehrt von den Maniokfladen, die um die Mittagszeit zum Trocknen auf das Dach der Hütte gelegt werden.« (Koch-Grünberg 1, S. 320)

18 Wadhamaímöng, der Vater der Fische (Koch-Grünberg 2, S. 140). – Arekuná. – »Für die Taulipang und Arekuná gibt es unter unserer Erde noch drei Erden. Nur den Zauberärzten ist es möglich, wenn sie in Ekstase sind, ihre Schatten, ihre Seelen, auf diese Erde zu schicken. Die Menschen, die unter unserer Erde wohnen, heißen Onobölöko. Sie sind gut und fleißig, und die Zauberärzte gehen sie gerne besuchen. Diese Onobölöko sind einäugig, denn es ist Sitte bei ihnen, den Kindern in frühester Jugend das linke Auge zu entfernen.« (Koch-Grünberg 2, S. 205)
Wenn der Zauberarzt schläft, entfernt sich seine Seele vom Körper. Nichts darf seinen Schlaf stören, da sonst seine Seele nicht Zeit haben würde, in den Körper zurückzukehren und er dann sterben müßte. Alle übernatürlichen Wesen sind Mauari: so die Geister in Gewässern und Gebirgen, die Seelen der Zauberärzte und der Toten. Nur die Zauberärzte können die Mauari wahrnehmen. Rato ist der »Wasservater«, der »Vater aller Fische und anderen Wassertiere«. Die »Wassermutter« heißt auch Rato und kriecht wie eine Schlange auf dem Grunde des Wassers dahin. Sie ist die Frau des Rato. Wenn sie singt, nennt man sie Rataynalä. (Vgl. Koch-Grünberg 2, S. 205)

19 Wie die Plejaden an den Himmel kamen (Koch-Grünberg 1, S. 105). – Taulipang. – »Die Plejaden bilden nach indianischer Deutung mit der Aldebarangruppe und einem Teil des Orion die Gestalt eines einbeinigen Mannes, dem seine untreue Frau auf Erden das andere Bein abhieb, und der dann zum Himmel stieg. Bevor er aufsteigt, zeigt er seinem Bruder an, daß mit seinem Verschwinden die Regenzeit anfangen werde, und zahlreiche Fische die anschwellenden Bäche aufwärts ziehen würden, also Überfluß an Nahrung. – Die Plejaden sind für diese Indianer von der größten Wichtigkeit zur Bestimmung der Jahreszeiten, der richtigen Zeit für die Pflanzungsarbeiten. Wenn sie am westlichen Himmel verschwinden, beginnt die Regenzeit.« (Koch-Grünberg 1, S. 320). – Siehe auch die Nummern 24, 25, 70.

20 Der Besuch im Himmel (Koch-Grünberg 1, S. 109). – Taulipang. – »Das Märchen vom Besuch im Himmel und den Proben, die der

Held dort zu bestehen hat, gehört zu einer besonderen Klasse von Sagen, die in Amerika die weiteste Verbreitung haben, von Chile bis zum äußersten Nordwesten, und so auffallend übereinstimmende Züge aufweisen, daß man zu der Annahme berechtigt ist, sie seien einer gemeinsamen Wurzel entsprungen.« (Koch-Grünberg S. 321). – Himmel steht hier meist nur für »Jenseits«, und den gleichen Handlungsablauf finden wir auch bei Texten, in denen sich alles unter der Erde oder unter dem Wasser abspielt. – Häufig wird der Besuch im Himmel zu einem Schwank.

21 Das Augenspiel (Koch-Grünberg 1, S. 131). – Taulipang. – »Dieses Märchen zeigt eine deutliche Verwandtschaft mit nordamerikanischen Sagen und ist die erste Sage mit diesem Motiv, die aus Südamerika bekannt wird. Sie stimmt nicht nur im wesentlichen Gang der Handlung, sondern auch vielfach im Wortlaut mit zahlreichen Sagen aus Nordamerika, von Neumexiko bis British Columbia überein.« (Koch-Grünberg S. 322). – Vgl. mit unserer Nr. 3!

22 Jaguar und Regen (Koch-Grünberg 1, S. 137). – Taulipang. – Personifizierungen von Elementen sind bei Naturvölkern häufig, und auch aus dem indischen Märchen kennen wir das Motiv, daß der Tiger vor dem Regen davonläuft, und daß die Menschen »vor einem Regentropfen mehr Angst haben als vor einem Löwen oder Tiger«.

23 Jaguar und Blitzstrahl (Koch-Grünberg 1, S. 139). – Taulipang. – Entspricht dem vorigen Text, doch wird der schwankhafte Zug stärker ausgemalt.

24 Epépím (Barroso S. 63. – Übers.: Zacherl). – Makuschi. – Die Makuschi nennen das Sternbild Orion »Epépím«. In ihrer Sprache ist der Name für das Gestirn Venus »Caiuanu« und für Sirius »Itenhá«.

25 Tamekán, das Siebengestirn (Barroso S. 63. – Übers.: Zacherl). – Makuschi. – Tamekán ist eine indianische Bezeichnung für die Plejaden. Siehe auch Nr. 19!

26 Makonaura und Anuanaitu (Koch-Grünberg 1, S. 40). – Arowaken. – Siehe auch unsere Nr. 20!

27 Der Zauberarzt Makanaholo (Koch-Grünberg 1, S. 53). – Arowaken. – »Die Art und Weise, wie die Ameisen dem Helden helfen, wird nicht klar ausgedrückt, ist aber für den indianischen Zuhörer ohne weiteres verständlich: sie dichten den Korb mit Lehm in der Art, wie sie ihre Bauten aufführen.« (Koch-Grünberg 1, S. 316). – Die großen Vögel, deren Wohnung sich der Indianer oft im Himmel

vorstellt, sind in der Regel in Zauberkünsten, und damit zugleich in der Heilkunst, erfahren.

28 Der Einsiedler und sein Hund (Koch-Grünberg 1, S. 56). – Arowaken. – Die Tierbraut unter dem Fell eines Hundes ist relativ selten, ebenso der komplikationslose Ablauf dieses Textes.

29 Woher die Aimara-Fische so schöne, große Augen haben (Roth S. 185. – Übers.: Koch-Grünberg 1, S. 62). – Arowaken. –

30 Der überlistete Waldgeist (Roth S. 191. – Übers.: Koch-Grünberg 1, S. 65). – Arowaken. – »Intime Freunde und Freundinnen pflegen die Namen zu tauschen.« (Koch-Grünberg S. 317)

31 Die Jaguarfrau (Roth S. 203. – Übers.: Koch-Grünberg 1, S. 67). – Arowaken. – Mit der Preisgabe des Geheimnisses wird das Glück zerstört, wie wir es aus vielen Märchen kennen.

32 Das verliebte Faultier (Roth S. 204. – Übers.: Koch-Grünberg 1, S. 69). – Arowaken. – Ein Faultier als Tierbräutigam ist selten, doch zeigt das Märchen, daß praktisch jedes Tier diese Funktion übernehmen kann.

33 Warum der Honig jetzt so selten ist (Roth S. 204. – Übers.: Koch-Grünberg 1, S. 70). – Arowaken. – Auch hier wird ein Tabu verletzt und damit das Glück verscherzt. – Diese Bienen-Göttin erinnert an den »Zeus meliflys« (den Honig-spendenden Gott) Kretas der Antike.

34 Der Jacamin und die Farben (Barroso S. 166. – Übers.: Zacherl). – Indianer am Rio Branco.

35 Das Kind, das den Curupira tötete (Barroso S. 25. – Übers.: Zacherl). – Indianer am Rio Negro. – Das Antworten des Speichels beruht auf dem Prinzip des pars pro toto.

36 Isi (Barbosa Rodrigues S. 105. – Übers.: Koch-Grünberg 1, S. 168). – Tariana und Tukano. – Es geht in diesem Märchen nicht nur um die mythologische Herkunft des Stammes-Heroen, sondern auch um die religiöse Begründung des Männerbundes gegenüber den Frauen. »Aus dem Holz der Paschiuba-Palme werden noch heute die großen Flöten verfertigt, die bei den Festen dieses Männerbundes geblasen werden.« (Koch-Grünberg, 1, S. 326)

37 Die Riechwurzel (Baldus 3, S. 32). – Manao. – Die Bemalung der Mädchen mit der roten Farbe des Uruku ist ein Zeichen ihrer Liebesbereitschaft (vgl. Baldus 3, S. 190). »Das, was der Zauberer mit dem Hirschhaar macht, um den, dem das Haar gehörte, zur Rückkehr zu

zwingen, zählt zu einer Art weitverbreiteter magischer Verfahren, die in der Völkerkunde als »Bestandteilzauber« oder »Restzauber« bekannt sind und auf dem Prinzip des pars pro toto beruhen. Danach bleiben Haare, Nägel und Kot auch nach ihrer Trennung vom Körper in solchem magischem Zusammenhang mit ihm, daß der Zauber, der mit ihnen vollführt wird, den ganzen Menschen, zu dem sie gehörten, trifft.« (Baldus 3, S. 190f.)

38 Der Ursprung des Amazonas (Barroso S. 91. – Übers.: Zacherl). – Indianer am Solimoens. – Solimoens ist die Bezeichnung für den Amazonas oberhalb der Mündung des Rio Negro.

39 Der geheimnisvolle Krieger (Barroso S. 11. – Übers.: Zacherl). – Indianer am Amazonas. – Die Tupi nennen den Indianerhäuptling Tuxáua.

Im Ruf »Tinkuan« des gleichnamigen Vogels sehen die Indianer ein Vorzeichen für Unglück und Leid. Die Indianer sagen, daß dieser Vogel der Saci selbst sei. Der Saci-Taperê (= Mutter der Seelen, die auf dem Wege erscheint) ist der brasilianische Hausgeist. Er zeigt sich im allgemeinen als kleiner, hinkender oder sogar einbeiniger Indianer mit roter Mütze. In den frühen Märchen erscheint er auch als Vogel Coculus Cornutus, den die Indianer als Zaubervogel betrachten. (Vgl. Barroso S. 7f.)

40 Der Curupira, die Frau und die Kinder (Barroso S. 23. – Übers.: Zacherl). – Indianer am Amazonas. – Märchen von anthropophagen Dämonen gehören zu den besonders beliebten Geschichten bei allen Völkern. Man denke nur an das Rotkäppchen, vor allem auch in seiner italienischen Frühform. (Karlinger, Italienische Volksmärchen, Nr. 23)

41 Die Sintflut (Barroso S. 72 – Übers.: Zacherl). – Pamari. – Die Sage gibt eine Erklärung für den bei den Pamari üblichen Pfahlbau.

42 Wie Bahira Pfeile bekam (Costa e Silva S. 178. – Übers.: Zacherl). – Parintintin. – Ahangáb bedeutet: »Seele, Bild, Gestalt, Form, Gespenst.« Es kommt aus dem Tupi-Guarani: »anâng«, wobei »ang« Seele und »na« laufen bedeutet. Die Jesuiten sahen in »Anâng« den Teufel. (Vgl. Costa e Silva S. 179)

43 Der Ursprung des Guaraná (Costa e Silva S. 41. – Übers.: Zacherl). – Maué. – »Der Noçoquém ist ein Ort, wo es alle Pflanzen und Tiere gibt, die den Maués nützlich sind. Er symbolisiert das Gebiet, das früher von diesen Indianern bewohnt wurde.« (Costa e Silva S. 45)

44 Der Timbó und das erste Wasser (Costa e Silva S. 15. – Übers.: Zacherl). – Maué. – »Putirum ist eine Versammlung der Nachbarn, die zur Ausführung einer gemeinsamen Arbeit einberufen werden.« (Costa e Silva S. 21). Unter den Eingeborenen besteht die Meinung, daß Frauen während der Schwangerschaft und Menstruation die Waffen nicht berühren dürfen, da sie ihnen sonst die Kraft nehmen würden.

Die Tiere sind in der Mythologie der Eingeborenen denselben körperlichen Vorgängen wie Mann und Frau unterworfen. Deshalb nimmt in diesem Märchen auch das trächtige Jaguarweibchen dem Timbó die Kraft, als es ins Wasser springt.

Mit dem verzauberten Ort ist der »Noçoquém« gemeint, ein Ort, an dem alle den Maué nützlichen Tiere und Pflanzen zu finden sind. Er symbolisiert das Gebiet, das früher von diesen Indianern bewohnt wurde. (Vgl. Costa e Silva S. 21)

45 Der Curupira und die verlassenen Kinder (Barroso S. 18. – Übers.: Zacherl). – Indianer am Purús. – »Die Indianer sagen Großvater, Großmutter, Sohn, Enkel, Onkel und Tante zu den Personen, denen sie schmeicheln wollen.« (Barroso S. 18) Die Kinder fragen die Cutia nach der Pflanzung, weil die Nagetiere immer Maniok daraus stehlen und die Pflanzungen in der Nähe der Häuser sind. (Vgl. Barroso S. 19)

46 Der Ursprung des Giftes (Barroso S. 84. – Übers.: Zacherl). – Indianer am Purús.

47 Die Japins und die Wespe (Barroso S. 164. – Übers.: Zacherl). – Indianer am Juruá.

48 Die Sintflut (Capistrano de Abreu S. 481. – Übers.: Koch-Grünberg 1, S. 229). – Kaschinaua. – »Ursprüngliche Flutsage, verbunden mit dem Zwillingsmotiv. Ein Zwillingspaar verschiedenen Geschlechts, das nach dem gewaltsamen Tod der Mutter durch den Krebs mittels einer Art Kaiserschnittes zum Leben befördert wird, gibt die Stammeltern des neuen Volkes.« (S. 331) – Tiere, welche wie die Schlangen die Haut wechseln können, gelten bei vielen Völkern als unsterblich. Der Tod als Strafe für Ungehorsam schafft religiöse Bezüge.

49 Der Mond (Capistrano de Abreu S. 458. – Übers.: Koch-Grünberg 1, S. 232). – Kaschinaua. – »Die Worte, die der Kopf hier zu sich selbst spricht, bevor er sich entschließt, zum Himmel zu gehen und Mond

zu werden, finden sich ähnlich in einer von mir aufgezeichneten Mondmythe der Taulipang (Koch-Grünberg 2, S. 54). Dort steigt der Mond an einer Liane, hier an einem Garn in die Höhe. – Die geheimnisvollen Beziehungen des Mondes zum Geschlechtsleben des Weibes werden hier erklärt.« (Koch-Grünberg 1, S. 332) – Siehe auch unsere Nummern 4 und 76!

50 Der Beinlose, der zum Jaboti wurde (Barroso S. 113. – Übers.: Zacherl). – Kaschinaua. – »Wir haben den indianischen Ausdruck stehen lassen, weil der deutsche weiblichen Geschlechts ist im Gegensatz zum indianischen, und sonst ein Charakteristikum nicht zum Tragen käme.« (Karlinger 1, S. 285)

51 Der Krötenmann (Barroso S. 149. – Übers.: Zacherl). – Kaschinaua.

52 Die große Schlange (Koch-Grünberg 1, S. 269). – Mosetene. – Wie in unserem Märchen Nr. 3 tritt auch hier eine enorme Riesenschlange auf, die am Schluß zur Milchstraße wird. Im Unterschied zum Text der Guajiro werden hier jedoch die leuchtenden Punkte nicht näher erklärt.

53 Von dem Regenbogen, Opito (Koch-Grünberg 1, S. 271). – Mosetene. – Für den Regenbogen gibt es verschiedene indianische Erklärungen. Siehe auch Nr. 88 mit seiner poetischen Deutung!

54 Weshalb die Boaschlangen nicht Menschen fressen (Koch-Grünberg 1, S. 272). – Mosetene. – »Ein nicht seltener Zug ist, daß der Held bei den Abenteuern sein Haar verliert.« (Koch-Grünberg 1, S. 334)

55 Der Wildschweinkobold (Koch-Grünberg 1, S. 273). – Tumupasa-Takana. – »Das in indianischen Sagen so beliebte Motiv der »bösen Schwiegermutter«, die schließlich ihre Strafe erhält.« (Koch-Grünberg S. 334) – Schwiegermutter-Schwänke sind keine europäische Eigenheit, sie sind im allgemeinen zahm gegenüber den drastischen, oft auch erotisch getönten Erzählungen der südamerikanischen Indianer. Siehe etwa Münzel 2, S. 373!

56 Die Pfeilketten (Koch-Grünberg 1, S. 283). – Guarayu. – Es handelt sich hier nach Koch-Grünberg um einen »uralten amerikanischen Sagenstoff«.

57 Warum die Guarayu ihre Frauen im Rausch verprügeln (Koch-Grünberg 1, S. 282). – Guarayu. – »Episode aus der Stammessage der Guarayu, eines Guaranistammes Ostboliviens.« (Koch-Grünberg 1, S. 334)

58 Tiri und Karu (Koch-Grünberg S. 275). – Yurakare. – »Der aus dem Baum entsprossene Mann scheint wegen seiner Zerstückelung und Wiederzusammensetzung ein Mondwesen zu sein. Wie in der Sage von Orpheus und Eurydike folgt er der Sonne, oder in diesem Fall der Sonnentochter, und verschwindet, als diese sich umdreht.« (Koch-Grünberg S. 334) – Die Erlebnisse des Zwillingspaares gehören zu den Brudermärchen. Vergleiche: Karlinger 1, »Der Tod der Sonne« und »Tod und Auferstehung des Mondes«, sowie »Keri und Kame« (S. 7, 9 bzw. 34) und die Anmerkungen dazu (S. 281 und 284)!

59 Ein Juruna tötet die Sonne (Villas Boas S. 87. – Übers.: Zacherl). – Juruna. – Der Sonnengott hat in dieser Erzählung stark anthropomorphe Züge. Erst durch das Aufsetzen eines Federschmuckes spendet er Licht.

60 Der schlafspendende Baum (Villas Boas S. 125. – Übers.: Zacherl). – Juruna. – Siehe auch »Der Maguary und der Schlaf«, Karlinger 1, S. 17!

61 Das verzauberte Boot (Villas Boas S. 118. – Übers.: Zacherl). – Kamaiurá. – »Igaranhã ist ein Geist, der die Gestalt eines Kanus angenommen hat. Er kann den Menschen helfen, aber auch großes Leid zufügen.« (Villas Boas S. 256)

62 Der Tapir und die Sterne (Villas Boas S. 147. – Übers.: Zacherl). – Kamaiurá. – Siehe auch unsere Nummern 35 und 37! – Tod und Verwandlung in ein Tier oder eine Pflanze sind oft gleichbedeutend.

63 Das Schicksal der Toten (Villas Boas S. 111. – Übers.: Zacherl). – Kamaiurá. – Das hier mit »Mundharmonika« umschriebene Instrument ist eine Syrinx- oder Panflöte; es besteht aus fünf bis neun einzelnen Pfeifen, die aneinandergeheftet sind. Diese Panpfeifen spielen auch in verschiedenen Schamanenriten eine wichtige Rolle.

64 Auke (Lowie S. 245. – Übers.: Karlinger). Timbirá. – »Bei der am Schluß dieser Herkunftssagen genannten Persönlichkeit handelt es sich um den Kaiser Dom Pedro II, der im Jahre 1831 – im Alter von fünf Jahren – seinem Vater Pedro I nach dessen Abdankung auf dem Thron folgte. Im Jahre 1845 wurde er für großjährig erklärt, und 1889 verlor er seinen Thron, als Brasilien Republik wurde. Die Vermischung magischer und realer Bezüge gibt diesem Märchen sein Charakteristikum. Darüber hinaus ist es interessant, wie sehr in die abgeschiedene Welt des Indianers die ferne Kunde vom Herrscher dringen kann.« (Karlinger 1, S. 288)

65 Tahina-Can, der Abendstern (Costa e Silva S. 46. – Übers.: Zacherl). – Karajá. – Der Name Tahina-Can bedeutet laut Baldus 2, S. 198, »großer Stern«.

66 Wie der Schildkröt und die Beutelratte ihre Ausdauer erprobten (Brandenburger S. 90). – Tupi. – In den indianischen Märchen hat die Schildkröte die Rolle des schlauen Fuchses übernommen. Sie ist es, die häufig andere Tiere und manchmal sogar den Menschen überlistet. Brandenburger zitiert die Schildkröte ihrer indianischen Rolle gemäß in männlicher Form.

67 Wie der Schildkröt den Waldgeist anführte (Brandenburger S. 94). – Tupi. – Siehe die vorhergehende Anmerkung!

68 Die Beutelratte und der Mensch (Brandenburger S. 96). – Tupi. – Die Beutelratte spielt oft die Rolle des Schalks.

69 Wie der Geier und der Kröterich in den Himmel reisten (Brandenburger S. 125). – Tupi. – In einer anderen Version dieses Märchens (»Le Jaboti au ciel«, Barroso S. 137) nimmt der Geier statt der Kröte den Jaboti mit in den Himmel. Er läßt ihn aber absichtlich zu Boden fallen und der Jaboti zerbricht. Darauf setzt der Gott Tupã die Stücke des Schildkrötpanzers wieder zusammen und seither sieht dieser wie ein Mosaik aus.

70 Die Plejaden (Barroso S. 57. – Übers.: Zacherl). – Jacamin, ein Tupi-Stamm. – Die Tupi nennen die Plejaden Ceiuci. »Daina ist ein Fabelwesen, der Schwager der Großen Schlange, die eine Art Kulturträger der Indianer war. Einigen verlorengegangenen Märchen zufolge stieg Daina in den Himmel auf, wie Orpheus in die Unterwelt stieg, um seine Geliebte zu suchen. Er schoß einen Pfeil an einem langen Seil in den Himmel und kletterte daran empor.« (Barroso S. 57)

Die Häufigkeit des Themas der Plejaden in den Indianermärchen ist darauf zurückzuführen, daß diese von großer Wichtigkeit für sie sind. »Die Indianer hatten schon beobachtet, daß dieses Sternbild während des Monats Mai verschwindet und erst im Juni wiederkommt.« (Barroso S. 58)

71 Kupe-Kikambleg (Costa e Silva S. 84. – Übers.: Zacherl). – Apinayé. – Die Bedeutung von Kupe-Kikambleg ist: »Kupe« fremder Stamm, »ki« Haar, »kambleg« rot. (Vgl. Costa e Silva S. 84.)

72 Die zwei Papageien (Costa e Silva S. 201. – Übers.: Zacherl). – Apinayé. – »Die Apinayé nennen die Sonne »Vater« (me-papá, id-

pam Mbud)« (Costa e Silva S. 203). »Sonne und Mond sind die wichtigsten Wesen der Mythen der Apinayé. Die Apinayé sehen in der Sonne ihren Schöpfer und den Vater der Menschheit. Die Hauptgötter der Mythologie dieser Indianer sind beide männlich.« (Costa e Silva S. 202). Das Motiv von in Frauen verwandelten Vögeln ist öfters in den Märchen südamerikanischer Indianer anzutreffen.

73 Die Sintflut (Costa e Silva S. 22. – Übers.: Zacherl). – Bororo. – »Dieses Märchen ist sehr wichtig, da es die bis heute übliche Teilung des Stammes in zwei Gruppen schildert. Man darf aber nicht glauben, daß dieses Märchen vom Ursprung der beiden Gruppen erzählt, denn Jokurugwa stellte die durch die Sintflut verschwundenen Gruppen nur wieder her. Genauso besteht die Einrichtung von acht Stämmen und dem ihnen angeschlossenen Matriarchat viel länger; deshalb teilte Jokurugwa seine Söhne und Töchter in »tugaregue« und »exerae«.«
(Costa e Silva S. 23 f.)

74 Der Ursprung der Fische (Barroso S. 81. – Übers.: Zacherl). – Bororo.

75 Warum die Alten nicht wieder jung werden (Baldus 3, S. 109). – Kadiuéu. – Das Sprechen von Haaren, Nägeln, Kot und Speichel auch nach ihrer Trennung vom Körper beruht auf dem Prinzip des pars pro toto. Danach bleiben sie auch weiter in magischem Zusammenhang mit ihm (vgl. Baldus 3, S. 190 f.).

76 Der rollende Totenkopf (Ribeiro 2, S. 123. – Übers.: Zacherl). – Ofaié. – Siehe auch Nr. 4 und 49!

77 Weltuntergang und Raub des Feuers (Nordenskiöld S. 251). – Chane. – »Zwei ganz verschiedene Sagen, die denselben Stoff bei demselben Volk behandeln. Dies ist dadurch zu erklären, daß die Chane ein versprengter Stamm sind, der keine eigene selbständige Kultur mehr hat. Version I ist wahrscheinlich ihre eigene, während sie Version II von ihren Nachbarn und einstigen Herren übernommen haben. – »Anya sind die Toten. Unter diesen gibt es mehrere, die »tunpa«, d. h. »groß« sind und übermenschliche Kräfte besitzen. Die Anyatunpa greifen in das Leben der Menschen ein; besonders die Zauberer stehen mit ihnen in Verbindung.« (Koch-Grünberg S. 335)

78 Die Erschaffung der Welt (Nordenskiöld S. 260). – Chane. – »Zwei der Tunpas, die in diesen Sagen auftreten, haben Tiernamen:

Aguaratunpa (Fuchsgott) und Tatutunpa (Gürteltiergott). ... »Ava« (Menschen) nennen die Chiriguano sich selbst. – Die Verteilung der verschiedenen Gaben an die Indianer und die Weißen ist ein moderner Zusatz zur Sage; ein Motiv, das sich in etwas anderer Fassung auch in anderen Gegenden Amerikas befindet.« (Koch-Grünberg S. 335)

79 Tatutunpa und Aguaratunpa (Nordenskiöld S. 264). – Chane. – »Chiqueritunpa ist der »große Häuptling«, der den Donner hervorbringt.« (Koch-Grünberg S. 335) – Häufig enden derlei Mythen als Schwänke.

80 Die Frau, die ihrem Mann nach Aguararenta folgte (Nordenskiöld S. 255). – Chane. – »Aguararenta (Fuchsdorf) ist ein Dorf, wo die Toten wohnen. Es liegt im Osten. Des Nachts sind die Toten dort in Menschengestalt; am Tage gehen sie als Füchse, Ratten und andere Tiere umher oder gehen sie in einen Baumstamm. Jede Nacht sind in Aguararenta große Trinkgelage. ... Es ist ihr Totenreich, ihr Jenseits. Auch Lebende haben Aguararenta besucht und erzählt, was sie gesehen haben. Dieser Glaube ist auf Träume gegründet, die als wirkliche Erlebnisse gelten.« (Koch-Grünberg S. 336). – Der Stoff kann sich in Varianten noch stärker zu Geschichten verdichten, die das Lenoren-Motiv behandeln.

81 Die Liebesgeschichte des Kolibri (Nordenskiöld S. 292). – Chiriguano. – In dieser Fassung ist der erotische Text dezent verschlüsselt. Parallelen dazu sprechen die Zusammenhänge wesentlich direkter aus.

82 Warum die Guaycurú Räuber geworden sind (Castelnau S. 445. – Übers.: Karlinger). – Guaycurú. – Ein ähnlicher Text findet sich auch über die Mbayá bei Azara S. 109.

83 Der Waldgeist (Karlinger 2, S. 89). – Guarani. – Der »Chaco boreal« westlich des Flusses Paraguay war seit 1870 mit Bolivien umstritten, 1932 kam es zwischen den beiden Staaten darum zum Kriege. 1938 wurde durch Schiedsspruch ein Teil Paraguay zugesprochen. Die Bevölkerung besteht hauptsächlich aus Mestizen und Guarani-Gruppen, beiden sprechen noch Guaraní. – Unser Text soll als Beispiel für christliche Einflüsse gelten. Der alte Helfer erinnert an Moses, läßt er doch wie dieser aus seinem Stab eine Schlange werden. – Im übrigen zeigt sich die enge Verflechtung von Realistik und Phantastik in einem Märchen, das in unseren Tagen und mit ihren

Requisiten spielt. »Vorarbeiter« zu werden, bedeutet materiellen und gesellschaftlichen Aufstieg.

84 Der Fuchs, der Jaguar und der Bauer (Manuskript Brandenberger). – Quichua. – Tiergeschichte mit der Funktion einer Fabel. Der Typus ist im Bereich der Quichua sehr beliebt.

85 Der Puma und die Grille (Manuskript Brandenberger). – Quichua. – Der Kampf der großen Tiere gegen die kleinen spielt in Südamerika oft eine Rolle. Wenn die Insekten ihn stets gewinnen, so mag darin nicht nur die Parteinahme des Erzählers für den Schwächeren eine Rolle spielen, sondern auch die Beobachtung, daß man sich in der tropischen und subtropischen Welt gegen Raubtiere leichter verteidigen kann als gegen Stechmücken und Ameisen.

86 Das himmlische Mahl (Paredes-Candia S. 57. – Übers.: Karlinger). – Quichua. – Der Fuchs gilt in den Indianermärchen oft als ein Schalk, der andere Tiere neckt. Meist aber muß er die Zeche bezahlen. Seltener spielt er die Rolle des Schlauen wie im europäischen Märchen.

87 Das Mädchen, das der Kondor raubte (Koch-Grünberg S. 303). – Quichua. – Sagen von durch einen Kondor geraubte Kinder sind im Bereich der Anden sehr häufig. Zuweilen verbirgt sich hinter der Gestalt des Kondors ein Halbgott oder eine tierische Gottheit.

88 Die Zauberin (Karlinger 2, S. 29). – Quichua. – Ob hier noch alte Sagenreste aus der Zeit der Zerstörung des Inka-Reiches lebendig sind, ist zweifelhaft. Unter Umständen stecken – wie in manchen anderen Quichua-Märchen – auch in diesem Text europäische Einwirkungen, obwohl sonst der Charakter des Peruanischen gut erhalten ist. – Der Doppelcharakter dämonischer Wesen ist wie die Zwiespältigkeit von Gottheiten der Inka-Kultur typisch. Den Schluß haben wir gekürzt, da im Originaltext Jenaro alles nochmals in breiter Ausführlichkeit erzählt.

89 Sonne und Mond (Tello S. 128. – Übers.: Karlinger). – Amuesha. – Die Amuesha sind ein kleiner, im Aussterben begriffener Stamm in der Gegend von Oxapampa (Peru). Schwängerung durch einen Blitz taucht in manchen südamerikanischen Mythen auf. – Sonne und Mond im Fluß, der aus Blumen entstandene Regenbogen, neben dieser fast zarten Poesie wirken die Jaguare und ihre Welt besonders kontrastreich.

90 Kamakhe und Kunturi (Paredes-Candia S. 89. – Übers.: Karlinger). – Aymará. – Wieder reizt der Fuchs seinen Gegner und zieht den kürzeren. Daß der Fuchs in die Messe gehen will, zeigt den europäischen Einfluß, der jedoch nur ein Topos bleibt und sich sonst auf die Eigenwilligkeit der Erzählung nicht auswirkt. Die moralisierende Schlußbemerkung ist bei Quichua und Aymará öfters anzutreffen.

91 Der Ursprung des Chinarindenbaums (Pettazzoni S. 193. – Übers.: Karlinger). – Aymará. – Der letzte Satz – ein Fluch auf Aymará (mit Ausnahme des letzten, spanischen Wortes) – richtet sich gegen das lästige Unkraut und ist schlecht übersetzbar. – Im übrigen haben wir eine Parallele zu unserer Erzählung Nr. 86.

92 Der Gatte des Sterns (Baldus 3, S. 126). – Umutina. – »Das Motiv des Sterns als Gattin wurde bei verschiedenen Stämmen des Gran Chaco ... gefunden. Die Umkehrung des Motivs, nämlich der Stern als Gatte, erscheint in einem anderen Märchen der Umutina.« (Baldus 3, S. 209. – Siehe im gleichen Band auch S. 87 »Der Abendstern«!) – Das Motiv von der Speise der Sterne taucht bei verschiedenen Völkern auf und wird doch fast überall abweichend gestaltet. Von menschenfressenden Sternen ist gelegentlich die Rede, seltener trinken sie »Sonnenblut«, aber wir finden auch Honig ebenso wie Öl als ihre Nahrung. Auch hinter dem Harz des vorliegenden Märchens dürfte die Beobachtung der guten Brennbarkeit stecken wie beim Öl.

93 Die Milchstraße (Métraux 3, S. 20. – Übers.: Karlinger). – Toba. – Für die Milchstraße finden sich die unterschiedlichsten Deutungen. Siehe auch unsere Nr. 3!

94 Die ersten Menschen und Sonne und Mond (Übermittelt durch Mercedes Weiss Rosas. – Übers.: Karlinger). – Charrua. – Auch in dieser Schöpfungsmythe begegnen Sonne und Mond als Zwillingsgeschwister. Vermutlich sind aber zwei heterogene Stoffe miteinander verbunden. Der zweite Teil, mit einer Deutung weiblicher Organe, entstammt einem anderen Bereich als der erste.

95 Der Ursprung des Maniok (Costa e Silva S. 39. – Übers.: Zacherl). – Pareci. – Der Ursprung des Maniok ist häufiges Thema in den Märchen der Indianer, da diese Wurzel nicht nur deren Brot, sondern auch der Grundstoff für verschiedene alkoholische Getränke ist (z. B. cauin, muniquera, puchirum etc.). (Vgl. Costa e Silva S. 40.)

96 Der Jäger und das Guanako-Mädchen (Malkiel Lopez S. 53. – Übers.: Karlinger). – Puelche. – Der Verweis auf die Pferdezucht läßt eine jüngere Datierung für die Entstehung der Erzählung zu; doch ist das Motiv vom Guanako-Mädchen, das einen Menschen heiratet, ein alter indianischer Zug. Die Lamas sind den Stämmen der Anden besonders vertraut, und selbst in der Literatur haben Beziehungen erotischer Art zwischen Indianer und Lama einen Niederschlag gefunden. Man lese etwa die Novellen von Ventura García Calderón!

97 Der alte Latrapai (Lenz S. 31). – Pehuenche. – »Das Märchen vom Latrapai gehört offenbar zu den ältesten Sagen der Araukaner, die Lenz aufgezeichnet hat, dessen Material sonst stark mit europäischen Bestandteilen gemischt ist.« (Koch-Grünberg S. 336) – Das Spiel mit Licht und Dunkel ist nicht frei von Widersprüchen, doch erlaubt die Prälogik dem Märchen auch derlei beabsichtigte oder unbeabsichtigte Verwechslungen.

98 Die Totenbraut (Lenz S. 29). – Pehuenche. – Hier ist das Lenoren-Motiv noch stärker ausgeprägt als in unserer Erzählung Nr. 80. – »Die Eheschließung ist bei den Araukanern formell Raub und Kauf. Der Bräutigam entführt die Braut oder läßt sie durch Freunde rauben. Darauf kommt der Vater des Mädchens und verlangt die Bezahlung. Erst wenn diese geleistet ist, wird die Braut rechtmäßiges Eigentum des Mannes. – Wie die Pferde wird hier auch die Frau auf dem Grabe des Mannes getötet.« (Koch-Grünberg S. 337). – Das Lied läßt doch an irgendwelche Kontakte mit europäischen Varianten denken.

99 Der Vogelmensch Guru (Bermejo Tenenti S. 21. – Übers.: Karlinger). – Tehuelche. – Das Locken von Schlangen mit einem Zauberinstrument oder einer magischen Weise, aber auch die Abwehr von Schlangen mit solchen Mitteln ist gelegentlich in Indianergeschichten anzutreffen. Seltener ist ein Tier als halb menschlich und halb tierisch beschrieben. – Vulkansteine haben häufig eine wunderbare Kraft.

100 Schöpfung der Menschen und Sündenfall (Hyades-Manuskript, unnumeriert. – Übers.: Karlinger). – Alakaluf. – Hirsche haben mehrfach in der indianischen Mythologie eine wesentliche Funktion; so etwa lehren Hirsche die Kaschinaua den Ackerbau (siehe Karlinger 1, S. 31!) – Nordamerikanische Indianermärchen (Warren E. Crane,

Indianer Märchen. Zürich 1948. S. 49) berichten von einer Verbindung eines himmlischen Mädchens mit einem Bären, und leiten daraus sowohl die Menschen ab, wie auch das zuweilen noch aufrechte Stehen des Bären. – Kultische Darstellungen von Hirschen sind aus verschiedenen Kulturzonen bekannt. – Ob die vorliegende Textform altes Gut der Alakaluf ist, vermögen wir nicht zu beurteilen.

101 Wie aus Menschen Walfische wurden (Bermejo Tenenti S. 12. – Übers.: Karlinger). – Alakaluf. – Die Alakaluf leben vor allem vom Fischfang, der besten Nahrungsquelle ihrer rauhen Zone. Tenenti meint in einer Fußnote: »Auch Robben können an die Stelle von Walfischen treten.« Vom Schema »Tierverwandlung = Tod« war bereits die Rede. (Siehe auch unsere Anmerkung zu Nr. 80!)

102 Wie der Tod in die Welt kam (Malkiel Lopez S. 151. – Übers.: Karlinger). – Yamana. – Die Tödin wird oft als Mensch aufgefaßt, der zum Dämon, zur Hexe, zur Menschenfresserin wurde.

103 Weltschöpfung (Hyades-Manuskript, unnumeriert. – Übers.: Karlinger). – Ona. – Zur Mythologie der Ona siehe auch Pettazzoni S. 455 und Gusinde! – Hier stammen die Menschen von einem Guanako-Paar ab. Siehe auch unsere Erzählung Nr. 96!

104 Vom Bergfalken, der sich eine Frau suchte (Malkiel Lopez S. 134. – Übers.: Karlinger). – Ona. – Die Brautprobe findet hier bei Tierbräuten statt. Das kluge Mädchen weiß die Probe zu bestehen. Der schwankhafte Charakter ist sonst in Erzählungen der Feuerländer relativ selten. Bei den Angaben der Tierbräute wird im Text nicht absolut klar, wieweit er für die Tiergattungen europäische Entsprechungen gesucht hat, bzw. wieweit es sich tatsächlich um einheimische Tiere handelt. Beim Eichhörnchen dürfte es sich eher um eine Ratte handeln.

INHALT